텍스트의 제국

초기 제국 중국에서의 글쓰기와 권위

The Empire of the Text : Writing and Authority in Early Imperial China

지은이 크리스토퍼 리 코너리(Chrisopher Leigh Connery)는 미국 University of California, Santa Cruz의 중국문학 부교수이다. 본서 외에, Rey Chow(『원시적 열정』의 저자)의 저서 『*Woman and Chinese Modernity : The Politics of Reading Between West and East*』에 대한 서평인 "The China Difference"를 Chris Connery라는 이름으로 발표하였다.

옮긴이 최정섭은 1971년 대구 출생으로 연세대학교 중어중문학과 졸업, 현재 동 대학원 박사과정 재학중이다. 해군사관학교 전임강사를 지내고, 부산 동의대학교에서 강의하였다. 「李卓吾文學思想硏究」로 석사학위를 취득하였고, 『도와 로고스』(강), 『새로운 아시아를 상상한다』(창비)의 공역에 참가하였다. 中國 經學 및 古典 일반이 가지는 현재적 의미에 대해 공부하고 있다.

텍스트의 제국

1판 1쇄 인쇄 2005년 3월 10일
1판 1쇄 발행 2005년 3월 20일

지은이 / 크리스토퍼 리 코너리
옮긴이 / 최정섭
펴낸이 / 박성모
펴낸곳 / 소명출판
출판고문 / 김호영
등록 / 제13-522호
주소 / 137-878 서울시 서초구 서초동 1621-18 (란빌딩 1층)
대표전화 / (02) 585-7840
팩시밀리 / (02) 585-7848
somyong@korea.com / www.somyong.com

ⓒ 2005, 소명출판

값 18,000원

ISBN 89-5626-152-0 93820

텍스트의 제국

초기 제국 중국에서의 글쓰기와 권위

The Empire of the Text : Writing and Authority in Early Imperial China

크리스토퍼 리 코너리 저 / 최정섭 역

소명출판

역자 서문

이 책은 크리스토퍼 리 코너리의 『*The Empire of the Text*』를 번역한 것이다. 코너리는 이 책에서 초기 제국 중국에서 이른바 텍스트적 권위가 어떻게 작동하였으며, 또 그 텍스트적 권위는 자신을 어떻게 질서지우고 유지했으며, 어떤 종류의 주체들과 주체성들을 창조했는가라는 문제들에 대해 해답을 추구하고 있다. 이를 위해 제1장에서는 한대 중국이라는 맥락에 텍스트성과 텍스트적 권위의 개념을 도입하면서, 서구 문학 연구에서 이용되는 여러 방법론들을 이용하여 초기 중국에서의 텍스트성을 탐구한다. 제2장에서는 그 텍스트적 권위를 유지하고 작동시키는 사(士)에 대한 분석을 시도하고, 제3장에서는 동종사회성, 즉 사교성이라는 범주로서 사담론을 고찰하며, 제4장에서는 초기 제국 중국에서의 순문학에 대한 고찰을 행하면서 문학 생산의 담당자로서의 개인적 주체에 대해 의문을 제기한다. 그리고 결론적으로는, 육체적 인간을 넘어서서 영원한 권력을 지니는 텍스트성에 대해 저항하려는, 낙관적이지만은 않은 의지를 보여준다.

  제국 중국을 해부하는 도구로 저자는 서구 문학의 연구에서 사용되는 방법론들, 지금은 비서구 지역에서의 문학 연구에도 사용되는 방법론을 이용하고 있다. 구체적인 내용은 본서의 서론에 자세히 제기되어 있기 때문에 언급하지 않겠다. 다만 글쓰기와 관련해서, 서구의 연구들에서 주목한 역할을 살펴보겠다. 본서와 거의 동일한 주제들을 다루지만 연구범위가 더 넓고(본서는 漢代만을 다루지만 루이스의 책은 주로 戰國時代를 다루면서 漢代도 아우른다) 또 치밀한 연구서인 『초기 중국에서의 글쓰기와 권위(Writing and Authority in Early China)』에서 루이스(Lewis, Mark Edward)는 서구의 연구에서 보이는 글쓰기의 역할을 여섯 가지로 서술한다. 즉 ① 주로 행정 문서와 법률 문서의 형식을 취한, 국가 권력으로서 글쓰기의 이용, ② 공통된 자료들을 읽는다는 공유된 경험을 통한, 집단들의 창조, ③ 시간과 공간의 초월, ④ 텍스트들 내부에서 권위를 지닌 인물들, 즉 종종 암묵적인 저자, 독자들에게 말하기도 하고 또한 사회적 역할들의 모델들을 제공하기도 하는 저자의 발명, ⑤ 인공적 혹은 기술적(技術的) 언어들(이 언어들의 숙달은 한 사회 내부의 구성원들을 구별한다)을 창조하거나 보존하기 위한, 쓰여진 글들의 이용, ⑥ 쓰여진 글들을, 감추어진 의미나 힘을 담고 있는 마술적 혹은 신성한 대상들로 취급하기이다. 독자들은 코너리의 책에서도 이와 같은 방법론들이, 비록 명시적으로 언급하고 있지 않을 때에라도 적용되고 있음을 간취할 수 있을 것이다.

'텍스트의 제국'이라는 제목은 그 자체로도 책의 내용이 짐작될 만큼 과감하면서도 멋진 제목이다. 부제인 '초기 제국 중국에서의 글쓰기와 권위'보다 오히려 더 많은 의미를 담고 있다고도 할 수 있겠다. 제국의 정치적 권력과 나란히 가는, 혹은 그 권력을 압도하는 권위를 지닌 텍스트들이 만드는 현실의 세계, 그래서 인간 아닌 글 혹은 글쓰기가 구성하고 유지하는 영원한 제국, 매력적인 문제제기이다. 그러나 한편으로는 여전히 익숙한 문제제기이기도 하다. 역자가 보기에는 본서에서 다루는 문제도 결국 중국 혹은 동양에도 역사가 있는가, 중국사와 보편사의 관계를 어떻게 정립할 것인가의 문제들을 크게 벗어나지 않고 있기 때문이다. 다만 목적론적인 역사관으로 중국을 바라보느냐 아니면 주체와 대비되는 개념으로서의 구조 혹은 체계로 중국을 바라보느냐의 차이가 있을 뿐이다. 저자는 중국에 시간성을 돌려주지도 않았고 인간을 복원해주지도 않았다. 중국에서 시간과 인간을 복원하는 것, 아니 그 이전에 그 문제들의 적절성 여부를 고민하는 것은 역자뿐 아니라 이 책의 독자들의 과제이기도 할 것이다.

이렇게 볼 때 본서에서 가장 핵심적인 부분은 텍스트성과 주체성의 문제라고 생각된다. 사의 정체성이나 사교성, 순문학 등에 관한 저자의 소론(所論)은 중문학 전공자라면 익숙한 문제들이어서 그다지 낯설지 않다. 문제는 텍스트 생산의 주체로서의, 역사적 행위의 주체로서의 개인을 어떻게 볼 것인가이다. 솔직히 역자는 저자의 입장, 즉 텍스트들과 그 텍스트들을 생산하는 제도들에 의해서 주체가 이루어진다는 '주체성효과'라는 발상에 선뜻 동의하기가 어렵다. 이른바 근대적 주체라는 것에 대한 비판이 있음을 모르지는 않지만, 과연 자기 의식적인 주체가 부정될 수 있는 것인지는 판단을 내리기가 어렵다. 저자의 생각이 잘못되었다는 것이 아니라, 독자의 한 사람인 역자의 지적 역량이 부족함으로 인해서이다. 이와 관련해서는 이토 타카유키[伊東貴之]의 소론이 흥미롭기는 했지만 설득력이 있는지는 모르겠다(미조구찌 유조 외저, 동국대 동양사연구실 역, 『중국의 예치시스템』, 청계, 2001, 159면 이하 참조). 이 책을 읽은 다른 독자들은 어떻게 생각할지 궁금하다

이 책은 중국이나 한국의 학자가 아니라 미국 학자가, 그것도 기존의 중국학 연구계에 상당히 비판적인 입장을 견지하는 저자가 쓴 것이기 때문에, 읽는 이에 따라서는 상당히 낯설고 또 불편하게 느껴질 수도 있을 것 같다. 역자 역시 그런 느낌이 전혀 없지는 않았다. 이는 앞에서 언급한 루이스의 저서와는 다른 점이다. 루이스의 책은 동일한 주제를 다루고 또 서구문학 연구에서의 방법론을 사용하면서도 여전히 정통적인 방법으로, 풍부한 예증과 논리로 설득력 있게 논지를 전개한다. 이는 코너리의 책이 문제제기에 치중하여 상대적으로 꼼꼼하지 못하고 또 자료의 이용이 폭넓지 못한 것과는 대조적이다. 이 책의 독자들은 같이 읽어보면 좋을 것이다. 그러나 코너리는 루이스가 제기하지 못한 점들, 즉 중국사가 보편사와 가지는 관계에 대한 고민, 중국학 연구가 가지는 이데올로기적인 면모들에 대한 반성 위에서 출발하고 있다. 이 점이 이 책의 장점이라고 할 수 있을 것이다(본서에 대한 서평은 Martin Kern이 *China Review International*, Vol.7, Issue 2, fall, 2000에 발표한 글과 Stephen Durrant가 *The Journal of Asian Studies*, Vol.59, No.3, Aug., 2000에 발표한 글이 있다. 전자는 신랄

하지만 대단히 불성실한 비평이고, 후자는 상대적으로 균형 잡힌 비평이다).

제대를 앞둔 2000년 봄 우연히 www.amazon.com에서 책을 구입한 지 4년 만에 역서가 나오게 되었다. 자신의 역량을 생각지 않고 무턱대고 덤벼든 탓에 애를 많이 먹었지만, 애쓴 만큼 제대로 된 번역인지는 여전히 의심스러운 데가 많다. 독자 여러분의 질정(叱正)을 바란다. 번역과정에서도 여러 분의 도움을 받았다. 외솔관 주변의 많은 분들이 여러 모로 도움을 주셨다. 학적인 문제에 대한 조언에서부터 참고문헌 찾는 데까지 참으로 많은 이들의 도움을 받았다. 그 중 남루한 일상에 언제나 힘이 되어 준 이보고 동학(同學)과 윤석우 동학에게 특히 고마움을 표하고 싶다. 또 소명출판에서 책이 출간되도록 주선해 주신 류준필 선생님, 선뜻 출판을 맡아주신 박성모 사장님, 너무나 어설픈 초고를 거의 새 것으로 만들어 주신 편집부에게도 감사의 마음을 전해야겠다. 철없는 막내아들을 믿어주시는 부모님께는, 부끄럽지만 노력의 일단을 보여 드릴 수 있게 되어 기쁜 마음도 든다. 역자의 미숙함이 이 모든 분들께 누가 되지 않기를 바란다.

2005년 1월
최 정 섭

이 책은 일차적으로 해석적 작업이자 이론적 작업으로 고안되었으며, 그러므로 일반적인 중국학 관행에서 벗어난다. 중국학의 관습은 중요한 텍스트나 현상의 역사에 대해서 그것이 언급될 때마다 완전한 서지적·문헌학적 세부사항을 각주나 본문에서 제공할 것을 주장한다. 이 관행의 이면에는 몇 가지 가정들이 있다. 그 중 하나는 공동체주의적이고 찬양적인 것이다. 즉, 학문은 축적적이기 때문에, 여러 세대의 학자들의 노력은 하나의 특수한 주제 혹은 일군의 주제들에 관한 증거를 샅샅이 뒤질 것이고, 그렇게 해서 가능한 최대한의 이해에 도달하게 될 것이라는 것이다. 나는 이런 학술작업으로부터 도움을 얻었고, 또 그것이 계속 실행될 것이기 때문에 기쁘다. 그러나 이 책은 그런 작업들 중 하나가 아니라 하나의 분석적 실험, 그 속에서 특수한 종류의 축적적이고 공동체주의적인 기획은 발견되지 않을 학술적 장치로 상정된다. 서론에서는 나의 분석적 입장을 아주 상세히 기술하고 있다. 나는 초기 중국 연구에는 아주 다양한 작업의 여지가 있다고 생각하며, 이 책이 그 분석적인 면에서, 자료들의 병치에서, 그것이 묻는 물음의 종류에서, 그리고 그것이 제공하는 개념적 틀에서 학생들과 학자들에게 도움이 되기를 바란다. 나는 나의 접근이 어떤 가정들이 질문당하도록, 또 지금껏 탐험되지 않았던 어떤 문제들이 질문당하고 탐구되도록 허락하기를 바란다. 어떤 언어로부터 옮긴 것이건, 대부분의 번역은 특별히 명기하지 않은 이상 나 자신의 것이다. 나의 번역이 이전의 번역보다 우수하다고 생각해서가 아니라 문체의 통일성 혹은 강조를 위해서 그렇게 하였다.

크리스토퍼 리 코너리

감사의 말

내가 개인적으로 고마움을 표한 많은 학자들·독자들·협력자들이 있으며, 여기서 나의 감사의 넘을 강조하겠다. 나는 몇 사람에게 특별한 감사를 표하고 싶다. 나의 첫 중국문학 선생님이신 Kao Yu-kung 교수는 문언문으로 된 텍스트들에 대한 이론적 개입이 낳을 수 있는 지적 자극을 주셨다. 헝가리의 중국학자이자 루카치의 학생인 Ferenic Tökei 교수는 그의 글에서, 그리고 부다페스트에서 있었던 관대한 대화에서 초기 제국 중국에 대한 맑스주의적 분석의 지속적인 생명력을 보여주셨나. 언어학과 텍스트적 실천에 대한 그의 통찰이 여러 면에서 이 책을 모양지은 John X. Kennan은 그 구상과 집필의 매 단계마다 읽고 조언을 해 주었다. Sharon Kinoshita는 이 책의 몇몇 부분의 초고를 유심히 읽고 제안을 해주었다. 프랑스 중세학자로서 그녀의 시각은 텍스트적 작업에 대한 역사적 개입을 위한 전략들에 관해 나에게 가르쳐 주었다. John Christopher Hamm은 기획의 초기 단계에서 유능하고 현명하고 믿을 수 있는 조수였다. Keith McMahon은 집필의 몇몇 중요한 단계에서 주의 깊고 또 격려가 되는 독자 노릇을 했다. Arif Dirlik은 초고(初稿)를 유익하고 비판적으로 읽어주었으며, Rowman and Littlefield사에서 출판하도록 도와주었다. 나는 그에게 모든 면에서 감사한다. Rowman and Littlefield사의 편집인들과 제작진들은 인내심 있고, 지원을 잘해 주었으며, 철저했고, 또 시간을 잘 맞추었다. Mary Scott는 텍스트의 몇몇 부분을 자세히 따져서 편집하였다. 그녀의 코멘트와 제안은 철저하고, 통찰력 있었으며, 영감을 주는 것이었다. 이 책을 위한 연구는 The American Council of Learned Societies-Chiang Ching-kuo Foundation과 The California Academic Senate Research, 그리고 University of California Santa Cruz Junior Faculty Fellowships에서 연구보조금을 지원받았다.

이 책의 집필은 네 사람에게 특별히 중요했다. 나의 부모인 Maurice Connery와 Mary Frances Haifleigh Connery, 나의 아내 Mary Scott, 나의 아들 Sandy Connery에게 이 책을 바친다.

크리스토퍼 리 코너리

일러두기

1. 이 책은 Christopher Leigh Connery의 *The Empire of the Text : Writing and Authority in Early Imperial China*, Lanham : Rowman and Littlefield, 1998의 全譯이다.
2. 본문 중 中國書로부터의 인용문은 대부분 영문 원서에 제시된 번역과 상관없이 중국어 원문으로부터 직접 옮겼다.
3. 원서의 주가 아닌 역주에는 앞에 * 표시를 하여 구별하였다. 또 원서에는 주가 각 장별 미주로 처리되어 있으나, 역서에서는 각주로 처리하였다.
4. 원서의 주들 중 서지사항이나 영문표기 등과 관련된 것으로서 역서에서는 필요하지 않은 경우에는 생략하였다.
5. 원서에 내용의 이해와 상관없이 사소한 표기상의 오식이 있을 경우에는 따로 언급하지 않고 역자가 수정히였다. 내용상의 오류일 경우에는 역주에서 밝혀두었다.
6. 원서의 주에서는 인용문을 저자명과 발행년도, 면수만으로 처리하고 있는데, 이는 책 뒤의 참고문헌 목록에 실린 것을 기준으로 한 것이다.
7. 중국어 인명의 경우 특히 현대인은 중국 발음으로 표기하는 것이 원칙이지만, 언급되는 인물이 워낙 많고 또 불필요한 혼란을 초래할 수 있기에 일률적으로 한국어 독음으로 표기하였다.
8. 원서의 참고문헌에 제시된 자료들 중 같은 책이지만 역자가 참고한 것과 판본이 다를 경우에는 역자가 참고한 것으로 교체한 것도 있다.

차례

텍스트의 제국

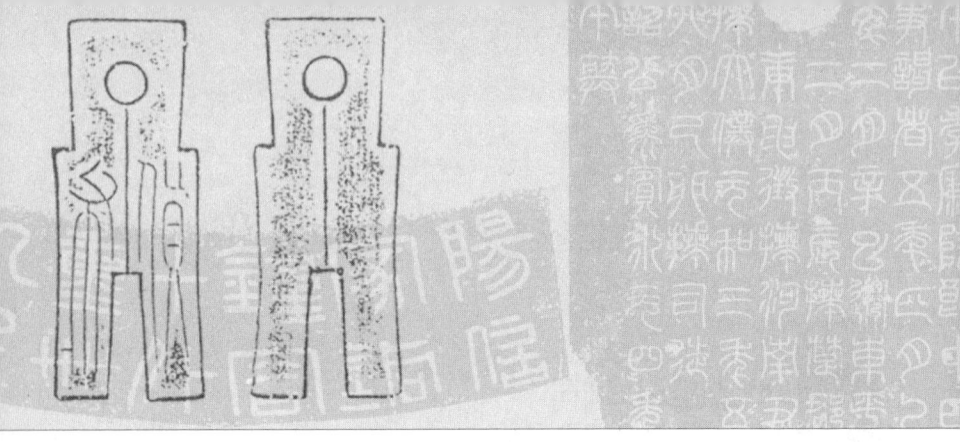

서론

최근 몇 년 간, 중국 고전 문학과 문화 분야에서의 미국 학술은 텍스트적 실천에 대한 연구들을 새로이 강조해 왔다. 여기에는 주석, 선집 편찬, 서적 생산, 작가 집단 등이 포함된다(Pauline Yu, 1987・1990; Saussy, 1993; Henderson, 1991; Cherniack, 1994). 이 주제들은 예전의 개별 저자 연구, 장르 연구, 그리고 학술적 번역의 전성기에는 덜 빈번하게 다루어지던 것이었다. 이것은 우리 모두가 종사하고 있는 이론적 환경 탓이지만, 냉전 종식 이후 떠오른 새로운 지적 가능성들에 대한 하나의 징조이기도 하다. 중국의 제국적 과거에 대한 형상화는 중국・일본・대만 그리고 서구에서 전기(轉機)의 정치적, 이데올로기적 필요에 따라 20세기 내내 협정되고 재협정되어 왔다. 그 결과 제국의 생명을 유지하게 해주고 작동하게 해준 문학적·텍스트적 매체가 크고 작은 수준에서 탐구되어 왔다. 중국의 오사(五四) 시기에, 매체와 언어의 문제들에 대해 심대한 지적 에너지가 바쳐졌다. 대부분의 개혁주의적 지식인들은 문언문(文言文, Literary Sinitic)[1]을, 그것의 제도화가 모종의 제국의 정치적 주체를 요구하고 창조한 이데올로기적 장치의 일부인 것으로 간주했다. 개혁주의 의제에서 가장 우선적이었던 것은 체제뿐만 아니라 이 주체였다. 20세기 전환기 무렵에 떠오르고 있던 새로운 유의 주체인 근대 중국 지식인들은 저항적인 언어정치학, 즉 상당 부분 백화문을 이용한 글쓰기의 사용과 제창을 통해 통일적 사회구성체가 되었다. 1934년에 장개석(蔣介石)의 신생활운동(新生活運動)은 그 기획 속에 문언문으로의 '복귀'를 포함하고 있었다. 이 반개혁을 개혁주의자들이 중대하게 취급했음에도 불구하고, 매체와 지적 사회생활에서의 급속한 변화는 이런 노력을 실제적이기보다는 상징적인 것으로 만들어 버렸다. 만약 비한자(라틴문자·음성기호 등) 혹은 지역 백화(전국적 백화가 아니라)를 이용한 글쓰기의 제창이 성공했더라면, 문언문은 그렇게까지 대체되어 버리지는 않았을 것이다. 오래지 않아 문언문은 '죽은' 언어가 되었다. 비록 문언문이 관료제와 순문학의 귀퉁이에서 살아남기는 했지만, 다른 모든 사어들과 마찬가지로 그것은 학자와 전문가의 영역이 되어 버렸다. 문언문으로 글쓰기가 노신(魯迅)과 그의 친백화적 동료들 및 친라틴화적 동료들의 글에서와 같은 논쟁의 직접적인 대상이 되기를 그친 후,

---

1) 나는 Victor Mair(1994)를 따라 'Classical Chinese' 대신 이 용어를 쓴다. 메어는 백화문에 대한 문언문의 관계를 "약호 혹은 암호와 그것들이 기반하고 있던 자연 언어 사이의 관계"와 유사한 것으로 기술한다(708면).

제국의 글쓰기 매체의 정치적 성격과 이데올로기적 성격에 대한 논쟁은 자연스럽게 쇠퇴했다. 문언문이라는 매체를 이용한 작동으로부터 제국적 과거가 분리되면서, 중국의 제국적 과거는 다른 모든 신생국들이 자신들의 역사를 창조할 때와 마찬가지로, 그 자신이 이후에 내셔널리즘과 근대화의 다양한 서사들 속에서 이데올로기적 기능주의로써 형상화되고 텍스트화되고 뒤덮일 수 있었다.

중국의 제국적 과거의 형상화는 또한 전지구적 차원들을 가지고 있었다. 냉전의 시작과 이에 따른 국가안보국가 미국의 전지구적인 등장은 문화적-본질주의적 용어들로 세계를 재규정했다. 이것은 물론 중국의 제국적 과거에 대한 대중적 재현과 학술적 재현 속에 정치적 이해(利害)를 불러들인 것이다. 냉전체제 속에서 문명 그리고 그 연장선상에서의 근대화 자체는 합리성·추상화 그리고 다른 서구적 고급 텍스트 문화의 지표들에 의존했다. 미국 고등 교육기관의 사상가들은 특별한 냉전적 합의의 결성에 영향을 주었다. 그 합의의 구체화된 이상적 모습은 초월적이고 자유로운 지식인, 호메로스 이후의 역사의 기나긴 여정에서 그의 상대자들과 '대화'를 통해서 형성되고 영향받은, 기술적·행정적 근대화에 대비되는 양심의 보증자일, 큰 영향력을 가진 남성이었다. 이들 사상가들에는 전전(戰前)에 '위대한 책들', '위대한 관념들' 혹은 '위대한 대화'를 주창했던 사람들 즉, 마크 반 도렌(Mark Van Doren), 모티머 아들러(Mortimer Adler), 존 어스킨(John Erskine), 메이나드 허친스(Maynard Hutchins), 자크 바르준(Jacques Barzun), 그리고 이밖에 주로 콜럼비아대학이나 시카고대학에 집중되어 있던 이들과 1949년에 '기축시대'라는 관념을 유행시켰던 칼 야스퍼스(Karl Jaspers, 1953)가 포함된다. 비록 이들 사상가들이 역사의 목적(telos)을 서구에 위치시킨다는 점에서 자신들의 헤겔주의적 기원에 충실했음에도 불구하고, 냉전 미국 자유주의, 그리고 제국의 형식적 장식물을 가지지 않은 이데올로기적·경제적 헤게모니의 프로그램의 전지구적인 파급은 다른 기축들, 즉 근대화 궤도상의 변형태들을 인정하는 강화되고 문자 그대로 해석된 보편주의를 요구하였다. 냉전에서의 적이자, 우연찮게도 중국 자신의 '기축시대' 기원들을 부인하는 중화인민공화국의 탄생은 중국의 제국 시기에 대한 연구에 거대한 영향을 미쳤다. 미국에서 제국 중국을 연구하는 학자들은 길드 중국학(guild sinology)이 수세대동안 해온 문헌학적 작업에 바쁠 뿐 아니라, 전쟁 종결 직후 그 나라 전역에서 생겨나고 있었던, 새로이 수립된 '위대한 문명들' 프로그램과 핵심 커리큘럼 속에서 더 광범위한 청중들에게 가르치고 있는 자신들을 발견하였다. 위대한 문명 강좌들을 낳은, 문명의 본질에 대한 믿음은 냉전 시기에 지역연구 프로그램의 거대한 확장과 더불어 동아시아 제국 시기 연구에 종사하는 미국 학자들의 대대적인 수적 증가를 가져 왔다. 이 학자들은 대부분의 경우 중국학의 길드 전통을 계속 이어 나아갔고, 그들의 학술적 작업은 양적으로 전례 없이 많음에도 불구하고 그 길드의 한계 밖에서는 거의 읽혀지지 않았다. 그러나 여전히, 대만과 미국에서의 제국 중국 연구의 대부분에 내포된, 전통에 대한 영웅적이고 방어적인 관리 임무라는 냉전적 수사는 중국학의 지적 기획에 심대한 영향을 미쳤다. 중국의 위대한 전통은 이렇게 기초주의화되었다. 즉, 그 내용의 위대함은 자명하다는 것이다. 그리고 그런 류의 모든 기초주의(foundationalism)에서 그런 것처럼, 전통의 전승 수단들의 물질적·

이데올로기적 성격은 최근까지도 상대적으로 덜 주목받았다.

놀랄 것도 없이, 냉전의 종식은 미국에서의 전근대 중국 연구에 중대한 결과를 가져 왔다. 수강생의 수, 교수 채용, 그리고 출판의 패턴으로 판단할 때, 냉전 시기 중국(혹은 동아시아) 문학, 언어 및 문화 관련 학과들에서 냉전시대의 전근대 연구가 가지고 있던 헤게모니는 근대 혹은 탈근대의 부상(浮上)에 자리를 내어준 1998년과 같은 경우들에 대한 지표들이 있다.[2] 관리임무라는 냉전 이데올로기 내에서, 제국적 과거를 보수(保守)해 온 사람들은 암묵적으로 공산주의적 현재와 싸우고 있었다. 냉전은 종식되었으므로, 아마도 제국 시기에 대한 형상화들은 전문화된 연구의 싸움터 바깥에서 어떠한 내용도 가질 필요가 없을 것이다. 중국의 예전의 '위대함'은 이제 그저 기념비성이라는 덧없는 비유들 혹은 '유교' 같은 일반화들 속에서만 이용될 수 있을 뿐이고 또 그 속에 남겨질 수 있을 뿐이다. 이제 세계는 추측하건대 중국이 세계적 강대국으로서 다시 한번 위대해질, '아시아의 세기' 직전에 처해 있다.

'재생(rebirth)'이라는 비유들은 언제나, 선행하는 사태 그 자체가 탈역사화되고 일군의 일반적 혹은 본질적 성질들이 되었을 때 가장 강력하다. 서구 역시 하나의 재생으로서, 그에 따른 배제와 생략에도 불구하고, 최근에서야 하나의 다시쓰기(rewriting)로 이해되기 시작한 하나의 르네상스로서 쓰여졌다.[3] '서구'에서, 로마는 쇠망

---

2) 이 상황에 대한 가장 훌륭한 분석은 Rey Chow의 저작 중 특히 *The Politics and Pedagogy of Asian Literature in American Universities*(1993), pp.120~143에 있다. Chow는 또 지역 연구 프로그램들에 있어 사회과학의 지배 역시 명백한 이데올로기적 성격을 갖고 있다는 것이 중요하고도 연관된 문제임을 지적한다.

3) Edward Said, *Orientalism*과 Samir Amin, *Eurocentrism*은 이 타자화 과정에 대한 두

한 다음 다시 서구로서 재탄생할 수 있었다. 개별 네이션(nation)들혹은 '문화'들은 '다시 일어설' 수 있었다. 그러나, 언제나 타자들(그 중 '중국'은 두드러져 왔다)을 통해서 자기 자신을 인식하고 규정해온 서구 자신과 마찬가지로, 재생의 역사 또한 타자들의 지지(支持)역할을 요구해 왔다. 서구에 의한 타자화의 역사의 대부분에서, 중국이 국가안보국가 미국의 이데올로기적 필요물로서 봉사한, 미국냉전의 거대한 타자였던 모택동주의의 막간을 제외하면, '중국'이라는 타자의 유일한 모습은 산 것도 아니고 죽은 것도 아닌 좀비와 같은 상태였다. 헤겔주의적인 목적론적 의미의 역사 안에 있지도 않고 또 완전히 그 바깥에 있지도 않은 채, 중국은 마치 골동품처럼, 지속되어 온 고대(古代)였다.[4] 중국에서 유럽과 미국의 제국주의가 절정에 달했을 때, 중국은 약하고 병든 땅으로 형상화되었다. 그러나 중국의 병은 병세나 내용이 없이 일생동안 앓은 오래된 것이었다. 즉 중국은 잘못된 역사, 시간성이 없는 역사를 가지고 있었다. 서구 역사의 타자화는 타자의 역사를 필요로 했고, 그타자의 역사는, 에드워드 사이드(Edward Said)가 우리에게 상기시키듯이, 불변하는 자기 동일적 동양(Orient)이었다. 타자의 역사에서,재생으로서의 역사는 자신의 맞은 편을 죽은 자의 왕국에서 찾지않고 죽지 않은 자, 살아 있는 죽은 자의 좀비 왕국에서 찾는다.헤겔의 『역사철학강의』에서 비서구에 할애된 많은 부분은 바빌로니이나 앗시리아 같은 '죽은' 문명이 아니라 죽지 않은 중국에 바

가지 설명이다. 하나는 푸코적이고, 하나는 맑스주의적이다.

4) 헤겔의 중국 분석과 헤겔주의의 중국 분석은 Saussy(1993), pp.151~188, 및 Hulin(1979)을 보라.

쳐졌다.5)

바빌로니아라는 타자의 역사와 중국이라는 타자의 역사 사이의
차이는 폐허와 책 사이의 차이이다. 중국을 계속 재현의 세계에서
유통되게 해 왔고 또 죽지 않은 문명으로서의 특별한 역할로 나아
가게 하는 것은 확실히 중국의 텍스트성의 두드러진 특징이다. 폐
허는 텍스트라면 결코 할 수 없는 방식으로 구체적 비현전을 말해
주고, 텍스트에의 침윤(浸潤)은 중국이라는 특별한 타자의 역사에
핵심적인 것이다. 제국 중국에 대한 대중적인 이미지는 이것을 전
경화한다. 즉, "세상에서 가장 오래되고 지속적인 글쓰기 전통"은
제국적 숭고에 대한 매우 많은 표명들에서 이용된 고리타분한 문
구이다. 나는 이 책에서 타자의 역사라는 이데올로기적 유산 내에
서 쓰지 않으면서 중국의 역사에 대해서 쓰는 한 가지 방식은 텍스
트성(textuality) 자체와의 직접적인 맞부딪침을 통한 것임을 제기한
다. 에드워드 사이드의 『오리엔탈리즘(Orientalism)』의 출간과 함께 유
명해진 유럽 중심적 지식 형성에 대한 비판은 그 후 포스트식민주
의 연구, 문화 연구, 그리고 맑스주의 연구에서 전세계적으로 힘을
얻었다. 이들 작업은 기초들이 결코 순수하지도 않고, 지식을 구성
하는 바로 그 범주들과 매체들이 어떤 종류의 선(先) 배경을 반영한
다는 확신을 강화시켜 준다. 배경의 기능은 그 역사적 계기 속에서
변화한다. 즉, 20세기에조차도 '유교', '지식인' 혹은 '미학' 같은 기
초적 범주들이 광범위한 다양한 입장들에 봉사해 왔다. 텍스트성
자체에 질문을 던지는 것은 텍스트들 — 그것들의 내재적인 권위와

---

5) Eduard Gans · Saussy(1993), p.152에 인용됨.

아울러 — 이 사회 현실의 투명한 기록으로 간주될 때 생기는, 이데올로기적으로 결정된 기초주의들에 대한 반성을 허용하는 것일 것이다.

"한대(漢代)의 관료제는, 내가 그 자료들로부터 재구성했듯이, 존재했다." 한스 빌렌스타인(Hans Bielenstein)의 권위 있는 저서인 『한대의 관료제(The Bureaucracy of Han Times)』의 끝에서 두 번째 문장인 이 말은 아마도 초기 중국 제도사가(制度史家)들의 염려에다 두고 말한 것일 것이다. 만약 핵심적인 죽지 않은 문명으로서의 중국의 위치가 주어졌다면, 한대 관료제 자체가 '중국'보다 '자료들'에 한정되어 왔을 수 있을까? 중국학은 방법론 — 문언문으로 쓰여진 텍스트들에 대한 문헌학적 접근 — 과 연구 대상 — 제국 중국 — 에 의해서 동시에 규정되는 연구 영역이라는 미덕을 가지고 있다. 대상과 매체 사이의 경계는 종종 희미하다. 제국 중국을 연구하는 매(每) 학생들이 받게 되는 강렬한 인상의 하나는 텍스트적 총체화, 즉 『주역(周易)』의 거대한 체계, 혹은 텍스트가 우리로 하여금 떠올리게 하는 천상(天上)의 관료제의 환영(幻影)(Levi, 1989; Kalinowski, 1982, pp.187~192)들 속에 혹은 완전히 행정화된 『주례(周禮)』의 세계 속에 보이는 텍스트적 총체화를 향한 의지에 대한 인상이다. 『주례』는 탁월한 텍스트적 제국, 즉 시간성이나 서사 가능성(narratability)의 흔적이 제거된 순수한 구조로 이루어진, 의례화되고 과잉 침윤된 관료제를 묘사한다. 『주례』는 그 관료제를 지배 혹은 의사결정의 기관이 아니라 똑같이 텍스트화할 수 있는, 우주의 작업과 호흡을 맞춘 댄스와도 같은 것으로 만든다. 초기 제국 중국을 연구하는 모든 학자들은 제국의 텍스트성의 체계성과 씨름해야 한다. 왜냐하면 아마도 전근대 세계의 어떤 곳에서도 텍스트적 자료들이 자신들의 지시 대상을 초과하는 더 큰 능력을 가진 것으로 보이는 곳은 없을 것이기 때문이다. 오리엔탈리즘에 대한 비판이 어느 정도의 자기 의식을 광범한 문화교차적 비교에 투입하기 전에는, 중국의 호메로스나 중국의 성서의 결핍에 대해 질문하는 것은 흔히 있는 일이었다. 그러나 호메로스 중심적인 파이데이아(paideia) 혹은 성서주석들과 비교해 볼 때, 한대와 한대 이전의 중국 텍스트들은 그 지시 범위에서 훨씬 넓어 보인다. 비록 '자료들'이 여러 방면에서 현대 학자가 바라는 것만큼 완전하지 않을 수는 있지만, 그 총체성에 있어서 일차 자료들은 분명히 완전성의 효과를 만들어 낸다.

이 책의 근본적 가정은 한대가 공고화(consolidation)[6]의 시기였다는 것이다. 여기에는 논쟁의 여지가 전혀 없다. 대부분의 중국학자들이 동의할 것이다. 내가 이 책에서 말하지 않을 것이나 사실상 말해질 이야기는 체제 공고화의 어떠한 역사 — 예를 들어, 한대 중국, 제정 로마, 대영제국, 20세기 말의 자본주의 — 도 공고화의 실패와 불완전함에 관한 이야기라는 것이다. 어떤 체제도 그 자신을 결코 완전히 총체화하지 않는다. 그러나 그 자신을 총체로서 재현하는 것은 체제의 본성이다. 그리하여 나의 주장은 이 재현된 공고화가 깊고 광범위했으며, 그것이 꽤 많은 전선에서 발생했다는 것이다. 우선, 나는 문언문 자체가 한대의 창작물이라고 주장한다. 이 판단은 빅터 메어(앞에서 인용하였다)의 저작에서 뿐 아니라 중국의 문자에 관한 최근의 많은 저작들에서도 지지될 수 있을 것이다. 윌리엄

---

6) * 하나로(con-) 견고하게(solid-) 한다는 의미에서 '통합'의 의미도 담고 있다.

볼츠(William Boltz)는 허신(許愼, 100~121년에 활약)의 사전『설문해자(說文解字)』속의 규범적 문자를 한초(漢初)나 한 이전의 고고학적 발견물들 속에 보이는 다양한 이형(異形)들과 비교한 후, 지금 우리가 알고 있는 중국 문자가 한조(漢朝)를 거치는 동안에 고정되었다고 결론을 내린다. 볼츠는 한대의 규범화가 음절문자체계(syllabary) 혹은 심지어 알파벳으로까지 발전했을 수도 있는, 문자에서의 탈의미화를 향한 시작 단계의 경향을 저지했다는 가정을 설득력 있게 주장한다(Boltz, 1994, pp.129~177). 내가 생각하기에는 설득력이 있고 유용한 정식화에서, 볼츠는 허신의 사전이 기술적(descriptive)이라기보다는 규범적(prescriptive)이었다고 말한다. 한대에는 또한 텍스트들의 지시 능력의 공고화도 있었다. 즉 옛 '경전(經典)' 텍스트들은 그에 대한 한대의 주석들과 함께, 우주와 인간세계의 작동을 설명할 수 있는 기초적 텍스트들이 되었다. 이 범위는 또한 전한 초기에『춘추번로(春秋繁露)』, 양웅(揚雄)이『역경(易經)』을 다시 쓴 것인『태현경(太玄經)』, 그리고 사마천(司馬遷)과 반고(班固)가 쓴 최초의 대규모 역사기술 서적들과 같은 적요집(摘要集)들의 목표였다. 그것은 전한말 유향(劉向)과 유흠(劉歆)의 목록학(目錄學) 저작들에서도 역시 명확하다. 전한말은 내 생각에는 우리가 오늘날 알고 있는 정경(正經)들이 결정적 형태를 갖춘 때이다. 허신의 사전은 무제(武帝)의 통치로부터 약 200년 후에 나왔고, 유씨 부자의 목록학 저작은 약 100년 후에 나왔다. 허신의 뒤를 따라, 공고화 과정은 신속히 계속되었다. 『춘추번로』같은 저작들과 함께 수립된 질문의 범위를 계속 이어서,『풍속통의(風俗通義)』나『전론(典論)』(지금은 잔본(殘本)만 남아 있음) 같은 적요집들이 한말에 나타났다는 것은 정치적 제국과 텍스트적 제국의 동일 범주적 성격에 대한 또 다른 지표들이다. 현존하는 증거는 텍스트적 가능성의 총체화 범위, 즉 사회역사적－우주론적 전체를 형상화하고 재현하는 텍스트적 장면의 능력이 한말에는 자연스러운 것이 되었음을 암시한다. 한대에는 위와 같은 저작들이 생산되었을 뿐 아니라 왕조의 후반부에는 목록학 및 선집 편찬의 실천도 그 범위에 있어서 박차를 가하였다. 그러나 여전히, 자료들의 풍부함에도 불구하고, 한대를 연구하는 우리 시대의 학자는 유럽과 지중해의 고전시대와 중세시대를 연구하는 학자가 이용할 수 있는 금석학적 기록이나 필사 기록들이 제공해주는 물리적 직접성에 필적하는 어떠한 것도 가지고 있지 않다. 서양 중세와 르네상스의 텍스트들에 대한 새로운 문헌학적 연구는 텍스트들의 물질성 — 지면 배치・장정(裝幀)・정자법(正字法)・오자(誤字)・얼룩・덧쓰기 — 으로부터 중요한 결론들을 이끌어 내고 있다. 이는 한대 자료들의 경우에는 불가능하다. 거의 예외 없이, '자료들'은 항상 이미 재조립되어 있고, 주가 달려 있고, 정전화되어 있고, 연구되어 있고, 선집으로 편집되어 있다. 즉, 현대 학자들이 지금 이용할 수 있는 이들 자료들은 지어진 뒤 수백 년이 지나서야 물질적으로 존재하는 대상들이 되었다. 중국학자들이 이용하는 자료들은 거의 예외 없이, 아우라적 가치를 가지고 있지 않다. 그 어느 것도 자신의 개별화 가능한 구체적 예시에 집착하지 않는다. 그것들은 전승의 수단으로서, 그 매체 자신의 권력과 범위를 내용으로 하는 메시지를 전달하기 위한 매체로서 머무른다.

현대 중국학이 텍스트의 전승과 주해라는 중개적 전통 속에 스스로를 부지런히 투입하는 것은 그 자신의 학적 생산물에 거의 전례적(典禮的)인 성격을 부여할 수 있는데, 이는 "그것이 존재했다" 는 것에 대한 가끔 있는 염려를 자연스럽게 인정하게 되는 것이다. 최근의 고고학적 발견들을 약간 참고한 것을 제외하면, 이 책을 위해 내가 사용한 자료들은 초기 제국시대의 모든 학자들이 이용할 수 있었던 텍스트 자료들과 동일한 것이다. 나의 실험 — 이것을 실험이라고 명명하는 것은 나의 작업이 전승과 주해라는 중국학 전통과 구별되는 한 가지 방식이다 — 은 자료들과 그 내용들을 사회적 현존물들에 대한 단순히 투명하거나 반투명한 기록으로 취급하는 것이 아니라 초기 제국의 텍스트적 레짐(regime)의 공고화의 구성요소들로 취급하는 것이다. 나의 가정은 텍스트적 권위가 존재했다는 것이다. 정치적 권위와 완전히 같은 정도로는 아닌 논리와 배열 원리들을 지닌 채. 공식적(official) 텍스트들은 분명히 어떤 정치적 목적에 봉사했으나, 나의 가정은 텍스트 생산이 자율적인 것으로도—그 자신의 권위를 구성하고 강화하는 데에 봉사하는 것으로도 읽혀져야 한다는 것이다. 나는 여기서 현재 특히 한 후기 문인에 관한 연구에서 유행하는, 제국 당국과 구별되는 이해(利害)를 가진, 그들의 사회구성체의 이해를 표현하기 위해 텍스트들을 사용하는 독립적 인텔리겐치아라는 관념을 말하고 있는 것이 아니다. 이 관념은 텍스트들의 모델을 의사소통적 매체로 가정하는 것일 텐데, 이 모델은 나로서는 시험해 보고 싶은 것이다. 매체의 의사소통적 기능을 시험해 보는 것은 이 학문에서는 중요한 일이다. 번역과 주석에 관한 중국학 작업의 대부분은 다른 종류의 분석의 연기(延期)를 내포하고 있다. 문학 연구에서, 학자의 명시적 혹은 묵시적 입장은, 이론화는 오직 문학 텍스트의 창작 환경이 투명해진 이

후에만 생겨날 수 있다는 가정과 아울러, 종종 '기초들 — 날짜, 저자문제, 텍스트의 이본(異本)들, 전기적·역사적 배경 — 의 확립'이라는 입장이다. 이 기초들에 의존하려는 충동은 그 자체가 저이론화를 나타내는 증상이다. 예를 들어, 한 텍스트를 단지 '한 학자의 좌절'의 산물로 간주하는 것은, 실증적 심성을 가진 상식의 기본 구조에 줄곧 집착하면서, 정신 상태들, 이데올로기들, 그리고 근본적으로 증명 불가능한, 텍스트와 심리 사이의 관계에 대한 많은 가정들을 만드는 것이다. 나의 실험은 텍스트적인 것의 사회적 구성을 하나의 잠정적인 방식으로 다루는 것이다. 즉 그것을 부인하지도 않고 그것을 너무 지나치게 가정하지도 않는 것이다. 물론 정치적 제국은 자기 자신을 텍스트들을 통해 표현하고 기록하지만, 텍스트적 제국의 작용들은 사회적인 것과 정치적인 것의 요구를 초과한다. 텍스트적 초과의 직접적인 표지는, 그 텍스트들이 한 부분을 이루었던 제국이 더 이상 존재하지 않는 반면에 그 텍스트들은 살아남는다는 것이다. 이 책을 다른 방식으로 쓴다면 아마 정치적인 것과 텍스트적인 것을 경쟁 속에서 형상화하는 것, 한대의 텍스트적 정치를 결코 완전히 성공할 수 없었던 통제 시도로 간주하는 것이 될 것이다. 그 증명은 수많은 중상(中傷) 관련 법률들, 과격한 글쓰기의 정치적 결과들 및 글들의 비정통적 성격 속에서 발견할 수 있다. 그것들 모두가 계획적인 구속에 들어맞지는 않았던 것이다. 그러나 그런 시각은 의도성들, 정신 상태들 및 개인적 성향들에 관한 수많은 가정들을 필요로 할 것이다. 여기서 나의 실험은 첫째, 텍스트 생산을 정신 상태들을 표현하는 것으로 보는 것이 아니라 하나의 명시적으로 텍스트적인 논리를 구성하는 것이라고 보는 것이고, 둘째, 한대 관료제의 '존재(exsistence)'와, '자료들' 속에서의 그것의 기술 사이에서 탐구의 공간을 발견하는 것이다.

행정적 내용과 기능의 수준에서조차도, 한 정부의 텍스트적 성격은 분명하다. 표(表), 징조의 해석, 명령, 외교, 기록 보존, 그리고 기타 텍스트 생산이 정부와 그 관료들이 했던 일의 대부분을 구성하고 있었다. 행정행위, 의례 및 기타 활동들은 텍스트들 속에 상세히 기술된 규범들에 따라 수행된 것으로 기록되었다. 지식의 내용 또한 텍스트적으로 바탕지어졌다. 이것은, 예를 들어 플라톤의 시대나 그 이전의 아테네와는 대조적인 것이다. 한대 중국에서, 지식과 그 지식의 전승은 명확하게 그려진 전승 계보를 통해, 공식적으로 지정된 일단의 '경전' 텍스트들을 참조하는 데에서 그 권위를 얻는다. 전국적(national)[7] 엘리트들, 관직 보유자들 및 지방 엘리트들 사이에서의 텍스트적 경쟁이라는 근본적인 가정이 존재하고 있었다. 이것은 기타 텍스트들뿐 아니라 정경들과 그에 대한 공식적인 주석에 익숙하다는 것, 그리고 다양한 장르와 형식으로 유려하게 작문한다는 것을 의미한다. 텍스트적 권위가 존재했다고 내가 주장할 때, 나는 그것을 비자연화 하려고, 그것의 형성이 역사화 가능하고 특별한 것이라는 사실을 강조하려고 하는 것이다. 거대한 사회적·행정적 복잡성을 가진 사회들이 제국 중국의 관료제, 텍스트적 기록 사체의 부시런함 덕분에 약간 세부적인 데까지 알 수 있는 관료제의 텍스트적 친운과는 비교도 안 될 정도로 텍스트에 의존하지 않고 존재해 왔다. 텍스트적 권위는 어떻게 작

---

7) * '지방적(local)' 혹은 '지역적(regional)'과 반대 의미에서.

동했는가? 그것은 어떻게 자신을 질서지우고 유지했는가? 그것은 어떤 종류의 주체들과 주체성들을 창조했는가? 이것들이 이 책에서 해답을 추구하고 있는 몇 가지 질문들이다.

한대 텍스트적 권위의 매체는 고도로 약호화된 의미화(signification) 체계였고, 매체의 공고화 자체가 한대의 성취물이었다. 텍스트들은, 선재하는 구두성(orality)을 재현하거나 재생산하는 능력에 그 의사소통적 권위의 기반을 두지 않은 순수한 문어로 지어졌다. 나는 빅터 메어를 따라, 이 언어를 Literary Sinitic[8])이라고 부른다.[9] 한대의 문언문 이용은 어휘론적 · 구문론적 · 장르적 및 하위장르적 관습들에 의존하고 있었다. 이들 관습에는, 어떤 텍스트적 실천들의 경우에는, 한대를 거치는 동안 점차 더욱 약호화된 일군의 자료 텍스트들로부터 나온 요소들을 상호텍스트적으로 이용하는 것이 포함되어 있었다. 상호텍스트성 — 텍스트들이 동시대적인 것이든 아니든, 직 · 간접적인 인용, 인유 및 기타 표시들을 통한 텍스트들의 연관 짓기 — 은 저자의 기교 혹은 착상에 따라 응용되는 문학적 테크닉이나 문체적 수단으로서보다는 문언문의 규정적 자질로서 더 잘 이해된다. '제국' 또한 이 연구의 범위를 가리키는 중요한 한정사이다. 진조(秦朝)와 한조(漢朝)는 다양한 지방적 전통과 구어 및 방언을 가진 거대한 지역을 다스렸다. 그럼에도 불구하고, 이 제국의 경계 내에서 공식적으로든 준공식적으로든 문언문 외의 어떤 문어

---

8) * 본 역서에서는 '문언문'이라고 옮긴다.
9) 나의 관점에서는 문언문의 텍스트적 권위는 결코 어떤 발화되는(spoken) '현실의(real)' 언어 속에 있는 그 기반에서 유래하는 것이 아니며, 문언문의 언어적 권위는 그것의 구성 요소들의 상호관계에 의해서 내적으로 구성된다는 것을 강조하고 싶다. 이에 대해 더 자세한 것은 다음 장을 보라.

도 사용되었다는 증거가 없다. 이와 대조적으로 로마의 공화정 및 제정시대에, 라틴어-그리스어라는 이중 언어에 대한 식자 능력이 글을 아는 소수 집단 사이에서 광범위하게 보급되었을 뿐 아니라, 다른 언어들도 공식적으로 사용되었다.[10] 기독교의 신(神)조차도 — 그리스도의 십자가에 새겨진 히브리어, 그리스어 및 라틴어 기록이 증명하듯[11] — 다언어주의에 기초적인 정당화를 제공하였다. 문언문의 약호화와 헤게모니적 이용은 제국 중국의 정치적 행정과 동일 범주적인 것이었다. 이 두 기획은 분리 불가능한 것이다. 위에 인용한 한스 빌렌스타인의 말에다가, 우리는 한대 관료제는 자료들이 존재했기 때문에 존재하였다는 것, 그 관료제의 존재와 자료들의 존재는 상호의존적이었다는 것을 덧붙일 수 있을 것이다.

읽기·쓰기·음송하기, 즉 텍스트성의 인간적인 장면을 묘사할 때 우리가 선택하는 이 동사들은 우리 연구의 개념적 틀의 대부분을 드러내 준다. 읽기, 쓰기 그리고 음송하기는 주체들이 텍스트들에 기반해 수행하는 행위들이다. 비록 문언문에는 이들 단어들에 해당하는 많은 등가어들이 있지만, 그것들은 이 실험에는 만족스럽지 못한 한정사들이다. 이 실험은 주체성(subjectivity)을 표현적인 텍스트 생산의 선행 조건으로 간주함 없이, 텍스트적인 장면과 사

---

10) 많은 고전학자들이 이 상황을 기술했다. 유용한 요약은 Harris(1989) 특히 제7장, pp.175 - 284를 보리.

11) * 「요한복음」 19장 19~20절. "빌라도가 명패를 써서 십자가 위에 붙였는데 거기에는 '유다인의 왕 나자렛 예수'라고 씌어 있었다. 그 명패는 히브리말과 라틴말과 그리이스말로 적혀 있었다. 예수께서 십자가에 달리신 곳이 예루살렘에서 가깝기 때문에 많은 유다인들이 와서 그것을 읽어 보았다."(『200주년 신약 성서주해』, 분도출판사, 2002)

회적인 장면을 함께 고려하는 것을 목표로 한다. 예를 들어, 문언문을 이용한 글쓰기의 역사는, 텍스트적 권위의 역사와 대조적으로, 표현을 위해 그 매체를 사용하는 저자들의 계속되는 세대들에 바탕해서 서술될 것이다. 익숙한 목적론들이 뒤따른다. 즉, 예를 들어, 순문학(純文學)의 역사에서 사람들은 한 장르의 탄생, 성숙 및 쇠퇴 혹은 한 사람의 저자와 다른 저자 사이의 영향의 계보를 기대할 것이다. 물론 그런 접근법에는 잘못된 것이 없다. 왜냐하면 그 기초적 가정들은, 명시적으로 표현된 것이든 아니든, 매우 명확한 것이기 때문이다. 읽기의 역사는, 한조의 경우, 재구성하기에 더 어려울 것이다. 즉, 쓰여진 자료들의 생산·유통·사용 및 분배에 관한, 그리고 읽히는 자료의 물리적·물질적 속성들에 관한 좀더 완전한 정보가 있는 시대라면 가능했을 종류의 읽기의 역사를 위해서는 자료들과 물질적 증거가 너무 한정되어 있다.[12] 그럼에도 불구하고, 이 실험의 조건들을 좀더 잘 설명해주는 방식으로 텍스트와 주체성의 상호관계를 표현하는 단어가 하나 있다. 적어도 공자의 시대부터는 텍스트들을 이용한 작업에 대한 공통적인 표현이 학(學)이라는 글자에서 발견된다. 학은 보통 'to study'로 번역된다. 『논어(論語)』에는 공자가 자기 아들에게 이렇게 말한 것이 인용되어 있다. "不學詩, 無以言(시를 공부하지 않는다면, 너는 할 말이 없을 것이다)."[13] 주(主) 텍스트들에 대한 공부는 여기서 존재론적으로

---

12) 이런 종류의 작업 예들은 *Speculum : A Journal of Medieval Studies* 65, No.1(January 1990)을 보라.

13) 『詩經』의 숙달의 불충분함에 대해『論語』에 나오는 한 실례에서, 동사는 誦, 즉 텍스트를 recite 혹은 chant하는 것이다.

의사소통보다 선행하는 것으로 그려진다. 이 구절에 대한 상식적 번역은 이렇게 될 것이다. "경전 교육을 받지 않으면 너는 말할 만한 것을 가지지 못할 것이다." 축자적 해석은 『시경(詩經)』의 시행(詩行)들이 외교나 기타 공식적인 상황들에서 약호화된 의사소통 단위들로서 잡다한 용도를 발견했다는 증거가 존재하기 때문에, "『시경』의 시행들을 공부하지 않으면, 말하기가 『시경』으로부터의 인용구들로 이루어지는 상황에서 말하기가 불가능하다"는 것을 시사할 것이다. 『논어』가 지어질 무렵에는, 텍스트적 권위와 텍스트 중심적 교육의 전(前)제국적 형태가 식자 능력을 가진 엘리트들의 어떤 섹터에서는 아마도 규범화되어 있었을 것이다. 사실, 이것은 공자의 것으로 간주되는 것과 같은 일군의 쓰여진 정치철학의 수용과 전승을 위한 선결 조건이었음에 틀림없다. 텍스트들이 항상 교육의 일차적 내용이 아니었다는 것은 가능한 일이다. 의례(儀禮)는, 신성한 것의, 국가가 허가한 형태와 일치하는 행위로 간주되든 아니면 단순히 반복으로 간주되든 간에, 공부의 본래적인 내용이다. 학은 또한 '모범을 따른다'와 같은 것을 의미할 수도 있다. 모범에 맞추기와 반복의 행위들은 공부와 의례의 공통된 성격을 보여준다. 정현(鄭玄)의 『주례』주(注)는 주(周) 왕국 초기의 의례와 교육의 불가분리성을 강조한다. 즉, 의례는 교육의 내용이다. 벽옹(辟雍)은 그 당시 존재했던 유일한 '공적(public)' 교육이었던 주례(周禮) 교육의 무대였다. 최초의 대학[太學]은, 벽옹과 동일한 것을 가리키든지 아니면 인접한 건물을 가리키든지 간에, 엄청나게 확장된 동명의 한대 기구에서와는 달리 텍스트 학습으로 젊은 왕족들을 교육하기 위한 곳이 아니라 사례(射禮)와 기타 신체적 행동들을 교육하기 위한 곳이었다.[14] 레온 반데르메르시(Leon Vandermeersch)는 '대학' 혹은 '공부'를 가리키는 글자인 學이 본래는 활쏘기 홀(hall)을 가리키는 것이라고 말하였다.[15]

활과 화살로부터 텍스트로의 이행은 텍스트적 권위의 공고화에서 기초적인 국면, 한때 '문명화'라고 불리던 과정이다. 빌렌스타인의 염려는, 만약 그것이 그의 언어가 배반하는 것이라면,『주례』(훨씬 이전의 것이라고 주장되기는 하지만 아마 한대의 텍스트일 것이다) 속에 그려진 텍스트적 과잉공고화—'문명화'를 대신하는 또 하나의 용어—에 대한 염려이다.『주례』에서는 어떤 것도 텍스트 바깥(hors texte)에는 없고, 마치 보르헤스(Borges)의 지도에서처럼, 국가의 기능의 의례화된 재현이 그 기능 자체와 동일 범주적이다.

哀公問政. 子曰 : "文武之政, 布在方策."
애공이 통치에 대해서 물었다. 공자께서는 "문왕과 무왕의 통치는 방책에 나와 있다"고 말씀하셨다.[16]

---

14) Levi(1990), pp.150~151에서 Vandermeersch(1980), p.389를 따라.
15) Vandermeersch(1980), p.415에서 시라카와 시즈카[白川靜]를 따라.
  * 반데르메르시와 시라카와의 글을 확인하지 못했다. 그러나『通典』에 蔡邕「明堂章句」曰 : "明堂者, 天子太廟, 所以宗祀, 周謂之明堂. 東曰靑陽, 南曰明堂, 西曰總章, 北曰玄堂, 中曰太室. 人君南面, 故主以明堂爲名. 在其五堂之中央, 皆曰太廟. 饗射·養老·敎學·選士, 皆於其中. 故言其正室之貌則曰太廟, 取冀奪崇則曰太室, 取其向明則曰明堂, 取其四時之學則曰太學, 取其周水圜如璧則曰辟雍. 雖各異名, 而事實一也."(杜佑,『通典』, 北京 : 中華書局, 2003, 1,217면)라고 한 것 등에서 근거를 찾을 수 있다.
16)『中庸』제20장.
  * 方은 글씨를 기록한 나무판을 말하고, 策(=冊)은 竹簡을 엮어놓은 것을 말한다. 奚春年,『中國書源流』, 江蘇古籍出版社, 2003, 21면 참조.

반데르메르시가 제기한, 활과 화살로부터 텍스트로의 이행의 역사성은 마크 에드워드 루이스(Mark Edward Lewis)의 연구 『초기 중국에서의 허가된 폭력(Sanctioned Violence in Early China)』(1990)의 한 특색이기도 하다. 루이스는 전국 시기라는 이행기(기원전 5세기에서 221년까지)를 권위의 새로운 형식과 관계들로의 집중, 특히 전쟁과 기타 형태의 허가된 폭력 속에서 명시된 것으로, 그리고 "유일한, 우주적으로 강력한 지배자"(Lewis, p.53), 황제의 선구자 속에서 정점에 달하는 것으로 성격 규정한다. 비록 루이스가 텍스트적인 것이라는 범주를 특정하여 사용하지는 않았지만, 텍스트화 과정은 그의 책의 일관된 특색이다. 가계(家系)에 기초한 혈맹(血盟)으로부터 약(約)으로 또 법(法)(p.67 이하)으로의 진화에 대한 그의 논의는 우선 신체적 의례의 텍스트화에 대한 설명으로서, 확정돼 있고 불변하는 일군의 텍스트들 속에 묻혀 있던 법적 권위의 확립을 가져온다. 루이스의 분석에서 전국 시기라는 이행기를 특징지은 새로운 중심적 권위의 초점적 행위인 전쟁 그 자체에는 판명하게 텍스트적 맥락이 주어진다.

이 새로운 패턴의 폭력의 일차적인 특색 중 하나는 전쟁이 텍스트의 숙달에 기초한 지적 훈련이라는 믿음이었고, 그리하여 적절한 전쟁을 만들어내었던 성왕(聖王)은 또한 군사적 논문의 최초의 수령자이기도 하였으며, 그리하여 텍스트에 기반한 기술(技術)들에 근거한 전쟁 유발자이기도 하였다. (Lewis, p.99)

전국 시기라는 이행기에 대한 그런 설명들은 루이스의 책에서 일반적이다. 그는 텍스트성이라는 분석 범주 없이 자신의 분석을 형성할 수 있다. 왜냐하면 그는 텍스트성을, 정확하게도, 집중화된 권위의 일차적 지표로 간주하기 때문이다. 그의 연구에서 초점이 되는 것은 권위의 성격상의 이러한 변화이다. 전국 시기에 부상한, 권위의 점차 집중화된 형식은 이 텍스트적 성격을 요구하지 않았다. 비록 그 텍스트적 성격이야말로 그것이 실제로 취했던 형식이었음에도 불구하고 루이스의 책은 텍스트적 권위가 아무튼 '자연스럽다'는 가정에 반(反)하는 증거를 제공한다. 루이스의 서사에는 나의 실험이 여기에서 저항하고자 하는 있을 법한 유혹이 있다. 혈맹으로부터 법으로의, 벌거벗은 원시적 폭력으로부터 의례화된 전쟁으로의, 종족(宗族)으로부터 국가로의 이행은 야만적인 물리성으로부터 추상으로의, 물질적인 것으로부터 정신적인 것으로의, 강압으로부터 이데올로기로의 '진보'라는 목적론적 서사에 너무나 쉽게 들어맞는다. 비록 자료들이 이 점에 대해 제한된 상세 설명만을 허락하긴 하지만, 텍스트적 권위의 작동은 그 자체가 또한 물질적인 실천임을 명심하는 것이 중요하다. 학문 자체는 오직 직업적인 예의바름을 위반하거나, 메타―메타비평이 제공하는 단조로운 유아론(唯我論)을 희생할 때에만 그 스스로의 가능한 물질적 조건들을 반성하는 텍스트적 실천이다. 그러나 연구 대상과의 과잉상동화(過剩相同化)에 대한 저항은 명심할 필요가 있다. 독자들은 이 실험이 텍스트성을, 권위의 수많은 가능한 형식들 중 한 가지 형식으로, 또 판명한 일단의 실천들로 위치짓기를 추구한다는 것을 상기하기 바란다.

중앙의 정치적 권위와 텍스트적 권위는 전국 시기라는 이행기의 전 기간에 걸쳐 추진력을 얻는다. 진한 시기(진은 기원전 221~206, 한은 기원전 206~기원후 220)는 그 후 지리학적 '중국'이라 말해지는 것의 대부분에 대해 제국적 지배를 확립하고, 또 우리가 자료들로부터 알고 있는 바대로 텍스트적 권위를 공고화한다. 제국 체제는 텍스트적 권위의 논리와 동일 범주적으로 존재하고 기능한다. 한 말기가 되면 텍스트적 침윤을 가리키는 기호들은 모든 곳, 즉 행정, 인간관계, 관료 채용 및 엘리트의 사회생활에 존재한다. 221년 한에서 위(魏)로의 왕조 이행은 그 자체가 완전히 하나의 텍스트적 사건으로서, 위나라의 '텍스트적(textual)' 황제[文帝] 조비(曹조)와 그의 동료들의 비호하에 실행되었다.17) 일련의 텍스트들 — 전조들과 예언들 — 이 공포되었고 한에서 위로의 왕조 이행을 '자연스럽고' 논리적인 것으로 만드는 방식으로 해석되었다. 이 특별한 왕조 이행은 대부분의 역사기록을 통해 중국사에 있어서의 거대한 분열들 중 하나로 혹평되었고, 그리하여 그것은 텍스트적 권위의 훨씬 더 중요한 공고화의 간접적인 기호이다. 정당한 계승이냐 부당한 계승이냐(正統 대 霸統)에 관한 논쟁이 위나라의 몰락 이후 얼마 되지 않아 시작되어 금세기까지 계속되고 있음에도 불구하고, 이것이 왕조 계승의 정당성 자체가 확립되었고 또 그 정당성이 텍스트적 논리에 바탕해서 서술되었다는 사실을 흐리게 해서는 안 된다.

나의 분석을 텍스트적 권위에 집중시키는 것은 초기 제국 및 초기 중세 엘리트 문화사에 대한 표준적인 버전과는 다소 구별되는 서사를 생산한다. 가장 일반적인 버전은 한 말기부터 진대(晉代)까지의 시기를 공적인 것으로부터 '사적'인 것으로, 제국석 권위로

---

17) 'civil'이라고 옮기는 것이 더 나을 수도 있는데도 내가 'textual'이라는 단어를 쓴 데에는 전혀 어떤 의도성이 없다. 이 사건들은 『三國志』「魏書」, 62면 이하에 상세히 나와 있다. 이 간택의 텍스트적 성격은 Carl Leban(1978), pp.315~342에 분명하다.

부터 혈연적 연합으로, 통치에 대한 엘리트적 참여라는 에토스로
부터 은둔으로의 후퇴, 그리고 철학에서는 공적인 정신을 가진 유
가사상으로부터 정적주의(靜寂主義)적이고 애초에 탈국가주의적인
도가사상과 불교로의 이행에 의해 특징짓는다. 이 버전은 또한 2
세기 후기와 3세기를, 대부분의 문학사가들에게 서정주의, 문학적
주체성, 그리고 자기 의식(自己意識), 즉 독립적인 '문학' 자체의 탄
생을 나타내는 순문학적 글쓰기와 비평의 전통이 발흥하는 시기
라고 본다.18) 지각된 정치적·사회적 및 도덕적 붕괴의 시기에 나
타난 '미학적' 번성이라는 우연의 일치는 징후적(사소한 미적 추구에
대한 헌신은 통치 책무에 대한 무시를 나타내는 것이다)이거나 멜로드라마
적인(비극적 시대는 그 비극에 대한 깊은 반성을 생산하는 방식으로 인간의
마음을 뒤흔든다) 것으로 간주된다. 텍스트적 권위에 집중된 분석에
서, 2세기 후기와 3세기는 텍스트적 영역의 확장기로 간주될 수
있다.19) 텍스트화는 사교생활과 비공식적인 생활의 증대되는 다양
한 측면들을 위한 매체가 되고, 이것의 한 가지 결과는 내가 '주체
성 효과(subjectivity effect)'라고 부르고 싶은 것을 창조하는, 텍스트의
장르들 및 그 하위장르들의 발흥이다. 나의 분석은 표준적인 문학
사적 분석들과 선명하게 갈라진다. 나는 주체성 효과를 텍스트들

---

18) 이들 원칙에 따른, 漢-晉 詩에 대한 최근의 연구는 Cai Zhongqi(1996)이다.
19) 이것이 반드시 증대된 식자 능력과 똑같은 것은 아니다. 『魏略』의 유명한 한
    구절이 있는데, 『三國志』「魏書」. 「王肅傳」의 주에 달려 있다. 거기에서는 3세
    기 중반 텍스트적 능력의 커다란 쇠퇴를 암시한다. 나는 이 구절의 진정한 중
    요성은 그 당시 수도가 그 이전과 달리 텍스트적 활동의 진원지가 아니었다는
    데에 있다고 제기하고 싶다. 텍스트적 활동은 분명 太學의 파괴에 의해 변경되
    었으나, 나는 그것이 몰락했다기보다는 탈중심화되었다고 말하고 싶다.

에 의해서, 그리고 그 텍스트를 생산하는 제도들에 의해서 조건지어지는 것으로 간주한다. 다른 문학사가들은 이 '내면으로의 전환'을 심리학적·역사적으로 볼 것이다. 즉, 사대부(士大夫)가 조정(朝廷)에서의 생활에 좌절하고서 사적 추구에 몰두하는 것으로 볼 것이다. 일본의 교토학파(타니가와 미치오[谷川道雄]가 대표적 인물이다)는 새로운 정신 상태를 기술하는데, 그것은 하나의 정식화에서 닌겐슈기[人間主義, interpersonalim 혹은 humanism]라 불린다(宇都宮淸吉, 1954, 508~512면). 이 인간주의는 수평적이고 비위계적인 결속이 공식적이고 위계적인 결속을 대체할 때 생산되는, 사상과 글쓰기에 있어서의 새로운 방향에 반영된다고 그들은 주장한다. 교토학파가 닌겐슈기를 공식적 영역과의 대응관계 속에서 바라보는 곳에서, 나는 우리가 확장된 텍스트적 영역을 통해 현전하게 된 새로운 주체성들을 텍스트적 권위의 더욱 장기간에 걸친 공고화와 — 한조의 쇠퇴기 이전에 진행 중이었고, 공식적 영역 내부에서 매우 많이 형성되고 구체화된 것이었다 — 동일 범주적인 것으로 간주할 수도 있다고 주장한다.

초기 제국시대의 텍스트적 권위의 발흥에 대한 나의 연구가 한후기에 집중된 데에는 몇 가지 이유가 있다. 한 후기는 일반적으로 '위기' 혹은 '변혁'의 시기로 그려지는데, 이러한 시간성은 근대주의적 역사기술에서 애호하는 것이다. 내가 위기에서 공고화로 초점을 옮기는 것은 역사기술적인 성향에 반하는 읽기의 실험, 내생각에는 인간 상호간의 관계와 그것의 자료들 속에서의 재현이 가지는 이데올로기적 성격뿐 아니라 한대의 사대부 '계급'의 성격, 그것이 위진남조(魏晉南朝)의 혈연적 귀족제와 가지는 관계와 같은 문제들을 어느 정도 해명해줄 실험이다. 둘째, 한 후기와 그 직후의 포스트 한 시기는 '문학'이라는 범주의 새로운 자율성이라고 불려온 것에 책임이 있기 때문에, 내게는 텍스트적 권위 전체에 초점을 맞추는 것이 이 자율성, 그리고 사실상, '문학' 범주 자체에 대한 의문을 제기할 수 있는 것으로 보인다. 혼 소시(Haun Saussy)는 『중국 미학의 문제(The Problem of a Chinese Aesthetic)』의 서문에서 이렇게 쓴다.

> 3장과 4장에서 나는 '구성'이라는 개념을 다소 강하게 밀고 나아가며, 중국의 발명과 중국의 시적 언어의 발명이 대체로 동시대적일 뿐 아니라 서로 관련된 사건들이기도 하다고 믿을 이유들을 발견한다. (Saussy, 1993, p.4)

'중국의 시적 언어의 발명'이라는 말로 소시는 『시경』에 대한 모씨(毛氏)의 '고문 텍스트'에 부여된 권위, 후한 초에 성쇠를 겪었으나 그 왕조의 말기에는 공고해진 권위를 가리키고 있다. 「모전(毛傳)」의 상승(上昇)은 경전들의 지시범위의 확장을 가리키는 기호이다. 모시 전승에서 『시경』은 '왕화(王化)' 자체의 원리들을 구현하였다. 통치권은 텍스트화되었다. 내가 보기에 소시는 한대로 보아서는 갑작스러울 수 있는 방식으로, '경전'으로서 『시경』이 가지는 지위를 손상시키면서 『시경』의 '시'를 강조한다. 나는 그가 여기서 허용하는 '시적 언어'에 자율성을 허용하고 싶지는 않지만, '중국'이라는 것이 성벽(城壁)과 전장(戰場)에서 만큼이나 텍스트들 속에서 발명된 것이라는 점에서 그에게 동의한다.

이와 같은 실험은 일정한 위험들을 수반한다. 그것을 실험이라고 부름으로써, 나는 중국학 분야에서 핵심적인, 해석상의 권위와 확정성을 요구하지 않고 피해가려 한다. 타자─시간적·공간적 혹은 '인종적(ethnic)' 타자─를 연구하는 우리들 학자들은 에드워드 사이드가 오리엔탈리즘에 제기한 질문, 즉 "과연 인간 현실이 진짜로 갈라지는 것처럼 보이긴 하지만, 인간 현실을 명백히 서로 다른 문화들, 역사들, 전통들, 사회들, 심지어 인종들로 분할하고서도 그 결과들을 인간적으로 견뎌내는 것이 가능한가?"(Said, 1978, p.45)를 더 이상 천진하게 무시할 수는 없다. 내가 이 서론의 첫 부분에서 시사한대로, 단괴적이고(monolithic) 연속적이며 '전통'으로 가득 찬 중국의 모습은 서구에서 중국을 특별히 타자화하는 일차적인 수단이다. 심지어 연구 대상인 제국 중국에 대한 애정과 존중을 고백하는 학자들도─그런 애정 고백들은 중국 연구에 사이드를 적용할 수 있는가에 대한 중국학적 반론들에 공통된 것이다─그들이 단괴적인 문화적 본질이라는 기획을 강화하는 만큼 오리엔탈리즘적 담론에 기여하고 있다. 이 책의 기본 테제─한대 중국에는 텍스트적 권위라는 것이 있었고 그것이 특정한 방식들로 재현을 구조화하였다─는 분명히, 상위(相違)하는 특수자를 옹호함으로써 문화적 본질의 주장들을 반박하려는 시도가 아니다. 왜냐하면 그 특수자 역시 자신의 이데올로기적 무게를 가지고 있고, 또 사실 중국학의 길드 버전의 일차적 대상이기도 하기 때문이다.

이 책의 제목『텍스트의 제국』은 고의적으로 롤랑 바르트(Roland Barthes)의『기호의 제국(L'empire des signes)』을 연상시킬 위험을 범하고 있다. 그 책은 비서구에 대한 다른 총체적 추상화들─비트포겔(Wittfogel)과 크리스테바(Kristeva)가 즉각 떠오른다─과 함께 비판받아 왔다. 그들은 서구의 거대 관념에 봉사하고 그것을 지지하기 위해 아시아를 이용하며, 그리하여 서구의 제국적 팽창 자체를 반복한다. 나의 텍스트적 제국 버전은 바르트의 '놀라운 상징체계(système symbolique inouï)'와 유사성을 가진 것으로 보일 수도 있다. 그러나 나의 주장은 궁극적으로 빌렌스타인의 "그것이 존재했다"에 더 가깝다. 분명히, 어떤 형태의 텍스트적 권위가 글쓰기 자체가 존재해온 모든 곳에서 존재해 왔다. 나는 그 점에 있어서 제국 중국의 어떠한 특수성도 주장하지 않는다. 나는 권위의 다양한 역사적 국면들에서 그 체제에만 유독 대단히 특정했던, 텍스트적 권위를 위한 역할들을 그 제국의 레짐이 창조하였다고 주장하는 것이다. 나는 우리가 오늘날 알고 있는 그 엘리트들이 텍스트 문화의 **생산물**이라는 나의 제안, 초기 제국 중국에서 '엘리트'는 오직 사회적·텍스트적 견지에서만 통일성을 가지는 개념이라는 나의 제안에서, '엘리트들의 이익에 봉사하는 텍스트 문화'라고 하는 기능주의를 피하고 싶다. 그러니까, 텍스트성은 사회적인 것을 재현하는 수단이 아니었다. 엘리트의 정치적 삶과 사회적 삶의 주요한 내용이었던 것은 재현적 권위이다. 내가 처음에 이 주제에 대해 작업을 시작했을 때, 나는 그 작업이 지배문화에 의한, 엘리트 지식인 문화에 의한, 레짐에 봉사하고 레짐에 의해 봉사받은 작은 '계급'의 텍스트 생산을 통해 수행된 이데올로기적 작업에 대한 보다 표준적인 맑스주의적 연구로 생각했었다. 그러나 나는 이 범주를 사회적 견지에서 규정하는 다양한 방식들에 점차 불만을 느꼈고(이에 대해서는 아래에서 상세히 논한다), 그래서 나는 텍스트성과 권위 사이의 관계를 여기서 기술한 방식으로 생각하기 시작했다. 물론, 그 본성상 역사 기록에 들어갈 수단이 거의 없는 **텍스트 바깥**도 있었다. 여성, 초기 불교 및 도교 공동체, 백화문학 및 기타 '비공식적' 영역들에 행해진 작업은 헤게모니적 권위의 구성은 언제나 그와 동시에 배제의 과정이라는 것을 우리에게 일깨워준다. 그럼에도 불구하고, 비자연화되고 역사화할 수 있는 **과정으로서의** 텍스트적 권위에 대한 나의 포커스에서, 나는 이 권위가 단순히 순수한 재현의 가공(架空)의 레짐으로서 분석될 수 있는 것이 아니라 사회적으로, 헤게모니가 언제나 그러했듯이, 승자, 패자 그리고 그 결과들과 함께 기능해 왔음을 강조하고 싶다.

제1장에서는 한대 중국의 맥락 속에 텍스트성과 텍스트적 권위의 개념을 도입한다. 고전기 지중해, 유럽 및 피정복 초기의 아메리카에서 이론화되고 역사화된 텍스트성, 식자 능력, 읽기 그리고 쓰기를 참조하면서. 한대의 텍스트적 권위는 몇 가지 방식으로 이해될 수 있다. 즉, 제국의 실천은 텍스트들의 유통에 의존하고 있었고, 권위 그 자체는 확립된 전승 계보를 가진 일단의 텍스트들, 즉 서구에서는 유교 정전으로 알려진 정경들에게 부여되었다. 이 장에서 나의 일차적인 초점은 전한부터 후한까지 정전 형성과 전승의 역사 이면의, 쓰여진 형식 속에 있는 정경들과 특정한 이데올로기들 및 텍스트성의 실천들에 맞추어져 있다. 나의 비교 논의는, 식자 능력, 문화석 권위, 텍스트성을 연구하는 동시대의 이론가들뿐 아니라, 윌리엄 해리스(William Harris), 로잘린드 토마스(Rosalind Thomas), 에릭 해블록(Eric Havelock), 케빈 롭(Kevin Robb), 앙리 마르탱(Henri Martin), 로제 샤르티에(Roger Chartier), 그리고 브라이언 스톡(Brian Stock) 같은 많은 고전 연구가들 및 중세 연구가들에게도 빚지고 있다. 텍스트성의 '타자

들'에 관한 논의는 한편에서 중국과 또 다른 한편에서 고전기 지중해와 유럽 사이의 중대한 차이들을 보여준다. 서구의 이 두 시기에서는, 텍스트성과 구두성이 복잡한 상호관계를 가지고 있었다. 종종 구두적인 것이 쓰여진 것보다 권위에 있어 앞서는 것으로 그려지면서. 서구에서 인쇄가 널리 보급될 때까지, 대부분의 글쓰기는 큰 소리로 읽혀지는 텍스트들로서 경험되었다. 중국에서 앞서는 것(the anterior)의 권위를 부여받은 구두성에 대해서, 혹은 어떤 종류의 권위에 대해서도 거의 아무런 증거를 발견할 수 없다는 것은 충격적이다. 위에 논한 책에서 마크 루이스가 했던 것처럼, 역사가가 쓰여진 텍스트들을 통해 주초(周初) 구두적 엘리트 문화의 증거를 재구성할 수 있는 반면, 자료들은 '문자 이전'의 어떠한 구두적 권위의 체계도 인정하지 않는다. 자료들에서, 텍스트 문화는 언제나 유일한 문화였다. 글쓰기와 문명은 동일 범주적이었다. 만약 텍스트성에 대한 '타자'가 있다면, 그것은 텍스트적·제도적인 것의 가능한 형식주의에 반하는 '진짜(the genuine)'의 보루였던 '인간적인 것(the human 혹은 the humane)'이다. 이 장에서, 나는 또 텍스트의 제국에 대한 나의 개념과 서구로부터 나온 두 가지 관념, 즉 중세의 텍스트적 공동체[20]와 '인쇄자본주의'[21]의 '상상의 공동체'를 비교한다. 나는 **텍스트의 제국**이, 다른 경우에서 나타나는 계급 혹은 단일 텍스트 기반의 공동체들보다 훨씬 더 포괄적인 텍스트적 총체성을 나타내었다고 주장한

---

20) 예를 들어, Brian Stock(1990)을 보라.
21) 이 용어들은 물론 Benedict Anderson(1991)에게서 가져온 것이다. 앤더슨의 상상의 공동체라는 관념은, 내가 보기에는 부적절하게도, Charles Holcombe(1994)에게서 중세 중국에 적용되었다.

다. 비록 인구 대비 현존 텍스트의 비율의 경우는 중세 후기의 서구와 근대 초기의 경우가 훨씬 컸음에도 불구하고, 텍스트적인 것의 총체성은 또한 텍스트 문화의 물질적 차원에 대한 논의에 맥락을 제공한다. 즉, 유통 양식, 필기 재료들, 개인적인 장서들, 그리고 도서관들. 나는 다시 한번 서구를 참조하면서 **텍스트의 제국**에서의 글쓰기와 읽기의 이론을 제공한다. 서구에서 이해되는 것과 같은 저자성(authorship)과 독자성(readership)은 둘 다 한대 중국에는 전혀 존재하지 않았던 주체성의 특별한 종류들과 단계들을 내포한다(내가 참조한 이들은 누구보다도 바르트, 부르디외(Bourdieu), 푸코(Foucalt), 그리고 드 세르토(de Certeau)이다). 텍스트들과 텍스트성, 그리고 주체성에 대한 상이한 관계가 scholar-official,[22] shi,[23] 혹은 literati[24] 등으로 다양하게 불려온 사람들 사이에서 나타났다.

제2장에서는 이 계급 혹은 사회구성체 혹은 엘리트의 분석에 집중한다. 이 명칭은, 몇몇 오늘날의 역사가들을 좇아, 지금부터는 번역하지 않은 채로 남겨 둘 것이다. 이 집단은 한대와 송대(宋代) 사이(221~960)에 중국을 지배했던 세습 귀족과 함께, 오늘날의 사회사의 도구들과 용어법으로는 범주화하기가 힘들기로 악명 높은 집단이었다. 나는 그들의 정체성은 텍스트-관료제적 레짐에서 유래하는 국가주의적 정체성, 내가 다음과 같이 성격지으려는 엘리트 정체성의 최종 결정적 구조화라고 주장한다. 즉, 한 후기 사(士)는 텍스트적 권위의 범위를 유지하고 작동시키고 확장했다. 그 권위 속

---

22) * '士大夫'로 번역한다.
23) * 士.
24) * '文人'으로 번역한다.

에는 모든 다른 형태의 권위 — 군사적·경제적·법적 권위 — 가 내포되어 있었다. 나는 2세기 말부터 시작해서 제국의 정치적 권위와 텍스트적 권위는 갈수록 덜 일치하게 되었다는 중요한 경고를 덧붙이고 싶다. 나는 사가 그 행동들이 전적으로 제국 관료제의 작동으로 환원되지 않는 구별되는 사회구성체라는 점에 있어서, 교토 학파 — 그들의 주장에 나는 비판적으로 개입한다 — 에 동의한다. 그러나 나는 그들이 또한 텍스트적 레짐의 결과들로 간주될 수 있다는 것을 덧붙이고 싶다. 나의 분석에서 나는 사와 제국 조정 사이의 이데올로기적 차이를 덜 강조하기로 선택했다. 그 차이는 20세기의 사회사가, 문학사가 및 예술사가들에 의해서 과장되어 왔다. 나는 사들 사이의 동일시, 제휴, 그리고 품평(品評)의 실천들에 집중한다. 그 실천들은 제국 조정이라는 외적인 지시 대상이 주어질 때에만 분석 가능한 것이라고 나는 주장한다. 이 실천들은 텍스트적 권위의 유지와 실천을 그 일차적인 역할로 가진 집단 내에서 '사회적인 것'의 장(場)을 구성한다.

제3장에서는 이브 세즈위크(Eve Sedgwick)에게서 빌려 온 용어인 '동종사회성'에 기반하여 사(士)담론을 고찰한다. 나는 더욱 일반적인 '친교' 대신 이 용어를 사용한다. 그 용어의 성구별적이고 가족외적인 특수성을 유지하면서 애정의 문제는 비껴가기 위해서. 앞 장에서 한 후기의 비가족적·비공식적·반(半)공식적 사회관계의 증식과 중요성을 묘사했다. 나는 이 관계들 — 나는 이 관계들을 동종사회성이라는 일반적 범주 아래에 포섭한다 — 이 한대의 국가 이데올로기의 핵심적인 문제들이라고 주장한다. 한말에는 동종사회적인 관계에 대한 담론의 확산이 있었다. 한편으로는 인물 분

석과 범주화에 관한 매뉴얼, 그리고 서한(書翰), 서한적 운문, 찬(贊), 송(頌) 같은 동종사회 중심적인 텍스트 장르들에 주어진, 양적인 면에서나 공적인 중요성 면에서의 거대한 증가가 있었다. 다른 한편으로는 현존하는 형태의 사교적·비공식적 교제에 대한 비판적인 에세이들이 많이 나타났다. 이 에세이들의 메시지는 황금시대에는 사람들이 모든 시간을 일에 바쳤으며, 사교생활(social life)[25]이나 기타의 것을 위한 여가가 없었던 반면, 퇴폐적인 현재에는 사람들이 '공허한' 사회적 교제 ─ 이들 중 많은 부분은 사적인 치부(致富)의 보장이 목적이었다 ─ 를 위해 공식적 업무를 게을리 한다는 것이었다. 이 담론은 '붕당(朋黨)'에 비판적이었다. 심지어 중요한 당파의 구성원으로 인정되어 온 사가 지은 텍스트들에서도 그러하였다. 이 장은 상당량의 반(反)동종사회적 텍스트들 ─ 현재까지 대부분 연구되지 않은 텍스트들 ─ 에 대한 근접 분석을 담고 있으며, 또 그 텍스트들이 동종사회적인 것을 사의 텍스트적 활동의 일차적인 내용으로 만듦으로써 텍스트적 권위의 범위의 동일 범주적 확대와 심화를 이론화하고 규정하는 데에 있어서 공식적 유교의 부적절한 능력의 상장(上場)을 대변한다고 주장한다. 텍스트화될 수 있을 때, 사교관계들은 순수한 '여가'가 아니다.

제4장에서는 **텍스트의 제국** 내에서의 '문학'의 위치를 논한다. 이 장의 작업가설로서, 나는 한 후기에 순문학적 글쓰기를 실천한 사람들이 그 순문학적 글쓰기에 배당한 낮은 평가, 전형적인 문인적 겸손이라고 금세기에는 경시되어 온 판단을 심각하게 다룬다.

---

25) * 본 역서에서는 'social'을 문맥에 따라 '사회적' 혹은 '사교적'으로 옮긴다.

'순문학적' 글쓰기라는 말로써 나는 일차적으로 시(詩)·악부(樂府) 그리고 부(賦 : 영어로는 rhyme-prose 혹은 rhapsodies라고 다양하게 번역된다)를 가리킨다. 비록 순문학 / 비순문학이라는 라인을 따르는 장르 구분이 이후의 비평가들의 생산물로서 한대에는 중심적이지 않았음을 내가 강조함에도 불구하고 나는 순문학적 글쓰기에 주어지는 낮은 가치평가를 비평적 판단의 담론 내에서가 아니라 사의 시간성(temporality)에 대한 탐험이라는 맥락 속에서 다룬다. 만약 사의 이상적 삶이 일하는 삶이고, 순문학 생산이 '여가'활동이라면, '여가'의 내용은 무엇이고 또 그것은 개인의 삶의 시간적 재현에 대해서 무엇을 말하는가? 다른 장들보다도 이 장은 '서정적' 글쓰기의 탄생에 관한 합의된 견해에 대한 개입이다. 순문학적 글쓰기를 사의 '여가'라는 시간적 맥락 안에서의 집단 창작의 실천 혹은 상호텍스트적 실천이라고 명기(明記)함으로써, 나는 후한 후기에 개인주의적 문학이 탄생했다는 주장들에 대한 대안을 제공하고 싶다.

제1장은 전한과 후한으로 매우 공평하게 나누어진다. 이 장의 주된 주제인 정전(正典) 형성은 이 왕조의 양(兩) 부분을 가로지르면서 발생하였다. 그러나 제2장, 제3장과 제4장은 대체로 후한에 관심을 두고 있다. 여기에는 몇 가지 이유가 있다. 이 장들의 주된 주제는 사와 그들의 텍스트적 실천들이다. 역사기록은 후한대에 관해서 훨씬 완벽한데, 그것이 나의 작업을 더 쉽게 만들고 나의 결론을 위해 일차 자료나 이차 자료에 있어서 더욱 견고한 기반을 제공한다. 이 시기, 특히 후한 후기는 일반적으로 사의 자율성, 즉 지식인계급 혹은 문인계급이 발흥한 것으로 간주된다. 이 시기 사 정체성의 형상화는 수백 년 간 역사기술에서 지배적인 관심사가

되어 있다. 명대 이후로부터, '봉건(封建)' 논쟁에 참가한 고염무(顧炎武)26)와 기타 인물들, 금세기 초기 노신의 역사 연구, 전후 일본의 반공주의 강단 학파들의 아시아적 '공동체'에 대한 형상화, 지식인 아(亞)계급을 위해 반국가주의적인 초역사적 도덕적 권위의 재구성을 탐색하는 이산된(diasporic) 중국인 지식인들의 작업, 그리고 일본, 대만 및 서구의 사회사가들의 통계적이고 텍스트적인 작업에서 그러했다. 나는 내가 텍스트성과 텍스트적 권위에 초점을 맞추는 것이 장기간 논쟁된 문제들을 풀 것이라고 주장하는 것은 아니다. 그러나 그것은 내 생각에는 나의 관점이 하나의 기여를 할 수 있는 논의이다.

　나는 권위·정치·역사 그리고 문학에 대한 접근법이 맑스주의에 의해 형성된 비평가로서 이 작업에 임하게 되었다. 나는 아도르노(Adorno), 마르쿠제(Marcuse) 그리고 제임슨(Jameson)과 마찬가지로, '미적 차원'의 유토피아적 성격을, 그리고 의도적이든 아니든 예술적 표현이 언제나 이미 자본주의사회에 대한 부정이라는 생각을 믿는다. 나는 또 '미적인 것'에 대한 이런 견해가, 정치경제학에 기반을 둔, '문화 자본' 및 문화 생산에 대한 기타의 분석과 마찬가지로, 송대 이전의 중국에는, 그리고 아마도 중국에서 자본주의적 사회관계의 출현 이전에는 중국에는 적용될 수 없다고 믿는다. 초기 제국 중국의 텍스트 문화에 대한 나의 섭근은 하나의 실험, 내 생각에는 다른 버전들이 그러했던 것만큼이나 정직하게 자료들을 이용하는 실험이다. 내가 보는 것은 단순히 '사회적인 것'과 '미적인 것' 사이의

---

26) * 顧炎武의 「郡縣論」 참조. 劉九注 注譯, 黃俊郎 校閱, 『新譯顧亭林文集』, 臺北:三民書局, 中華民國89年[2000], 24면 이하.

거리를 배제하지 않는 체계인 것이 아니라 텍스트성의 레짐 — 과심미적(hyperaesthetic)[27]이라고 말할 만한 — 으로서, 그 속에서 사회적인 것 그 자체가 구성되는 것이다. 나는 이 총체화하는 텍스트적 권력에 대한 나의 제안이 아시아적 절대주의의 오리엔탈리즘적 형상화들과 관련될 위험성을 가지고 있다는 것을 알고 있으며, 이 책의 부제를 『아시아적 문화생산양식(The Asiatic Mode of Cultural Production)』으로 하자는 제안을 거부해 왔다. 스테판 발라즈(Stefan Balazs) — 초기 제국 및 초기 중세시대에 관해 작업하는 모든 사람들에게 거대한 영향을 남긴 작업을 한 금세기 중반의 헝가리 중국학자 — 와 마찬가지로, 나는 그 제국의 권력에 대해 쓸 때조차도 그 제국이 배제한 사람들을 의식하고 있으며 또 그들에게 동정적이다. 나는 배제되고 주변화된 집단들에 대해 연구해 온 학자들을 지지하고 존경하지만, 그러나 헤게모니적 권위의 구조와 작동을 계속해서 분석하고 이론화하는 것 역시 마찬가지로 중요하다고 생각한다. 이 일이 내가 이 책에서 시도한 것이다.

---

27) * 'hyperaesthetic'은 감각적인 과민함을 가리키는 말로 많이 쓰이지만 여기서는 문맥상 이렇게 옮긴다.

제1장

텍스트적 권위와 텍스트적 실천

『중용』에서, 통치에 대한 애공(哀公)의 질문에 공자는 "문왕과 무왕의 통치는 방책(方策)에 나와 있다"[1]는 말로 응답을 시작한다. 잘 기능하는 정부를 보장할 적절한 통치자의 필요에 대한 짧은 설교가 뒤따른다. 일차적 주장은 우리의 목적에 더욱 중요한 것이다. 즉, 방책은 단순히 지시적 의미에서 통치에 '관한' 것이 아니다. 그것들은 설명의 내용 혹은 교육의 내용을 위한 전달 수단이 아니다.[2] 내용은 중요하지 않다. 차라리 텍스트화야말로 통치가 행해

---

1) 『中庸』 제20장.
2) "다스림을 편다[布政]"는 표현은 『시경』에 최초로 등장한다. "敷政優優, 百祿是遒. 정사를 너그러이 펴니, 백가지 복록이 다 모이네."(『毛詩』 「商頌」 「玄鳥」) 이 텍스트, 그리고 이 텍스트가 『左傳』에 인용되는 방식은 布의 의미가 분명히 행동적인 것이지 재현적인 것이 아님을 보여준다.

지는 방식이다.

1. 텍스트, 텍스트적 권위, 식자 능력, 이데올로기

방책에 '나와 있는', '통치'의 현전(現前) 능력이 내가 '텍스트적 권위'라는 말로 의미하는 것의 핵심에 있다. 초기 제국 중국에서의 텍스트적 권위에 대한 연구는 어떤 질문들을 일으킨다. 그것은 어떻게 작동했는가? 그것은 무엇을 했는가? 그 범위 내에 있는 것은 무엇이었는가? 다른 질문들은 대답될 수 없을 것이다. 초기 제국의 텍스트적 레짐은 그 자신의 외부를 설정한다거나 혹은 권위의 비텍스트적 양식들(웅변 · 스펙터클 · 대화)에 양보한다거나 하지 않았기 때문에, 더 이전 혹은 동시기의 양식들에 관한 질문들에 대답하기는 어렵다. 제2장에서 매우 자세히 논하겠지만, 레짐의 정전적 텍스트들에 대한 주석과 전승은 사(士)[3]의 일차적인 활동이었기 때문에 학문 자체가 레짐의 작동과 결부된다. 심지어는 현대의 학문이 초기 제국시대에 대해 가지는 특수한 관계조차도 동시에 우리의 연구 대상인 바로 그 텍스트적 권위에 의해 매개되기 때문에, 텍스트들 위에 있으며 또 텍스트들에 '관한' 비평 공간을 점하는 우리의 능력을 복잡하게 한다. 폴 리쾨르(Paul Ricoeur)가 이렇

---

3) 나는 'scholar-official', 'literatus' 등으로 번역되어 온 이 용어를 번역하지 않고 그대로 남겨둘 것이다.

게 쓴 것과 같다.

텍스트들의 의사(擬似) 세계에 의한 환경세계의 침식은 너무나 완벽해서, 문자문명에서, 세계 그 자체는 더 이상 말하기에서 볼 수 있는 세계가 아니라, 쓰여진 작품들이 펼치는 일종의 '아우라'로 축소된다. 그리하여 우리는 그리스 세계나 비잔틴 세계에 대하여 말한다. 이 세계는 발화에 의해서 현존하는 세계 대신에 글쓰기에 의해서 재현된다는 의미에서 '상상적'이라고 부를 수 있으나, 이 상상세계는 그 자체가 문학의 창작물이다. (Ricoeur, 1981, p.149)

초기 제국 중국이 그리스 혹은 비잔틴 '세계들'만큼이나 상상적이라는 관념, 그리고 '텍스트들의 의사세계'가 실제로 우리의 연구 대상이라는 생각을 우리의 출발점으로 삼는 것은 유용하다.

그러나 나는 '중국'이라는 상상계, 그리고 그것이 텍스트적인 것과 가지는 특수성을 주장하고 싶다. 위에서 인용한 『중용』의 한 구절은 텍스트들이 단순히 텍스트성의 권위를 구성할 뿐 아니라 수행하기도(perform) 한다는 것을 말해준다. 모든 중국 고전시가 황제에 대한 찬양의 시로 읽혀질 수 있는 것과 마찬가지로, 초기 문언문으로 된 모든 텍스트도 텍스트적 레짐의 권위를 지지하기 위해 작동한다. 오늘날의 학자들에게는 다음과 같은 질문이 제기된다. 즉 텍스트적 권위의 작용에 대한 분석은 어떤 관점에서 진행될 수 있는가? 리쾨르의 글이 말해주듯, 해석학은 완전히 텍스트화된 '의사세계'가 제공한 것보다 더 넓은 연구의 장을 대상으로 요구한다. 리쾨르의 모델에서, 비록 텍스트적 장면이 발화의 세계와 현상학적으로 구별되긴 하지만, 그의 해석학에는 그가 데리다와 그의 동료 여행가들을 간접적으로 지시하면서 '절대적 텍스트의 이데올로기'(Ricoeur, 1981, p.148)라고 부르는 것 속에는 현전하지 않는 구어(口語)에 대한 집착이 존재한다. 리쾨르의 해석학적 기획은 대상으로서의 '절대적 텍스트'와 함께 진행될 수 없다. 그것은 바로 그 절대성을 배제하는, 텍스트성과의 거리두기에 의존하고 있다. 비록 그것이 텍스트와 발화의 매우 상이한 형이상학을 알고 있음에도 불구하고, 그의 해석학은 최소한 발화상황에서의 청자의 기능과 유사한 기능을 가진 독자를 요구한다. 사실 초기 제국의 글쓰기에 대한 대부분의 '해석' 혹은 '읽기'의 일반적 전략도 그러하다.

만약 우리가 텍스트적 상상계의 '의사세계'를 심각하게 취급하기로 한다면, 의사소통 모델이 생산하는, 주체성과 의도성의 초역사적인 환상들을 상기하는 것은 무모한 일이다. 프레드릭 제임슨(Fredric Jameson)이 "철학이 새롭고 유토피아적인 개념들을 생산할 가능성이 제기되는, 데리다의 마지막 텍스트"(Jameson, 1995, p.80)라고 부른 『그라마톨로지에 대하여』의 반해석학(antihermeneutics)은 발화의 아 프리오리한 성격과 그에 수반하는 현전의 형이상학으로부터 단절된 글쓰기의 장면을 제시한다. 글쓰기 자체에 주어진 우선성은 『그라마톨로지에 대하여』를 텍스트성과 글쓰기 장면에 관해 쓰는 우리 모두에게 중요하도록 만들었다. 그러나 계몽주의의 전통 안에 있으면서도 그에 반대하는 그 전략적 위치는 그것을 근본적으로 다른 역사적 상황에 '적용'될 수 있는 '방법'과는 다른 것으로 만든다. 만약 알프레드 존-레텔(Alfred Sohn-Rethel)이 말한 것처럼, 계몽주의 서구에서의 추상화의 특수한 형식이, 그것이 가진 모든 형이상학적 결과 및 주관적-관념론적 결과에도 불구하고, 상품 교환의 체계 바깥에서 불가능하다면,[4] 포스트계몽주의의 반형이상학을 전상품 사회(precommodity)[5]에서의 글의 분석에 끌어들이는 것은 선(the pre-)과 후(the post-)의 기만적인 상동화(相同化)를 가져올 수 있다.

로고스중심주의에 대한 데리다의 비판은, '쓰여진/구두적/쓰기/읽기 혹은 식자 능력이 있는/식자 능력이 없는'과 같은 이항대립들을 설정하는 데에 얽힌 위험들을 명확히 함으로써, 비록 간접적이긴 하지만, 전근대적 텍스트성들에 대한 분석에 중요한 공헌을 하였다. 본서에 나오는 '텍스트적'이라는 단어는 중국어 단어 문(文)의 등가어이다. 문(文)이 그 한 부분을 이루는 가장 일반적인 이항대립들 ― 문/무(武)와 문/질(質) ― 은 반의어적 외부를 가리키는 것이 아니라, 어느 정도의 세련(refinement)이나 '문명화(civilization)'를 가리키는 것이다. '구두적' 혹은 '식자 능력이 없는'이라는 단어들 속에서 명시된, 텍스트성의 '외부의' 입장들은 문언문의 레짐 속에서는 중요한 이항대립 범주가 아니다. F. W. 모트(Mote)가 문에 대해 쓴 다음의 주석에서, 그 단어의 변해가는 의미들은 텍스트성의 성격과 범위를 알게 해 준다.

레게(Legge)가 여기에서 'regulations'라고 번역한 단어는 文으로서, 그 단어는 이 장 전체에 걸쳐 "to esteem, or over-emphasized refinement"와 같은 표현에서처럼 'refinement'로 가장 많이 번역되었다. 이 두 가지 의미가 다 포함되어 있으며, 또 분명히 연관되어 있다. 'refinement'가 우선이다. 'regulations'는

---

4) Alfred Sohn-Rethel(1978). 또한 Slavoj Žižek(1989), 특히 제1장 "How Did Marx Invent the Symptom?"을 보라.
5) * 자본주의적 상품사회 이전의 사회.

refinement에 대한 주(周) 왕조의 강조의 표현이다. '문학(literature)'의 文은 쓰여진 'regulations'의 연장(延長)으로서, 주(周) '문화(culture)' — 이것 역시 文이다 — 의 점차 중요해진 문학적 국면을 대변했다. (Hsiao, 1979, p.124)

세련된 행동 — regulation — 문학. 비록 나는 비교어휘의 범주들로 지나치게 견강부회한다는 함정을 의식하고 있지만, 모트의 어원학은 서론에서 논한 신체로부터 텍스트화로의 통시적 과정, 그리고 텍스트적 레짐을 공시적(共時的)으로 성격짓는, 총체화하는, 절대적 성질 둘 다를 암시한다.

심지어 텍스트적인 장면이 한대에 그러했던 것보다 훨씬 더 복잡하고 훨씬 덜 단조로워진 이후에도, 초기 텍스트적 레짐이 제공하는 바로 그 총체성은, 문 그 자체처럼, 근접할 수 없어 보이는 권위를 그것에 제공한다. 쓴다는 것은 텍스트적 권위의 권력에 지나치게 접근하는 것처럼 보인다. 그것의 규칙들에 복종하기 때문에. 이 상황에 대처하는 다양한 전략이 존재한다. 가장 일반적인 해결책이자 많은 종류의 질문에 유용한 해결책은 경험적인 타협이다. 즉 텍스트들을 현실 세계의 반쯤 투명한 기록들로 간주하는 것이다. 그 기록들의 진실성이나 신뢰성은 학자의 재단에 맡겨진다. 문헌학적 중국학은 주로 이런 종류의 것이다. 서구의 다양한 비평적 실천들을 이용한, 문언문으로 글쓰기에 대한 최근의 몇몇 학술적 작업 — 범위에 있어서 더 국제적이고 지향에 있어서 더 문학적이라고 할 수 있는 — 에서, 하나의 작은 예증을 숙련함으로써 텍스트성의 힘에 맞서려는 중국학적 충동은 제국의 텍스트성에 부여된 특별한 존재론적 지위를 더 직접적으로 표현하려는 욕망에 의해 대체된다. 예를 들어, 당(唐)이나 당 이전 시대의 시(詩), 혹은 당송시대의 사(詞)와 같은 시적 장르에 대한 최근의 서구의 연구에서, 장르적 정체성의 목적론적 개체화를 감지할 수 있다. 즉 하나의 특수한 문학장르가 어떤 역사 시기에 혹은 선택된 한 그룹의 대가(大家)들의 손에서 그 내재된 잠재력의 완전한 발전 단계에 이른다고 주장된다. 그것은 거의 무제한으로 표현될 수 있다. 특히 당시(唐詩)에 대한 작업에서 — 제임스 J. Y. 리우(James J. Y. Liu), 프랑소와 청(Francois Cheng), 고우공(高友工) 그리고 매조린(梅祖麟) 등이 그 예이다 — 독자들은 당시가 성취한 가장 위대한 업적은 문언문 자체의 '세계관'의 증류(蒸溜)라는 느낌을 받는다. 나는 이 연구의 몇몇 지점에서 '중국적 세계관'의 문제, 또 그렇지 않았더라면 상당히 경험적 지향을 가진 학술 작업에서 왜 그렇게 많이 그 중국적 세계관을 반복해서 불러내는지에 대한 이유들로 되돌아 갈 것이다. 앞 장에서 썼듯이, 학술의 상황이 변하고 있다. 텍스트적 실천에 대한 새로운 논의 중 많은 부분이 주석, 상호텍스트성, 그리고 선집편찬 — 텍스트가 텍스트에 대해 가지는 관계의 기능들 — 에 집중된다. 그러나 여전히, 텍스트는 구성되는 것이라는 것 — 일단의 실천들 — 을 학술계가 인식하기 시작하고 있음에도 불구하고, 텍스트성의 권위를 완전히 비자연화하기는 어렵다. 이것은 이해할 만하다. 왜냐하면 그 개념상의 바깥 경계에서, 텍스트적 권위는 알튀세르적 의미에서의 이데올로기, 즉 그러한 주체성 생산의 선재 조건인 호명(interpellation)의 체계일 것이기 때문이다. 캐더린 벨시(Catherine Belsey), 테리 이글턴(Terry Eagleton), 슬라보예 지젝(Slavoj Žižek) 같은 학자들은 알튀세르적 범주가 문학이나 교육과 같은, 주체 형성에 관한 자본주의 시기의 제도의 분석에서 대단히 유용하다는 것을 보여주었다. 그럼에도 불구하고, 총체성 자체가 보편화되지 않은 전자본주의 혹은 비자본주의 세계에서 텍스트 문화의 특정한 위치들, 그리고 그것의 사회 전체와의 비등가성을 강조하는 것이 중요하다. 우리의 자료들의 성격 때문에, 이것은 어떤 곳에서는 초기 제국 중국의 경우보다 더 쉽다.

인도네시아의 숨바(Sumba) 섬에서 행해지는 의례적 발화 수행(ritual speech performance)에 대한 최근의 한 연구에서, 조엘 퀴퍼스(Joel Kuipers)는 의례적 발화의 상이한 장르들을 '텍스트화'라는 축을 따라 성격짓는다. 그는 텍스트화를 이렇게 규정한다.

> 하나의 발화 사건(혹은 일련의 발화 사건들)이 시적 패턴화와 수사학적 패턴화의 점증하는 철저성에 의해, 그리고 직접적인 실용적 맥락으로부터의 (명백한) 이탈의 증대해 가는 단계에 의해 표시되는 과정 (…중략…) 최종 결과는 그 이전 혹은 다른 곳에서 존재했던 텍스트의 하나의 권위 있는 버전이라고 '상호텍스트적으로' 인식된, 상대적으로 통일적인 텍스트이다. (kuipers, 1990, p.4)

자본주의 세계체제에 오직 주변적으로만 통합된 문맹 사회에서, 한 집단의 리더들이 자신들의 권위를 실행하는 데에 사용하는 이데올로기적 작업은 구두 수행에서이지만 '텍스트화'라는 용어의 사용을 정당화하는 형식으로 의례화(儀禮化)된다. 모든 신중한 인류학자들과 마찬가지로, 퀴퍼스는 '텍스트화'가 타고난 사회적 성격을 가진 것이 아니라는 것, 그리고 다른 사회에서는 다르게 기능할 수 있다는 것을 서둘러 지적한다. 그러나 여전히, 웨예와(Weyewa)사회의 모델은 권위의 어떤 기능들과 양식들이 '텍스트적' 형식을 특히 잘 낳는다고 말해준다.

웨예와에서의 텍스트화 과정은 '조상들의 길'이라고 알려진 서사형식－ 유일하고 일관된 양식으로 한 힘센 조상의 '말'의 역사를 예증하는 권위 있는 스타일에서 정점에 달한다. (Kuipers, 1990, p.6)

웨예와에서의 텍스트화 속의 '권위'는 "자기의 말을 하는 것이 아니라 어떤 멀리 떨어져 있는 인물이나 혼령을 대신해 청중을 향해 정당한 주장을 하고 있다는 확신"(Kuipers, 1990, p.6)을 창조하는 수행자의 능력에 내재한다. 여기서, 텍스트화의 구두적으로 결정된 장면에서, 우리는 완전히 텍스트화된 장면의 능력들과 가능성들을 굉장히 뚜렷하게 본다. 텍스트화된 구두 수행은 물리적으로 현존하는 수행자의 잠재적 개입 때문에, 부재하거나 추상적인 권위의 전달로서 나타나야 한다. 하나의 텍스트는 현전과 부재를 긴장 속에서 유지하고, 그래서 해석학적 활동이 요구하는 거리두기라는 문제틀을 개방한다.

텍스트에 대한 우리의 감각이 넓어질수록, 텍스트성에 대한 우리의 인식은 이데올로기 자체에 더욱 접근한다. 나는 몇 가지 이유로 텍스트적 권위와 이데올로기 사이의 구별을 유지하고 싶다. 이데올로기적 분석은 자본주의시대에 한정되었을 때 더 강력하고 유용하다는 것도 그 이유중 하나이다. 현 시기의 경우, 텍스트적 권위에 대한 이데올로기의 관계는 알튀세르의 이데올로기와 이데올로기 국가장치(Ideological State Apparatus : 군대·교회·교육 등) 사이의 관계와 몇몇 유사성들을 가지고 있다. 여기에서 ISA들은 이데올로기의 특수한 실천이자 이데올로기 작동의 구체적 예들로서 복무하고, 다양한 ISA들의 특수성은 이데올로기에 의한 비오염(非汚染)을 유지하게 해주는 비판적 관점을 내포한다.6) 알튀세르의 이분법은 복수의 ISA들이 존재한다는 것에 의존하고 있다. 그렇지 않다면 이데올로기 자체와 단수의 ISA 사이의 등가성이 변증법적 효과를 허락하지 않을 것이다. 초기 제국 중국에 대한 우리의 지식은 다르게 구조화되었다. 초기 제국의 텍스트적 권위의 공고화가 한대(漢代)사회에 대한 우리의 지식의 선재 조건이기 때문에, 그 시기에 다른 어떤 ISA의 존재 — 예를 들어 군사적 강압이나 교육 — 는 언제나 이미 텍스트적 권위의 일차적 구조들을 통하여 매개되어 있다. 초기 제국 중국의 경우, 비텍스트화된, 혹은 전텍스트화된 ISA들의 유물은 없다. 퀴퍼스가 기술하는 담론적 연속체와 같은 종류의 것은 존재하지 않는다. 즉, '자료들'의 완전히 텍스트화된 세계에서 부분적 텍스트성이나 전텍스트성(pretextuality)들은 없다. 초기 제국의 텍스트적 권위는 우리가 지금 알 수 있는 것보다 훨씬 더 한정되어 있었을 가능성이 높다. 그러나 텍스트적 형식의 특수한 재생산적 천성(天性)에는 장수(長壽)가 내재하고 있다. 한때는 특수한 상황에서 작동하는 총체화하는 권위였을 것이 절대적인 재현적 권위를 소급적으로 획득하였다. 그리고 비록 현대의 학자들이 초기 제국의 텍스트적 레짐의 '바깥'을 묘사하는 일이 유용하고 또 아마도 필요할 것임에도 불구하고, 우리는 그렇게 하는 데

---

6) 알튀세르에 대한 이런 해석은 Slavoj Žižek(1994), p.24 이하.

있어서 어떤 전제 조건들이 관련되어 있는지를 알아야 한다. 가장 큰 위험은, 텍스트적 레짐의 순수한 생산물이기 쉬운 범주―예를 들어, 주체성―를 텍스트적인 것의 바깥으로 간주하는 것이다.

텍스트적 권위 자체의 역사성은 자연히 역사적 분석속에서 그 것의 용법을 결정한다. 텍스트적 권위가 제한되고 또 권위의 다양 한 비텍스트적 요소들(전자 매체, 경찰력, 교통 법규)과 공존하는 현대 와 같은 장면에서, 그것은 총체화된 텍스트적 권위라면 그러지 않 을 방식으로 경쟁의 대상으로서 나타날 수 있다. 이데올로기적 장 치가 아니라면 이데올로기적 실천으로 간주되는 '텍스트적 권위' 라는 용어는, 식자 능력과 교육에 관한 현대의 논의에서 자주 나 타난다. 그것은 1980년대 말과 1990년대 초 미국 대학들에서 벌어 진 정전 논쟁이라는 배경 속에서였다. 보수적인 입장―어떤 책이 나 어떤 교훈은 그 전승을 교육의 핵심에 두어야 하는 진리들을 담고 있다―은 그 옹호자들을 제외한 모든 이들에게는 이데올로 기적으로 투명하다. 좌파적 혹은 자유주의적 입장―텍스트적 권 위는 사회적 역사적으로 결정되며, 따라서 민주적 수단에 의해 할 당될 필요가 있다―은 그리하여 비자연화 전략이다.

양쪽 입장 모두에 공통되는 것은 피에르 부르디외가 '상징자 본'[7]이라고 부른 것, 그것의 소유가 권력·지위·소득에서의 실제 적인 이득으로 해석되는 것을 지배하는 일에 담긴 이해관계에 대 한 인지(認知)이다. 교육 평론가이자 이론가인 헨리 지로(Henry Giroux) 는 여러 저술에서 학생들에게 능력을 주는 일의 목적, 그가 믿기로

---

7) Bourdieu(1990). 정전 논쟁에 대한 이런 이해는 John Guillory(1993)에 나온다.

는 모든 교육자들이 열망해야 하는 목적은 텍스트적 권위의 형식과 내용을 통제함으로써 성취될 수 있다고 주장했다. 더 넓고 다양한 인생 체험이 가치 있는 것으로 평가되고, 새롭고 다양한 전문지식들이 성취될 수 있기 위해서(Giroux, 1988; 1990). 지로의 작업은 식자 능력에 관한 역사가이자 이론가인 하비 그래프(Harvey Graff)와 가장 밀접히 관련된 식자 능력의 이해로부터 나온다. 그것은 식자 능력이 수영 능력처럼 성취된 능력으로서가 아니라 특정한, 정치적 문화적으로 결정되는 대상을 가진 활동으로서 가장 잘 이해된다는 시각이다. 즉 식자 능력은 언제나 무언가에 대한 식자 능력이다.[8] 식자 능력에 관한 논의는 이른바 식자 능력의 범위 내에서 유통되는 특정한 텍스트들을 고려할 필요가 있다. 어떤 텍스트들이 그런 텍스트들인지를 결정하는 권위의 성격, 또 그 텍스트들을 장려할 때 그것의 목적들을 고려할 필요가 있다. 그리고, 자신들의 텍스트들과 자신들의 텍스트적 활동들 및 텍스트외적 활동들에 의해 규정되는, 독자들의 공동체들도 고려할 필요가 있다. 예를 들어, 그래프의 작업은 우리에게 100%에 육박하는 현대 일본의 공식적 식자율(識字率)이 17세기 스웨덴에서 성취된 거의 보편적인 식자 능력과는 매우 다른 사회 현상임을 보여준다. 그것은 "경건, 예의바름, 질서정연, 군사적 준비 상태"를 진작시킨다는 명백히 정해진 목표 하에 루터 교회—스웨덴 국가가 합작으로 성인들에 대해 법적으로 요구된 식자 능력을 강요한 결과였다(Graff, 1987, p.9·pp.149~150). 나

---

8) Harvey Graff(1987). 식자 능력에 대한 대부분의 연구자들은 그것이 순수하지도 않고 자기 설명적이지도 않다고 강조한다. 또한 William Harris(1989)와 Rosalind Thomas(1992)를 보라.

는 이 책에서 '텍스트성'을 선호하는 대신 식자 능력이라는 범주를 피한다. 중세 서구에서의 초기의 텍스트 문화에 대한 가장 중요한 이론가들 중 한 사람인 브라이언 스톡은, 텍스트 생산의 엄청난 급증에 따른 중세사회 내부에서의 텍스트성의 위치가 문맹자들마저도 텍스트 문화의 호명적 성격에 의해 형태지어질 정도였다는 점을 중시한다. 식자 능력과 텍스트적 권위의 수행은 초기 제국 중국의 경우에는 훨씬 더 일치했음이 틀림없는데, 왜냐하면 중세 서구와는 달리 정치적 권위는 오직 문자해독자들만의 영역이었기 때문이다. 그러나 증거는 이 영역에서 거의 아무런 결론도 허용하지 않는다.

텍스트들의 사용자들(학생들과 독자들)에게 권력을 주라는 지로의 주창의 배후에는 생산 권력에 대한 미셸 푸코의 작업이 있다. 그것은 일반적으로, 독자/사용자의 대항헤게모니를 가지고 텍스트적 권위의 헤게모니에 대항하려고 하는, 더욱 '해방적인' 독자지향적 연구들에게 영향을 준다. 텍스트적 레짐이나 텍스트들의 생산자들의 권위와는 대조적으로, 우리는 독자의 자유를 발견한다. 그것을 미셸 드 세르토는 이렇게 표현한다.

> 작가(writer) — 스스로의 장소의 정초자, 예전 농부들의 상속자로서 지금은 언어의 토양 위에서 일하는 사람, 우물 파는 사람, 집 짓는 사람 — 이기는커녕, 독자는 여행가이다. 그들은 다른 누군가에게 속한 땅을 가로질러 움직인다. 마치 자기들이 쓰지(write) 않은 땅을 무단 침입하는 유목민들처럼, 이집트의 부를 향유하기 위해 약탈하면서. 글쓰기는 한 장소를 수립함으로써 시간을 축적하고, 비축하고, 시간에 저항하며, 재생산이라는 팽창주의를 통해 그 자신의 생산물을 복수화한다. 읽기는 시간에 의한 침식(우리

는 스스로를 잊어버리고 또 잊어버린다)에 대항수단이 없으며, 획득한 것을 지키지도 못하고, 혹은 제대로 지키지 못하며, 읽기가 지나가는 각각의 장소들은 실락원(失樂園)의 한 반복이다. (de Certeau, 1984, p.174)

내가 이 구절을 처음 읽었을 때, 나는 독서노트에 이렇게 썼다. '한대 중국=작가 // 유목민인 적[匈奴]=독자.' 이 노트는 내가 이 장에서 나중에, 초기 제국 중국의 텍스트적 레짐에는 그런 독자가 없었다는 제안을 전개할 때 발전시킬 몇 가지 생각들을 가져 왔다. 드 세르토가 쓴 구절이 암시하는 것처럼, 텍스트적 실천에 대한 역사적 연구의 장애물은 읽기 과정의 비물질성이다. 즉 읽기는 그 존재의 찌꺼기를 남기지 않는다. 읽기 과정에 대해 우리가 가지고 있는 모든 기록은 이미 경계선을 가로질러 글쓰기로 넘어갔다. 몇 줄 위의, "내가 이 구절을 처음 읽었을 때"로 시작하는 문장은 이 연구에서 앞으로 발견하게 될 만큼이나 순수한 기록이지만, 그것마저도 그것의 텍스트화에 의해 표시되는 정도(extent)는 순수한 읽기 장면에 대한 우리의 접근의 제한된 정도를 설명해준다. 중세와 중세 이후 서구에서의 읽기·쓰기·저자성·텍스트성에 대한 연구에서 중요하고도 종종 반대 목소리를 내는 로제 샤르티에는 읽기가 행동들·공간들·습관들에 깊이 새겨진 실천이라는 점을 강조한다. "독자와 청자는 사실 결코 모든 물질성으로부터 분리된 추상적 혹은 관념적 텍스트와 대면하는 것이 아니다."(Chartier, 1994, p.3) 비록 우리의 지식이 제한되어 있기는 하지만, 나중에 이 장에서 나는 초기 제국 시기의 텍스트 전승의 물질적 사회적 성격에 기반한 몇 가지 시험적 결론을 끌어낼 것이다. 그러나 중세 서구의 텍스트성을 연구하는 학자들은, 독자성과 몇몇 유사성을 가지고 있으며 텍스트의 이용에 관련이 있으나 또한 글쓰기 행위에 의해 성격지어지는 또 하나의 범주, 즉 텍스트적 공동체를 발전시켰다. 내가 생각해 왔던 것처럼, 텍스트적 공동체라는 관념은 **텍스트의 제국**의 사회적 작동에 약간의 적용 가능성을 가지고 있다. 차이점들 역시 분명하다.

'텍스트적 공동체'라는 용어는 브라이언 스톡과 가장 밀접히 관련되어 있다. 그 역시 이 용어를 최고의 정밀성과 가장 광범위한 주장들을 가지고 사용하고 있다. 스톡 및 다른 사람들이 중세 유럽에서 텍스트 문화의 발흥에 대해 알아차린 것은 텍스트 유통 증가의 사회해석학적 결과들이다(Chartier, 1994; Stock, 1983 및 1990; Febvre와 Martin, 1976). 이론적 논문집 『텍스트에 귀기울이기(Listeng for the Text)』에서, 스톡은 중세 텍스트적 공동체에 대한 몇 가지 관련된 접근법들을 제시한다. 첫째는 의미와 의의가 텍스트적 지령들에 따라 구조화되었다는 생각이다.

> 하나의 보이지 않는 글(scripture)이 사람들이 말하는 모든 것 뒤에 숨어 있는 것처럼 보였다. 의미는 말해진 것의 의미에만 끌리기보다는 이 쓰여진 형식의 참조체(reference)에 끌렸고, 몸짓, 의례, 물리적 상징 속에 표현된 것들은 문법, 표기법, 사전과 관련된 일단의 해석 구조 속에 새겨졌다. (Stock, 1990, p.20)

더욱 물질적인 의미에서, 텍스트적 공동체는, 자신들에게 텍스트가 어떤 식으로든 사회적으로 작동하는 사람들의 집단을 가리킬 수 있다. 이는 독자·청자·해석자 등을 포함할 것이다. 이런 종류의 텍스트적 공동체는 중세 유럽의 다양한 이단적 개혁적 종교 집단들 속에서 중세에 '재탄생'하였다. 스톡이 이 공동체의 텍스트적 통합자가 "적어도 당분간은 그 구성원들을 하나의 단위로 접합시키면서, 그들의 서로 다른 경제적 사회적 배경을 무력화(無力化)시킨다는 것"을 강조한다는 것이 중요하다(Stock, 1990, p.150). 이 공동체들의 활동은 의례(儀禮)의 범주하에서 분석된다. 이 범주는 중세에 걸쳐 텍스트의 유통이 증가함에 따라 의례가 쇠퇴했다는 인식을 제거하고 또 순전히 구두적인 장면을 대신한 텍스트적 장면에 대한 그 범주의 적용 가능성을 주장하기 위해 스톡이 사용하는 것이다.

비록 스톡이 초기 텍스트적 공동체의 비보편적 성격을 조심스레 강조하긴 하지만, ─ 예를 들어, 텍스트적 공동체라는 개념은 텍스트가 유통되는 집단들 사이에서 광범위한 식자 능력을 전제하는 그런 텍스트적 장면들의 경우에는 적용 가능성이 덜하다고 주장한다 ─ 텍스트적 공동체의 발흥이라는 목적론적 결과들은 중대하다. 사고와 존재가 결합된 양식들은 근대 자체를 특징짓는 양식들이다.

만약 개인들과 집단들의 활동들에 대한 윤리적으로 방어 가능한 원칙들이 있다면, 그것들은 들리거나 읽히는 서사들의 도식들로부터 주로 발생할 것이다. 행동은 대체로 문학적인 체험 속에서의 청중의 반응이다. 이것은 하나의 서사로서 형태지어지는, 활동의 디자인이 중세 문화가 자신의 식자혁명(識字革命)의 일부로서 생산한 바로 그 텍스트들로부터 유래한다는 것을 의미한다. 쓰여진 무엇을 이해하는 첫 단계인 내면화는 또한 합리화의 일차적 국면이기도 하다. 그것은 오직 의사소통이 발생하기를, 그것이 규범이나 규칙에 의해 그 결과로서 형식화되기를, 그리고 결국에는 그것이 경험의 핵심 섹터들을 조절하기를 요구한다. 다시 말하면, 베버가 제안한 것과는 반대로, 실질적인 합리화는 그 자신의 수단에 의해 일어나고 그 자신의 변화 기준에 따른다. (Stock, 1990, pp.134~135)

중세 후기에, 사람들은 모든 외적 표현이나 행동 패턴 뒤에 내면적인 의미가 숨어 있다고 확신하게 되었다. 의사소통에서 실제적 이동(移動)들만큼이나 자주 변화를 초래한 것은 내면성의 개별적 경우들의 연관에 기반한 행동 프로그램들의 형성뿐 아니라, 의미의 내면적 성격에 대한 이 믿음이었다. 이 관념의 발생이 더욱 식자 능력 있는 사회의 성장과 병행했다는 데에는 의심의 여지가 없다. 쓰여진 단어는 내적인, 종종 무의식적인, 신적이거나 악마적으로 영감을 받은 의미망(意味網)의 상징이었기 때문이다. 이로부터 문학적 관계와 사회적 관계 양자 모두를 수용할 수 있는 문법에 대한 욕망이 생겨난다. (Stock, 1990, p.146)

나는 스톡을 좀 길게 인용했다. 이는 부분적으로는 내가 '신중한 전진'이라는 유행하는 학술적 경향에 반해서 합리성, 내면성 및 다른 광범한 사회역사적 동일시를 설명하는 '큰 테제들'을 그가 옹호하는 것을 지지하기 때문이다. 그러나 스톡이 그의 '큰 테제들' 속으로 더 진전해감에 따라, 푸코 사상 속의 유토피아적 긴장을 그가 특징지은 말인 '게마인샤프트(Gemeinschaft)에 대한 향수'가 그도 묘사하기 시작한다. 텍스트적인 것이라는 범주를 향한 순환적인 유혹이 있다. 즉, 그것은 아마도 너무나 쉽게 순수한 설명의 한 장면으로서 복무한다. 결국, 언제나 자신을 특권화할 것이라는 것은 아마도 하나의 범주로서의 텍스트성의 불가피한 본성일 것이며, 그것에 대해 역사적으로 명기할 수 있는 것은 없다.

텍스트적 자기 특권화라는 본성에 대한 태도가 그 사람의 분석 범주들을 결정한다. 예를 들어, '권위' 대신 '공동체'라는 용어의 사용은 생산권력을 향한 소비자·독자·사용자의 지향을 나타낸다. 이 생산권력이 합리성·내면성 및 주체성 자체와 나란히 조직될 때, 우리는 확실히 계몽주의적 자유주의의 영토 안에 있는 것이다. 한대 중국 후기의 한 예—청류(淸流)와 당고(黨錮)[9] 사이의 관계—는 텍스트적인 것에 대한 두 가지 다른 입장으로부터 전개되는, 두 개의 크게 갈라지는 분석을 보여줄 것이다. 간단히 말하면, 이 사건은 166년부터 184년 사이에 관직 보유를 금지당한 상당수의 사대부들에 관계된다. 그들의 높고 비타협적이라고 소문난 원칙들이 지시되면서, 이 관리들은 '청류'라고 명명된 비판 학파와 결부되어 왔다. 일반적인 학적 합의는 '청당(淸黨)'과 결부되어 온 사람들이, 행실과 도덕의 명확한 규범적 약호들을 가지고서 '텍스트적 공동체' 같은 것을 구성하였으며, 중세 유럽에서의 그들의 이단적 혹은 개혁적 대응물들과 마찬가지로 그들은 하나의 '반항적' 공동체로서 느슨하게 묘사될 수 있을 것이라는 것이다. 이 집단이 중앙의 권위라고 일컬어지는 것의 권력 정치에 반대하는 것으로서 일종의 초월적이고 텍스트 기반적인 도덕적 기준을 지지하는 것으로 묘사되는 것은 우연이 아니다. 그리고 더 나아가 우리가 '개인주의'·미학·주체성 등의 원천을 발견하게 되는 것은 '이 집단과 그들의 환경 가운데서'라고도 믿을 수 있을 것이다. 모든 해석틀은 역사적 분석의 대상 위에 자신의 범주들을 부과하기

---

9) 이 주제에 대해서는 제3장에서 더 길게 논한다.

마련이며, 나는, 더욱 순수하게 자료들 자체로부터 나온다고 주장하는 어떤 환상적인 틀에 대한 애호로 인해 '청류'들에 대한 이런 서사가 거부되어야 한다고 제안하지는 않을 것이다. 나는 제3장에서, '청류'들이 아마도 인지 가능한 '공동체'로서는 존재하지조차 않았기 때문에, '청류'의 자기 인식된 공동체의 존재를 기반으로 하는 어떠한 서사도 제한된 범위의 궤도를 따를 것임을 보여줄 것이다. '청류'를 반항적 정치 공동체라고 부른다면 그들의 사회사는 실제로 스스로를 쓸(write) 것이다. '청류'와 '당고' 사이에 아무런 연관도 존재하지 않는다는 입장을 취한다면, 다른 논의가 생겨날 것이다. '공동체'는 본성상 '권위'보다는 더 유동적 · 생산적 · 해방적 범주로 보일 것이지만, 인지 가능하고 표준화된 서사들을 낳는 '공동체'의 경향은 나로 하여금 이 실험의 조건에는 '권위'를 더 유용한 것으로 간주하게끔 하였다.

그러나 이 권위는 「문자학습」의 권위, 레비-스트로스(Lévi-Strauss)가 『슬픈 열대(Tristes Tropiques)』에서 독설로써 부정하는, 주장된 권위, 그 자체가 『그라마톨로지에 대하여』에서 데리다의 주제였던 권위가 아니다.10) 레비-스트로스는 남비콰라족 추장이 글쓰기에 대한 흉내 속에서 식민주의적 외부자로서의 레비-스트로스가 행사하는 바로 그 권위를 보았다고, 그리고 그 추장이 동료 부족성원들에 대한 자신의 권력을 강화하기 위해 이 권위주의적 도구를 이용하였다고 보았다고 주장한다. 데리다는 루소에 대한 그의 비판으로 이어지는 현전의 형이상학에 관한 복잡한 주장의 그다지 중요치 않

---

10) Claude Lévi-Strauss(1974), pp.331~343; Derrida(1976), pp.101~140; 조엘 쿼퍼스의 주장 역시 레비-스트로스의 입장에 대한 암묵적인 공격이다.

은 부분에서, 그 추장의 권위가 레비―스트로스가 묘사한 '글쓰기'보다 앞서서 존재했음이 틀림없다는 것을 분명하고도 중요한 점으로 만든다. 서구 철학 전통에 대한 데리다의 독법이라는 더 큰 맥락에서, 레비―스트로스의 설명에서 그 추장이 이용하는 '글쓰기'는 수신자의 암묵적 타자화를 수반하는, 의사소통 자체의 기초적인 폭력의 더 나아간 한 예이다. 만약 우리가 이항대립적인 문자해독자/문맹자라는 조건에서 글쓰기의 도입을 고려해야 한다면, 글쓰기는 레비―스트로스가 이해하듯이 단지 권위의 작동을 위한 차별화의 또 다른 영역으로서만 이해될 수 있을 뿐이다. 즉, 그렇게 되면 글쓰기를 가지고서 작가(writer)와 비작가(nonwriter), 문자해독자와 문맹자가 존재하게 된다. 텍스트적 공동체라는 관념을 채용하는 사람들은 이 구별을 초월하고자 하며, 나는 그 목적에 동의한다. 문맹자에 대해 문자해독자가 가지는 권위라는 관념은 전세계적으로 상당히 최근의 것이고, 텍스트적 권위에 대한 나의 인식은 분명 그것과 아무런 상관이 없다. 그러나 텍스트적 공동체에 관한 담론 속에서 드러나는 일종의 공동체주의적 유토피아주의가 있다. 이 공동체는 내게는 다소 비역사적인 것으로서, 예를 들어 '청류'를 초역사적이고 도덕적인 '유교적' 지식인과 동일시하는 데에서 드러나는 비역사성으로 생각된다. 어떤 의미에서, 텍스트적 공동체보다는 텍스트적 권위가 더욱 주요한 질문을 던진다. 즉, 텍스트들에 의해서 그리고 텍스트들 내에서 공동체들이 구성되도록 하는 권위를 텍스트들은 어떻게 획득하는가?

　마틴 어바인(Martin Irvine)의 『텍스트 문화의 형성 : '그라마티카'와 문학이론, 350~1100(Tha Making of Textual Culture : 'Grammatica' and Literary Theory,

350~1100)』은 한정된 사회적 맥락 속에서 특정한 종류의 텍스트적 권위의 기능을 설명해준다. 로마와 중세 유럽에서 "시인 및 기타 작가들을 해석하는 기술[혹은 과학]이자 정확하게 말하기와 읽기를 위한 원리들"[11]로 알려진 그라마티카는, 어바인의 연구에서는 여럿 중 하나의 원리로서가 아니라 가장 기초적인 수준에서 텍스트 문화를 구조화하는 원리로서 부상한다. 어바인에 따르면, 정전 자체가 결정되고, 정당한 해석들이 인가되고 전승되는 것은 그라마티카의 담론 안에서이다. "그라마티카라는 제도와 함께, 쓰여진 작품은 텍스트, 즉 더 큰 문화적 도서관에서 자기 자리를 차지하는, 다른 텍스트들, 장르들 및 담론들의 체계의 한 부분으로서 해석되는 작품이 될 수 있었다."(Irvine, 1994, p.15) 이 틀 속에는 단수적 텍스트는 없다. 즉, 텍스트, 상호텍스트 및 해석적 텍스트가 '자기 규정', 권위, 인증이라는 공동체의 기능들이 발생하는 것을 허용하는 환원불가능한 담론체계를 형성한다(Irvine, 1994, p.15). 텅 빈 텍스트 앞에서는 읽기 행위가 존재하지 않는다. 즉, 읽기 과정은 그 자신을 일부로 하는 텍스트 문화에 의해서 언제나 이미 구조화된다. 어바인의 저서는 하나의 텍스트가 새로운 종류의 사회융합적 공동체를 위한 초월적 대상이 되는 인간주의적인 텍스트적 공동체에 교정물을 제공한다. 텍스트들이 체계의 부분들로 이해될 때, 그 체계 내부에서 그 체계에 의해 구성된 그런 종류의 공동체는 텍스트들의 생산물도 아니고 부산물도 아닌 무엇인가로 간주될 수 있다. 텍스트적 장면들 자체와 마찬가지로, 이 공동체들은 권위의 근원적 구조

---

11) Martine Irvine(1994), p.1에서 인용.

를 공유한다.

어바인은 텍스트를 둘러싸고 있던 인간적 사회성에 관련된 추론에서 스톡보다 신중하다. 불행히도, 다양한 텍스트적 레짐들에 대한 인간적인 바깥을 이해하기 위한 이론적 도구들은 전자본주의 혹은 비자본주의 시기에 적용하기에는 불충분하다. 베네딕트 앤더슨의 『상상의 공동체(Imagined Communities)』는 부상하는 네이션적 정체성 형성이라는 표제(標題) 속에서, 텍스트적인 것, 이데올로기적인 것, 사회경제적인 것의 강력한 종합으로 남아 있다. 슬라보예 지젝과 에티엔 발리바르(Etienne Balbar)는 이데올로기와 네이션에 관한 저술에서 네이션적 '상상계'의 라캉 정신분석학적 차원, 앤더슨이 그 용어를 사용했음에도 불구하고 자신의 책에서는 간과했던 차원을 탐구했다(Balibar and Wallerstine, 1991; Žižek, 1989). 네이션적 상상의 공동체의 체제적 기반—'인쇄자본주의'—을 명시할 때, 앤더슨의 기초적인 저서는 그의 모델을 수출하는 데에 있어서의 어려움을 시사한다. 왜냐하면 인쇄자본주의는, 스톡의 저술에서 논의된 다양한 종류의 텍스트적 공동체뿐 아니라, 후기 고전적 및 중세적 그라마티카도 특징지은 읽기와 해석의 레짐들의 가능성을 효과적으로 종식시키기 때문이다. 인쇄자본주의는 상품 교환의 레짐 아래에서의 텍스트 생산을 의미하는데, 이는 의미심장한 결과들을 가지고 있다. 앤더슨의 분석에서 네이션적 상상계의 인증이 특수한 텍스트들 자체에 내재하는 것이 아니라 네이션이라는 상상의 공동체의 형성을 허락하는 텍스트 유통의 체계, 상품 유통 자체의 한 부분집합에 내재하는 것은 우연의 일치가 아니다. 이 추상화를 발생케 하는 정신적 형식들은, 존-레텔을 떠올리자면, 그 자체로 상품 논리의 차원일 수 있다. 인쇄자본의 상품인 신문, 정기간행물, 책의 소비에 의해 규정되는 그 사회구성체는 그 일차적 주체형성으로서 자본주의적 주체를, 모든 자본주의적 주체성들이 그런 것처럼, 그 구성상의 결핍과 부재에 의해 규정되게 한다. 그 보상으로서의 네이션의 생산은 자본주의적 주체 그 자체의 합당한 결과이다. 나는 비록 위에서 스케치한 이론화의 수준이 전자본주의 세계나 비자본주의 세계를 연구하는 학자들에게는 이용 불가능한 것임에도 불구하고, 아마도 자본주의적 주체에 한정되어야만 할 범주들로부터 우리의 이론화들이 파생되는 그 지점들을 우리가 의식해야 할 필요가 있음을 시사하기 위해서 앤더슨을 거론한다. 예를 들어, 어바인의 분석은 드 세르토로부터 인용한 글에서 격찬한 '독자의 자유'는 역사적 제한성을 필요로 한다는 것을 시사한다. 드 세르토가 생각하는 그런 독자의 자유는 아마도 다른 종류의 유대(紐帶), 즉 네이션에의 유대, 주체성에의 유대, 계급에의 유대가 만들어졌을 때에만 가능할 것이다. 네이션 이전의, 주체 이전의, 자본주의 이전의 시대들, 물질적 사회적 삶의 세부에 대한 우리의 접근이 축소된 시대들, 특히 우리가 묻는 질문들이 명백히 수공업이나 농업 같은 것들에 의해서보다 텍스트적인 것에 의해 더 구조화되는 삶을 가진 사람들에 관한 것일 때, 우리는 텍스트성에 대한 순수한 바깥을 설정할 수가 없을 것이라는 것을 이해하면서 나아가야 한다. 사회적인 것과 텍스트적인 것은 복잡한 방식으로 얽혀 있다.

2. 문자의 기원

윌리엄 볼츠는 중국의 문자체계(writing system)의 기원과 초기 역사에 대한 자신의 권위 있는 저술(Boltz, 1994)을 1838년 미국 철학회에서 회장인 피터 S. 두 퐁소(Peter S. Du Ponceau)가 행한 연설을 길게 인용하면서 시작한다. 퐁소는 당시 서구에서 유행하던 견해, 아마도 라이프니츠에게서 유래하였을 견해, 즉 중국 문자는 그에 선행하는 구어로부터 유래하지 않는 '표의'문자로 간주될 수 있다는 견해를 공격하였다. 표의문자 — 음성·단어·숙어 혹은 구어의 기타 요소들을 지시하지 않는 문자체계 — 의 논리적 불가능성은, 두 퐁소의 연설 후 150년 이상이 지난 후 한 유명한 중국학 연구자에 의한 다음과 같은 표현을 막지 못했다.

이 명문(銘文)들은 언어가 아니라 의미들을 기록하였다. 직접적으로, 발화 없이. 즉, 그것들은 언어를 초월하였다. (…중략…) 이 중국의 상징적(emblematic) 메타 언어는 동시대의 발화와는 독립적으로 발전하였다. 그러나, 편의상, 쓰여진 문자들에게는 관습적인 소리가 점진적으로 주어졌다. 그리하여, 결국 명문들은 단순히 소리 없는 의미들을 전달하기만 한 것이 아니라 큰 소리로 읽혀질 수도 있었다. 결국, 그것들 자체가 하나의 언어 — 단음절이고 비굴절인(한자의 인공적 기원에 대한 특별한 표시로 남아 있는 자질들) — 를 발생시켰고, 이 언어는 마술과 권력의 모든 위엄을 운반하였기 때문에, 원래 발화되는 백화(白話)를 점차 대신하였다. (Leys, 1996, pp.29~30)

피에르 뤼크망(Pierre Rickmans)[12]라면 이 구절, 그가 알아채지 못할리 없는 이 실수를, 그것이 중국문자의 '시(poetry)'와 같은 것을 더 잘 표현한다고 주장함으로써 옹호할 것이다. 프랑소와 청의『중국 시의 문자(L'écriture poétique chinoise)』의 제1장은 이와 유사한 관념의 발전 이다. 즉, 중국의 문자체계는 발화에 선행하고, 중국시는 자신의 힘 중 대부분을 개념적인 것에 대한 직접적인 접근을 통해서 끌어 낸다는 것이다. 볼츠의 것도 포함해서, 중국의 문자체계에 대한 저 술들의 주인들 중 한 사람은 지지할 수 없는 표의문자적 설명에 집착한다. 그러나 우리는 그것이 조만간 사라질 것을 기대해서는 안 된다. 순수한 개념들만의 보편 언어, 투명한 언어를 믿고 싶은 욕망은 여러 세기동안 서구의 철학자들과 시인들을 사로잡아 왔 고, 중국어를 순수한 문자(Pure Writing)의 장면이라고 상상하는 것, 데리다의 표현으로는 '유럽의 환각'(Derrida, 1976, p.80)은 중국의 문 자체계의 존재를 서구에서 처음 의식하기 시작했을 때로 거슬러 올라간다. 나는, 데리다는 그러지 않지만, 자본주의적 상품 추상화 의 발전,[13] 비유럽세계에 대한 유럽인의 탐험과 식민지화, 보편 언 어에 관한 이론의 기원과 비교언어학 사이의 연관들을 강조하고 싶다.

표의문자 신화의 역사가 이데올로기적 분류에서 유용한 것과 마 찬가지로, 문자기원에 관한 모든 신화에는 교훈들이 존재한다. 창 힐(倉頡) 혹은 복희(伏羲 : 庖羲라고도 한다) 이야기라는 형식으로 된,

---

12) * 위 인용문의 Simon Leys는 Pierre Rickmans의 필명이다.
13) 비록 데리다가 위험한 대리(supplement)로서의 글쓰기에 대한 루소의 생각과 경제적 용어로서의 보충(supplement) 사이에 연관을 수립하지만, 이는 기껏해야 추상적 수준이다.

중국에서의 표의문자적 설명의 전통은 적어도 한대 초기로 거슬러 올라간다. 바빌로니아, 이집트 혹은 인도에서 나온 문자기원 신화들, 적어도 발화에 비해 문어가 가진 분명한 시간적 이점(오랫동안 견딜 수 있다는 글자의 능력)을 언급하는 신화들과는 대조적으로 초기 중국의 이야기들은 문자와 발화가 동일한 현상, 즉 언어를 이용한 의사소통의 두 가지 버전으로 간주될 수 있다는 것조차 명확히 하지 않는다(Boltz, 1994, pp.129~155). 표의문자주의는 문자의 발명과 그에 선행하는 『역경』의 팔괘(八卦)의 발명 — 팔괘는 단어들과 같은 것에 대한 직접적 참조가 전혀 없는, 개념들의 추상화였고 여전히 그런 채로 남아 있다 — 사이에서 끌어낸 직접적 연관들에 의해 강화된다. 문자의 기원에 대한 다양한 이야기들은 『역경』「계사전(繫辭傳)」(기원전 3세기경), 『회남자(淮南子)』(전한), 그리고 『여씨춘추(呂氏春秋)』(진 - 한초) 속의 짧은 언급들에 집중되어 있다.[14] 허신의 『설문해자(說文解字)』「후서(後敍)」(기원후 100년경)는 이 다양한 설명들을 요약·종합하고 있으며 여전히 앞으로도 표준적인 설명으로 남아 있다. 관련된 부분 전문(全文)을 아래에 번역한다.[15]

옛날 포희씨(庖羲氏)가 천하의 왕이었을 때, 위로는 하늘의 상을 관찰하고, 아래로는 땅의 모양을 살폈다. 새와 짐승의 무늬와 땅의 생김새를 보고, 가까이로는 신체에서 취하고, 멀리는 사물에서 취하여 처음으로 역의 팔괘를 만들어서 그 이치를 후세에 전하였다. 신농씨(神農氏)에 이르러서는 결승(結繩)으로 나라를 다스려 그 일을 기록하였는데, 많은 일이 매우

14) 내가 따로 명기하지 않는 경우에, 한대와 한대 이전의 텍스트들의 창작 시기에 대한 참조들은 Michael Lowe, ed.(1993)에서 가져온 것이다.
15) 연구들은 Boltz(1994), Miller(1953), 및 Thern(1966)를 포함한다.

복잡해지고, 꾸미고 거짓됨이 많이 생겨났다. 황제(黃帝)의 사관 창힐(倉頡)은 새와 짐승의 발자국을 보고 무늬결이 서로 구별됨을 알게 되어 처음으로 서계(書契)를 만들었다. 각 장인(匠人)들은 이를 이용하여 일을 하고, 만물을 이로써 관찰하였는데, 창힐은 이를 쾌괘(夬卦)에서 취하였다. "夬, 揚于王庭"16)이란 말은, 문(文)이라는 것은 왕의 조정에서 가르침을 펴고 교화를 밝힌다는 것이니, 군자는 그것으로써 아래에 공록을 베풀고, 덕 있는 자는 그것으로써 스스로를 단속한다. 창힐이 문자[書]를 처음 만들 때에는 대개 사물의 종류에 따라 형체를 본떴으므로 이를 문이라 불렀다.17) 그 후에 형부(形部)와 성부(聲部)가 서로 보충되니, 그것을 자(字)라 불렀다. 문이라는 것은 만물 형상의 본모습이고, 자라는 것은 번식하여 점차 많아진다는 뜻이다. 대쪽이나 비단에 쓰는 것을 서(書)라고 하는데, 서란 같다는 뜻이다.18)

소크라테스는 이집트에서의 토트의 문자 발명을 맹렬히 비난하면서 글이 기억과 정신, 사유 자체에 대해서 행할 일에 대한 두려움을 표현한다. 플라톤의 경우, 발화─인간적 현전─는 문자에 반대 자세를 취한다. 『설문해자』의 설명에 관해 독자에게 떠오르

---

16) *『周易』「夬卦」의 卦辭.

17) Boltz(1994), pp.138~43은 秦漢시기가 되면 文은 단순자를 복합자인 字와 구별해주는, 사전편찬상의 기술적 용법을 갖고 있었음을 보여준다. 이는 여기 인용된 許愼의 글과 일치하는데, 이 인용문에는 단순한 의미론적 범주가 제시되었다.

18) * 古者庖犧氏之王天下, 仰則觀象於天, 俯則觀法於地, 視鳥獸之文與地之宜, 近取諸身, 遠取諸物, 於是始作易八卦, 以垂憲象. 及神農氏結繩爲治而統其事, 庶業其繁, 飾僞萌生. 黃帝之史倉頡. 見鳥獸蹏迒之迹, 知分理之可相別異也, 初造書契. 百工以乂, 萬品以察, 蓋取諸夬. "夬, 揚于王庭." 言文者宣敎明化於王者朝廷, 君子所以施祿及下, 居德(則)[明]忌也. 倉頡之初作書, 蓋依類象形, 故謂之文. 其後形聲相益, 卽謂之字. [文者, 物象之本.] 字者言孶乳而寖多也. 箸於竹帛謂之書. 書者如也. (湯可敬 撰, 『說文解字今釋』, 岳麓書社, 2002, 2,164~2,165면).

는 것은 글은 바깥을 가지고 있지 않다는 것이다. 즉, 목소리는 설명에 간여하지 않는다는 것이다. 복희는 말하지도 않고 듣지도 않는다. 그는 본다. 그의 신체는 자기 자신을, 다른 신체 및 그것들의 흔적들과 마찬가지로, 선행하는 명문(銘文), 이미 하나의 텍스트라고 인지하기 때문에 문자를 생산한다. 이제 문자체계는 우주 안모든 곳에 이미 현전하는 것으로 인식된 배열 원리의 유비(類比)적인 반복이었다. 문자체계에 집중되고 약호화된 이 원리는 인간사(人間事)를 규제하고 감독할 수 있었다. 글쓰기의 주체는 국가였다. 신농씨의 결승에 의해 용이해진 계산은 예비적인 '증식'을 허용하였다. 그래서 문자는 원시적 계산의 특징이던 산란(散亂)과 발산(發散)이 아닌 체계성과 집중성의 미덕을 가진 정규화의 두 번째 유형이었다. 전한 초에 만들어진『회남자』속의 한 버전에서는 창힐의 발명을 개탄한다. "옛날 창힐이 문자를 창안했을 때 하늘에서는 조가비처럼 내렸고 귀신이 밤새 울었다."[19] 이 구절은 한대 내내 텍스트들 속에서 널리 인용되었다. 진대(晉代)의 한 주석가는『회남자』의 구절에서 언급된 다른 발명들과 마찬가지로 문자[書]가 모든 기술적 혁신들의 부정적 결과들을 가지고 있었다고 덧붙였다. 즉, 그것은 '본(本)'으로부터 사람들을 분리시켰고 사술(邪術)과 거짓에 대한 치명적인 탐닉을 허용하였다(Boltz, 1994, pp.138~143).[20] 이것

---

19) * 昔者蒼頡作書, 而天雨粟, 鬼夜哭(張雙棣,『淮南子校釋』, 北京大學出版社, 1997, 828면).

20) * 저자의 착오인 듯.『淮南子』에 注를 단 高誘는 東漢末의 인물이다. 倉頡始視鳥迹之文, 造書契, 則詐僞萌生. 詐僞萌生則去本趨末, 棄耕作之業而務錐刀之利. 天知其將餓, 故爲雨粟. 鬼恐爲書文所劾, 故夜哭也. 鬼或作兎, 兎恐見取毫作筆, 害及其軀, 故夜哭(張雙棣,『淮南子校釋』, 北京大學出版社, 1997, 831면).

은 신농씨의 발명에 맞춰진 증식에 대한 비판과 일치하였다. 즉, 중앙의 통제로부터 벗어난 이화(異化)의 힘은 오직 나쁜 결과들을 낳을 수 있을 뿐이라는 것이다. 상징화의 첫 번째 국면인 복희의 팔괘 발명은 『설문해자』에서 아무런 비평이나 코멘트를 당하지 않는다. 이것은 『역경』의 경전으로서의 지위를 고려한다면 생각할 수 없는 일일 것이다. 그러나 신농의 결승으로부터 복희의 발명품을 구별하는 것은 정확히 텍스트, 경전, 재현 및 유일한 닮은꼴로서의 그것의 지위이다. 즉, 결승은 닮거나 재현하지 않는다. 결승은 순수한 테크닉일 뿐이다. 결승은 총체적 체계로서 재생산될 수 있는 것이 아니라 상황들의 급증하는 다양성에 적용할 수 있게 남아 있는 것이다. 이 증식은 이제 텍스트들에 의한 통제하에 놓여졌다. 즉, 재현 권력은 다시 집중되고 명기(明記)되었으며 정전이라는 관념 자체의 기초가 제자리를 잡았다.

언어의 기원에 관한 허신의 버전은 그의 텍스트보다 이전의 자료들의 종합인데, 오늘날 남아 있는 가장 정교한 것이다. 대부분의 경우, 위에서 인용한 뤼크망의 구절에서처럼, 그것은 우리가 그 동시대의 형식에서 알고 있는 표의문자 신화와 일치한다. 즉, 글쓰기는 우주적 의미작용 실천들의 유비적 재생산이다. 이 신화의 동시대의 낭만화된 버전에는, 적어도 제국 중국의 역사 전체에 걸쳐서 우리가 알아온 텍스트 문화와 일치하지 않는 아나키 상태를 향한 암묵적 잠재력이 있다. 만약 문자가 개념적인 것에 대한 직접적인 접근을 제공한다면, 표의문자가 표현할 수 있는 것에는 전혀 한계가 없을 것이다. 그러나 분명히, 한대에 표의문자의 신화를 조달한 사람들의 경우에, 문자의 우주적 의미화 능력은 글쓰기의 모든 예에서 현전할 수가 없다. 예를 들어, 선전포고는 단순히 선전포고일 수 있을 뿐 우주의 형상화일 수는 없었다. 그렇다면, 허신에게 문자체계는 무엇인가? 대략 허신의 시대에 만들어진 것으로 보이는 기술적 용법인 단순 문자와 복합 문자— 문(文)과 자(字)—사이의 차이에 대한 그의 세밀한 설명은 문자와 텍스트성에 대한 새로운 시각이었을 것을 의미한다. 생물학적 견지에서 주조된 명백한 목적론 속에서, 우리는 단순문자에서 복합문자로 옮겨간다. 즉, 문자 체계 전체는 세계의 생물학적 인구(population)를 생각케 하는 방식으로 '많아지게(populated)' 된다. 그러나 세계의 인구는 제국 체제의 구조들 내에서 질서 지어진다. 증식에 대한 경고는 우리가 글자 전체에 대해 순수히 생물학적인 은유를 사용해서는 안 된다는 것을 말해준다. 사실, 나는 문자체계 전체, 텍스트들 자체 속의 문자의 예시(例示)로부터 추출할 낼 수 있는 문자체계 전체가 있는지 묻고 싶다. 한 구절을 지나치게 견강부회하는 위험을 무릅쓰고서, 나는 위의 인용문에 번역된 결론 문장들—"대쪽이나 비단에 쓴 것을 서(書)[21]라고 하는데, 서라는 것은 사물을 있는 그대로 옮긴다는 것이다"—은, 문자에 대한 궁극적인 지평이 '문자체계' 전체가 아니라 정전 텍스트들 자체임을 가리킨다고 말하고 싶다. 선재하는 문자체계에 의해 정전 텍스트들이 표현되는 것이 아니다. 차라리, 문자체계가 정전적 텍스트들의 존재 때문에 하나의 체계로서 생각될 수 있을 뿐이다. 내가 이것으로써 의미하는 것을 설명하기 위해, 『역경』을 살펴본다. 『역경』의 팔괘는 무한히 조합되는

---

21) * 영문 원문에 'texts'라고 되어 있다.

것이 아니다. 팔괘는 하나의 특정한 텍스트인 『역경』의 내용인 육십사괘로 조합된다. 비록 『역경』이 세계를 지시하는 능력을 가졌지만('텍스트들'은 '닮음'[22])을 의미한다는, 『설문해자』 「후서」의 구절을 상기할 때), 이 능력은 개별적 텍스트로서의 물리적 형식 속에서 제한된다. 위에 인용한 『설문해자』의 구절 — 여기서 'texts'는 'writings'로도 번역될 수 있다 — 에서 텍스트들에 대한 언급은 다소 모호하다. 그러나 여전히, 닮음과 재현, 문자체계의 기능적 능력들이 그 자체로 개별적 어휘 항목의 수준에서 완전히 실행되는 것이 아니라, 오직 단어들이 텍스트들 속에서 조합될 때에만 마침내 지시 능력을 획득할 수 있다고 추론하는 것은 불합리하지 않다. 지시되는 텍스트들은 정경들로서, 글이라고 불릴 가치가 있는 모든 글은 어떤 형식에서 그 정경들의 한 반복이다.

3. 문자, 단어, 사전

표의문자 신화와 그에 대한 비판은 텍스트성이라는 이 요소를 배제한다. 중국어에 대한 헤겔의 글들은 정확히 그 추상적, 표의문자적 성질을 이유로 그 언어를 비난한다. 즉, 『역경』의 팔괘로부터 중국의 문자체계가 유래했다는 것(헤겔은 복희 이야기를 언급한다)이

---

22) * 如.

그 정적(靜的)이고 관념적인 성격을 증명한다는 것이다. 중국어에 대한 헤겔의 견해를 논하면서,[23] 데리다는 중국어에 대한 헤겔의 비판과 알파벳 문자의 우월성에 대한 그의 주장이 헤겔의 특기할 만한 로고스중심주의에 의존한다고 지적하였다.

> 이 모든 명제들이 뜻하는 언어학은 단어의 언어학이자 명백히 이름의 언어학이다. 단어, 그리고 그 범주들과 함께 탁월한 단어인 이름은 이 언어학에서 목소리 속에 음성과 의미의 결합을 지닌, 단순하고 축소 불가능하고 완전한 요소로서 기능한다. 이름 덕분에, 우리는 이미지와 감각적 실존 없이도 지낼 수 있다. (…중략…) 이름의 축소 불가능한 특권은 헤겔주의 언어철학의 근본원리이다. (Derrida, 1992, p.96)

비록 로고스중심주의에 대한 데리다의 비판이 그 기원상 구두적인 것에 대한 어떠한 특권화에 내재하는 현전의 형이상학에 대한 비판으로 보통 이해됨에도 불구하고, 이 구절은 개별적이고 고립 가능한 단어 그 자체는 또한 로고스중심주의의 핵심적 규정 자질이라는 것을 우리에게 상기시킨다. 『설문해자』가 텍스트적 권위의 등기부라고 주장할 때, 나는 개별적 단어에 부착된 존재론적 무게는 거의 없다고 제기할 것이다. 이 제기는 사실상 단일어 표제자들로 나누어진 사전에는 우선 부적절한 것으로 보일 수도 있다. 그러나 나는 『설문해자』를 일반적으로 언어학적 사상이나 철학적 사상에서의 로고스중심주의적 전환과 연관짓기보다는, 팽창하는 텍스트성이라는 목적(telos) 속에서 고려하는 것이 훨씬 더 생산적이라고 생각한다. 사전 자체의 기능을 고려해보자. 비록 '본래

---

23) Derrida(1992)의 "The Pit and the Pyramid : Introduction to Hegel's Semiology"에서.

의' 기능들의 결정이 기껏해야 가정적인 것으로 남게 되더라도 말이다. 사전들 혹은 자서(字書)들의 최초의 예들은 거의 어떠한 문화에서라도 어휘를 기록하거나 목록을 만들기 위해서보다는 정규화하고 표준화하는 데에 더 봉사하며, 또 그렇게 구어보다는 텍스트적 언어를 자신들의 대상으로 삼는 경향이 있다. 허신의 사전에서 구어는 거의 언급되지 않는데,[24] 이는 그의 새로운 사전의 변별적 자질은 대다수의 표제자 밑에 깔려 있는 '음성적' 요소에 대한 인식이라는 사실을 고려할 때 처음에는 다소 이상해 보일 수도 있다.[25]

볼츠는 『설문해자』가 단순히 허신의 시대의 문자체계의 기술(記述)이라기보다는 차라리 규범적인 것으로 읽혀질 수 있다고, 그 책이 한대에 걸쳐 문어의 표준화와 정규화의 더 큰 규범적인 노력의 일부분이라는 가설을 세운다. 『설문해자』가 최초의 사전이 아니라는 것은 거의 확실하다. 『한서』 「예문지」는 진대와 선진시대의 몇몇 사전을 싣고 있다. 그것들 중 하나인 『창힐(蒼頡)』도 『설문해자』 「후서」에서 언급된다. 더 초기의 사전들 역시 규범적인 목적에 종사하였을 가능성은 매우 높다. 『한서』 「예문지」는 사전편찬 작업의 역사를 다음과 같이 기술하고 있다.

---

24) 지역방언들에 대한 다양한(비록 다수는 아니더라도) 언급들조차 발화에서보다는 쓰여진 형태상의 지역적 변이들을 가리키는 것이 가능하다.

25) 『說文解字』에서 구두성의 장소에 대한 한 가지 징후는 수많은 '讀若'인데, '이와 같이 읽는다'라는 정식에서 아마도 同音을 의미하는 것일 것이다. 비록 '讀若'현상에 대한 수많은 문헌학적 연구들이 있었음에도 불구하고, '讀'이라는 동사가 구어에서 한 단어의 표준적 발음을 가리키는 것이라기보다는 십중팔구 한 텍스트의 구두 낭송이나 읽기를 위한 지침들을 가리킨다는 것을 강조해야 할 것이다. Coblin(1978)을 보라.

한나라가 건설된 후, 여리(閭里)의 서사(書師)가 『창힐』・『원력(爰歷)』・『박학(博學)』의 세 편을 합하였는데, 60자를 한 장(章)으로 나누니, 모두 55장이 되었고, 『창힐편(蒼頡篇)』이라고 총칭하였습니다. 무제 때 사마상여가 『범장편(凡將篇)』을 지었는데, 중복된 글자가 없었습니다. (…중략…) 원시(元始) 연간에, 천하에서 소학(小學)에 능통한 이 100여명을 모아들여 각기 조정에서 글자를 적도록 하였는데, 양웅은 그중 쓸모 있는 것들을 모아서 『훈찬편(訓纂篇)』을 지었습니다. 이는 『창힐』을 이은 것이었습니다. 또 『창힐』에서 중복된 글자도 바꾸었으니, 모두 89장이었습니다. 신(臣)은 양웅의 작업에 13장을 더하여 모두 102장으로 만들고, 중복된 글자를 없게 하였으니, 육예(六藝)의 여러 책들에 실린 글자들이 대략 갖추어져 있습니다. (『漢書』, 1,721면)[26]

사전편찬의 역사의 두 가지 특색이 여기서 두드러진다. 즉, 사전편찬 작업은, 비록 『설문해자』의 경우는 그렇지 않더라도, 사실상 황제의 명령에 의해 행해지고, 또 그 작업은 쓰여진 텍스트에 바탕을 두고 있다는 것이다.

범박하게 말해서, 중국사에는 문자 표준화에 관한 두 시기가 있었다. 즉 문자체계가 최초로 발전한 상대(商代), 그리고 진한대(秦漢代)의 표준화와 통일이다. 두 시기는 1500년 이상이나 떨어져 있고, 상대의 표준화의 정치적 혹은 제도적 성격을 재구성할 수 있는 현존하는 증거는 거의 없다. 볼츠는 혁명 이후 시기 중국의 고고학적 발굴에서 출토된 정전 텍스트들의 다양한 이본(異本)들로부터, 상대의 표

---

26) *漢興, 閭里書師合 『蒼頡』・『爰歷』・『博學』 三篇, 斷六十字以爲一章, 凡五十五章, 并爲『蒼頡篇』. 武帝時司馬相如作『凡將篇』, 無復字. (…중략…) 至元始中, 徵天下通小學者以百數, 各令記字於庭中. 揚雄取其有用者以作『訓纂篇』, 順續『蒼頡』, 又易『蒼頡』中重復之字, 凡八十九章. 臣復續揚雄作十[三]章, 凡一百二章, 無復字, 六藝群書所載略備矣.

준화가 쇠퇴하였고 또 한 초기에 이르면 탈의미화와 원형적 음성화 (proto-phneticization)를 향한 명백한 경향이 있었음을 이집트와 근동의 문자의 역사와 유사한 논리로 입증한다. 볼츠는 만약 그 발전이 중단 없이 계속되었더라면 중국어는 쉽사리 음절문자 혹은 심지어 알파벳으로까지 진화할 수 있었을 것이라고 가정한다. 그 과정은 다른 경우에 문자가 취해온 과정이었다(Boltz, 1994, pp.156~177). 중국에서 이러한 발전이 일어나지 않았다는 것은, 아마도 위의『한서』의 인용문에서 언급한 그 실전(失傳)된 사전들에서 시작된 축적된 노력들에 포함되는 후기의 포괄적 목록일『설문해자』를 그 대표적인 한 부분으로 하고 있는, 문자와 어휘의 표준화를 향한 노력들의 결과라고 그는 주장한다. 비록『설문해자』자체가 명백히 문자의 표준화를 향한 노력인 황제의 명령에 의해 생산된 것은 아니지만, 표준화를 향한 일반적 경향을 분명히 반영할 수 있다. 그것은 후기 고전 및 초기 중세 유럽어의 그라마티카와 유사한 방식으로 기능하였다. 비록 정전화가 중세 서구의 경우보다 훨씬 더 명백한 공식적 성격을 가지는 맥락 속에서임에도 불구하고

　　『설문해자』를 연구하는 모든 현대 학자들은 그 사전의 명확히 진술된 목적이, 사전에 대한 현대의 상식적인 이해의 경우에서처럼 크게 쓰여진 '언어'[27]에 대한 설명보다는 정경과 기타 쓰여진 텍스트들의 해명임을 인정한다.[28] 위에서 많은 부분을 번역해 놓

---

27) * 標題字.

28)『說文解字』의 다소 역설적인 모습은 '음성적' 요소에 대한 현존하는 최초의 공식적 인정 — 수록된 글자의 대부분은 '形聲字'이다 — 인 동시에, 만약 우리가 볼츠의 가정을 따른다면, 戰國 후기의 탈의미화 혹은 음성화에 대항하는 규범화 경향의 연속이라는 것이다. 푸코를 따라, '음성적'과 같은 범주를 담론 속

은『설문해자』「후서」는『설문해자』가 정전 텍스트들에 대한 읽기와 이해를 위한 보조물로서, 특히 비정통적이고 '사적인' 가르침들에 대한 대항수단으로서 의도되었다고 밝힌다.

> 『상서(尙書)』에서 "나는 옛 사람들의 상(象)을 보고자 한다"라고 한 것은, 반드시 옛 문자를 준수하고 연구하여야지, 견강부회하지 않는다는 것을 말한 것이다. 공자는 "나는 오히려 사서(史書)에서도 궐문(闕文)을 보았으나 오늘날에는 궐문이 없어졌다"고 하였는데, 아마도 모르면서 묻지 않고, 사람들이 자신의 사견을 내세우고, 시비에 올바른 기준이 없이, 교묘한 설과 사악한 언사로 천하의 배우는 사람들로 하여금 의심케 하는 것을 비판한 말일 것이다. 무릇 문자라는 것은 경예(經藝)의 근본이자 왕정(王政)의 시작이다. 전대 사람들은 문자로써 후세에 남겨줄 수 있었고 후대 사람들은 문자로써 옛날을 알 수 있다.29)

나는 위의 구절에 나타난, 사적인 판단과 비정통적 견해에 대한 격렬한 비난, 그리고 '왕정'에 대해 텍스트의 표준화가 지니는 중요성에 특별히 주목하고 싶다. 텍스트의 표준화, 즉 정전화는 여기서, 언제나 그렇듯이 명백히 국가의 목적들에 연결되어 있다. 이것은 유럽의 중세 초기의 텍스트적 공동체들과 중국에서 공고화되고 있던 텍스트의 제국 사이의 거대한 차이를 가리키는 한 가지 지표

에 넣는 것은 그것의 '현상'을 인정하는 것이라기보다는 그것의 '억제'를 완수하는 것으로 이해될 수 있다. 그러면『說文解字』의 '음성적' 요소에 대한 이 두 개의 전혀 다른 입장들은 보기보다 모순적이지 않다.

29) *『書』曰 : "予欲觀古人之象." 言必遵修舊聞而不穿鑿. 孔子曰 : "吾猶及史之闕文, 今亡矣夫." 蓋非其不知而不問, 人用己私, 是非無正, 巧說衺辭, 使天下學者疑. 蓋文字者, 經藝之本, 王政之始. 前人所以垂後, 後人所以識古.(湯可敬 撰, 『說文解字今釋』, 岳麓書社, 2002, 2,178~2,179면).

이다. 초기 제국 중국의 국가(state)는 텍스트들과 해석 전통들을 규제하는 것을 목적으로 삼았다. 사적인 판단과 비정통적 견해들은 그 내용이 무엇이든 간에 궁극적으로 중앙의 권위의 적이었다.

『설문해자』가 그 일부였던 환경은 두 가지 구성 요소를 가지고 있었다. 첫째는 정전적인 것(the canonical)이다. 그것은 거의 한대 전체에 걸쳐서 지속된 발전, 즉 어떤 종류의 텍스트 문화가 누구의 후원 아래 창조될 것이며 또 그것에 어떤 권위가 부여되는가에 대한 결정뿐 아니라 텍스트 문화 자체의 공고화의 한 부분이다. 둘째는 글쓰기 행위들의 약호화와 정확히 무엇이 문자해독력을 구성했는가의 결정이다. 그러나, 익힌 한자의 수는 제국의 시험들에서 초기부터 글쓰기 능력의 측정수단이었다. 전한 초기에 소하(蕭何)는 일군의 관직에 대한 지원자들은 태사공(太史公)이 주관하는 시험을 치러야 한다고 규정하는 법률을 통과시켰다. 이 시험은 9천자 이상의 한자에 대한 지식과 육서(六書)에 대한 숙련을 요구하였다(『漢書』, 1,720~1,721면). 이 시험은 후한 때까지 지속되었다. 허신의 사전은 대략 이와 같은 수의 한자로 이루어졌고, 우리는 그가 자체(字體)에 둔 중요성에 대해 위에서 언급했었다. 그 사전은 시험자체와 마찬가지로 글쓰기 능력이 의미하는 것에 대한 간단한 측정수단이었을 것이다.

4. 식자 능력, 정전성, 전승, 그리고 텍스트시스템들

위에서 언급한 9천자 표준을 기록하고 있는, 『한서』「예문지」의 '소학(小學)' 부분에서는 정음학(正音學)적 표준에 대한 논의를 기억 상실과 너절한 학문연구라는 질적 저하 과정에 대한 방어로서 틀 짓는다. 『설문해자』「후서」와 마찬가지로, 글자 쓰는 법을 잊었을 때 텍스트 속에 공백을 남겨두기를 거부하는 필사자들에 대한 공자의 불인정을 인용한다. 이 염려는 한동안 남아 있었다. 비록 그 것이 이용되는 상이한 방식들이 텍스트 문화의 규범들의 변화하는 성격을 지시하고 있음에도 불구하고 안지추(顔之推, 531~591)의 『안씨가훈(顔氏家訓)』은 『설문해자』보다 400년 이상 지난 뒤 남북조시 대에 나타났다. 이 책의 상당 부분이 언어학적 일화들에 바쳐졌다. 저자의 자신(自信)하는 언어학적 전문지식(이 텍스트는 『설문해자』를 매우 칭찬하고 있다)과 고도의 정음학적 표준들은 종종 그의 선배들이나 동시대인들의 느슨함에 반대하는 훈계 속에 모여 있다.[30] 가까운 과거의 느슨한 표준들을 비난하면서 그는 이렇게 쓴다.

> 양(梁)나라의 전성기에, 관직 없는 귀족 자제들은 학문이 없는 경우가 많았다. (…중략…) 명경과(明經科)에 합격하고자 할 때는 사람을 고용하여 답[策]을 저어내도록 하였다. 삼공구경(三公九卿)의 연회에서는 남의 손을 빌려 시를 지었다. 그때에는 그들 역시 뛰어난 인물이었다. 그러나 변란

---

30) 陳寅恪은 顔之推 자신이 『切韻』의 음운체계 속에 있는 발음 표준화에 대한 으뜸가는 구두적 원천이라고 가정했다. 이는 아마도 그가 南朝로 추방되어 있는 동안 洛陽 액센트를 유지하였기 때문일 것이다. Teng(1968), xxviii에 인용.

이 있은 후 조정(朝廷)이 바뀌고 나서 관리를 전형(銓衡)하여 다시 선발할 때에는 더 이상 전처럼 친분 있는 이가 없었다. (…중략…) 자신에게서는 구할 수 있는 것이 없었다. (…중략…) 병마(兵馬)들 사이를 이리저리 헤매 다가 구덩이나 계곡에 떨어져 죽었다. 이때 그들은 참으로 쓸모 없는 사람들이었다.[31]

이 구절은 한 이후 수세기에 걸쳐 텍스트 문화의 변화의 본질을 보여준다. 양대(梁代)가 되면 에세이 짓기와 집단 시작(詩作)이 문인들의 사교생활의 공식적 내용으로서 완전히 자연화되었을 뿐 아니라, 공식화의 정도 역시 자연화되어서 사람들 스스로의 무능력을 보충하기 위해 대리인을 고용하는 것이 가능하였다. 그 문화에 대한 고수(固守)가 우발적 변형태나 공식적 변형태를 허용할 수 있는 것은 오직 텍스트 문화의 이데올로기적 토대가 완전히 공고화될 때뿐이다. 양나라 귀족의 쓸모 없는 자제들은 그들의 부와 인맥 덕분에 귀족생활의 공식적인 텍스트적 요구들을 만족시킬 수 있었는데, 심지어 그들이 적절하게 읽지 못했더라도 그랬었다고 안지추는 주장한다. 『안씨가훈』 권제8 「면학(勉學)」에서는 텍스트적 레짐의 약호들로부터의 일탈을 혹평한다. 안지추는 오직 구두 전승에만 의존하는 이들, 스승의 말들을 입으로 우물거릴 수는 있지만 복잡한 문자를 쓸 줄은 모르는 이들을 골라 특별히 비판한다. 그의 훈계에는 텍스트적인 것에 대한 권위 있는 주장이 배어 있다.

---

31) * 梁朝全盛之時, 貴游子弟, 多無學術. (…중략…) 明經求第, 則顧人答策; 三公九讌, 則假手賦詩. 當爾之時, 亦快士也. 及離亂之後, 朝市遷革, 銓衡選擧, 非復曩者之親. (…중략…) 求諸身而無所得. (…중략…) 鹿獨戎馬之間, 轉死溝壑之際. 當爾之時, 誠駑材也. (『顔氏家訓』「勉學」).

말과 글에서 옛 글을 인용할 때에는 반드시 제 눈으로 직접 배워야지, 귀로 들은 것을 믿어서는 안 된다. 강남(江南)의 여리(閭里)에서는 사대부들이 학문하지 않기도 한다. (…중략…) 먹는 일을 말할 때 호구(餬口)라고 하고[먹고 살기 위해 직업을 가지는 것을 뜻하는 餬口의 어의를 오해한 것임], 혼인을 논할 때에는 연이(宴爾)[32][『시경』에서 인용한 것인데, 온전한 인용이 아니라서 의미가 없음]라고 한다. 이런 것들은 모두 귀로 들은 배움의 잘못이다. 무릇 문자란 것은 분적(墳籍)의 근본이다. 세간의 학도들은 문자를 이해하지 못하는 이가 많다. (…중략…) 허신을 틀렸다고 한다.[33]

여기서 암시된, 구두적인 것과 텍스트적인 것 사이의 관계는 이 장의 앞부분에서 인용된 피에르 뤼크망의 글과 다르지 않은 입장을 제시한다. 즉 선행하는 텍스트성에 의해서 구어 자체가 발생된다는 것이다. 텍스트적 권위의 결정 논리 내에서, 언어학적 상식에 반하는 것이지만, 이것은 진실이다. 즉 텍스트 속에 기록될 가치가 있는, 한 인물의 발화로 간주될 만한 가치가 있는 유일한 종류의 발화는 텍스트적 규범들을 고수하는 발화이다. 구두성 — '카더라' — 에 있어서의 문제점은 단순히 그것이 덜 가치 있는 대안 문화를 구성한다는 것뿐만 아니라 그것이 텍스트 문화의 열등한 버전이라는 것이다.

안지추는 문자체계의 음성학적 측면들의 표준화가 예전의 자체(字體) 표준화를 상기시키는 방식으로 일어나고 있을 때에 살았다.

---

32) *『詩經』「邶風」「谷風」. "宴爾新昏, 如兄如弟. // 宴爾新昏, 不我屑以. // 宴爾新昏, 以我御窮."

33) *談說制文, 援引古昔, 必須眼學, 勿信耳受. 江南閭里間, 士大夫或不學問 (…중략…) 言食則餬口 (…중략…) 論婚則宴 (…중략…) 夫文字者, 墳籍根本. 世之學徒, 多不曉字 (…중략…) 非許愼.

사실,『안씨가훈』은 텍스트들 속의 어떤 단어들의 발음상의 역사적 변화들에 주목하고, 그리하여 표준화를 위한 담론적 맥락을 창조하는, 현존하는 최초의 텍스트이다. 안지추의 생애는 대체로, 작시상의 음성학적 규칙들과 결함들에 대한 명시화가 당대(唐代) 율시(律詩)의 음성학적 약호화를 미리 보여주었던 심약(沈約)과, 운율 규칙들과 범주들에 일치하는 작시를 위한 규범적 텍스트로서 기능했던『절운(切韻)』사이에 위치한다. 이런 종류의 텍스트 중심적 발음 레짐은 대만이나 영국에서 추구되어 온 국가적 발음 규제의 현대적 실천들과는 매우 다른 문제이다. 전자매체의 시대에, 발화는 텍스트성에 조금도 의지하지 않고서 산종되거나 재생산될 수 있고, 텍스트들을 지시하지 않는 발음은 그리하여 정치적 통제에 좌우되는 문제로서 이용 가능하다.『안씨가훈』은 우리가 일상적인 발화라고 부를 만한 것들 속에 있는 발음상의 결함들에 대한 어떠한 훈계도 담고 있지 않다. 정확한 발음이 문제가 되는 것은 오직 텍스트적 자료의 음송이나 인용에서 뿐이다. 안지추가 드는 예에 나오는 교육을 제대로 받지 못한 얼치기들은 텍스트들 속에서 자신들의 발화의 출처를 찾지만, 그들의 발화상의 실수를 가져오는 것은 텍스트들에 대한 그들의 잘못된 장악이다.

그래서『안씨가훈』은 우리가 일반적으로 '보수적'이라고 부를 수 있는 경전 텍스트적 기초주의를 향한 강렬한 충동을 보여준다. 내가 이 단락을『안씨가훈』으로 시작하는 것은 그것이 한대에 뿌리를 두고 있는 중요한 문제틀(problematic)을 잘 보여주기 때문이다. 그것을 구두적 / 텍스트적의 이분법이라고 부르는 것은 그 당시에는 작동하지 않던 담론 범주들을 사용하는 것이 될 것이다. 그러나 위에 인용된 구절에서 볼 수 있는 바와 같이, 텍스트적인 것의 열등하거나 부정적인 버전으로서의 구두적인 것은 매우 효력 있는 범주였고, 텍스트 문화의 이 등급화는 그 뿌리를 진한 시기에 두고 있다. 텍스트적 권위의 한 가지 표적은, 정전적으로 텍스트적인 것에 내재하는 통제, 한계 및 억제의 권력에 대조되는 과도함이다. 위의 인용문(88면)에서 허신이 비판하는 사적인 판단과 비정통적 견해들에서, 표적은 전승의 통제되지 않은 과도한 성격이다. 발화는 궁극적으로 경계가 없다. 즉 입은 의미에서 무의미까지, 질서에서 과도함까지 즉시 미칠 수 있는 소리를 생산할 수 있다. 가장 기본적인 의미에서, 생산과 수용의 순간에 있는 발화는 외부의 인간적 힘에 의해 규제될 수 없다.[34]

하나의 제한된 텍스트가, 명시적이든 아니든, 담론적 과도함을 반격하고 억제하기 위해서 존재한다. 구두성은 그 과도함을 위한 매체일 수 있으나, 텍스트성의 양식들 중에도 견책을 받는 것들이 있다. 아래에서 우리가 보게 될 것처럼, 한대에는 중상(中傷)과 기타 정치적으로 정당화되지 못한 발화에 대한 수많은 견책은 물론이고, 장황하고 통제되지 않은 과도함 때문에 견책받은, 텍스트성의 특정한 양식들이 있다. 『안씨가훈』의 시대가 되면 읽기와 공부를 위한 전제들은 더욱 약화되었다. 그 책의 저자는 확장된 정전―가치 있는 텍스트들의 예들은 유교 정전에 집중되어 있으나

---

34) 이것은 징후적 도구로서의 구어―이웃간, 골목길에서의 대화들―의 가치의 출처이기도 하다. 周代에서 기원하는 관행인, 민간 구어의 수집과 해석은 발화 혹은 노래부르기를 징조로서 취급한다. 그에 관해, 날씨, 혹은 자연의 기타 顯示의 더욱 우주론적인 패턴화와 부합하는 무엇인가가 있었다.

많은 역사작품 혹은 비정전적 철학작품들도 포함하고 있다—을 부지런히 공부하도록 촉구하지만, 발화 자체처럼 너무나 자주 얄팍하고 도덕적으로 충분히 고양시키지 못하거나 혹은 덧없는 '문학적' 글[文]에 지나치게 탐닉하지 않도록 주의를 주고 있다.[35]

텍스트의 증식을 통제할 필요가 매우 일찍 인식되었고, 아마도 그것이 진대의 '분서(焚書)'의 이면에 존재하는 것이었을 것이다. 분서는 종종 주장되듯이 결코 텍스트적인 것에 대한 거부가 아니라 명백히 '사적인 가르침'(즉 비제국적 권위)과, 텍스트적 자료의 통제되지 않은 비공식적 유통에 대한 공격이었다. 예외 없이 불태워진 유일한 텍스트들은 "현재를 비판하기 위해 과거를 이용한" 것들이었다. 전체적으로 봤을 때, 대부분의 금지된 텍스트들은 제국 도서관 내부에, 혹은 그 텍스트들을 연구할 임무를 부여받은 관리들의 보호 아래에 존재하도록 허용되었다(錢穆, 1971). 한 후기에 종이를 일반적으로 채용하기 시작한 이래 300년 이상이 지난 안지추의 시대가 되면, 텍스트들의 물리적 증식이 너무 커서 진대에 목표로 했던 단단히 통제된 유통은 커다란 관리 능력을 요구했을 것이다. 한대는 양대에 존재했던, 더 광범하고 더 철저한 종류의 텍스트 문화로의 이행에서 최초의 국면을 표시했다. 그 최초의 국면의 현저한 성취는 정경의 확립, 그리고 그것과 공존한 문자체계의 확립이었다.

한대의 최초 80년은 제국의 공고화의 시기로 적절히 성격지어져

---

35) 예를 들어, "게다가, 결국 지금 『太玄』의 쓸모는 무엇인가? 이 책은 단지 오이 항아리를 덮는 데에나 유용할 뿐이다." Teng(1968), pp.94~95. 『太玄』은 漢代의 저자 揚雄의 저서로서, 『易經』을 다시 쓴 것이다.

왔다(『Cambridge History of China』 제2장). 중앙의 정치적 권위가 굳게, 특히 지역의 왕들보다 위에서 확립된 것은 이 시기였다. 행정적·법적·의례적·정치적 정규화와 표준화에서의 거대한 발전들이 무제(武帝)의 통치기간(기원전 141~87)에 발생했다. 무제의 통치는 또한 '국가 유교'의 확립과 관련이 있다. 이는 한대의 역사가인 반고에 따르면, 본인과 가까운 동시대인들에 의해서, 그리고 그 이후로도 전한대 최고의 사상가라고 일반적으로 간주된 동중서에 기인한 현상이다(『漢書』, 2,526면). 동중서의 주저인 『춘추번로(春秋繁露)』[36]는 거대한 우주론적 범위의 것이다. 그 책의 기초적 조직 원리들은 다음과 같다. 즉, 세계는 하늘의 권위 아래 있는 감응의 체계이다. 황제는 그 의지를 징조들과 조짐을 통해서 보여주는 하늘에 일치하여 행동할 필요가 있다. 통치를 위해서 황제는 '무위(無爲)'에 일치하여 권력의 말없고 고요한 중심으로서 복무한다. 그의 일차적 임무는 훌륭한 관리의 채용이다. 관리로서의 훌륭함은 도덕적·정치적·역사적 지식의 기본인 오경에 대한 후보자의 습득(習得) 정도에 의해 판단된다. 동중서의 저작은 정전의 존재에, 텍스트 습득의 필요성에, 그리고 정전의 가르침의 제도적 습득의 필요성에 우주론적 토대를 제공하였다. 동중서의 역할과, 무제 치하에서 공식적으로 확립된 '유교'의 성격은 그러나 논의의 여지가 있는 문제이다. 예를 들어, 벤자민 윌랙커(Benjamin Wallacker)는 이렇게 쓰고 있다.

그러나, 매우 현실적인 의미에서, 모든 학파로부터 신념과 실천들을 자

---

36) 이는 많이 연구된 텍스트로서, 어떠한 중국철학사에서도 그에 대한 요약을 발견할 수 있다. 매우 설득력 있는 논의는 Anne Cheng(1985), pp.7~66에 있다.

유로이 받아들이고 자기 스스로의 신조가 거의 완전히 전통에 대한 단순한 존중으로 이루어진, 내용으로부터 자유로운 유교, 공자의 전통이 한대에 현저하게 부상하였다. (Roy and Tsien, 1985, p.227)

매우 논쟁적인 3권본 양한사상사(兩漢思想史)의 저자인 서복관(徐復觀)은 동중서의 성취를 한대 사상 자체를 특징짓는 특수자의 확립으로 간주한다. 즉 정전적 텍스트들에 기반을 둔, 그리고 모든 것을 포괄하는 것을 목적으로 하고 그래서 우주·역사·통치·인간사에 대한 모든 지식의 맥락을 형성하는 음양오행의 사계절 우주론을 흡수한 유교.[37] 철학자들과 지성사가들은 동중서의 저작을 내용에 근거하여 판단하는 경향이 더 크다. 우리의 목적을 위해서는 『춘추번로』처럼 거대한 종합적 저작은 철저히 그것의 텍스트적 성격에 의존하고 있다는 것에 주의하는 것으로 충분하다. 패턴화, 자기 지시성, 감응(感應)에 그렇게 침윤되어 있는 우주론은 오직 완전히 체계화된 텍스트적 논리 속에서만 가능하다. 동중서의 텍스트가 정전적 텍스트의 습득에 집중하고 있는 것은 전혀 우연이 아니다. 그의 텍스트는 사실 한대 경학의 중심이었던 정전적 텍스트인 『춘추』에 대한 하나의 주석으로 위치지어진다.

이 텍스트 중심적인 우주론적 체계에 대한 상세한 설명은 다른 시대의 다른 정전화들을 연상케 할 수 있지만, 그러나 우리는 그런 텍스트 중심적 체계는 공식적 가치들의 전승에 있어 상정할 수

---

37) 徐復觀(1977~1979) 제2권, pp.296~297. 徐復觀이 董仲舒 사상의 중요성을 董仲舒 자신의 두드러진 성격이라는 맥락 속에 위치시킨 것은 매우 중요하다. 徐復觀은 董仲舒가 나라와 백성의 복지에 대한 진정한 관심 때문에 지적 작업을 그렇게 체계화하였다고 주장한다.

있는 유일한 수단은 아니라는 것을 기억해야 한다. 고대 그리스의 플라톤 이전 시기의 등가물인 호메로스의 시들은 한대 중국의 체계보다 훨씬 더 구두성에 의해서 특징지어지는 체계에서 유사한 방식으로 기능했다. 한 세대의 고전 연구자들—이들 중 베르너 예거(Werner Jaeger)와 케빈 롭(Kevin Robb)이 유명하다—이 초기 그리스의 '파이데이아(paideia)'—케빈 롭은 이 용어를 더 일반적인 번역어인 '교육(education)'보다 '도야(enculturation)'로 설명하기를 더 선호한다—에 대한 호메로스 시의 중심성을 확립했다.38) 해롤드 이니스(Harold Innis)는 진대 혹은 한대 중국 규모의 제국을 유지하려면 구두성보다는 글로 쓰여진 의사소통의 기술들에 아주 크게 의존해야 한다고 시사했었다(Innis, 1950). 그러나 동중서의 것과 같은 유의 저작에서 명백한 정교한 체계화는 텍스트성에 대한 한대 중국의 헌신이 단순한 의사소통보다는 훨씬 더 심각한 것이었음을 보여준다. 공식적으로 제한된 텍스트적 정전은 제도화를 허용할 수 있고, 또 단순한 '도야'보다는 훨씬 더 특수한 메커니즘들을 통제할 수 있다. 즉 그것은 지식의 내용과 교육의 내용, 상호텍스트적 작문에 있어서의 참조체계, 쓰여진 의사소통을 위한 '언어'를 구조화할 수 있다. '지적 작업'은, 바로 그 핵심에서, 국가의 일이 된다.

---

38) Kevin Robb(1994), p.41. 롭은 또 허신과 문자 표준화에 관한 위의 언급에 재미있는 비교를 제공하는 이론을 발전시켰다. 그리스어 알파벳 자체가 호메로스 시들의 산물이었다는 것, 이전의 페니키아 문자에 대한 그리스어 알파벳의 주요한 개량을 대변한 그리스어 모음들이 호메로스의 6음보(hexameter)를 적절히 재현하기 위해서 사용되었다는 것, 그리고 그리스어로 쓰여진 최초의 글은 호메로스 시의 단편들을 儀式的으로 새긴 것이었다는 것. 그리스어와 중국어 양자의 경우, 텍스트들이 글자체계들 자체보다 선행한다고 주장할 수 있을 것이다.

스티븐 듀란트(Stephen Durant)는 사마천에 대한 자신의 연구에서, 동중서에 의해서 부추겨진 정전화 실천을 이렇게 본다.

> 이것은 중국사에서 하나의 결정적인 계기였다. 하나의 텍스트가 정부 통제하의 교육 제도의 중심에서 공식적으로 확립되고 배치되었으며, 그에 뒤이은 한대 지성사의 많은 부분은 정부의 인정과 후원에 동반하는 권력에 접근하기 위한 다양한 경전해석학파들의 시도들과 관련되어 있다. (Durant, 1995, p.55)

기원전 136년에, 동중서가 한 것과 같은 종류의 창도(唱導)의 조류에 응하여, 무제는 『역』・『시』・『서』・『예』・『춘추』에 특정한 계보의 해석을 가르치고 전승하기 위해 오경박사(五經博士)를 설치했다. 기원전 136년 이전에는 박사직은 그 기능에 있어 훨씬 더 일반적이고 다양했던 것으로 보인다. 비록 그것이 교육, 다양한 종류의 텍스트 습득 혹은 지도(指導)와 보통 연관되어 있기는 했지만. 제국의 조정뿐만 아니라 지역적, 지방적 수준에서도 박사들이 있었다. 기원전 124년에 태학이 다시 세워졌다. 이것은 경전 연구의 전승을 위한 공식적 기관이었고, 제국에서 인가한 계보의 전승의 인정과 관리 채용을 위한 기지(基地)로서 동시에 기능했다. 오경박사들은 그곳의 감독관이었다. 태학은 내용상 지역적, 사적 연구기관들과 다르지 않았다. 경전텍스트들에 관한 연구, 그리고 다양한 외경(外經)들, 의학논문, 점술 혹은 관상학 텍스트들과 같은 많은 다른 텍스트들에 대한 연구가 모든 곳에서 행해졌다. 그러나 텍스트, 스승 혹은 학파 혹은 전승에 있어서 제도적 상징적 가치의 최고 수준이 실현된 것은 오직 태학에서의 공식적 인정을 통해서였다. 듀란트와 서복관은 둘다 제국 정부에 의한 공식적 정전의 확립은 거기에 결부되는 관직과 함께 나쁜 결과들을 가져 왔다고 주장한다. 즉 그것은 학술과 지적탐구를 사적이고 일반적인 영역에서부터 정부의 관료제로 이동시켰고, 사마천이나 동중서의 포괄적이고 종합적인 기획과 정반대 종류의 협소한 전문화를 고무시켰다는 것이다. 이것은 분명 사실이었을 것이다. 그럼에도 불구하고, **텍스트의 제국**의 관점에서 볼 때, 사마천과 동중서는 공식적 정전 전승의 확립과 반목하지 않았다. 그들 것으로 간주되는 글들에서, 사마천과 동중서는 제국적 기획 전부가 텍스트적 지식에 입각할 수 있다고 입증하였다. 공식적 정전 전승은 실제의 실천에서는 그들의 거대한 종합적 기획들로부터 일탈했을 것이지만, 그러나 그것은 텍스트적 권위의 주장들로부터 논리적으로 따라 나온 것이었다.

무제의 통치하에서 정전, 도서관, 박사직의 확립과 재개되고 재정향된 태학의 근접성은 정전 텍스트들과 교육이 그 발단에서 밀접하게 결합되어 있다는 사실을 강조한다. 제국 중국에서의 교육 장면과 텍스트 문화를 우리가 쉽게 임의대로 결부시키는 것은 그런 일이 언제나 사실은 아니었다는 것을 잊기 쉽게 만든다. 한대에 정전 자체를 부르던 일반적인 말인 육예(六藝)에 대한 고고학은 태학이 텍스트 기반적 교육을 위해 사용되기 전에 의례적 활쏘기 장소였음을 상기시킨다. 『주례』(우리가 아는 한 형식에 있어서 아마도 한대의 텍스트일 것이긴 하지만 아무리 늦어도 전한대로 추정된다)에서 육예는 군자(君子)의 거의 모든 '공적' 생활을 설명하는 활동들, 즉 의례·음악·활쏘기·마차몰기·글쓰기·산술[39]이다. 전한 후기가 되면, 사마천·동중서 및 다른 이들의 글에서 육예는 텍스트들, 즉

『예』·『악』(이것은 오경 목록에 없는 것이다)·『서』·『시』·『춘추』이다.[40] 정전화는 텍스트적 권위의 공고화에서 기초적 단계이다.

나는 여기서 내가 텍스트시스템이라고 부르는 개념을 사용할 것이다. 그것은 첨부된 주석들을 포함한 물질적 텍스트, 그 텍스트와 그에 대한 주석들의 내용들, 텍스트적 자료의 전승메커니즘들, 그리고 그 전승에 개입된 교사들과 학생들을 가리킨다. 텍스트 시스템의 정점에는 스승 혹은 교사가 있다. 교사는 자신의 권위를 특정한 텍스트 판본과 특정한 계보의 주석에 빌려주곤 했다. 왕조사들에서 정경에 대한 참조들은 일반적으로 경전의 단순한 명칭에 대한 참조들이 아니라, 『춘추』에 대한 『곡량전(穀梁傳)』, 혹은 『역경』의 맹씨(孟氏) 전승에서처럼 그것과 결부된 텍스트 시스템에 대한 참조들이다. 두 개의 후한 텍스트가 텍스트 시스템의 작동을 잘 보여주는데, 첫 번째 것은 노비(魯조, 37~114)의 전(傳)에 나오는 한 표(表)이다.

경을 논하는 이들은 선사(先師)의 말을 전할 뿐 자기 자신의 생각에서 나온 것이 아니어서 서로 양보할 수 없습니다. 서로 양보하면 도(道)가 밝아지지 않으니, 규구(規矩)와 권형(權衡)을 구부릴 수 없는 것과 마찬가지입니다. 논박하는 이는 반드시 그 근거를 밝혀야 하며, 주장하는 이는 반드시 그 관점을 세워야 합니다. (…중략…) 법(法)이 다른 이들은 각자 사법(師法)을 말하게 하여 그 의를 널리 봅니다. (『後漢書』, 884면)[41]

---

39) * 禮樂射御書數.

40) * 저자는 『易』을 빠뜨렸다.

41) * 說經者, 傳先師之言, 非從己出, 不得相讓; 相讓則道不明, 若規矩權衡之不可枉也. 難者必明其據, 說者務立其義. (…중략…) 法異者, 各令自說師法, 博觀其義.

하나의 해석학파에 합병된 개인적 해석은 아무런 입지(立地)가 없다. 기원후 103년 서방(徐防)의 유명한 소(疏)(『後漢書』, 1,500~1,501면)는 명시적이고 공식적인 학술적 계통이 텍스트의 혼돈의 위협에 대한 정부의 방어이자 응수였음을 보여준다. 그는 경전들을 공자 자신에게까지 소급시키고, '장구(章句)주석'(자세한 것은 아래에 다룬다)을 공자의 제자인 자하(子夏)에게까지 소급시킨다. 박사의 설치, 시험 시스템, 태학은 모두 전승의 계보가 가능한 한 분명하다는 것을 보증하는 것이었다. 그러나 서방의 시대가 되면, 그 시스템은 교정할 필요가 있었다.

> 제가 보기에, 태학에서 박사제자를 시험볼 때 모두들 제 소견을 말할 뿐 가법(家法)을 익히지 않으니, (…중략…) 신(臣)의 생각에, 박사와 갑을(甲乙) 책시는 마땅히 그 가(家)의 장구(章句)를 따라야 하며, 50개의 문제로 시험보아야 합니다. 풀이가 많은 이를 윗 등급으로 하고, 글의 인용이 명확한 것을 고설(高說)로 칩니다. 만약 선사(先師)에 의존하지 않고 뜻에 서로 모순됨이 있으면 모두 잘못된 것으로 칩니다. (『後漢書』, 1,500면)[42]

초기 왕조사들의 「유림전(儒林傳)」은 주석 전승의 계보들을 모두 나열한다. 즉 학자는 특정한 경전의 내용뿐 아니라 경전에 대한 특정한 학파의 해석도 전승하고는 했다. 특정한 계보의 텍스트 전승의 계통, 그리고 그로 인해 키워진 정치적·사회적 결속은 그 학파의 지적 내용과의 동일시보다 더 중요한 것이었을 것이다. 이

---

42) *伏見太學試博士弟子, 皆以意說, 不修家法 (…중략…) 臣以爲博士及甲乙策試, 宜從其家章句, 開五十難以試之. 解釋多者爲上第, 引文明者爲高說; 若不依先師, 義有相伐, 皆正以爲非.

사제관계는 관리생활의 구조화에서 중요한 역할을 한 의사(擬似)
혈연적 성격을 가지고 있었다. 이 주제는 다음 장에서 더 자세히
논할 것이다.

특정한 학파와 박사직의 연관뿐 아니라, 텍스트 전승의 공식적
학파들의 확립은 주석 작업의 내용을 구조화하였다. 그 주석작업은
'장구'라고 불린 종류의 것이 대부분이었다. 이 용어는 의미론적 의
미와, 그 구절의 이용이 내포하는 자료에 대한 판단 양자를 설명하
기 위해서 개별 단어나 구절을 상세히 설명하는 주석양식들을 특
징짓기 위해 사용된다. 한대 후기에, 경전들에 대한 비의적(秘意的)
읽기에서 전조와 징조를 찾아낸 외경적 주석들이 장구주석에 포함
되었다(Dull, 1966; Anne Cheng, 1985; Ngo, 1976). 현존하는 몇몇 예들은 문
답체 형식을 취하는데, 이것은 아마도 그것들이 심포지엄이나 공식
적 시험의 상황에 기원을 두고 있다는 것에 대한 증거일 것이다. 그
용어가 내포하는 바대로, '장구'주석은 정전 텍스트들의 단어들 하
나하나를 언급하였다. 그것들은 위에 말한 대로, 내용상 대단히 많
은 것을 포함할 수 있었고, 길이도 무한히 확장될 수 있는 것처럼
보였다. 스콜라적 학파들의 작업에 대한 한대의 비판은 종종 장구
주석의 장황함에 집중되었다. 경학의 두 가지 다른 양식이 장구주
석에 대한 대안으로서 제기되었다. 한 가지 유형은 동중서의 『춘추
번로』와 그 뒤 하휴(何休)의 『공양해고(公羊解詁)』[43] 같은 텍스트들
에서 발견되는 것처럼 거대한 종합을 포함한다. 다른 하나는 훈고
(訓詁)에 대한 나의 번역어인 explanatory commentary이다. 훈고는 장

---

43) Anne Cheng(1985)는 이 책의 부분적인 번역을 싣고 있는 연구서이다.

구주석보다 짧았고, 주로 경전 텍스트들에 문헌학적 주해를 제공하는 데에 복무하였다. 그것의 대상은 개별 단어들과 구들의 의미로 더욱 협소하게 규정되었다. 비록 『한서』의 「양웅전」과 『후한서』의 「환담전(桓譚傳)」과 같은 한대사의 몇몇 전기들은 그 주인공들이 "장구주석을 한 것이 아니라 오직 훈고만을 했을 뿐이다"고 말하고 있지만, 두 가지 주석 양식의 내용상의 차이들이 언제나 명확한 것은 아니었다. 비록 훈고가 더 짧고 경전 텍스트들의 단어들로 더욱 향하는 경향이 있었지만, 장구주석은 내용과 스타일에서 훈고에 맞먹는 구절들을 포함할 수 있었다. 왕조사들은, '『역』맹씨장구(孟氏章句)'에서처럼, 장구주석을 그것들의 특정한 전승학파와 연관시키는 것처럼 보인다. 훈고는 더 '독립적이었던' 것처럼 보인다. 한초 정전 및 공식적으로 인정된 정전 전승계보의 확립은 한대 경학을 특징짓기 위해서 사용되어 온 다양한 라이벌관계들, 그중 무엇보다도 금문/고문의 분리를 위한 컨텍스트를 설정하였다. 전목(錢穆)에게 있어서, 장구와 훈고라는 이분법은 한대 경학에서 가장 중요한 것이다. 그는 장구를 금문과 결부시키고 또 '전승학파' 텍스트시스템과 일반적으로 동일시하며, '훈고'를 고문학과 동일시한다(錢穆, 1971, 200면 이하).

청대 이래로, 금고문논쟁은 한대의 사상과 지식 정책, 특히 정경에 관해서 들여다 볼 수 있는 일차적 렌즈가 되었다.[44] 비록 한대의 이른바 금고문논쟁에 대해 철저한 연구들과 설득력 있는 요약들이 있어 왔지만,[45] 자료들은 당파적 동일시의 본질, 두 진영간

---

44) 今古文論爭에 관한 淸代의 논의는 Kai-wing Chow(1994)에 잘 요약되어 있다.
45) Tjan(1949~1952); Robert P. Kramers, "The Development of the Confucian Schools"와

의 차이의 정도, 그리고 심지어 무엇이 중요한가와 같은 기본적 이슈들에 대한 거대한 불일치를 허용한다.[46] 나 자신의 견해는 그 충돌의 당파적 성질의 중심성에 대한 과잉 강조가 정경 연구의 제한된 영역 내에서조차 여타의 발전들을 모호하게 해 왔다는 것이다. 그 충돌을 요약하자면 이렇다. 즉 금문에서 '새롭다'는 것은 전한대에 제국으로부터 인정받은 경전 판본들을 가리키는데, 그것들은 한대의 공식적 자체였던 예서(隷書)로 쓰여졌기 때문에 그렇게 불렸다. 고문 텍스트들 역시 아마도 전한 시기에 만들어졌을 것이며, 한 가지 상식적인 얘기로는 한 왕(王)[47]이 공자의 구택(舊宅)을 개조하려던 가운데 그 집의 벽에서 발견되었다고 주장되었다. 이 텍스트들은 진(秦)의 문자개혁 이전의, 창힐에게 귀속되는 자체를 가진, 일반적인 자체였던 전서(篆書)로 쓰여졌다.[48] 가장 잘 알려진 고문 텍스트인 『좌전』은 『춘추』의 고문본과의 연관성 때문에 그렇게 지명되었다. 『좌전』은 일반적으로 믿는 바로는 『춘추』에 대한 하나의 주석이다.

고문경들과 연관된 최초의 이름은 유명한 공안국(孔安國)인데,

Cambridge History of China, pp.747~807에 실린 Ch'en Chi-yun의 "Confucian, Legalist, and Taoist Thought in Later Han"; Ch'en Chi-yun(1975 · 1980); Anne Cheng (1985), pp.67~154; 錢穆(1958); 皮錫瑞(1925).

46) 금고문의 구분에 대한 논의는 본래의 한대적 맥락보다는 청대 지성사의 흐름과 관련된 맥락 속에서 청대 樸學家들이 그 논의를 부활시킴으로 인해 복잡해졌다. 많은 역사기술적 주제들과 마찬가지로, 본래의 논쟁의 실제 내용의 불분명함은 후대의 투쟁들에 대해 그 충돌의 원자가(valence)를 유지하는 데에 유용했던 것 같다.

47) * 河間獻王.

48) * 字體와 今古文經學에 대해서는 杜萌若,「漢代的"古今文字"與經"古今學"」,『經學今詮續編』(『中國哲學』第23輯), 遼寧敎育出版社, 2001 참조.

그는 공자의 후손이자 금문박사로서 기원전 100년 경에 고문『상서』를 공식적 인정을 위해 제출하려 했으나 실패한 사람이다. 공식적 인정은 그 특정한 텍스트 전승계보를 위해 박사직이 설치된다는 것을 의미했다. 기록상 최초의 중요한 고문가는 목록학자 유흠(劉歆 : 기원전 46년~기원후 23년)으로서, 그는 그의 아버지 유향(劉向 : 기원후 8년 사망으로 추정)의 작업을 계속하였다. 유흠은 몇몇 경전의 고문 판본을 장려하였고, 기존의 목록에 몇 가지를 덧붙였다. 이 고문본들은 왕망(王莽)의 단명했던 신(新) 왕조에서 정통이 되었다. 비록 그 뒤 그것들이 금문본을 대체하지는 않았지만, 한대 내내 일정 정도의 인정을 유지하였다. 그러나 여전히, 공식적 인정은 대부분 금문박사들의 독점으로 남아 있었다. 175년 동관석경(東觀石經)이 새겨졌을 때(이것은 특별히 중요해 보이는 사건으로서, 아래에서 내가 논할 것이다), 그것들은 금문본들이었다. 그러나 새로운 경들이 240년대 위나라 때에 새겨졌으며, 고문본 역시 공식적 인정을 획득했다. 고문가인 정현(鄭玄)의 작업은 한말(漢末)에 고문본들의 상승을 위한 일차적 권위였고, 그의 주석적 권위는 당대(唐代)까지도 경전 연구에 있어 최고로 남아 있었다.

한대 경학의 역사는 또한 경들에 대한 공식적 정책을 논의하고 논쟁한 세 개의 회의에 의해 표시된다. 이 회의들은 그 장소에 따라서 알려져 있다. 즉 석거각(石渠閣 : 기원전 51년), 운대(雲臺 : 기원후 28년), 백호관(白虎觀 : 기원후 79년[49]). 석거각 회의는『춘추』에 대한 공양전과 곡량전의 장점들에 대한 토론으로서 시작되었으나, 모든

---

49) Tjan, 錢穆, 皮錫瑞, Anne Cheng을 보라. Tjan은 石渠閣 회의의 일부도 포함하여, 白虎通 회의를 번역하였다.

경들에 대한 논쟁으로 확대되었다. 그 회의에 뒤이어 박사들의 수는 증대되었고, 각 경의 유일한 박사는 더 이상 존재하지 않았다.[50] 운대에서의 논쟁은 고문 텍스트들의 장점에 대한 것이었고, 『좌전』박사직의 단명한 재생을 가져 왔는데, 이 좌전박사는 전한 말에 설치되어 왕망의 치하에까지 계속되었다. 백호관 논쟁을 개최한 이유는 여전히 분명치 않지만, 그 논쟁의 기록은 남아 있다. 그것은 석거각 논쟁의 문답체를 취하고 있고, 본문관련 문제들에서부터 외경, 의례 및 가족생활에 이르기까지 한대 경학의 전 분야에 걸쳐 있었다. 고문 텍스트의 옹호자이자 장제(章帝)의 총애를 받았던 가규(賈逵)는 고문가로서, 한 세대의 학생들에게 영향력 있는 교사였는데, 그 학생들 중 다수는 고위 관직을 얻었다. 공식 정책에서는 백호관 논쟁으로부터 어떠한 변화도 일어나지 않았다. 그럼에도 불구하고, 이 모든 논쟁들에 관한 현존하는 기록들에서 분명한 것은 구별들이 언제나 잘 표시된 것은 아니라는 것이다. 사실, 가규가 쓴 한 편의 주(奏)는 『춘추』의 고문본과 금문본의 내용 중 70~80%가 겹친다고 말하고 있다(『後漢書』, 1,236면[51]).

두 판본은 세 가지 차이에 기반하고 있다. 즉 자체(字體: 한대의 문자인가 선진(先秦)의 문자인가), 텍스트의 실제 내용(동일한 경의 두 가지

---

50) 皮錫瑞는 이것이 '師法'에서 '家法'으로의 이행을 표시하는 것이라고 간주한다(이에 대해서는 아래에서 자세히 다룬다).

51) * 肅宗立, 降意儒術, 特好『古文尙書』·『左氏傳』, 建初元年, 詔逵入講 北宮·白虎觀·南宮·雲臺. 帝善逵說, 使發出『左氏傳』大義長於二傳者. 逵於是具條奏之曰 : 臣謹摘出『左氏』三十事尤著明者, 斯皆君臣之正義, 父子之紀綱. 其餘同『公羊』者 什有七八, 或文簡小異, 無害大體. 至如祭仲·紀季·伍子胥·叔術之屬, 『左氏』義深於君父, 『公羊』多任於權變, 其相殊絶, 固以甚遠, 而冤抑積久, 莫肯分明. 『後漢書』, 1,236면.

판본은 수백 자에 걸쳐 달라질 수 있었다), 그리고 특정한 텍스트 시스템의 전승을 구조화하는 주석전통. 첫째 항목인 자체는 현대의 연구자들은 유의하지 않지만, 한대의 글들에서는 중요한 관심사였던 것으로 보인다.[52] 이러한 강조는 글자들이 단순히 내용의 투명한 지시물들이 아님을 상기시킨다. 한대의 응시자들은 상이한 자체들을 읽을 수 있는 능력을 테스트 받았고, 그 능력에 주어진 무게는 다양한 자체들이 동일한 것의 단순한 변종들이 아니라 그 자체 내에 구별 가능한 물질적 현전을 가지고 있는 것으로 여겨졌음을 암시한다. 상이한 어휘사용의 문제는 예상보다 덜 관심사였던 것으로 보인다. 즉, 어휘상의 이형(異形)은 다른 내용의 표현으로서보다는 잘못된 전사(轉寫)의 예로서 더 자주 인용된다. 나는, 텍스트 시스템의 규정요인들 중 하나인, 사상의 '학파들'의 성격과 실천이라는 맥락 속에서 주석들을 다루는 것이 필요하다고 믿는다.

'사상의 학파'[家]라는 범주는 한대 및 선한(先漢)의 지성사에서 중요한 한 가지 범주였다. 경전 연구와 텍스트 전승은 명확한 계보의 계통으로 조직화되었다. 한대 경학에 대한 근래의 연구에서, 두 가지 용어가 자주 사용된다. 즉, 사법(師法) 텍스트 시스템과 가법(家法) 텍스트 시스템. 전자는 특정한 스승에게로 그 뿌리를 거슬러 올라가는 주석 전통 혹은 한 계보의 텍스트 전승을 가리킨다. 후자는 학파의 고유한 스승의 사상으로부터 직접 유래하기보다는 특수한 학파의 성원들로 확인되는 모든 이들을 특징짓는, 더 일반적인 '사상의 학파'를 가리킨다. 연구자들은 이것들을 두 개의 분

---

52) 그러나 錢穆은 '古文'이라는 용어가 字形을 가리키는 것이라는 司馬遷의 언급을 설득력 있게 증명하다.

리된 현상으로 받아들이는 데 있어 결코 통일되어 있지 않다. 위에서 언급한, 사법과 가법의 이분화는 청말 경학자인 피석서(皮錫瑞)와 가장 밀접히 연관되어 있다. 피석서의 저작은 금세기 대부분에 있어 한대 경학의 연구를 형태지었다(皮錫瑞, 1925). 피석서는 한대에 걸쳐 '사법'에서 '가법'으로 이동하는 경향이 있었다고 이론화한다. 그러나 『후한서』「유림전」은 이것이 지나친 단순화라는 것을 보여주며, 많은 연구자들은 두 현상을 하나로 취급한다. 학파들의 존재는 공식적 성격과 비공식적 성격을 가지고 있었다. 어떤 학파들은 조정에서 공식적 텍스트 시스템으로 인정되었으나, 조정 바깥에는 스승, 주석 전통, 추종자들의 학파로 이루어진 또 다른 텍스트 시스템들이 있었다. 학파들의 존재는 아마도 정치적 주도권, 물질적 필요, 그리고 텍스트시스템들과 그것들의 사회 집단들이 텍스트적 공동체를 형성하는 경향의 결과였으며, 많은 문화들에서, 근대 시기에서와 같은 개인적 독자의 모습의 부상(浮上)에 앞서 주목된 현상이다.

학문 기관들뿐 아니라 텍스트 전승의 학파들도 쓰여진 텍스트들에 기반하고 있었지만 아마도 주로 구두적 양식으로 작동하였을 것이다. 주어진 텍스트의 숙달은 왕조사들 전체에 걸쳐 그것을 '암송'할 수 있는 능력으로서 표현되었다. 왕조사들은 또한 수많은 일화들에서, 전한 내내 재산가들조차도 물질적 텍스트들을 입수하기가 어려웠음을 입증한다.[53] 서적 시장에 대한 언급들은 모두 후한시대의 것이며, 이는 아마도 종이가 더욱 광범위하게 채용된 결

---

53) 인용문은 兪啓定(1987), 184면 이하를 보라.

과였을 것이다(이에 대해서는 아래에 자세히 논한다). 아마도, 강의, 질문 혹은 암송 기술이라는 형식을 띤, 텍스트 자료의 구두 전승이 거의 언급되지 않는다는 것은 텍스트 시스템 내에서 텍스트적 권위가 가지는 권력에 대한 증거일 것이다. 이것은 텍스트 문화의 구두적 차원에 대한 상당량의 기록이 있는 유럽 중세 시기와는 대조적인 것이다. 그리하여, 텍스트 시스템들의 구두 문화에 대해 시험적 가설들 이상을 제공하기는 어렵다. 특히 전한대에, 주로 구두적인 전승매체의 한 가지 가능한 결과는 한 텍스트의 권위와 온전성은 스승의 권위와 분리 불가능해졌다는 것이다. 이것은 텍스트의 내용에서 주석으로 확장되었고, 또 텍스트 시스템의 한 가지 규정 자질이었다. 물질적 텍스트는 비록 어떤 의미에서 하나의 특수한 사회텍스트적 매트릭스의 결정 요소였음에도 불구하고, 그 궁극적 권위를 하나의 주석 전통의 창시자 혹은 우두머리와 공유하였다. 한대 거의 내내, 하나의 텍스트와 관계를 맺은 모든 사람들의 역할과 상대적 권위는 고도로 약호화되었다. 마찬가지로 하나의 특수한 텍스트의 권위는 그것의 전승·수용·해석을 구조화한 정치적·사회적 환경에 의해서 결정되었다. 나는 전승의 '구두적' 성격이, 왕조가 그 종말에 가까워짐에 따라, 그리고 텍스트의 제국이 더욱 완전히 텍스트적이 됨에 따라 약화되기 시작했다고 생각한다(이것은 내가 아래에서 훨씬 더 자세히 다룰 가설이다).

나는 우리가 에릭 해블록(Eric Havelock)[54]과 그 추종자들의 작업과

---

54) Eric havelock의 *The Muse Learns to Write*는 일생에 걸친 작업의 요약이다.
 * 인용에 착오가 있다. 『*The Muse Learns to Write*』에 의하면, 『*The Greek Concept of Justice-From Its Shadow in Homer to Its Substance in Plato*』(1978)는 "Dikaiosune:An Essay

연관지은 사상에서의 구두적 / 문자적이라는 이분법이, 언제나 텍스트적인 것에 담론적 중요성을 부여하는 중국의 경우에는 적합하지 않을 것이라고 이미 제시했다. 해블록은 1978년에 쓴 한 논문 「정의에 대한 그리스적 개념—호메로스에 나타난 그 그림자에서부터 플라톤에 나타난 그 실체까지(The Greek Concept of Justice-From Its Shadow in Homer to Its Substance in Plato)」를

> 자율적이면서도 동시에 개인의 의식 속에서 내면화 가능한 도덕적 가치 체계의 개념은 문자적 발명이자 플라톤적 발명 — 이를 위해 그리스 계몽주의는 기초작업을 해주었고, '해야 할 올바른 일'에 대한 구두주의적 감각을 정당성과 적절한 절차의 문제로 바꿔놓았다 — 이라는 한 쌍의 제안.
> (Havelock, 1986, p.54)

이라고 요약한다. 나는 의례화된 폭력과 혈맹(血盟)이 텍스트기반적 의례에 의해 대체되는 것을 제시하는 전국 시기의 증거에 이미 주목하였다. 만약 의식(意識)의 구두적 형식과 문자적 형식에 대한 해블록의 인식이 중국의 경우에 분석적 가치를 가진다면, 꼭 그렇다는 확신은 없지만, 그것은 전국 시기의 발전들에 대한 우리의 이해를 지원할 것이다. 내가 한대에서 언급하는 구두적 텍스트 전승이라는 현상은 텍스트들이 읽혀지기보다는 '들려지는' 것이 더 일반적이었던 중세 초기 서구의 텍스트 문화와 더욱 유사하다. 그럼에도 불구하고, 텍스트적 자료의 구두적 전승에 대한 숙고는 우리로 하여금 텍스트성의 사회적 성격에 초점을 맞추게 한다. 교육

---

in Greek Intellectual History"(1969)를 확대한 단행본이다. 또 인용문은 p.54가 아니라 p.4에 나온다.

기관이든 텍스트 시스템이든 간에 학파는 그 생산물이 '독자'인 환경이 아니라, 정부 자체를 주로 그 중심적 유비물로 갖는 하나의 시스템이었다. 초기부터, 공식적 전승학파들에 대한 제국정부의 인정은 텍스트의 제국의 조직화의 핵심적인 부분이었다.

개괄하자면, 아래의 이분법들이 한대 경학을 특징짓기 위해 일반적으로 사용된다.

今文 텍스트	古文 텍스트
장구 주석	훈고
'사법' 혹은 '가법'	'비공식적' 연구

'비공식적' 연구라는 개념은 나 자신의 것이다. 그것은, 비록 고문 혹은 '훈고'의 실행자들이 일차적으로 금문학파에 부여된 공식적 인정을 추구하고 가끔 인정받았다 해도, 이 유형의 주석은 대개 확립된 관료제적 실천의 바깥에서 실행되었다는 것을 의미한다. 이 조직화에는 내포된 시간적 차원도 있는데, 한말이 되면 좌측의 범주들이 우측의 범주들에 자리를 내어주게 된다. 위에서 언급한 것처럼, 피석서는 '사(師)'로부터 '가(家)'로의 전개를 더욱 시간화한다. 피석서의 이분법에서 그러하듯이, 위의 이분법들 중 어떤 것도 완전히 명확하지는 않다. 전목은 두 개의 가정된 진영(陣營)이 청대 금문가들이 인정한 것보다 훨씬 더 공통점이 많았다는 것을 설득력 있게 보여주었다(錢穆, 1925). 그는 또 텍스트들 혹은 주석들 자체가 언제나 이쪽이나 저쪽 진영으로 확실히 구분할 수 있는 것이 아님을 보여준다. 즉 고문 텍스트 혹은 금문 텍스트라

는 특정한 입장으로의 어떤 동일시들은 사후적으로 만들어진 것이다.

가규(賈逵, 30~101)는 그 당대의 존경받는 학자였다. 결코 고위관직을 얻지는 못했음에도 불구하고, 그는 걸출한 유가로서 후한 내내 명성을 지니고 있었다. 그의 아버지는 유흠과 함께 고문경을 연구하였으며, 가규는 그 전통을 이어나갔다. 그러나 그는 『상서』의 금문 전승인 대하후(大夏侯) 전승도 가르쳤으며, 역시 금문 전승인, 『춘추』[55]에 대한 『곡량전(穀梁傳)』의 오가(五家)의 설(說)에 대한 전문가이기도 했다.[56] 가규가 이런 종류의 유일한 예인 것은 아니다. 사실, 위의 표에 제시된 것과 같은 이분법에 의존하거나 혹은 두 학파간에 '격렬한 라이벌관계'를 설정하는 모든 한대 경학사는 증거에 의해 정당화되지 못한다는 것을 증거가 보여준다.

후한의 마지막 세기에, 경학은 이분법들을 더욱 흐리게 한 마융(馬融)·정현·채옹(蔡邕) 같은 학자들에 의해 지배되었다. 심지어 금문가인 하휴도 자신의 『공양전』 주석에서, 동중서의 훨씬 더 이른 시기의 작업을 표시했던 '거대한 종합'으로 되돌아간다.[57] 정현(그에게는 박사직이 제공되었으나 거절하였다)의 부상(浮上)은 고문 측의 최종적 승리를 표시하는 것으로 간주되지만, 내 의견으로는 그것은 일반적으로 경학과 텍스트 문화 일반의 성격이 변경되었다는 것을 가리키는 많은 지표들 중 하나이다. 이 문제에 대한 내 생각은, 정현의 시대가 되면 고문/금문의 구분은 더 이상 중요하지 않

---

55) * 원문에는 『左傳』으로 되어 있는데, 오식인 것 같다.

56) 『後漢書』, 1,235면. 五家는 劉向을 포함한, 前漢代 穀梁家들을 가리킨다.

57) 이것이 Anne Cheng(1985)의 논제이다.

으며, 정현의 부상은 고문가들의 '승리'를 표시한다기보다는 구두적 혹은 구두기반적 텍스트 전승에 의해 특징지어지는 순수한 텍스트성 — 그 정점에까지 발달한 텍스트시스템에 반대하는 것으로서 — 을 향한 새로운 지향의 공고화를 표시한다. 이 변환은 제국 정부의 수준에서, 그리고 한 초기보다 더욱 텍스트에 기반을 둔 것이 된, 가문과 종족(宗族)의 교육의 수준 양자 모두에서 중요하다(俞 啓定, 1987, 156~165면).

5. 제자리에 놓인 텍스트들—한대 목록학

더욱 완전히 텍스트 중심적이 된 정경으로의 변환은 목록학, 목록화, 서적 수집에 대한 제국의 노력에 의해 부추겨지고 표명되었다. 전한 말기가 되면, 제국 조정의 텍스트 문화는 이후에 적어도 송대까지는 유지하게 되는 기본적인 특징을 획득하기 시작하였다. 조정의 장서들은 보편성(제국 내의 모든 유형의 글들이 거기에서 재현될 것이었다)58)과 규범화(조정의 관리들이 주어진 텍스트의 정확하고 공식적인 판본을 결정할 것이다) 두 가지를 목표로 하였다.59) 한대 이

---

58) 그러나 조정은, 내가 아래에서 설명하는 바와 같이, 제국에 현존하는 모든 책의 복사본을 목적으로 하지는 않았다.

59) 고전학자인 Jesper Svenbro는 텍스트의 물리적 위치, 텍스트의 전승, 그리고 텍스트적 권위의 융합을 묘사하는, 고대 아테네와의 비교를 제시한다.
   소크라테스가 만들어 낸, 글을 쓰지 않아야 할 이유가 보편 타당한 것으로 보

전에는, 텍스트들은 자신들의 실제 내용을 초과할 수 있는 힘을 소유했던 것 같다. 전국시대의 기록 보존을 "scribes-devins-notaires-annalistes, représentent l'organe de coordination[de la cour] tout à la fois spéculative et normative"[60]로 특징지을 때, 레온 반데르메르시는 제국 이전의 텍스트문화의 불가사의하고 신성한 성격을 묘사한 많은 연구자들 중 한사람이다(Vandermeersch, 1977~1980, Vol.2, p.487). 왕조사들에 따르면, 공식적 기록들의 내용에는 전략적 내용도 있었다. 그것들은 비밀이었고, 국가행정의 열쇠였다. 『한서』는 미래의 한 고조(高祖)인 유방(劉邦)이 진의 수도 함양(咸陽)을 정복했을 때를 기록하고 있다.

> 여러 장수들이 모두 황금·비단 등의 재물을 모아 놓은 창고로 달려가서 나누어 가졌는데, 소하(蕭何)만이 먼저 진(秦) 승상(丞相)과 어사(御史)의 율령(律令)과 도서(圖書)를 입수하여 보관하였다. 패공(沛公)이 천하의 험한 요새, 호구의 수, 강한 곳과 약한 곳, 백성의 고통받는 바를 갖추어 알게 된 것은 소하가 진의 도서를 입수하였기 때문이다. (『漢書』, 2006면)[61]

였을 때, 플라톤이 글을 쓴 이유는 무엇일까? 차이점은, 플라톤은 자신이 죽은 후까지도 자신의 글들을 어떻게 옹호하고 제어할 것인지를 내다보았다는 것이다. 에피메니데스와 마찬가지로, 그는 자신의 묘비명의 위치, 특히 자신의 글이 어디에 두어질 것인지에 신경을 썼다. 플라톤은 아카데미의 설립자였다. 그리고 그 아카데미는, 거의 천 년 간이나, 플라톤의 저작들에 대한 보호를 보장하는 기구가 아니라면 무엇이었겠는가? (…중략…) 일단 아카데미가 설립되자, 플라톤은 소크라테스가 할 수 없었던 것을 위험을 무릅쓰고 할 수 있었다. 그는 자신의 독자들이 자기 자신과 똑같은 질문을 가지고 있을 것이라는, 그리고 적절한 훈련을 거친 후에, 그들이 그의 lógos gegramménos(쓰여진 발화)를 도우러 올 준비가 될 것이라는 굳건한 확신을 가지고 자신의 말을 글로 쓸 수 있었다. Jesper Svenbro, 1993, pp.215~216.

60) "궁정에서 규범화 기능과 사변적 기능을 동시에 대변하는, 필사가-점술가-법률가-역사가."

『한서』는 이리하여 유방이 자신을 바짝 추격하던 라이벌 항우(項羽)에게 승리할 수 있었다고 말해준다. 우리는 방대한 양의 텍스트적 고고학적 증거로부터, 한대의 기록보존이 세밀하고 상세했음을 알고 있다. 그러나 초기의 제국적 서적사업이 진행됨에 따라, 텍스트 획득 작업은 위의 일화가 암시하는 것 같은 그저 정보적 내용의 기능만은 아니었다. 서적 통제에 대한 진조(秦朝)의 노력은 텍스트들이 정보적이지도 '신성하지도' 않은 권력을 전달하는 것으로 간주되었음을 드러내었다. 이 권력은, 만약 통제되지 않거나 혹은 정부기관들로부터 독립적일 경우 중앙 국가의 정치적 권위를 위협할 수 있는 권위를 위한 연결체로서 작용하는 텍스트들의 능력에서 유래하였다.

한대의 서적통제 노력은 제국의 중앙에서 텍스트시스템에 대한 권위가 공고화될 필요가 있다고 인식한, 진의 정책의 정신의 연속이다. 비록 무제의 통치 이전의 서적 정책에 대한 산재한 기록들이 존재하지만, 『한서』「예문지」는 실질적인 텍스트 회복 작업의 시작을 그 시기에 두고 있다.

> 이에 서적을 보관할 대책을 수립하였는데, 사서관(寫書官)을 두어 아래로 제자(諸子)의 전(傳)과 설(說)에 이르기까지 모두 비부(祕府)에 가득 채웠다. 성제(成帝) 때에 이르러, 서적이 상당히 흩어지고 사라져서, 알자(謁者) 진농(陳農)으로 하여금 잃어버린 책을 천하에서 구하도록 하였다. 조칙을 내려 광록대부(光祿大夫) 유향에게 경전·제자서·시부(詩賦)를 교감하게 하고, 보병교위(步兵校尉) 임굉(任宏)에게 병서(兵書)를, 태사령(太史令)

---

61) * 諸將皆爭走金帛財物之府分之, 何獨先入收秦丞相御史律令圖書臧之. 沛公具知天下阨塞, 戶口多少, 彊弱處, 民所疾苦者, 以何得秦圖書也.

윤함(尹咸)에게 술수(術數)를, 시의(侍醫) 이주국(李柱國)에게 방기(方技)를 교감하게 하였다. 책 하나의 교감을 마칠 때마다, 유향은 그 편목(篇目)을 정리하고 그 대강의 뜻을 요약하여 기록하고 황제께 바쳤다. 유향이 죽자, 애제(哀帝)는 다시 유향의 아들인 시중봉거도위(侍中奉車都尉) 유흠으로 하여금 부친의 일을 완수하도록 하였다. 이에 유흠은 서적들을 종합하여 『칠략(七略)』을 황제에게 올렸다. (『漢書』, 2006면)[62]

한대의 분류체계는 작품들을 ① 경과 그 주석들[六藝略], ② 철학 저작들[諸子略], ③ 시부[詩賦略], ④ 병서들[兵書略], ⑤ 천문서·역서·점서[術數略], ⑥ 의학 처방과 치료법들[方技略]로 나눈다.[63] 이 노력을 고려할 때, 서적의 조직화에 대한 우리 동시대의 가정들을 반성해 보는 것이 중요하다. 주제별 범주들로써 목록을 작성해야 하기는커녕, 서적들의 목록을 작성해야 한다는 것은 결코 자명한 것이 아니다. 중세 서구에서, 서적들은 매우 다양하기 쉬웠던 저자들 혹은 내용들이 아니라 그 서적들의 소유자들의 이름에 따라 목록화되는 경우가 가장 많았다. 근대적 목록 작업은 그 분류 범주들 속에 있는 이데올로기적 가정들의 대부분을 폭로한다. 즉, 예를 들어, 우리가 오늘날 알고 있는 것과 같은 문학은 대부분의 그 하위분류들과 마찬가지로 상대적으로 최근에 등장한 것이다. 제국 중국 최초의 기록된 목록학자들인 유향과 그의 아들 유흠은 목록

---

62) * 於是建藏書之策, 置寫書之官, 下及諸子傳說, 皆充祕府. 至成帝時, 以書 頗散亡, 使謁者陳農求遺書於天下. 詔光祿大夫劉向校經傳諸子詩賦, 步兵校 尉任宏校兵書, 太史令尹咸校數術, 侍醫李柱國校方技. 每一書已, 向輒條其篇 目, 撮其指意, 錄而奏之. 會向卒, 哀帝復使向子侍中奉車都尉歆卒父業. 歆於 是總群書而奏其『七略』.
63) 『七略』의 第七略은 컬렉션 전체를 아우르는 부가적인 요약이다.

작성자였을 뿐 아니라 편집자·편찬자·주석자·저자, 심지어, 우리가 보아 온대로, 특정한 전승학파의 옹호자이기도 했다. 이 기능들은 분리할 수 있는 것들이 아니었다. 저자성은 초기 제국 중국에서 생성중이던 범주였고, 근대적 사고로서는 파생적 작업 — 주석·주해·편집 — 이라고 부를 만한 것들이 한대에는 그렇게 간주되지 않았다.[64] 제국의 목록 작업에서 유씨 부자의 목록작업은 역사기술에서 사마천이 그랬던 것만큼이나 영향력 있었을 것이다. 구두적으로 혹은 제도적으로 전승 가능한 형식과는 반대되는, 텍스트적 형식으로 된 경전 텍스트들에 부여된 권위의 구성에 그들이 행한 공헌은, 백 년 후 허신의 사전(이 사전은 명백히, 텍스트화된 모든 정전을 읽기 위한 보조물로서 생각되었다)이 참가한 과정의 한 부분이었다. 물론, 텍스트시스템이 끝나고 얽매임 없는 순수함 속에서 텍스트가 나타나는 지점은 없다. 그럼에도 불구하고, 나는 텍스트시스템 내에서 사회적·공식적 혹은 교육적 결정 요소들에 덜 의존한 채 물질적 텍스트 자체의 권위를 향해 전개되어 가는 지향을 관찰할 수 있다고 제안하려 한다.

무제 치하에서 시작된 정전화 과정은 제국도서관인 비부(祕府)의 설치에서 명백히 그 건축학적 대응물을 가졌다. 비부라는 이름은 아마도 그것이 제한구역임을 의미하는 것일 것이다.[65] 위의 인용문에 따르면, 무제와 성제의 통치 시기 사이의 50년 간 장서가 그

---

64) 이 주제는 제4장에서 더 자세히 논한다.

65) 책들은 祕府에만 보관되었던 것은 아니다. 『漢書補注』는 武帝의 100년 후에 서적 수집이 시작되었고, 서적이 산더미처럼 쌓였다고 언급한다. 『七略』의 한 단편은 이렇게 기록하고 있다. "밖에는 太常, 太史, 博士의 장서가 있고, 안에는 延閣, 廣內, 祕室이 있다." 陳國慶 편(1983), 4~5면에서 인용.

렇게나 나빠졌다는 것은 장서가 단지 저장고 혹은 참조가를 위한 전거였을 뿐 아니라 적극적으로 이용되기도 했음을 말해준다. 이 것은 반고(班固)의 「서도부(西都賦)」에서 더욱 잘 가리켜주고 있다.

> 또한 천록각(天祿閣)과 석거각(石渠閣)이 있으니
> 전적(典籍)을 저장한 곳이라
> 부지런히 가르치는 고로(故老)들이며
> 명유(名儒), 사부(師傅)들에게 명하여
> 육예(六藝)를 강론하며
> 그 같고 다름을 살핀다66)

이것은 텍스트시스템을 특징짓는 활동의 일부 ─ 대체로 구두적 형식을 취하지만 하나의 쓰여진 텍스트에 집중되어 있는 가르침 과 논쟁의 작업 ─ 을 기술하고 있다. 텍스트시스템들의 작용들은 전한 때 더욱 표준화되고 있었다. 여기서 시사하는 것은 공식적으 로 인정된 판본들에의 물리적 근접성 자체가 교사들과 학생들에 게 권력과 권위를 전달할 정도로까지 텍스트들의 권위가 확립되 었다는 것이다. 그러나 텍스트들은 또한 조정에서의 물리적 현전 으로부터 자신들의 권력과 권위를 획득하였다. 다른 위치들에서 그것들은 다른 종류의 권위를 부여받는다. 『한서』에는 사적인 장 서에 대한 수많은 언급이 있으며, 진대와는 달리 서적의 사적인 소 장이 중앙의 권위에 대한 위협으로 간주되지 않은 것 같다. 유향의 아버지인 헌왕(獻王) 유덕(劉德)은 회남왕(淮南王) 유안(劉安)과 마찬가지

---

66) * 又有天祿石渠, 典籍之府. 命夫惇誨故老, 名儒師傅. 講論乎六藝, 稽合乎
同異.

로 유명한 장서가였다.[67]

　　민간으로부터 좋은 책을 얻으면 반드시 잘 베껴서 그 사본을 돌려주고
　원본은 간직하였는데, 황금과 비단을 주어 불러모았다. 이로 인해 사방의
　도술지인(道術之人)들이 천리를 멀다하지 않고 찾아 왔는데, 혹 선조(先祖)
　들의 옛 책을 가지고 와 헌왕에게 바치는 경우가 많았기에, 책을 많이 얻
　어 한 조정과 대등할 정도였다. (『漢書』, 2,410면)[68]

　『관자(管子)』에 대한 유향의 목록학 원고의 현존하는 한 단편은
유씨 부자의 목록작업이 사적인 장서들에 의존하고 있었다는 것,
또 교감작업은 몇몇 다른 자료들, 그 원고에서는 종종 그 텍스트
들의 소유자의 이름을 딴 자료들로부터 받아들인 판(版)들의 참고
와 종종 연관되어 있음을 보여준다(Van der Loon, 1952, p.360).[69] 그럼
에도 불구하고, 오직 조정에서 조합되고, 교감되고, 취합된 텍스트
들만이 온전한 아우라적 가치를 가졌다.
　그 중심에 권위 있는 정경들을 가진, 수집된 텍스트들을 위한 별
도의 공간이라는 관념은 조정 텍스트성에 대한 이전(以前)의 개념으
로부터의 새로운 종류의 이탈을 표시한다. 한대에, 텍스트들은 특
정한 관직과의 파생관계로부터 절연(絶緣)되고, 지식의 총체이자 관
리(官吏)의 전문성의 원천으로서 더 광범위하게 생각되게 된다. 경

----

67) 경전의 고문 판본들도 포함한 장서를 가지고 있었던 獻王은, 壁藏書 외의 고
　　문 판본들의 또 하나의 출처로 언급된다. 그는 또 자신의 조정에 유학박사들을
　　임명하였다. 이는 봉건 제후의 조정에서 흔히 있었던 일인 것 같다.
68) * 從民得善書, 必爲好寫與之, 留其眞, 加金帛賜以招之. 繇是四方道術之人
　　不遠千里, 或有先祖舊書, 多奉以奏獻王者, 故得書多, 與漢朝等.
69) *『全漢文』卷37「管子書錄」.

전 교육은 **모든** 관직에 자신의 수령자(受領者)를 준비해 둘 것이었다. 청대 사상가 장학성(章學誠)은 도서-관료적 유토피아를 상상했는데, 그곳에서 텍스트들·교육·관료의 직무는 완벽히 일치한다.

관(官)이 있으면 법이 있었기에, 법은 관에 갖추어져 있었다. 법이 있으면 책이 있었기에, 관이 그 책을 전담하였다[守]. 책이 있으면 학(學)이 있었기에, 사(師)가 그 학을 전하였다. 학이 있으면 업(業)이 있었기에, 제자(弟子)가 그 업을 익혔다. 관·수·학·업은 모두 한 곳에서 나왔으니, 천하는 동문(同文)으로 다스려졌고, 그러므로 사문(私門)에서 저술하는 일이 없었다. 사문에서 저술하는 일이 없었으므로, 관수(官守)의 분직(分職)은 곧 군서(群書)의 부차(部次)였으며, 다시 따로 저록(著錄)하는 일이 없었다. 후세의 글은 반드시 그 기원을 육예로 소급하게 된다. 육예는 공자의 글이 아니니, 바로 『주관(周官)』의 구전(舊典)이다.[70]

『예문지』는 유향의 기록이 철학 학파의 글들을 특수한 선진 행정관직들과 연계시켰음을 보여주지만, 그러나 이것은 육경에 사용된 시스템은 아니었다. 한대의 목록학 실천은 장학성의 특수한 경학의 종합적·정전적 환원주의를 목표로 한 것이 아니라, 텍스트 문화의 확립기에 일차적으로 요구되었던 것으로 보이는, 표준화, 권위성, 포괄성을 목표로 한 것으로 보였다.[71]

---

70) * 有官斯有法, 故法具於官; 有法斯有書, 故官守其書; 有書斯有學, 故師傳其學; 有學斯有業, 故弟子習其業. 官守學業皆出於一, 而天下以同文爲治, 故私門無著述文字. 私門無著述文字, 則官守之分職, 卽群書之部次, 不復別有著錄之法也. 後世文字, 必溯源於六藝. 六藝非孔氏之書, 乃『周官』之舊典也. (章學誠 著, 葉瑛 校注, 『文史通義校注』, 中華書局, 2000, 951면).
71) 『校讎通義』第七「校讎條理」에서 章學誠은 劉向과 劉歆의 시대에는 글쓰기의 몇 가지 표준이 있었다는 것, 그리고 그것들이 중앙에서의 텍스트 표준화에 영향을 미치지 않는 한 異本들도 허용되었다는 믿음을 진술한다. 章學誠은 '外

금세기의 고고학적 발견들은 강유위(康有爲)가 목록학자인 유향과 유흠이 정경의 형성에서 '목록학자'보다는 '저자'에 훨씬 더 가까운 역할을 했다고 의심한[72] 이래 자주 등장했던 선진 텍스트들에 대한 염려를 가라앉혔다. 다양한 텍스트들의, 유향 이전의 판본들이 발견되었고, 어떤 텍스트들의 수용된 판본들로부터의 그것들의 이탈은 정경에 대한 유씨 부자의 작업이 우리가 오늘날 그 용어들을 이해하는 것과 같은 의미에서 '목록학자'나 '목록작성자'에 사실상 더 가까웠다고 주장하기에 충분할 만큼 미미했다. 그럼에도 불구하고, 다른 텍스트들에서는 그들의 작업은 더 중대했다. 현존하는 증거는 유향, 그리고 아마도 유흠 역시도, 예를 들면 『관자』와 같은 몇몇 텍스트들의 수용된 형태들에 대체로 책임이 있었던 것처럼 보인다고 시사한다. 만약 장구주석들의 과도한 길이에 대한 기술이 정확하다면, 유씨 부자는 주석 문헌에 대한 상당한 양의 편집작업을 했을 공산이 크다. 유씨 부자가 제국에서 모든 책의 복사본을 찾으려 하지 않았다는 것은 분명하다. 그들은 오직 자신들이 포함시키고 싶었던 특수한 텍스트나 주석의 대표적 판본이라고 자신들이 결정한 것들만을 찾으려 하였다. 유향의 『별록(別錄)』에서는 이렇게 기록하고 있다.

한 사람이 책을 읽으면서 그 위아래를 대조하여 잘못을 바로잡는 것이

書'나 관리들간의 글과 구별되는 범주인 '中書' 범주를 가정한다. 이 범주들이 漢代에 의미 있는 범주들이었다고 추정하는 것은 증거가 부족해 보인다. 그러나 그가 중앙에서의 표준화에 둔 중요성은 나의 이해와 일치한다. 『章學誠』, 1936, 영인본, 13~16면.
72) 康有爲, 「漢書藝文志辨僞」. 陳國慶(1983), 244~246면에 전재된 발췌본.

교(校)이다. 한 사람이 책을 들고 있고 다른 한 사람이 책을 읽는데, 마치 원수처럼 서로를 대하는 것이 수(讐)이다.[73]

이 인용문은 두 개의 전거본(典據本) 모두와 다를 수 있는 최종적 판본을 암시하고 있다. 유씨 부자가 저자―목록학자 연속체 위의 어디에 서 있는가를 판단하는 것은 궁극적으로는 한 권의 '책'의 근본적인 온전성을 구성하는 것이 무엇인가에 대한 판단을 요구한다. 이것은 쉽게 내릴 수 있는 판단이 아니다. 한대 텍스트들의 물질적 차원이 제공한 어려움들(이에 대해서는 이 장의 뒷부분에서 논할 것이다)이 있으나, 목록학적 용어법 역시 다소 모호하다. 「예문지」에 기록된 저작들은 주로 죽간과 비단으로 이루어진 것으로 보인다. 편(篇)과 권(卷)이라는 용어는 특수한 기록의 길이 혹은 그 속의 단위들의 수를 가리키기 위해 사용된다. 어려운 점은 이 용어들이 여러 가지 의미를 가질 수 있다는 것이다. 비단에 쓰여진 글이나 그려진 그림의 단위들의 수는 언제나 권으로 표현되지만, 이 용어는 또한 여러 개로 이루어진 죽간에 쓰여진 텍스트들에게도 사용된다. 그것은 '두루마리'라고 번역될 수 있는 일반적인 용어로 보인다. 편은 텍스트의 물리적 단위('篇'字의 竹部는 그것이 죽간의 주어진 양일 것이라고 암시한다)와 'volume', 'section', 'chapter' 혹은 'version'과 같은 영어 단어에 상응하는 텍스트 단위 양자를 다 가리킨다. 송대 학자인 정초(鄭樵)는 편 / 권 구별이 「예문지」의 몇몇 략(略)들에서 다른 략들에서보다 더 분명했던 것으로 보인다는 데에 주목하

---

73) 『文選』의 「魏都賦」에 대한 李善의 注에 실린 應劭의 『風俗通儀』에서 인용.
   * 一人讀書, 校其上下得謬誤, 爲校; 一人持本, 一人讀書, 若怨家相對, 爲讐.

는데, 「육예략」과 「제자략」은 범주들간의 가장 많은 겹침을 보여준다.74) 「예문지」에서 chapter, section 혹은 work 중 정확히 무엇이 기본적인 텍스트 단위였는지를 결정하기는 어렵다. 유향은 각 편에 관한 소개문을 써서 황제에게 상주하였다.75) 그러므로 편은 확실한 일관성을 갖고 있었음에 틀림없다. 대부분의 서목(書目)들은 여러 개의 편으로 이루어져 있지만, 그러나 한 서목의 내용이 어떻게 최종적으로 결정되었는가는 어디에서도 명확하지 않다. 이것은 인쇄술 이전 시기 상당한 변형에 종속된 영역이다. 근거 없이 주장하는 것은 위험하지만, 유흠과 유향의 시대에 주어진 서목의 사회적 삶은 너무나 그러해서 그 물질적 통일성은 그 총체의 단지 한 가지 요소에 불과했을 수 있다. 하나의 텍스트를 둘러싼 관직, 교육활동 그리고 주석 시스템과 전승 시스템은 죽간이나 비단만큼이나 텍스트의 실존의 한 부분이었다.

6. 텍스트성이 주도권을 잡다

각기 다른 텍스트시스템들의 상대적인 장점에 대한 논쟁, 특히 고문/금문 구분은 유씨 부자의 최초의 목록 작업의 완성에 뒤이어 후한 때에 가속화된다. 비록 고문/금문의 구분이 한대 경학의

---

74) 陳國慶(1983), 237면에서 인용.
75) *向輒條其篇目, 撮其指意, 錄而奏之.

주된 쟁점이었다고 이후에 주장되지만, 기호학적 원리들은 당파 투쟁에 관한 어떤 이야기라도 제한된 수의 서사형식들 중 하나를 취해야만 한다고 말해준다. '고문 / 금문 싸움[今古文之爭]'이라고 말하는 것은, 그것을 뒷받침하는 증거에 상관없이, 대부분의 연구자들이 계속 유통시켜 온 실제 서사(actual narrative)와 같은 것을 발생시키는 것이다. 그러나 그런 매우 진부한 서사에의 과잉 투자는 다르지만 아마도 더욱 중요한 하나의 이야기를 흐리게 할 것이다. 그 싸움의 가장 당파적인 면에서부터 시작하자. 즉 친고문적 글들에서 금문가를 겨냥한 비난들에서 시작하자. 허신의 『설문해자』, 그와 동시대인인 반고가 주로 지은 『한서』, 그리고 목록학자 유흠의 글들은 고문 당파성의 대표적인 예들이다. 『설문해자』 「후서」에서 인용한 위의 구절(88면), "반드시 옛 문자를 준수하고 연구하지, 견강부회하지 않는다"는 비교상 더 고대의 권위를 고문이 주장한다는 맥락 속에서 기대할 수 있는 것이다. 그럼에도 불구하고, 그 다음 줄은 텍스트적인 것에 대한 직접적인 환기이다. 즉, 공자를 텍스트 전승에 대한 주석가라고 환기시키면서, 허신의 『설문해자』 「후서」는 여기서 한 텍스트의 읽기와 이해에서 일차적인 권위는 하나의 권위 있는 해석학파와의 파생관계나 혹은 경학박사 시스템 속에서 하나의 해석학파의 공식적 인정에 있는 것이 아니라 물리적으로 현존하는 쓰여진 텍스트에 있다고 주장한다. 이것과 대조되는 것은 표준에 못 미치고 비정통적이며 혼란스러운 '발성(發聲)들', 구두적 가르침들이다. 쓰여진 언어가 경전 학습의 기초라는 진술이 즉각 뒤따른다. 『좌전』의 권위에 대한 고문가적 옹호는 대체로 그 저자가 가지고 있다고 주장되는 스승의 가르침에 대한 직접적인 지식에 의존하였다. 그러나 이것은 구두 전승의 옹호로서 고안된 것이 아니다. 좌씨 전승은 정확히 그것이 구두 전승의 세대들을 거쳤기 때문이 아니라 쓰여진 형식을 더 일찍 취했기 때문에 더 신뢰할 수 있는 것이었다. 텍스트적 형식 자체에 대한 이런 강조는 새로운 것이고, 또 내가 이 시기의 것이라고 주장하는 중앙집중화되고 표준화된 텍스트성을 향한 지향의 일부분이다. 다음은 반고의 「예문지」「육예략」에서 가져온 추가적 예들과, 『한서』의 「유흠전」에 포함된 편지인 유흠의 텍스트이다.

옛 학자들은 농사짓고 또 가족을 부양하면서도 3년에 한 경(經)을 통달하였는데, 그 대체(大體)만을 보존하고 경문(經文)을 연구할 뿐이었기에, 들이는 시간은 적어도 쌓이는 덕은 많았고, 서른 살에 오경을 다 익혔다. 후세에 경과 전(傳)이 괴리되고 박학자(博學者) 역시 다문궐의(多聞闕疑)의 뜻을 생각지 않아 번쇄한 의미에만 힘쓰고 어려운 부분은 회피하였으니, 억지 소리와 교묘한 말로 형체를 파괴하였다. 다섯 자로 된 경문에 대한 설명이 2~3만 자에 이르렀다. 후진들은 더욱 심하여서, 어려서 한 경을 공부하기 시작하여 백발이 된 후에야 그 경에 대해 말할 수 있었다. 자기가 익힌 바에 안주하여, 자기가 보지 못한 것은 비방하였으니, 끝내는 스스로를 가리게 되었다. 이것은 학자의 큰 근심거리이다.[76] (『漢書』, 1,723면)

예전에, 옛사람들의 학문을 답습하던 이들은 버려지고 끊어진 부분들은 생각지 않아서, 참으로 누추하고 구차한 것에 만족하여 잘못으로 나아갔고,

---

76) * 古之學者耕且養, 三年而通一藝, 存其大體, 玩經文而已, 是故用日少而畜德多, 三十而五經立也. 後世經傳旣已乖離, 博學者又不思多聞闕疑之義, 而務碎義逃難, 便辭巧説, 破壞形體; 説五字之文, 至於二三萬言. 後進彌以馳逐, 故幼童而守一藝, 白首而後能言; 安其所習, 毀所不見, 終以自蔽. 此學者之大患也.

문을 나누고 자를 갈랐으며, 말을 번쇄하게 하고 글을 자질구레하게 하였으니, 학자들은 늙을 때까지 하나의 경도 다 연구하지 못하였다. 구설(口舌)을 믿고 전해지는 기록을 믿지 않았으며, 말사(末師)를 옳다 하고 옛 사람을 그르다 하였기에, 국가에 장차 큰 일이 있는 경우, 예를 들면 벽옹(辟雍)·봉선(封禪)·순수(巡狩) 등의 의례에 대해 깜깜하여 그 본모습을 모르면서도 여전히 부서진 찌꺼기를 지키고자 하며 자신의 의견이 깨뜨려질까 두려워하였으며, 좋은 것을 좇고 의에 복종하는 공심(公心)이 없어, 혹 시기심을 품어서는 실상을 살피지 않으며 서로간에 부화뇌동하여 남이 옳다 하면 저도 옳다 하니 이 삼학(三學)[77]을 억누르고서는,『상서(尙書)』가 다 갖추어진 온전한 것이라 여기고, 좌씨(左氏)가 『춘추』에 전을 짓지 않았다고 말하니, 어찌 슬프지 않겠는가?[78] (『漢書』, 1,970면)

첫 인용문은 우리가 두 번째 인용문에서 발견하는, 구두전승에 대한 명시적인 공격이 아니다. 그것은 주로 장구의 과도함에 대한 대부분의 공격을 특징지은 반몽매주의(反蒙昧主義)와 반현학(反衒學)으로 이루어져 있다. 반고와 유흠에게서 뽑아온 글들의 관심은 경전 텍스트들의 온전성과 전체성, 그리고 그 연장으로서 모든 정경의 온전성과 전체성에 대한 것이다. 머리카락을 쪼개는 듯한 몽매주의는 몇 가지 이유로 인해 잘못이 있다. 그것은 더 광범한 습득과 그에 수반하는 수준의 '지력(知力)'을 희생한 채 하나의 단일한 텍스트에 대한 과잉 전문화를 가져온다. 그것은 글의 양적인 면에서 경전

---

77) *『左氏春秋』,『逸禮』, 古文『尙書』의 學.
78) *往者綴學之士不思廢絶之闕, 苟因陋就寡, 分文析字, 煩言碎辭, 學者罷老且不能究其一藝. 信口說而背傳記, 是末師而非往古, 至於國家將有大事, 若立辟雍封禪巡狩之儀, 則幽冥而莫知其原. 猶欲保殘守缺, 挾恐見破之私意, 而無從善服義之公心, 或懷妬嫉, 不考情實, 雷同相從, 隨聲是非, 抑此三學, 以『尙書』爲備, 謂左氏爲不傳『春秋』, 豈不哀哉!

텍스트들 자체를 압도하는 장황한 주석의 토로를 낳는다. 그리고 하나의 단어나 구절에 과도한 주석적 에너지를 바칠 때 그것은 개별 경전 저작들의 텍스트적 온전성을 위태롭게 한다. 유흠의 편지는 경전 텍스트들의 가정된 물리적 악화가 성제(成帝) 통치기간의 느슨한 표준들의 결과라고 까지 말한다. 유흠의 시기가 되면 이미, 그리고 후한 후기에 더욱 두드러지듯이, 전승학파들의 텍스트시스템들은 텍스트적 권위가 명확해지기에는 너무나 복잡해지고 다면화되었다.

금문 전승에 반대하는 다양한 주장들이 다음의 이분법을 입안하였다(여기서 제시된 예는 전적으로 反章句的 입장에서 나온 것임을 명심하라).

정통	비정통
쓰여진 텍스트에 충실	주석 전승의 계보에 충실
만능가	전문가
불명확하고 불가지적인 단어들이나 구절들에 관대	지나치게 사변적인 주석들 불필요한 철저성
"공익적 심성" 대화에 개방	배타적이고 닫힌 심성
주석 생산의 경제성	주석의 과도함

위의 표의 좌측에 제시된 반금문적 입장은 텍스트적 권위를 선호하는 암묵적인 주장이다. 텍스트적 권위 일반은 단지 텍스트 생산 전체의 어마어마한 양에만 기반한 것은 아니었다. 비록 사소한 기록 보존을 위한, 텍스트들의 증대되는 일반적 사용이 그와 관련

된 한 가지 현상임에도 불구하고[79] 금문 주석 생산의 장황함은 그것이 텍스트적 권위 일반보다는 특수한 학파의 권위에 더 많이 기여하기 때문에 비난받을 만하다. 사실, 위의 인용문에서 제기한 것은, 금문 주석의 장황함은 모든 텍스트적 권위의 뿌리임에 틀림 없는 일차적 텍스트들 자체에 주어진 불충분한 권위의 한 작용이라는 것이다.

여기서 문제가 되는 것은 공식적인 것과 사적인 것이라는 범주들을 결정하는 지침들이다. 이것은 모든 통치권력이 해내야만 하는 협상이다. 후한대에는, 위의 인용문과 같은 글들에서, 인물 중심적 전승 시스템들보다는 텍스트적 권위와 온전성이 진정한 '공적' 삶의 더 훌륭한 보증자라고 주장하는 고문학과 일반적으로 결합된 입장이 등장한다. 허신과 반고의 인용문들은 경전 텍스트들이 주석에 저항하거나 혹은 적절히 저항해야 하는 지점들을 명시적으로 언급한다. 즉『논어』로부터, 허신은 공백을 남겨두지 않으려는 필사자들에 대한 구절을 인용하고, 반고는 의심스러운 지점들을 밀쳐두는 것에 관한 구절을 인용한다. 여기에, 다소 역설적이게도, 진정한 텍스트적 권위의 실례가 있다. 즉, 정전 텍스트들은 그것들의 해석자들의 능력을 넘어선다는 것이다. 하나의 경전이 오직 그것의 해석만으로 축소될 수 있어서는 안 된다.

금문 판본으로 된 동관석경(東觀石經)은 기원후 175년에 채옹(蔡邕)의 감독하에 새겨졌다. 그럼에도 불구하고, 2세기 후반이 되면

---

79) 예를 들어, 우리는 지방 관리들이 세부적인 데에서도 자신들의 행정업무에 대한 쓰여진 기록을 보관하여야 하였고 또 실제로 그렇게 하였다는 것을 고고학적 기록으로부터 알고 있다. Loewe(1967)을 보라.

텍스트적 권위라는 이데올로기가 최고로 우세했다. 이때는 마융, 정현, 그리고 채옹 자신의 시대였다. 그들은 사대부들을 위한 새로운 입장을 대변했는데, 백호관 회의에서 정식화된 금고문 논쟁은 이 입장에 거의 해당되지 않았다. 정경 중심적 텍스트성 자체가 구두 전승에 대해서, 특수주의적 해석의 권위에 대해서, 지방색들에 대해서, 스승·학생·암송자·청자·텍스트들 및 주석으로 구성된 텍스트시스템들에 대해서 승리를 거두었다. 한대 이래로 이해되어오던 식의 정전성은 형식에 미묘한 변화가 생겼고, 그 자신은 더욱 완전히 텍스트화된 기능이 되었다. 정전화라는 사실(fact)은 더 이상 특수한 전승학파에 대한 행정상의 인정(認定)이나 박사직의 설치에 의존하는 것이 아니라(박사들이 계속 존재했음에도 불구하고) 문화적 가치들의 저장고로서, 그리고 물질적 대상들로서, 정전 텍스트들 자체에 내재한 재현 권력의 충분한 발휘라는 관념에 의존하였다. 사회적 삶과 정치적 삶은, 행정적인 것에서부터 명백히 사적인 것에 이르기까지, 정전 텍스트들을 통해서 완전한 형태로 이해할 수 있었다.

오늘날, 20세기의 마지막 10년에, 정전성에 관한 질문들은 대개 포함과 배제라는 모순관계 속에서 만들어져 왔다. 해롤드 블룸(Harold Bloom)의 연구인 『서구의 정전(The Western Canon)』은 지배계급의 헤게모니 강화에서 그것이 가지는 역할을 이유로 한, 서구 정전에 대한 공격('르상티망학파'의 입장)과, 정전의 영원한 진리들 속에서 발견되는 본질적인 문명적 가치들을 전승할 사회적 필요를 이유로 한 정전 옹호 양자를 공공연히 거부한다. 그러나 여전히, 미학 정전을 논할 때 블룸은 또한 투쟁, 즉 포함되기를 위한, 정전 텍스트들 서로간의 투쟁이라는 견지에서 그 집적물(corpus)을 정의한다. 우리가 한대 경학의 역사에서 보아온 것처럼, 초기 제국 중국에서의 투쟁은 일차적으로, 단순히 정전에 포함되느냐에 대한 것이 아니라 하나의 주석 전통에 대한 공식적 인정에 대한 것이었다. 그 자신이 한대에 고문 전승의 하나로서 포함될 것을 제안받은 『좌전』은 『춘추』에 대한 하나의 주석이라는 형식을 취했다(비록 그것이 원래 그 텍스트가 취했던 형식이 아니었을 것임에도 불구하고).[80] 주석에 주어진 담론적 주요성은 텍스트적 장면 전체를 모양지었다. 시작부터 상호텍스트적 관계들이 상정되었고, 하나의 전승학파 내부의 글들 전체는 당연히 본래의 경전들을 언급하였다. 한초(漢初)의 목록학자들은 또한 '학파[家]'로써 글들을 범주화하였다. 그럼에도 불구하고, 한말이 되면 '학파'는 확장된 의미를 가지게 되어서, 이전의 전승학파 텍스트 시스템과 다르지는 않은 무언가를 가리키긴 하지만, 이제는 더욱 완전히 텍스트화되었다.

한말경, 두 통의 편지, 조비(曹丕)의 「여오질서(與吳質書)」와 조식(曹植)의 「여양덕조서(與楊德祖書)」는 성일가지언(成一家之言), 즉 '자기 자신의 사상학파를 이룬다'는 말을 하나의 쓰여진 텍스트에 주어질 수 있는 최고의 찬사를 의미하는 말로 사용하였다. 이 표현의 출처는 아마도 사마천의 유명한 「보임안서(報任安書)」[81]로서, 『사기』 자체의 창작에 대해 기술하는 부분에 들어 있다. 조비의 편지에서, 그는 자신의 동시대인들의 작품을 개관할 때 오직 서간(徐幹)의 『중론(中論)』(이 텍스트에 대해서는 제4장에서 자세히 논할 것이다)

---

80) 이에 관한 문헌의 검토를 위해서는 Loewe, ed.(1993), pp.68~76을 보라.
81) 『漢書』 「司馬遷傳」에 수록되어 있다.

만이 '일가'의 지위를 얻었다고 하였는데, 이 지위는 이제는 하나의 텍스트화된 시간적 영원성과 결합된 것이다. 즉, "『중론』 20여 편을 지었는데, 일가지언을 이루었고, 사의(辭義)가 전아(典雅)하여 후세에 전할 만하니, 이 사람은 영원할 것이다."[82] 조식은 순문학적 글쓰기에 대한 경멸을 표현하고 나서, 만약 자신이 국가에 복무한다는 첫째 야망을 실현할 수 없다면, 자신의 일생의 야망에 있어 두 번째로 우선적인 것을 서술할 때 이 말을 사용한다.

> 만약 나의 뜻이 성과를 얻지 못하고, 나의 도가 행해지지 않는다면, 서관(庶官)의 실록(實錄)을 수집하고, 시속(時俗)의 득실을 가리고, 인의(仁義)의 바름을 정하며, 일가지언을 이룰 것이다. 비록 명산(名山)에 감추어두지는 못하더라도[83] 생각을 같이 하는 이에게 전해질 것이다. 늙어서까지 지킬 약속이 아니라면, 어찌 오늘 그것을 논하겠는가! 이렇게 말해도 부끄럽지 않은 것은, 혜시(惠施)가 장자(莊子)를 알아주듯이 그대가 나를 알아줄 것을 믿기 때문이다.[84]

사마천의 역사기술 기획과 조식의 편지는 공자를 『춘추』의 저자 / 편찬자로서, 하나의 모델로서 주목한다. 이 책은 한대 정전의 핵심적 텍스트였으며, 또한 대부분의 주석 논쟁의 주제였다. 조식의 편지는 텍스트적 장면이 어떻게 변화했는지를 보여준다. 이 편지가 지어질 무렵에는, 사마천의 『사기』 자체가 거의 정전적 지위

---

82) * 著『中論』二十餘篇, 成一家之言, 辭義典雅, 足傳於後, 此子爲不朽矣.

83) 이 표현 역시 「報任安書」에서 가져온 것이다.

84) * 若吾志未果, 吾道不行, 則將采庶官之實錄, 辯時俗之得失, 定仁義之衷, 成一家之言. 雖未能藏之於名山, 將以傳之於同好. 非要之皓首, 豈今日之論乎! 其言之不慙, 恃惠子之知我也.

에 달하였다. 그것은 많은 한 후기 산문과 시 속의 상호텍스트적 참조의 출처이다. 사마천 자신의 저작이 텍스트적 공고화의 기획이 막 시작했을 때 텍스트적 불멸성을 향한 하나의 시도를 구성하였다. 조식의 시대가 되면 글쓰기의 장면이 점차로 저자의 부재 상태에서도, 또 서로 떨어져 있는 상황에서도 시간을 초월한 독자들의 공동체를 발견하는 텍스트의 능력을 암암리에 인정한다. '일가'는, 한말이 되면 태학도 박사도 요구하지 않았고 그저 텍스트적 실존만을 요구하였다.

7. 대나무·비단·나무·돌, 그리고 종이에 쓰여지다 —텍스트의 물질성

저작들과 담론들은 오직 그것들이 물질적 현실들이 되고 책장(冊張)에 새겨질 때, 읽거나 이야기해주는 목소리에 의해 전승될 때, 혹은 극장의 무대에서 말해질 때만 존재한다. (Chartier, 1994, p. ix)

로제 샤르티에의 상기(想起)는 고대와 초기 중세의 서구에서 나온 쓰여진 자료들을 가지고 작업하는 '신문헌학자들(new philologists)'의 최근 세대의 작업을 요약하고 있는데, 내용의 필수적 결정 요소로서의 물질적 형식에로 우리의 주의를 돌린다. 이런 학술 전통의 한 부분인 최근의 논문에서 D. F. 매켄지(McKenzie)는 존 로크(John Locke)의 『성 바울 서신의 이해를 위한 에세이—성 바울 자신의 의견을 듣는다(*An Essay for the Understanding of St. Paul's Epistles : By Consulting St. Paul Himself*)』에 찬
성하면서 그 책을 인용한다. 그 책은 "의도의 문제, 그리고 그 의도
를 모호하게 하거나 드러내는 데에 있어서의 활판인쇄 형식의 역
할을 매우 명시적으로 제기한다."(McKenzie, 1985, p.46) 로크의 불만은
성서를 장과 절로 나누는 것은 본래는 한결같고 통일적이고 일관
된 주장들을 이루었을 단락들을 붕괴시키는, 단편들의 모음으로 그
텍스트를 취급될 수 있게 한다는 것이다. 그럼에도 불구하고, 만약
그 텍스트가 하나의 연속된 주장으로서 배열된다면, 성서의 단편들
이 어떤 논쟁적인 목적들을 위하여 사용될 잠재적 가능성은 손상
될 것이다. 로크는 활판인쇄의 위험성이 높을 수 있다는 것을 의식
하고 있다. 매켄지는 동성애자 권리에 대한 뉴질랜드 의회에서의
논쟁(뉴질랜드에서 '의원들은 성경 구절들을 의회의 한쪽에서 다른 한쪽으로
마치 학교 교실의 종이 다트들처럼 쏘아대었다.' McKenzie, 1985)을 바울 서신
들의 단편적 활판인쇄에 내재하는 왜곡 가능성들에 관한 로크의
의혹에 대한 하나의 확인으로써 인용한다. 매켄지의 주장은, 로제
샤르티에 역시 전개하는 것인데, 텍스트의 물질성에 대한 새로워진
주목이 저자와 의도성에 대한 문제들을, 그 문제들이 신비평, 구조
주의비평, 그리고 포스트구조주의비평에 의해 연속적으로 추방된
다음에, 비평 담론에 재도입하였다는 것이다. 나아가, 저자 혹은 의
도에 대한 이 물질적으로 기반된 증거는 그 이전의 구체화에서보
다는 덜 이데올로기적으로 손상되었다.

나는 이 예를 그것이 중국을 공부하는 학생들로 하여금 정경들
이 그 최초의 시기 이래로 사용되어 온 방식들을 상기시키기 때문
에 서구에서 가져온다. 아마도 어떤 텍스트도 『시경』만큼 그 단편

들로 이용되지는 않았을 것이다. 이는 그것의 활판인쇄상의 배열에서는 거의 반영되지 않는 사실이다. 저자의 의도에 대한 활판인쇄상의 증거를 찾아내려는 매켄지의 열망은 어떤 활판인쇄상의 배열들이 발생할 수 있는가에 영향을 주거나 사전에 결정하는, 텍스트들의 사회적 삶이라는 측면들을 모호하게 한다. 오늘날 우리가 알고 있는 최초의 책의 형식인 코덱스는, 그것이 기독교 공동체에서 애용되었기 때문에 로마시대에 우세를 점했다는 것이 일반적으로 받아들여지고 있다.[85] 이것은 부분적으로는 텍스트의 특정한 부분들을 참조하기가 쉽다는 점, 즉 부분적 혹은 단편적 읽기에 편리하다는 점에 기인한다. 그래서 아마도 기독교적 텍스트 문화가 그 시초부터 단편을 장려하였을 것이다. 오늘날 미국의 어떠한 성경공부반을 방문해보더라도 단편에 대한 편애가 번성하다는 것, 그리고 단편들의 논쟁적인 이용이 정치화된 기독교를 특징짓는다는 것을 확인하게 될 것이다. 그러나, 초기 제국 시기에 중국 경전들의 이용에 대한 일화적 증거는, 비록 다른 상황에서이기는 하지만, 전(全) 텍스트와 단편 양자가 모두 가치 있게 평가되고 유통되었음을 암시한다. 활판인쇄의 의도성을 읽는 것은, 그것이 대체하려고 하는, 저자의 의도성만큼이나 문제적인 것으로 증명될 것이다. 맑스를 부연설명하기 위해서 사람들은 그들 자신의 텍스트들을 배열하고 창작하지만, 그들은 자신들이 선택한 환경하에서 자신들 마음대로 그것들을 배열하거나 창작하지는 않는다.

읽기와 쓰기 행위들에 관한 기록들은 매우 흔하다. 불행히도,

---

85) Roberts and Skeat(1983), 특히 제8장을 보라.

초기 제국 중국의 경우에는, 텍스트들을 사람들이 어떻게 취급했는가에 대한 물리적 기술(記述)들뿐 아니라 텍스트들의 물질성에 대한 기록들도 물질적 텍스트 문화에 대한 결론들을 너무나 적게 허락한다. 우리는 행락(行樂)에서 명(命)에 따라 즉흥적인 작품들을 짓는 일단의 문인들에 대해, 밤새 독서하는 일단의 가난한 학자들에 대해, 전쟁터로 필기도구들을 운반하는 일단의 관리들에 대해 읽는다. 전존훈(錢存訓)은 『죽백(竹帛)에 쓰다(Written on Bamboo and Silk)』에서 초기 제국 시기의 텍스트의 물질성에 대한 포괄적인 그림을 제공했다. 이 그림은 인상깊게도 최근의 고고학적 조사에 뒤따르는 수정을 거의 필요로 하지 않았다. 그러나 중요한 문제들이 남아 있다. 제국 도서관의 물질적 내용물들이 언제나 명확한 것은 아니다. 우리는 종종 한 편의 글이 비단[帛], 죽간(竹簡) 혹은 목간(木簡) 혹은 목독(木牘)에 씌어졌는가에 대해 무지하다. 목록학사에서 일반적으로 인용되는 단편은 다음과 같다.

> 유향은 성제 치하에서 20년 이상 서적의 보관과 수집에 종사했다. 그것들은 먼저 대나무에 쓰여졌는데, 그렇게 하면 죽간을 깎아냄으로 해서 쉽게 변경할 수 있었기 때문이다. 텍스트들이 복사될 준비가 되었을 때, 그것들은 비단에 쓰여졌다.[86]

그러나 비단은 여전히 도서관 장서의 작은 비율만을 점했을 것이다. 설사 권의 수를 죽간보다는 비단에 할당하는 데에 관대하다 하더라도 그러하다. 각각의 재료는 장단점들이 있다. 비단

---

86) 『太平御覽』에서. Tsien(1962), p.128.

은 가장 비싼 재료였지만, 먹을 쉽게 흡수하였고 또 지도, 도표, 혹은 그림을 적용하기 위한 사이즈의 변경을 허락하였다. 비단에 쓰여진 글들이 텍스트들 자체의 길이에 따라 잘려졌다는 것이 7세기의 백과사전인 『초학기(初學記)』에 기록되어 있다.[87] 그것은 쉽게 나를 수 있었고, 위의 인용문이 시사하듯이, 상주본으로도 사용되었다. 양웅의 「답유흠서(答劉歆書)」는 그가 『방언(方言)』을 편찬할 때 데이타를 기록하기 위해 4인치 넓이의[88] 흰 비단과 붓을 들고 여행하였고, 집으로 돌아 왔을 때 그것을 납으로써 나무에 베껴 써넣었다고 전하고 있다.[89] 한 줄 혹은 기껏해야 두 줄의 글자들을 담은 간(簡)으로 잘려지는 대나무는 운반이 쉬웠고 비싸지도 않았다. 그것은 아마도 전한 때 가장 널리 사용된 글쓰기 재료였을 것이고, 후한 내내, 그리고 그 이후에도 여전히 사용되었다. 그것은 기록보존을 위해서, 그리고 장서들 중 텍스트들의 공식적 판본들을 위해서 광범위하게 사용되었다. 대나무는 나무와 마찬가지로 깨끗하게 다듬을 수 있었고, 새로운 텍스트를 그 위에 쓸 수 있었다. 나무 역시 비싸지 않았고 사용하기 쉬웠다. 나무는 일반적으로 여러 줄의 텍스트들과 함께 블록 형식으로 짧은 문서들에 이용되었거나, 혹은 대나무처럼 간으로 쪼개져서 천이나 끈에 묶여 길거나 짧은 텍스트들에 이용될 수 있었다.

---

87) Tsien(1962), p.127에 인용.

88) * 원문에 의하면 4인치 넓이의 비단이 아니라 四尺, 즉 자 약 92cm 길이의 비단을 말하고 있다.

89) 『全漢文』卷52. 특수처리된 비단—油素—은 희고 부드러웠으며, 특별히 글쓰기에 사용되었다.

　* 雄常把三寸弱翰, 齎油素四尺, 而問其異語, 歸卽以鉛摘次之於槧.

대나무와 나무는 텍스트들의 성격에 따라 공식적으로 지정된 표준 사이즈로 종종 잘려졌다(Tsien, 1962, pp.104~107).

대나무와 나무는 글쓰기를 위해 잘려지고 준비될 때 오직 글쓰기만을 위해 사용되었다. 비단과 종이는 일상적, 공식적 및 의례적인 여러 목적에 이용된다는 점에서 그것들과 구별된다. 비단은 물론 한대에 일반적으로 유통되었다. 글쓰기에 더 선호되었던 특정한 비단 제품들이 있었음에도 불구하고, 교환의 매개로서의 그 재료의 지위는 비단 텍스트가 상주본으로 복무하는 능력에 아마도 기여했을 것이다. 종이가 채륜(蔡倫)에 의한 추정상의 발명보다 앞선 시기의 것이라는 것은 이제 널리 받아들여진다. 『후한서』는 『좌전』의 종이본과 죽간본이 가규의 학생들에게 기원후 76년에 주어졌다고 언급한다(『後漢書』, 1,234면).[90] 전존훈은 "『허자(許子)』 10권을 보냅니다. 제가 가난하여 비단본으로는 보내지 못하고, 그저 종이본만 보냅니다"[91]라고 말하는 최원(崔瑗)의 편지(143년으로 추정)를 인용한다(Tsien, 1962, p.139). 그러나, 종이가 위엄이 낮은 재료였다는 광범한 증거는 없다. 사실, 후한 후반에는 종이가 언급되고 있는지 비단이 언급되고 있는지는 종종 불명확하다. 종이의 광범위한 채용은 그 왕조 말기의 급속히 성장하던 텍스트 유통에 대해 부분적으로 책임이 있는 것 같다. 비록 이것은 종이가 다른 어떠한 글쓰기 매체보다도 잘 못 살아남기 때문에 증명될 수 없음에도 불구하고.

---

90) * 書奏, 帝嘉之, 賜布五百匹, 衣一襲, 令逹自選公羊嚴·顏諸生高才者二十人, 教以『左氏』, 與簡紙經典各一通(『後漢書』, 1,239면).
91) * 送『許子』十卷, 貧不及素, 但以紙耳(『全後漢文』卷45).

비단, 종이 혹은 죽간이나 목간 중 무엇이든 간에, 두루마리에 쓰여진 텍스트들을 읽는 것은 텍스트들이 짧거나 혹은 되읽혀지는 친숙한 자료로 이루어진 경우에는 가장 효율적이었다. 그러나, 확장 가능성은 비단 혹은 죽간 두루마리의 타고난 가능성이었던 것으로 보인다. 그렇게도 많은 텍스트 생산이 주석, 늘어나는 두루마리 자체처럼, 경전 텍스트의 연장(延長)일 수 있는 주석의 형태로 서일 것임은 놀라운 일이 아니다. 장구 주석의 장황함에 대한 불평들은 두루마리 재료의 거의 무한한 확장 가능성에 대한 반발이자, 다루기가 더 쉬웠음에 틀림없는 더 짧은 천이나 종이 두루마리에 대한 선호이었을 수 있다. 후한이 진행됨에 따라 다루기 용이한 천 조각이나 종이에 적합한 글들의 거대한 증식이 있었음을 증거는 시사한다. 예를 들어, 부(賦)는 한말에는 무제의 통치기간에서보다 일반적으로 더 짧았다. 후한대 내내 번성한 문학형식이었던 편지[書] 역시 보통 짧은 형식이었다. 두루마리 포맷의 미덕은 그것이 어떤 재료를 말아놓은 것이든지 간에, 초기 제국의 텍스트 문화에서 핵심적인 활동이었던 복사(複寫)가 용이하다는 것이다. 두루마리는 평평하게 펴거나 넓이에 따라 조절하기가 쉬웠고, 그래서 필기구들을 그 곁에 둘 수 있었다.

물질적으로 경도된 텍스트사가들은 합당하게도 텍스트들의 물리적 성격에 대한 고려가 텍스트들의 사회적 삶, 즉 텍스트 자료를 실제로 사람들이 어떻게 사용하는가에 대한 유용한 증거를 제공한다고 주장한다. 필사문화에서, 하나의 물리적 텍스트가 다수의 독자들, 혹은 대부분의 경우 청자들을 가진 것으로 상정될 때, 텍스트들의 사회적 성격은 자신의 물리성을 넘어선다. 그러나 설사 읽혀진다 하더라도 좀처럼 읽혀지는 경우가 없던 텍스트들의 경우에는 어떤가? 예를 들어, 기원전 100년부터 기원후 100년까지로 추정되는, 변방의 전초기지에서 나온 행정 기록들의 저장소인 거연(居延)에서 출토된 목간들은 철저하게 조사되어 왔고, 부분적으로 영어로 번역되기도 하였다. 그것들은 그것들이 지어졌던 두 세기 동안보다 20세기에 더 많은 독자들을 가졌을 것이다. 행정 텍스트들, 즉 회의록·재고목록·법령 및 기타 등등은, 그 텍스트들의 물리적 성격이나 재생산 양식에 상관없이, 주로 읽혀지기 위해서가 아니라 감독과 행정을 위해 디자인된 텍스트들을 가리키는 글의 범주를 형성한다. 이 범주의 텍스트(그리고 나는 거연 목간들이 여기에 속한다고 제기하고 싶다)는 내가 '쓰여지지 않지 않은 것'이라고 성격짓고 싶은 것, 그것들이 존재하도록 명령받았기 때문에 존재하는 텍스트들, 그것들의 부재(不在)가 그 저자를 비난받거나 처벌받도록 하는 텍스트들, 그리하여 그것들의 존재 자체가 주로 의사소통적인 것이 아니라 레짐에의 충성을 수행하는 텍스트들이다. 쓰여지지 않지 않은 텍스트는, 바로 그 존재적 수행성(existential performativity)으로 인해, 독자지향적인 텍스트들보다는 그 물질성에 의해 덜 조건지어진다. 그것의 주요 기능은, 관료제적 기록들과 마찬가지로, 존재하는 것이었다.

정전화된 텍스트들은 읽혀지고 참고되었지만, 또한 자신들의 물리적 존재가 종종 황제의 명령 혹은 공식적 명령의 결과인 텍스트들이기도 하였다. 그것들의 물리적 존재는 의심할 바 없이 다중적인 기능들을 가지고 있었지만, 나는 한대의 일차적인 기능은 아우라적인 것이라고 가정하고 싶다. 텍스트들의 권위 있는 판본들의 물리적 존재는 지적 이데올로기적 권위를 의미하며, 또 그것은 교화권력(敎化權力)의 중심으로서의 텍스트들의 위치를 의미한다. 이것은 제국 조정의 매우 중요한 관심사였지만, 전한의 유덕이나 후한의 채옹에게 속하는 것들과 같은 사적인 장서에 대한 기록들은 추종자들과 학생들을 끌어들이는 이 학자들의 능력이 부분적으로는 그들의 도서관의 규모와 관련되어 있음을 암시한다. 인가된 경전들의 저본(底本)들을 찾는 학자들은 그것들의 현전으로 자연스럽게 끌리기 마련이었다. 경전들의 권위 있는 판본들은 또한 집단들 앞에서건 개인적으로건 정기적으로 읽혀지는 데에 이용되었을 것이 틀림없다. 인가된 판본들의 물질적 형태는 다른 종류의 텍스트들보다 더 이슈였을 것임이 분명하다. 위에서 인용한, 반(反)장구주석적 주장들은 물질적 차원을 가지고 있었다. 즉 경전 텍스트들과 관련된 주석의 길이에 대한 암묵적인 불평이 있었다. 그럼에도 불구하고, 일차적인 논쟁거리는 경전들의 '정확성'에 대한 것이었다.

텍스트의 온전성은 서한대에 하나의 제국적 관심사로서 진술되었다. 그것은 도서관들의 건축, 공식적 전승학파들의 수립, 유향과 유흠의 목록작업, 그리고 운대·석거각·백호관에서 개최된 논쟁들의 배후에 있는 추동력들 중 하나였다. 그렇다면, 텍스트의 온전성이 어떻게 그렇게 쉽게 손상되었는지 궁금하다. 텍스트들은 정치적 동란의 시기에 유실되었다. 제국의 장서들은 진한 교체기에, 왕망에 의한 궐위(闕位)기간에, 한말 동탁(董卓)에 의한 찬탈에 의해 파괴되었다. 후한대에는 화제(和帝)·안제(安帝)·순제(順帝)·영제(靈帝)의 통치 기간에 텍스트들의 악화에 대한 염려와 이에 따른 새로운 인가된 판본들에 대한 요구가 있었다. 한 텍스트의 권위 있는 판본은 정치적 불안이나 자연재해 없이도 10년도 채 안 되어 이용 불가능해질 수 있었던 것 같다.[92] 각각의 재료들은 텍스트들을 다양한 위험에 노출시킨다. 대나무와 나무는 만약 텍스트들이 여러 개의 조각들로 이루어져 있을 경우에는 함께 묶일 필요가 있었는데(죽간들은 거의 언제나 그러했다), 자주 그것들을 묶는 재료들을 잃어버리곤 했고, 그 조각들이 구성했던 텍스트들은 산실(散失)되고 썩어 버렸다. 비단은 때때로 다른 용도에 징발되었다. 『후한서』는 동탁에 의한 낙양(洛陽)과 그곳에 있던 모든 도서관들의 파괴에 뒤이어 "전책문장(典策文章)이 다투어 모두 잘려지고 흩어졌는데, 그 중 비단으로 된 도서는, 큰 것은 이어 붙여 천막덮개를 만들었고, 작은 것은 자루를 만들었다"[93](『後漢書』, 2,548면)고 기록한다. (또 다른 맥락에서, 안지추는 자신이 결코 오경에서 나온 인용문이나 주석문이 쓰여진 종이를 화장실용으로 사용하지 않았다고 말하였다).[94]

그러나 여전히, 텍스트의 온전성에 대한 제국의, 특히 후한대의 관심에 대한 대량의 증거에도 불구하고, 기원후 175년 석경(石經)이 새겨지기 전까지는 안정적이고 항구적인 해결책이 제시되지 않았다는 것은 당혹스럽다. 그것은 전승학파들의 잔존하던 힘을

---

92) 『東漢會要』, 123면.

93) *典策文章, 競共剖散, 其縑帛圖書, 大則連爲帷蓋, 小乃制爲滕囊(『後漢書』, 2,548면).

94) *借人典籍, 皆須愛護, 先有缺壞, 就爲補治, 此亦士大夫百行之一也. 濟陽江祿, 讀書未竟, 雖有急速, 必待卷束整齊, 然後得起, 故無損敗, 人不厭其求假焉. 或有狼籍几案, 分散部帙, 多爲童幼婢妾之所點汙, 風雨蟲鼠之所毀傷, 實爲累德. 吾每讀聖人之書, 未嘗不肅敬對之; 其故紙有五經詞義, 及賢達姓名, 不敢穢用也(王利器, 『顔氏家訓集解』, 北京 : 中華書局, 1996, 55면). 板本에 따라 穢用이 他用으로 되어 있는 경우도 있어 반드시 화장실용이라고 옮길 필요는 없다.

반영했을 수도 있다. 즉 하나의 텍스트가 그것의 텍스트시스템에 박혀지면 질수록 그것은 더욱 더 사망·추방·부재 같은 인간적 변덕에 종속되었다. 그럼에도 불구하고, 경전들의 정신적 존재 중 무엇이, 단 한 번 보고 난 후 혹은 놀랄 만큼 어린 나이에 정경들을 암송할 수 있었다고 사서(史書)들이 진술하고 있는 그 많은 학자들의 기억 속에 머물렀는가? 레이 브래드버리(Ray Bradbury)의 소설 『화씨 451도(Fahrenheit 451)』는 모든 인쇄물이 정부 요원들에 의해 불태워지는 책공포증적 디스토피아를 배경으로 한다. 지하 저항세력이 시골에 숨어 있었는데, 거기서 각각의 멤버는 그 내용을 후세에 전해주려는 의도로 책의 내용을 암기하였고, 이리하여 암흑시대를 넘어서 텍스트 문화의 생존 가능성을 보장하였다. 한대의 글들과 그 이후의 왕조사들은 글을 아는 이는 모두 정경들을 암기하였음을 말해준다. 그러나 이 암기들이 텍스트의 질적 저하시기에 이용되었다는 증거는 없다. 한번의 재난이나 점차적인 악화에 뒤이어, 요망된 해결책은 사적 장서들로부터 텍스트들을 찾는 것이었다. 내가 앞에서 말했던 구두전승은 텍스트 문화의 주요 지지자들에 의해 비판되고 불신되었다. 암기주의자들에 대한 브래드버리의 비유는 신문헌학자들뿐 아니라 D. F. 매켄지와 같은 목록학 이론가들 및 역사가들이 비판하는 입장, 즉 하나의 텍스트의 존재는 그것의 '내용'으로 환원될 수 있다는 입장을 구현한다. 한대에 물질적 텍스트에 우선성이 주어졌음은 분명하다.

한(漢)의 모든 쓰여진 증거는 텍스트에 대한 염려가 주로 내용의 왜곡에 관련되었을 암시한다. 형식에 대해 유일하게 표현된 관심은 자체에 관한 것이다. 그러나 이것은 아마도 알파벳 문자와 한

자 사이의 차이를 가리키는 것일 것이다. 고대와 중세 초의 서구에서, 혼자 읽을 때에도 큰 소리로 읽는 관행은 일반적이어서 만약 그렇게 하지 않으면 주목받기에 충분했는데, 이는 아우구스티누스의 『고백록』의 자주 인용되는 구절에서와 마찬가지이다.[95] 알파벳적 텍스트 문화는 레터(letter)[96]와 모음 자체들 외에도, 한자라면 그렇지 않을 정도로까지 발음에 관한 수많은 지표들을 포함하고 있다. 비록 당대(唐代)가 되면 완전히 발전하게 되는 하나의 발전인, 낭송-발음의 표준들이 한말 경에는 진행중이었다는 증거들이 있음에도 불구하고, 우리는 구두적인 것의 세계와 텍스트적인 것의 세계가 한대 동안에는 밀접하게 일치하지 않았다고 가정해야 한다. 기억에서 나온 낭송과 구두 낭독은, 변경 불가능성과 지속성에 그 뿌리를 둔 권위의 한 형식이었던 텍스트적인 것의 각기 다른 영역들 속에 있었던 것으로 보인다.

서구의 '신문헌학'에서 활판인쇄의 배치, 구두점, 정자법, 대문자쓰기 등과 같은, 연구되는 텍스트들의 물질성 중 많은 부분들이 텍스트와 신체, 특히 눈·입·귀 사이의 복잡한 상호작용에 대한 가정들을 허락한다. 텍스트성이 (정자법, 활판인쇄 등에 관한) 관습과 표준화에 종속되면 될수록, 그것의 물질성이 제공하는 단서는 더욱 적어진다. 진한을 거치면서 실현된 문자 표준화는, 예를 들면 정자법 표준화 이전의 알파벳이 제공하는 것보다 더 독립적

---

95) * "그런데 그가 책을 읽을 때는 그 눈이 책갈피를 훑고 그 마음이 그 뜻을 찾고 있었지만, 그의 목소리와 혀는 침묵하였나이다."(성 아우구스티누스, 김기찬 역, 『고백록』, 크리스챤다이제스트, 2000, 137면)

96) * Thames(강 이름)의 h가 묵음이듯, 실제 발음과 표기상의 차이를 보여주는 예를 말한다.

이고 안정된 물질성을 내포한 기획의 일부분이었다. 알파벳의 문자들은 발성에 대한 지시와 또 조합 요소로서의 기능 때문에, 표준화로 하여금 그 문자들 자체의 존재에 뒤따르는 조합의 레짐이라는 형식을 취할 것을 요구한다. 반면에 한자는, 공식적 판본들에서, 선행하는 표준화의 증거로서 나타난다. 그래서 한자의 물리성은 이미 수행된 물질성의 이데올로기적 효과를 더 많이 가지고 있다. 이 장 첫 페이지의 인용문, "문왕과 무왕의 통치는 방책에 나와 있다"는 수행적 물질성(performative materiality) ― 텍스트들의 권위 있는 쓰여진 판본들에 대한 관심을 가리켜 주는 것 ― 을 주장한다. 한대는 징조와 전조의 시대였다. 금문/고문 및 기타 구분들을 막론하고, 조정 학자들의 가장 중요한 임무 중 하나는 의미화를 위해 물질적 세계를 읽어내는 것이었다. 정전 텍스트들은 탁월한 기표들이었다는 점에서 이미 초물질적이었다. 그것들의 진정한 물질성 ― 한자의 의미의 일관성 혹은 비일관성 ― 에 대한 주목과 염려가 일반적이었다. 그것들의 주요 기능들 중 하나가 단순히 존재하는 것이었기 때문에, 그것들의 배치·배열·구분 구조는 덜 긴급한 문제들이었다.

한 후기 경학의 물질적 역사에 있어 중요한 사건이자, 공식적 판본의 초물질적 성격을 상징하는 것은 기원후 175~183년에 돌에다 정경을 새긴 일이었다. 이 사건에 관한 기록들은 한 후기 물질적 텍스트성에 대한 통찰을 허락한다.

채옹은 경적들이 성인(聖人)의 시대와 멀어져서 문자에 틀린 데가 많고 속유(俗儒)들이 견강부회하여서 후학들을 오도한다고 생각하였다. 희평(熹

平) 4년에 오관중랑장(五官中郎將) 당계전(堂谿典), 광록대부(光祿大夫) 양사(楊賜), 간의대부(諫議大夫) 마일제(馬日磾), 의랑(議郞) 장훈(張馴)·한열(韓說), 태사령(太史令) 선양(單颺) 등과 함께, 육경의 문자를 바로잡을 것을 황제께 상주하였다. 영제(靈帝)가 허락하자, 채옹은 곧 직접 비석에 써서는 장인으로 하여금 새겨서 태학의 문밖에 세우도록 하였고, 이리하여 후유(後儒)들이 모두 올바른 것을 취하게 되었다. 비석이 세워지자, 이를 보려는 자들과 베껴 쓰려는 자들이 타고 온 수레가 날마다 천여 대여서 길을 막을 정도였다.[97] (『後漢書』, 1,990면)

『후한서』로부터 여기에 번역해 놓은 텍스트는, 채옹이 쓴 실제의 주문(奏文)의 사본을 입수한 것에 기반한 것일텐데, 경들의 **쓰여진 글자들**을 결함 있는 것으로서 특별히 언급한다. 따라서, 이 상주문은 전적으로 텍스트의 형식에 대해 제기한 것이다. '독자들'의 수는, 과장을 허용한다 하더라도 인상적이지만, 그들의 행동, 즉 베끼기 역시 인상적이다.

필사 문화에서 베끼기의 역할은 간과되기 쉽다. '쓰다[寫]'라는 평범한 단어는 한대에는 일차적으로 '베끼다'를 의미했던 것 같다. 가난한 학자들의 전기에 나오는 일반적인 한 가지 수사(修辭)는 그 전기들의 주인공이 텍스트들을 베끼기 위해서 커다란 희생을 치르는 것을 보여준다. 비록 너무나 총명해서 한번 읽은 다음 텍스트를 암송할 수 있는 젊은 학자들에 관한 일화들도 그만큼이나 많이 있

---

97) * 邕以經籍去聖久遠, 文字多謬, 俗儒穿鑿, 疑誤後學, 熹平四年, 乃與五官 中郎將堂谿典・光祿大夫楊賜・諫議大夫馬日磾・議郎張馴・韓說・太史令 單颺等, 奏求正定六經文字. 靈帝許之, 邕乃自書(冊)[丹]於碑, 使工鐫刻立於 太學門外. 於是後儒晚學, 咸取正焉. 及碑始立, 其觀視及摹寫者 車乘日千餘 兩, 塡塞街陌.

지만, 그런 기억의 재주가 베낌의 필요성을 미리 막은 것 같지는 않다. 석경을 베껴 쓴 사람의 수와 사서들 속에 나타나는 베낌에 관한 다른 일화들은 또한 텍스트 베끼기를 직업으로 한 다수의 공무원이 있었고, 또 베끼기가 교육받은 사람들 사이에서 광범위하게 행해졌음을 명확히 해준다. 책의 거의 모든 사용자는 또한 자기가 가진 여러 책들의 작가 혹은 복사자였다. 독자/복사자의 형상은 중국에만 국한되지 않았다. 유럽에서 필사본 책들은 물론 독특한 편집물이었고, 많은 중세 필사본 코덱스들은 단지 작가의 일시적 기분 때문에 책의 표지들 사이에 한데 묶여진 다양하고 이질적인 자료로 이루어져 있다. 비록 저(著) '짓다'라는 단어가 자주 '독창적인' 작문이라는 의미로 이용되기도 하지만, 한대의 '독창적인' 작문들은 제4장의 상호텍스트성에 관한 논의에서 우리가 보게 될 것처럼, 종종 기존 텍스트들의 모조품들이다. 복사, 주해, 주석 및 작문 사이의 경계는 매우 유동적이었음에 틀림없다. 만약 읽기가 일반적으로 베끼기를 내포하고, 베끼기가 글쓰기의 연속선상에 있다면, 그것은 작가와 독자 사이의 경계에 대한 재고(再考)를 제안한다.

8. 읽기와 쓰기

공부한다는 것[學]은, 내가 앞장에서 말한 것처럼, 모방한다는 것이다. '쓰기'에 해당하는 일반적인 단어는, 한대에는 '베끼기'를 의미하였다. 경전들은 복제품들(reproductions), 재현들(re-presentations)이었다. 만약 쓰기가, 그 몇몇 핵심적 수준에서, 언제나 하나의 다시쓰기(rewriting)라면, 쓰기의 장면은 언제나 그 내부에 박힌 읽기의 장면을 가지고 있다. 물론, 어떤 작가도, 어떤 곳에서도 또한 독자여야 하고, 또 자기가 배우고 흡수한 다양한 언어학적 관습들을 독서과정에서 이용해야만 한다. 그럼에도 불구하고, '독자의 자유'에 대해 이 장 앞부분에서 인용한 드 세르토의 글을 상기하라. 이것은 읽기를 쓰기의 전주곡으로 상정하지 않는 순수한 읽기 장면을 주장한다. 텍스트의 제국의 이 형성기에, 순수한 독자, 자유로운 독자의 위치가 있는가? 쓰여진 텍스트에 각인되지 않은 제국의 활동에 관한 어떠한 기록도 독자가 남길 수 없다는 사실이 우리로 하여금 이 질문에 대한 대답을 단념하도록 하지는 않을 것이다. 대부분의 경우, 읽기에 관한 텍스트적 지표들은 철저히 텍스트의 유통 속에 박힌, 쓰기와 분리 불가능한 장면을 상기시킨다.

지난 수십 년 간, 미국에서의 중국문학 연구는 문학적 글쓰기에서의 허구성(fictionality)이라는 문제에 특별히 관심을 가져 왔다. 이제는 우리가 한때 이곳 서구에서 채용했던 진실 / 허구 이분법이 중국의 글쓰기, 특히 시에 관한 연구에 끌어들이기에는 대단히 부적절한 범주라는 데에 광범한 합의가 존재한다. 스티븐 오웬은 그의 많은 글들에서, 시가 poetry가 아니라는 것, 시에서, '만들어진 것'(즉 a poem)과는 달리, 우리는 언제나 "시인의 내적 상태의 언어적 표출들"을 읽고 있다고 강조한다(Owen, 1985, p.63). 두 읽기 시스템들 사이의 중요한 차이라고 그가 명백히 간주하는 것을 묘사하기 위해서, 오웬은 이런 예를 든다.

안토넬로 다 메시나(Antonello da Messina)가 성 세바스티아노를 그린 유명한 그림이 있다. 그 성자는 몸이 화살에 관통된 채 전면(前面)이 다 드러나 있다. 만약 그 그림이 당시(唐詩)라면, 전통적인 독자는 주제의 그로테스크함에서 뿐 아니라, 시인 / 화가가 처형자들 틈에 서 있다는 것을 즉각 인식함으로 인해서 뒤로 물러설 것이다. 만약 보여지는 것이 역사적 체험이라고 상정한다면, 시점(視點)이 광경 자체에 포함되어 있는 것이다. (Owen, 1985, p.63)

오웬은 여기서 「거울단계」와 기타 논문들에 있는 응시(gazed)에 대한 라캉의 분석을 따라서, 시각 자료가 관람자에게 특정한 주체 위치들(subject positions)을 구성하고 제공하는 방식들을 탐구하는 비평작업들의 과다함에 대해 말하는 것이 아니다. 그는 그럴 필요가 없다. 왜냐하면 모든 비평가가 이 작품을 인정해야 할 이유는 없기 때문이다. 그러나 이런 유의 비평에 친숙한 사람이라면 누가 보더라도, 오웬은 관람자의 주체 위치의 구조화에서의 특수한 원칙, 즉 관람자 / 독자와 화가 / 시인은 상호교환 가능하며, 자기 작품에서 화가 / 시인은 관람자 / 독자에 의해 점유될 수 있는 '시점'으로부터 작동하고 또 그 시점을 창조한다는 것을 믿

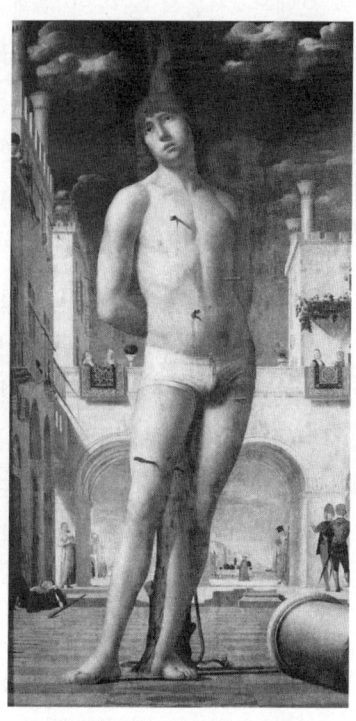

▲ 안토넬로 다 메시나, 〈성 세바스티아노〉, 1476

을 때 상당한 비약을 하고 있다. 중국의 '전통적 독자'가 아닌 관람자라면 아마도 예술가의 '시점'을, 보이지 않는 처형자들과 동일시하지는 않을 것이다. 그러나, 그리고 이것은 나의 주장에 더욱 핵심적인 것인데, 그런 관람자(중국의 전통적인 독자)라면 그 혹은 그녀 자신의 시점을 예술가의 시점과 동일시할까? 만약 동일시가 이 관람자의 심리 속에서 발생한다면, 그것은 성 세바스티아노와의 동일시가 되든지, 아니면 응시의 분석가들이 구상해 놓은 다양한 방향들로 발전해나갈 것이다.

오웬은 '전통적 독자'의 주체 위치가 미리 결정된다고 확신한다. 그렇다면, 이 '전통적 독자'의 규정 자질은 자신을 '전통적 작가'와 동일시하는 능력이다. 일단 이 동일시 메커니즘이 자리를 잡자, 허구성의 문제 역시 미리 결정되어 왔다. 허구성은 3면 구조물을 포함한다. 즉, 저자·독자 그리고 대타자(the Other). 아무리 진리, 관습, 혹은 상호 이해 가능성이라는 기준들의 위치들을 언급하고 싶어하더라도 그러하다. 이미 그 자신 혹은 그녀 자신을 작가와 동일시한 독자는 이 삼각형을 파기한다. 그러나, 내 생각에 오웬에게는 타당한 점이 있다. 즉, 텍스트의 역사의 어떤 국면들에서 이 동일시는 실제로 발생하였다. 그러나 오래 전에 죽은 사람들의 심리를 이해하는 데 있어서 어떤 가정도 피하기 위해서, 나는 그것을 이렇게 틀 짓고자 한다. 즉, 초기 제국 중국, 필사 텍스트 문화의 시대에, 초기 제국 독자의 위치는 근본적으로 초기 제국 작가의 위치와 상호교환 가능하다는 것. 나는 이 동일시 능력이, 시간과 공간을 가로질러 일반화할 수 있는 현상으로서 '읽기'에 내재할 수 없다는 나의 믿음을 강조하기 위해서 그 시간, 장소, 그리고 텍스트 재생산의 기술을 명기한다. 예를 들어, 만약 유력한 텍스트 자료가 동지중해 일신교들 중 하나의 신(神)에 의해 지어졌다고(authored) 가정되는 읽기 장면을 상상해본다면, 독자는 동일시도 저자의 상호교환 가능성도 제공받지 않을 것이다. 그럼에도 불구하고, 이 상황에서조차도 올바른 사회적 결정인자가 주어진다면, 드 세르토가 상기시키는 독자의 자유는 존재할 수 있을 것이다. 궁극적으로, 허구성의 문제는 오직 독자와 작가의 위치가 명백히 경계지어질 때, 즉 적어도 '순수한' 독자성(readership)의 최소한 이론적 가능성이 있을 때에만 결정할 필요가 있을 뿐이다. 진리 결정은 독자, 작가, 그리고 텍스트의 존재론적 분리 가능성을 요구한다. 읽기는 무형의 과정이기 때문에, 그 역사를 쓰거나 드러내기가 어렵고, 그래서 여기서 나의 주장은 가설의 수준에 있어야 한다. 그럼에도 불구하고, 모든 증거는 초기 제국 중국에 순수한 독자의 위치는 존재하지 않았으며, 모든 초기 제국 독자들은, 적어도 암묵적으로는, 또한 작가였음을 시사한다. 오웬은 우리가 시를 읽을 때 "우리가 실제로 하는 일은 세상을 읽는 행위 속에 있는 시인을 읽는 것, 그의 눈을 통해 세상을 보는 것"(Owen, 1985, p.73)이라고 가정한다. 그러나 만약 시인의 읽기가 그의 글쓰기 속에 표현되었다면, 쓰지 않는 독자는 어디에 있는가? 쓰기는 언제 멈추는가?

한 정부는 대체로 표(表)와 주(奏)의 형식으로 된 텍스트 생산에 의존했다. 중앙으로부터 나온 영(令), 조(詔) 및 기타 장르들은 제국 전체에 걸쳐 정책과 절차를 관리들에게 알려주었다. 원칙적으로, 정부정책은 또한 텍스트들이 중앙으로 자유로이 유입되는 것을 허락하고 격려하였다. 즉, 황제에게 직접 상주할 권리를 가진 관위(官

位)에는 제한이 아예 없거나 거의 없었다. 익명의 상주문조차 허용되었다. 접근에의 이런 이론상의 자유는 제국의 역사 내내 존재하지는 않았다. 나는 여기서 한나라가 '언론의 자유'에 의해 특징지어진다고 암시하고 있는 것이 아니다. 제국에 대한 비판을 금하는 중상(中傷) 관련 법률들이, 제국 조정으로의 표의 접근이 아마도 정점에 달했을 때인 후한 시기 거의 내내 존재하였다. 그러나 여전히, 글쓰기가 모든 관리들의 업무의 주요 부분이었다고 간주되었다. 경전 연구에서도 마찬가지로, 우리는 연구가 주석의 생산 — 장구형식에서 종종 부피가 컸던 — 을 낳았음을 보아 왔다. 징조 읽기와 해석은 한대 내내 굉장히 중요한 영역이었는데, 현상 세계의 텍스트화, 글쓰기로 간주할 수 있다. 한대 중국에서 관리가 된다는 것(그리고 그것은 모든 식자 능력과 교육의 목표였다)은 사회세계와 자연세계라는, 텍스트의 유비물뿐 아니라 쓰여진 텍스트들도 읽는다는 것이었으며, 또 텍스트들을 생산한다는 것이었다.

물론, 오늘날 업무 세계에도 그와 동일한 텍스트적 침윤이 내재한다고, 또 내 기준으로는, 업무용 메모를 쓰는 사람은 누구라도 작가라고 주장할 수도 있을 것이다. 여기가 푸코의 '저자 기능' 개념이 유용한 곳이다. 즉, 주어진 레짐 속에서 저자기능은 어떤 담론들에는 적용되고 다른 담론들에게는 적용되지 않을 것이다. "우리 자신의 문명 같은 한 문명"에서

> 사신(私信)은 서명자를 가지는 게 당연하다 — 사신은 저자를 가지지 않는다. 계약서는 보증인을 가지는 게 당연하다 — 계약서는 저자를 가지고 있지 않다. 익명의 텍스트는 아마도 작가(writer)를 가질 것이다 — 그러나 저자

를 가지지 않는다. 저자 기능은 그러므로 한 사회 내에서 어떤 담론들의 존재, 유통 및 기능의 양식의 특징을 나타낸다. (Foucalt, 1979, pp.141~160)

저자 기능은 텍스트들에 대한 비평적 읽기에도 적용된다. 즉, 어떤 비평 관행들은 어떤 장르들의 텍스트들의 이해 가능성을 위해 저자를 요구한다. 우리는 특정한 저자에게 귀속되는 문학적 텍스트들의 컬렉션에서 문체상의 통일성과 같은 통일성, 발전 및 성숙을 기대한다. 예를 들어, 우리는 이백(李白)의 시 전체에 대해 무언가 말할 수 있기를 기대한다. 저자 기능의 부상을 위한 푸코의 결정 요소들 중 하나는 형사당국이다.

> 텍스트들, 책들, 그리고 담론들은 저자들이 처벌에 종속되는 정도만큼, 즉 담론들이 위반을 저지를 수 있는 정도만큼 실제로 저자들(신화적인, '신성시되고', '신성시하는' 인물들이 아니라)을 가지기 시작했다. (Foucalt, 1979, p.148)

한대 작가들은 중상 관련 법률들을 위반한 말들로 인해 처벌받을 수 있었다. 그러나 '저자'의 직업적 책임들 중 하나가 제국의 정책에 대해 표를 쓰는 것일 때 제국의 정책에 대한 비판을 이유로 처벌받는다는 것은, 예를 들어 중세 유럽에서 알려진 것과 같은 이단과는 매우 다른 문제이다. 한대 중국에는 이단에 해당하는 말이 없으며, 내 생각에 이는 텍스트 문화의 특수한 성격의 결과이다. 이단 판정은 이단적 텍스트들이, 하나의 읽히는(readerly) 텍스트로서의 저자(예를 들어, 다른 독자들을 오도할 수 있는 사람)와 분리될 수 있고 그 다음에 다시 저자의 책임으로 돌려진다는 것을 뜻한다. 읽혀지는 것으로서 텍스트의 내용의 독립적 존재는 중대한 중간

단계이다. 반면에, 중상 관련 법률을 위반할 때, 텍스트는 순수한 읽기의 장면을 창조하는 것이 아니다. 조정에의 상주(上奏)는 수행적 행위였다. 처벌 역시 수행적이었다.

쓰기는 오직 특정 조건들 아래에서만 순수한 쓰기의 장면을 창조하며, 나는 한대의 공식적인 텍스트 문화 속에는 그 조건들이 존재하지 않았다고 주장할 것이다. 읽기·연구·복사·전승, 그리고 창조의 활동들에는 명확한 경계들이 없었으며, 서로 분리된 범주들을 형성하지도 않았다. 그것들의 공통점은 그것들 모두가 텍스트적 권위의 레짐에 대한 복종을 구성했다는 것이다. 드 세르토가 '독자의 자유'에 대해 말할 수 있는 한 가지 이유는 순수한 독자 역시 궁극적으로는 드 세르토로부터 자유롭다는 것이다. 즉, 독자의 활동들은 비록 비물질적이긴 하지만, 재각인(reinscription) 행위를 통하지 않고서는 궁극적으로 언어에 접근할 수 없다. 독자의 형상은 그리하여 방대한 비평적 투사(投射)들에 영향을 받기 쉬워졌다. 한대 텍스트 문화에 대한 나의 이해는 그 구성원 모두를 읽기·베끼기·전승하기·가르치기를 포괄하는, 그 말의 넓은 의미에서의 작가로 간주하는 것이다. 이런 이해는 몇 가지 결과들을 갖는다. 그것은 예를 들어 한 후기의 문인 즉 사(士)의 형상에 대한 합의된 이해, 사들 중 많은 수가 '이의(異意)'의 태도에 의해 특징지어진다는 것에 대한 수정을 요구한다. **텍스트의 제국**에서, 이의는 없다. 쓴다는 것은 충성을 수행하는 것이다. 이제 사에게로 눈길을 돌리자. 이제부터 나는 그들을 단순히 그냥 shi[98]라고 부르고

---

98) '士'의 중국어 발음이 shi이다.

더 이상 'literatus' 혹은 'scholar-official'이라고 부르지 않을 것이다. 그 이유들은 다음 장에서 명확해질 것이다.

제2장

사(士)

1. 사들은 누구였는가?

사는 하나의 계급, 사회구성체, 직업 범주, 식자층이었는가? 패트리샤 에브리가 "송대 이전 시기 중국의 사회 구조에 대해 널리 수용되는 기술(記述)이 없다"(Ebrey, 1978, p.120)고 지적할 때 범주상의 어려움을 가리키고 있는 것은 아니지만, 그러나 분류라는 근본적 문제는 확실히 이런 합의 부재의 일차적 이유이다. 많은 연구자들은 그 용어의 개념적 부적절성에 대해 언급해 왔다. 그 용어가 언제나 생산양식, 부(富) 혹은 심지어 필연적으로 실제 정치적 역할과 특정한 관계를 가진 집단을 가리키고 있지는 않기 때문이다.[1]

여러 면에서, 사는 초기 제국적 사회 구조, 봉건제의 문제, 그리고 시기 구분 일반에 대한 논쟁의 한가운데에 있다. 도희성(陶希聖)의 작업에서 시작되어 1920년대와 그 이후에 계속된 중국 역사기술학 파들간의 논쟁은 종종 사의 성격과 그들의 사회적 역할 혹은 역할들에 대한 질문에 집중되었다(Pilz, 1991; Dirlik, 1978, p.114 이하; 陶希聖, 1954). 나는 아마도 풀 수 없을 정의(定意)상의 문제를 '푸는' 것보다 이 집단의 규범적 정의에 도달하는 일의 어려움을 탐구하는 데에 더 흥미가 있다. 앞장에서의 나의 논의가 시사하듯이 이 어려움은 재현과 텍스트성, 당연하게도 중국이나 다른 어느 곳의 사회사가들도 그다지 주의를 기울이지 않은 영역의 문제들과 관계가 있다. 그럼에도 불구하고, 나는 패트리샤 에브리가 아래와 같은 최소한이지만 일반적인 합의, 즉 초기 제국사회, 시기 구분, 토지소유 혹은 중앙의 권위의 구조에 대한 다양한 입장들을 가지고 있는 연구자들이 수용할 수 있는 합의를 표현한다고 말하고 싶다. 즉, "사라는 용어는 적어도 공자시대 이래로 도덕적·교양적으로 국가의 관리(官吏)의 자격을 부여받은 사람들을 가리키기 위해 사용되었다."(*Cambridge History of China*, p.631) 이 '도덕적·교양적 자격'의 결정은 전(前)제국 및 초기 제국의 텍스트적 실천에서 핵심 주제였다. 비록 '도덕적'과 '교양적'이라는 말이 융통성 있는 용어이긴 하지만, 사 범주로의 포함의 적절성을 지배하는 몇 가지 엄격한 지침들이 있다. 예를 들어, 국가의 관료로 종종 복무했던 환관들은 사로 간

---

1) Johnson(1977), *Cambridge History of China*, p.631. Pilz(1991)는 여전히 漢代 사회 구조를 둘러싼, 전상품사회(precommodity)에 관한 역사기술 문제들에 대한 가장 완벽한 연구이다.

주될 수 없을 것이다. 그들 중에 많이 있었던 '덕망 있는 환관들'도 그러할 것이다(Jügel, 1976). 일반적으로 관직 보유가 금지되어 있었던 여성들도 사로 간주될 수 없을 것이다. '도덕적·교양적 자격'의 결정이 실제로 '유가'사상의 핵심적 관심사이자 또한 초기 역사기술 속의 전기적 글쓰기에 영향을 준 원리였다고 주장될 수 있을 것이다. 목록에 등장하는 주체들은 종종 어떤 행동의 유형들 혹은 인생역정의 유형들을 설명하기 위해 집단별로 나뉘어진다. '모범적 삶'은 초기 역사기술과 인생역정 재현의 여타 형식들의 교훈적 성질에서 핵심적이다. 모든 사회적 역할들은 외적인 인정과 구별에 의존한다. 즉, 한 인물은 성구별의 사회적 시스템 내부에서, 그리고 여성으로 성구별된 사람들과의 상반됨 속에서 남성으로 성구별된다. 그러나 '도덕적·교양적 자격들'이라는 용어는 엘리트 이데올로기 자체의 일차적 관심사들, 즉 '도덕성'과 '교양'이 이 특정한 집단—사—의 결정에 내재한다고 암시한다. 한 사람을 사라고 인정하는 것은 제국 이데올로기의 사회적 실천이다. 나는 사됨의 결정이 전적으로 주관적이고 외적이라고 말하고 있는 것이 아니다. 비록 모든 사가 재산을 소유한 엘리트의 일부는 아니었음에도 불구하고, 재산을 소유한 엘리트의 남성 성원들('남성'이 아니라고 주장될 수 있는 환관들은 예외이다)은 사로 분류될 수 있었다. 그럼에도 불구하고, 하나의 식별 가능한 집단으로서 사는, 다른 무엇보다도 그 철학적/도덕적/교양적 내용 속에서, 그리고 그 이데올로기의 유통 양식 속에서 표현된 초기 제국의 공식적 이데올로기와 결부되었다. 이것은 사가 다른 집단들과 구별되는 일차적인 방식이다. 즉, 농부·장사치 그리고 상인은 이데올로기적

이거나 이념적인 견지에서가 아니라 그들의 기능을 통해서 정체성이 확인된다. 엄격한 정의적 의미에서 사는 단순히 관리들에 상당하는 것이 아니다. 그들은 관리이지만 또한 잠재적 관리이거나 전직 관리이다.[2] 그들에 대한 정의는 그래서 엄격히 기능적인 것을 초과하고, 또 우리가 '내적' 혹은 '주관적'이라고 부를 수 있는 자질들에 의존한다. 심지어 관직이 상속 가능하거나 매매되는 것이었을 때에도, 이런 수단으로 관직을 획득한 사람들은 그러한 사실이 있은 이후로는 관직을 보유하기 위한 도덕적·교양적 자격들을 충족시켰다고 간주될 수 있었거나, 혹은 어떤 경우에는, 그들은 그러한 자격들을 갖추지 못했다고 비판받을 수 있었다. 시험을 통해 관직을 획득할 수 있었을 때, 시험 시스템이 관직 후보자에게 내재하는 무엇인가를 드러낸다는 생각이 그 구조 속에 함축되어 있다. 사의 모범적이고 필수적인 자격들이 열거될 때, 선진 혹은 그 이후의 텍스트들(에브리가 거론한 예는 환담(桓譚, 기원전 23~기원후 56)의 『신론(新論)』이다) 속에서, 그 자격들은 언제나 최고 수준의 일반성에 기대고 있거나, 혹은 에브리가 말하는 대로 '본질적으로 주관적이다.'(*Cambridge History of China*, p.632)

만약 우리가 사를 실제적, 잠재적 혹은 전직 비거세 남성 관직 보유자(내 생각에 이것은 훌륭한 최소한의 정의이다)라고 정의한다면, 이 집단 전체를 특징짓는 것으로 보이는 하나의 객관적 자격이 있다. 즉, 식자 능력이다. 한(漢) 정부의 관료들은 읽고 쓸 줄 알아야 했

---

2) 陶希聖(1954)과 기타 연구자들은 士의 이중적 기능에 대해 언급하면서, 재직 중일 때 한 가지 사회적 성격을 그들에게 귀속시키고, 또 재직중이지 않을 때에 또 다른 사회적 성격을 그들에게 귀속시킨다.

다. 이것은 그들이 정전 텍스트들에 대한 교육을 받았으며, 그리고 앞 장에서 개술한 텍스트 문화의 특징들을 획득하였다는 것을 의미한다. 제국 역사의 유산에 대한 이런 요구로부터의 이탈은 있을 수 없었다. 비록 표준들이 실제로는 안지추가 불평한 수준, 즉 거의 문맹인 귀족들이 다른 사람에게 돈을 주고 대신 시험을 치게 하거나 대신 작문을 하게 하는 수준으로 떨어졌지만, 관직 보유를 위해서는 정전적 식자 능력과 그것이 내포하는 모든 것에 대한 형식적 요구가 확고히 제자리에 있었다는 사실은 남아 있다. 사 범주는 텍스트적 매체 없이는 절대로 생각할 수 없는 것이다. 이 범주의 성원으로 간주된 사람들은 텍스트들을 창작하였다. 대부분의 경우, 그들은 텍스트들의 주체들이었다. 그리고 어느 정도로는 자신들의 기능을 외적인 인정에 의존하고 있는 집단으로서, 그 인정은 텍스트들의 형식 속에 있었다. 한대 자료들은 압도적으로 사 범주와 연관되어 있고, 그리하여 그들은 한대사(漢代史)의 일차적인 사회적 내용을 형성한다. 압도적으로 엘리트사회의 물질적 유물인 고고학적 증거조차도 사에 대한 우리의 이해를 증대시키는 데에 주로 봉사한다. 한대사회의 기타 집단들, 광대한 수적 다수를 이루는 집단들, 즉 여성·농민·노예 등에 대해 우리가 알고 있는 거의 모든 것은 사의 수중에 있던 텍스트 문화를 거쳐 굴절된 것이다. 텍스트적 권위와 제국의 관직 보유 사이의 분리 불가능성은 한대에 약호화되었고, 중국사 전체에 걸쳐 보편적으로 계속되었다. 스스로 정의하였든 외적으로 정의되었든 간에, 사는, 현실적이든 환상적이든, 어떠한 사회구성체만큼이나 역사에 종속되어 있지만, 그 범주가 텍스트 문화에 대해 가지는 연관은 변하지 않았다.

내가 **텍스트의 제국**의 병행사(parallel history)라고 부를 것 속에서, 사는 그 주민(住民)이었다.

2. 후한 사의 약사(略史)

한대의 사회사·경제사·지성사에서 사에 대한 많은 연구가 있다. 후한과 중세 시기의 사는 내가 생각하기에 송 이전 시기에서는 가장 광범위하게 연구된 집단이다. 『캠브리지중국사』 중 패트리샤 에브리가 쓴 장은 한대 사의 연구 현황에 대한 탁월한 고찰을 담고 있으니, 독자들은 그 편리한 자료를 참고하라. 이하의 약사에서, 나는 이론적인 상세 설명으로부터 이로움을 얻을 것이라고 내가 믿는, 역사 속의 그 측면들을 개관하고, 그 측면들을 이용해 **텍스트의 제국**의 사의 본질을 기술할 것이다.[3]

분열 시기 내내, 그리고 당대(唐代)에까지 중국에서 지방의 농업 생산과 관직 보유를 지배했던 대족(大族) 출신의 귀족 엘리트는 한말에는 아직 불완전한 상태였다. 동진과 그 이후 동안, 이 가문들의 성원이라는 것과 관직 보유 사이의 밀접한 연관은 잘 기록되어 있

---

3) 내가 가장 많이 의존한 자료는 毛漢光(1966 및 1988), 蘇紹興(1987), 川勝義雄(1967), 川勝義雄(1958), 勞榦(1971), 唐長孺(1955), 宇都宮淸吉(1967), 楊聯陞(1936), 余英時(1959), Bielenstein(1976 및 1980), Che'n Chi-yun(1975 및 1980), Crowell(1979), de Crespgny(1969, 1966 및 1976), Ebrey(1983 및 1978), Loewe(1974 및 1968).

다.[4] 비록 많은 연구자들이 후한 후기에, 특히 군(郡) 단위에서, 그리고 향거이선(鄕擧里選)에서 세습적 관직보유귀족제를 향한 확실한 경향을 인식했지만, 지배 엘리트의 성격은 여전히 훨씬 더 유동적이었고 또 분명히 한 이후 시기의 제도화된 성격도 없었다. 비록 한대 말기까지는 이 가문들의 사회적·정치적·문화적 및 경제적 성격이 대체로 정해졌음에도 불구하고[5] 아래의 단락들에서 나는 많은 사람들이 사용하지만 한 후기를 연구하는 모든 사회사가들이 사용하지는 않는 용어인 '사'의 재현들이라는 문제들을 논한다. '호족(豪族)'은 '사'라는 용어 사용의 정밀하지 못함에 반대하는 사회사가들 중 몇몇이 선호하는 용어이다. 거의 모든 역사가들, 예를 들면 모한광(毛漢光)은 역사적 범주들을 뒤잇는 어느 정도의 중복을 인정한다. "지방 귀족의 '사화(士化)'와 사의 귀족화는 중세 귀족제의 약호화를 향한 한 후기의 경향을 대변했다."(毛漢光, 1988, 77면)

　대토지소유는 한대 내내 호족 지위의 일차적인 표지였으며, 호족 토지소유의 확장은 보통 자영농민의 희생을 대가로 한 것이다(Ch'u, 1972, 제4장). 서한 시기에 토지귀족은 그들 통제하의 토지의 양이 증가함에 따라 정치적·경제적 권력에서 점차 성장하였다(楊聯陞, 1936, 1,007~1,023면). 왕망(王莽)에 의한 궐위 기간(기원후 9~23)까지는, 토지 귀족의 권력은 적어도 형식적 수준에서는 그것을 약화시키거나 통제하려고 한 정부의 거듭된 수단들에도 불구하고 공고히 자리잡았다. 왕망이 시도한 개혁은 이 권력을 약화시키려고

---

4) 예를 들어, 毛漢光(1966), Ebrey(1978), Johnson(1977), 蘇紹興(1987), 川勝義雄(1974)을 보라.
5) 楊聯陞(1936), 唐長孺(1955)의 「東漢末年的大姓名士」.

계획된 여타 수단들뿐 아니라, 정부 소유 토지의 증가를 추구하였지만, 그는 농민의 동요와 강력한 호족 저항의 조합에 의해 패배하였다(楊聯陞, 1936, 1,007~1,023면). 후한의 첫 황제인 광무제(光武帝, 기원후 25~57년 재위)는 역사문헌 속에서 강력한 토지 소유 가문들(그의 관리들은 대부분 이 계층 출신이다)의 이익을 대변하는 것으로 그려졌다. 실제로, 후한의 최고위 관직 보유자와 황실의 외척들 대부분은 토지귀족계층 출신이다. 이것은 전한과 뚜렷한 대조를 이루는 것이 아니라 이미 전개되고 있던 경향의 강화였다. 텍스트 유통 속에 나타난 사람들이 주로 이 사회경제적 집단 출신이라는 것은 놀라운 일이 아니다. 그런 의미에서, 양련승이 후한의 사는 단순히 토지귀족의 한 가지 정체성이었을 뿐이라고 말하는 것은 정확한 것이다.

후한의 호족들은 거대한 규모의 사회적 단위들이었다. 그들의 수행원단에는 소작인·상인·사병(私兵) 및 다양한 사회적 수준의 식객으로 이루어진 커다란 집단이 포함되어 있었다. 후한의 대족들에 소속된 이 가신(家臣)들의 수적 증가는 약화된 중앙의 권위의 원인이자 결과로서 해석되어 왔다. 가뭄, 해충으로 인한 전염병, 안전하지 못한 시골, 그리고 거대 토지소유자들이 좋아했던 토지보유체계는 많은 자작농들을 자신의 토지로부터 내몰았다. 서기 153년에는 정처를 잃은 수십만의 가족이 있었고, 중앙정부는 그들을 그저 부분적으로 구제할 수밖에 없었다(楊聯陞, 1936, 1,025면). 그 시대의 정치적·사회적 불안정은 부유한 사대부들이 많은 수의 가신들을 여타 사회계급들뿐 아니라 사대부들로부터 자신들의 소유지(所有地)로 끌어올 수 있게 하였다(余英時, 1959, 69~70면). '빈객

(賓客)'으로 알려진, 가장 일반적인 유형의 가신들은 기능과 지위에 있어서 관리의 개인적 참모로부터 반(半)노예에 이르기까지 굉장히 다양했다.[6]

'빈객'구성체는 유럽과 일본의 영주제의 봉건적 구조와 매우 유사하다. 그러나, 중국의 사대부체제의 명백히 비봉건적인 성격 하에서, 후한 후기 사들 사이의 의존적 혹은 반(半)의존적 관계의 많은 부분이 비봉건적 성격의 것이라는 것은 놀랍지 않다.[7] 관계의 두 가지 유형 즉 문생(門生)과 고리(故吏)는 서기 2세기에 새롭게 중요해진 사회적 현상이었다. 이 두 용어 사이에는 약간의 중복이 있었다. 기본적으로, 문생은 몇 살이든 간에 누군가를 스승으로 받아들인 사람들이었다. 사제관계는 형식성의 수준에서는, 아무런 실제적인 가르침도 없는 비공식적 관계에서부터[8] 한 계보의 텍스트시스템 전승 속에서 한 학자의 격식을 갖춘 부자관계에 이르기까지 다양했다. 그것은 지방적 수준에서 한 사람의 학생과 한 사람의 스승 사이에서 발생하거나 혹은 한 개인과 한 유력한 지방인사 간의 연합으로서 발생할 수 있었다. 낙양(洛陽)의 태학에서는 혹 수도의 어떤 다른 유력한 인물과의 연합으로서도 발생할 수 있었다. 고리들은 특정한 채용담당관 아래에서 치러진 시험을 통과한 사람들이거나, 혹은 더욱 중요하게는 특정한 관리에 의해서 관직에 추천된 사람들이었다. 한의 행정 서비스는 지방에서의 추천

---

6) 賓客의 지위에 관한 문헌은 광범위하다. 특히 Ch'u T'ung-tsu(1972), pp.127~135; 宇都宮淸吉(1954), 446~447면; 楊聯陞(1936) 중 특히 1,023~1,030면.

7) 漢 이후, 이 관계들은 봉건적 '客'관계들과 더 비슷해졌다. 이 발전에 대해서는 川勝義雄(1958), 175~176면과 Ebrey(1983), p.542를 보라.

8) 이 관계의 위선에 대한 혹평의 예는 아래에서 徐幹의『中論』의 논의를 보라.

혹은 그에 필요한 관료제상의 지위를 가진 관리들에 의한 직접적인 하급자 채용에 의존하였다. 그리하여 이들 은의(恩義)의 유대의 중요성은 대단히 컸다. 양련승은 부모에 대한 복상(服喪)에 고정된 기간이 아직 확립되지 않았을 때, 고리들이 자신들의 후원자들의 죽음을 3년 간 애도할 것을 요구받았다고 지적한다(楊聯陞, 1936, 1,035면). 이 관계의 중요성에 대한 한 가지 측정수단은, 그에 수반하는 개인적 은의를 초래하지 않기 위해 임명을 거절하는 특별하지 않은 관행이었다고도 주장되어 왔다(Cambridge History of China, p.641).

두 개의 주요 적대자 집단이 후한 후기 사를 정의하는 데에 이바지한다. 즉, 환관과 외척이다. 환관들은 실제로 하나의 특별한 경우였다. 그들은 신체적으로 표시되었고, 어떤 경우에는 그들의 공식적 기능에 의해 표시되었다. 그럼에도 불구하고, 후한대의 경향은 환관들이 권력 구조의 모든 수준들 속으로 더욱더 융합되어 간 것이다(Jügel, 1976, pp.143~146). 130년대에, 환관들은 양자들에게 관직을 물려주는 것이 허락되었고, 그리하여 거의 모든 면에서 혈연 집단의 구성원들처럼 움직였다. 관직 매매로 얻은 재정적 이익이 뒤따랐듯이 지역적 권력의 확립이 곧 뒤따랐다. 133년에, 비환관들의 반대를 무릅쓰고, '효렴(孝廉)'으로 지명된 후보자들을 판단하는 것이 환관들에게 허락되었다(『東漢會要』, 292면). 환관들을 하나의 사회구성체로 정의하는 것은 생리학적인 것이다. 만약 그들이 오직 공식적 기능에 의해서만 그 정체성이 확인되었다면, 후한의 마지막 75년 무렵까지 그들의 사회적 역할은, 근본적으로 거세가 요구되었던 내정(內廷)에서 환관들이 맡았던 자리를 제외하면, 대체로 사의 역할들과 구별될 수 없었을 것이다. 왕조사와 사들이 쓴 글 속에서 환관들의 이미지는 압도적으로 부정적이다. 그러나 적지 않은 '유덕한' 환관들의 전기는 환관이라는 범주가 반드시 개인적인 오명(汚名)을 수반하지는 않음을 가리켜준다. 하나의 집단으로 규정되자, 환관들은 상황이 요구할 때 자신들의 집단적 이익에 따라 행동할 수 있었다. 그들의 권력의 전성기는 당고(黨錮) 기간 중 조정의 한 사(士) 집단에 대한 그들의 승리와 함께 찾아왔다(이에 대해서는 아래에서 자세히 논한다).

외척은 또 다른 종류의 범주, 환관들만큼이나 사로부터 분리 불가능한 범주이다. 영제(靈帝, 기원후 168~189)의 재위 시기까지, 후한의 거의 모든 제국의 외척들은 최고 단계의 호족 출신이었다. 그들이 권력을 행사하는 특수한 전장(戰場), 즉 황제의 조정은 그들로 하여금 다양한 종류의 연합을 구성하게 했다. 환관들과 같은 편에서 혹은 반대편에서, 다른 가문들과 같은 편에서 혹은 반대편에서. 비록 '외척'이라는 범주가 사마천의 『사기』에서 경멸적으로 사용되긴 했지만, 그 용어가 후한대에 무조건적 경멸어로 사용되지는 않았다. 환관들과는 달리, 외척들은 자신들의 특수성에서 유래할 수 있는 이익들을 가지고 역사적으로 구별되는 별개의 집단을 형성하지는 않았다. 그보다는, 외척들은 특수한 종족(宗族) 이익을 가진 단일한 종족으로 행동했다. 확실히 어떤 외척들(竇氏, 鄧氏, 그리고 특히 梁氏는 비근한 예이다) 사이에 당파 투쟁이 있었지만, 그러나 이 투쟁들은 특수한 가문들과 관련이 있었지, 환관들의 경우처럼 사회적 집단들과 관계 있었던 것이 아니다.

3. 지역적인가 제국적인가?

해석상의 중대한 차이들이 사 문화의 지역적 혹은 국가적 성격을 평가하는 데에 남아 있다. 문제를 단순화하기 위해서, 일본인 연구자들, 특히 교토에 기반을 둔 '지방 공동체' 분석학파 및 그 선구자들과 관련이 있는 사람들은 사의 지역적 성격 혹은 공동체적 성격을 강조하는 경향이 있었다.[9] 지역주의 학파는 두 가지 강조점을 지닌다. 즉, 공동체들의 경제생활의 자급자족적 성격, 그리고 관리 선발에 있어서의 지방적 추천 시스템의 중요성. 이런 해석노선은 또한 상당수의 문화사, 특히 한대의 회화예술에 관한 마틴 파워즈(Martin Powers)의 책을 특징짓는다. 사의 국가주의적 성격을 강조하는 사람들은 교토의 연구자들이 만드는 그런 종류의 블록을 만들지 않는다. 지성사 분야의 연구자들은 '지식인'을 그 범위상 전국적인 것으로 간주하는 경향이 있다. 그리고 사회사가인 모한광 역시 교토의 연구자들과는 반대로, 사가 국가 엘리트로 기술될 수 있다고 생각한다.[10] 후한 후기를 거치면서 황실가족의 구

---

9) 이 영역에 관한 작업의 집대성은 谷川道雄(1983)에 편집되어 있는 세미나 논문집에서 발견할 수 있다. 교토학파는 남조 시기에 대한 작업에 집중하고 있으나, 일반적으로는 漢 후기 공동체적 에토스의 부상에 주목한다.
10) 毛漢光(1988), 81면 이하. 그의 일차적인 증거는 黨錮(160년대~180년대)에서 黨員으로 확인된 사가 넓은 지리적 스펙트럼을 대표한다는 것, 그리고 수도의 사들이 서로를 품평하기 위해서 사용한 七字諺에서 '온 나라'(海內 혹은 天下)에 관한 담론이 두드러졌다는 것, 즉 명성의 場이 全國이었다는 것이다. 이에 대해서는 아래에서 논할 것이다. 그러나 許倬雲(1988)은 毛漢光과 동일한 자료를 읽고서 정반대의 결론에 도달한다. 두 연구자는 金發根(1963)에 모아놓은 증거를 이용한다.

성원들보다는 차라리 호족들에게서 지역적 차원에서의 권력집중이 커지는 경향이 있었다. 서기 220년 한의 붕괴는 지역적 권력 중심지들의 성장과 왕조의 종말이 인과관계에 있다는 견해를 고무시켜왔다. 제국의 붕괴 혹은 왕조의 붕괴는 역사기술에서 가장 인과론적인 수사들 중 하나이다. 그러나 한의 경우는 이 특수한 붕괴의 인과관계를 주장할 수 없을 것이다. 즉, 반(半)자율적인 지역 권력 중심부들에는 본래부터 반(反)국가주의적인 것이 아무 것도 없다. 사실, 텍스트 문화의 수준에서, 지역주의적인 구별은 후한시대에 오직 전형의 수준에서만 존재한다. 즉, 여남군(汝南郡)의 사람들은 '사납고', '단호한'[11] 것으로 특징지어졌거나, 혹 이전에 제(齊)라고 알려진 지역 출신들의 기질은 '느리고', '완만하다'[12]고 기술되곤 했다. 노운(盧雲)은 후한의 '문화적 지역들'에 관한 한 연구에서, 사의 수, 책의 수, 그리고 관직 보유자의 수로 측정했을 때, 실제로 전한과 후한 사이의 '문화적 중심지들'로 분류될 수 있는 것이 전한의 제(齊)－로(魯) 중심지들에서 후한에는 서남쪽의 하남(河南), 남양(南陽), 영천(潁川) 및 진류(陳留) 군으로 옮겨간 변화가 있었다는 것을 설득력 있게 보여준다(盧雲, 1987). 오직 유씨 황실의 본향(本鄕)인 패(沛)만이 전한부터 후한에 이르기까지 그 지위를 유지했다.

그럼에도 불구하고, 노운의 측정 기준들은 한 가지 다른 종류의 주장을 가져 왔다. 지역의 왕들이 장안(長安)의 조정 문화와는 분기

---

11) Nylan(1982)에서 인용.
12) 曹丕, 『典論』「論文」에 대한 李善의 주.
  * "徐幹時有齊氣" 李善注, "言齊俗文體徐緩."(『文選』 권52 「典論·論文」)

(分岐)된 내용을 가진 텍스트 문화로써 자신들의 조정들을 유지할 수 있었던(淮南王의 조정이 그 한 가지 예이다) 전한의 첫 세기와는 달리, 전한 말기부터 후한까지 전개된 지역 중심지들은 제국 문화의 형식과 내용을 지역적 규모로 재생산했다. 민간의 종교 관행과 공식적 텍스트 문화의 범위 바깥의 영역의 수준에서는, 광범위한 지역적 변이(變異)가 확실히 존재했을 것이다. 그러나 노운 및 한(漢)의 지역주의라는 범주에 전념하는 거의 모든 연구자들이 언급하는, 공식적인 텍스트 문화에 표현된 지역주의에 관해 놀라운 것은, 그 내용이 지역간, 혹은 지역과 수도 간에 거의 변화가 없다는 것이다. 지역적 수준에서 이루어진 연합은 제국의 텍스트 문화와 경쟁하는 판본들을 생산하지 않았다. 공식적인 텍스트 문화는 모든 지역의 문화였다. 삼국 분립으로 공고해질 일의 초기인 190년에 동탁(董卓)이 낙양을 파괴한 후, 예를 들어 형주(荊州)에서의 텍스트 문화가, 당시 중앙에서 존재하고 있던, 혹은 존재하고 있었을 형식과 내용을 얼마나 핍진하게 반영하였는지는 놀라울 정도이다(吉川忠夫, 1991). 텍스트의 제국의 권력은 이렇게 아무런 지역적 구분도 없을 정도였다.

4. 당고(黨錮), 서기 166~184

'문생'과 '고리'라는 반공식적 용어들로 약호화된 형식 속에서,

후한을 거치면서 발생한 사적인 충성과 은의의 네트워크는 대체로 사 문화를 통한, 공식적 경전의 전승학파 속의 텍스트시스템 계보들의 연장이었다. 서기 2세기의 후반부 무렵에는 15만 명에 달했을(태학의 구성원으로 주장되는 3만 명의 학생들을 포함한 것이다)[13] 후한 규모의 관료제에서, 연합과 은의라는 수평적 유대들의 존재는 놀라운 일이 아니다. 집단 이익의 증거를 발견하게 되는 것 역시 놀라운 일이 아니다. 특히 환관과 외척 방면에 대한 명백히 집단적인 정치의 다른 명시화들에 관한 증거가 있는 상황에서는. 140년대 양씨 외척에 의한 조정 권력의 전횡은 그에 '대립하는' 사 집단 이익의 명시화들을 위한 특수한 동기로 기록되어 왔다. 비록 양씨 가문도 사와 동일한 사회경제적 배경을 가지고 있음이 기억되어야 함에도 불구하고 그렇다(Ebrey, 1983, p.540). 그러나 후한 후기에 대한 역사기술에서, 사의 역사의 가장 과잉 결정된 에피소드는 당고였다. 기껏해야 2백 명(중앙 관료의 10% 미만, 그리고 전 제국 관료의 1%인 부분)에게 관직 보유를 계속 금지한 이 일이 그 왕조의 멸망을 가져 왔다고 일반적으로 주장된다. 예를 들어, 허탁운(許倬雲)은 이렇게 쓴다.

수립된 지 두 세대도 안 되어 동한[후한]의 권좌는 다시 한번 문인지배의 조정의 영향으로부터 떨어져 나가 환관과 외척이 지배하는 내부 중심들을 형성하였다. 환관과 문인들 간의 최종 충돌은 166~176년에 발생했으며, 문인들의 광범한 숙청을 가져 왔다. 왕조와 문인들 양자 모두가 이렇게 하여 파괴되었다. (許倬雲, 1988, 186면)

---

13) Bielenstein(1980)은 後漢의 경우 믿을 만한 수치가 없음을 인정하지만, 그의 데이터는 이 숫자가 최소한의 수치라고 말한다.

나는 다음 장에서, 당고가 이처럼 중대하게 후한 사(士)담론에 진입하지 않았다는 나의 테제를 발전시킬 것이다. 사실, 붕당에 반대하는 입장에 대한 일반적인 담론적 지지가 있었다. 범엽(范曄, 398~445)이 편찬한 『후한서』의 「당고열전(黨錮列傳)」은 여전히 당고에 대한 우리의 지식의 주요한 전거이다. 아마도 범엽의 시대에는 이미 당고가 왕조의 종말과 연관지어졌을 것이다. 이것은 확실히, 놀랄 것도 없이, 여러 세대의 사가 끌어낸 교훈이었다. 즉, 사에 대한 홀대는 왕조의 붕괴를 가져온다는 것이다. 이 해석은 금세기에도 내내 의심할 나위 없이 반복되어 왔다. 초역사적인 문인적 자기 동일시에 대한 필요가 더 이상 그다지 크지 않음에도 불구하고 그러했다. 한대의 정치사·사회사 및 지성사에 대해 광범위하게 책을 출판한 라페 드 크레스피니(Rafe de Crespigny)는 당고에 대한 한 논문을 이렇게 마무리짓는다.

> 모든 노골적 저항에 대한 금지를 야만적으로 이용함으로써 제국 정부는 개혁의 희망을 파괴하였고, 적절한 정부라면 그들의 선의(善意)와 협조가 필수적일 바로 그런 사람들로부터 황제의 소외를 완성시켰다. (…중략…) 비록 수도에서 벌어진 정치가들의 상호파괴적인 충돌과 지방에서의 독립의 성장을 설명하기 위해 많은 이유들을 발견할 수 있음에도 불구하고, 당고와 박해의 시련의 날들이 황제와 그의 신사 관료들 사이의 유대를 약화시켰다는 것, 그리고 믿음과 신뢰의 이런 부식(腐蝕)이 중국 최초의 대제국의 분열의 중요한 요인이었음에는 의심의 여지가 없다. (de Crespigny, 1975, p.36)

믿음과 신뢰의 부식은 측정하기가 어렵다. 재미있는 것은 이런 종류의 가정을 많은 사람들이 거의 이의 없이 공유한다는 것이다. 의심의 여지없이, 그것은 왕조의 붕괴가 빚어낸 주문(呪文)이다. 당고 이후 한의 지배가 다시 수백 년 간 이어졌더라면, 그리고 한을 포함해서 여러 왕조들이 더 나쁜 위기들을 견뎌냈다면, 당고는 아마도 한대 제도사의 각주(脚注)였을 것이다.

『후한서』는 조정 관리들 사이의 붕당의 시작을 감릉군(甘陵郡) 출신의 두 학자인 주복(周福)과 방식(房植) 사이의 라이벌관계 탓으로 돌리고 있다.

　　처음에 환제가 여오후(蠡吾侯)였을 때, 감릉의 주복에게서 배웠다. 제위에 오른 후 주복을 상서(尙書)로 발탁하였다. 이때 같은 군 출신의 하남윤(河南尹) 방식이 당시 조정에서 명망이 있었는데, 고향 사람들이 그로 인해 노래를 지어 불렀다. "천하의 모범인 방백무(房伯武), 스승이어서 관직을 얻은 주중진(周仲進)." 두 가문의 빈객들은 서로 비방하였고, 마침내 각자 붕도(朋徒)를 세워 점차 간격이 벌어졌는데, 이로부터 감릉에는 남부와 북부가 생겼고, 당인의 의론은 여기에서부터 시작되었다. (『後漢書』, 2,185~2,186면)[14]

우리가 『후한서』에서 주장하는 인과관계적 중요성을 여기에 부여하든 않든, 그 사건은 몇 가지 방식으로 드러나고 있다. 당들은 두 가지 방식으로 형성된다. 한 명의 스승하에서 혹은 한 명의 관리하에서 옛 스승의 당이 관리의 당으로부터 정확히 그들이 한 스승에 의해서 영도된다는 이유로 조롱당한다는 것은 '문생들'이

――――――――――
14) ＊初, 桓帝爲蠡吾侯, 受學於甘陵周福, 及卽帝位, 擢福爲尙書. 時同郡河南尹房植有名當朝, 鄕人爲之謠曰 : "天下規矩房伯武, 因師獲印周仲進." 二家賓客, 互相譏揣, 遂各樹朋徒, 漸成尤隙, 由是甘陵有南北部, 黨人之議, 自此始矣.

'고리들' 보다 위신이 덜했음을 암시한다. 칠자언(七字諺, 제3장에서 더 자세히 논한다)[15]은 당쟁에 관한 많은 텍스트적 기록에 포함되어 있는 것으로서, 내가 더 발전시키려는 관점을 제시한다. 즉, 당쟁은 단순한 텍스트적 정식으로 환원 가능해지는 경향이 있다는 것이다. 붕당들의 지리적 구분은, 아마도 교육과 관직 보유의 초기 장면에서 나온 지역적 유대가, 명백히 전국적 수준에서 실행되고 있던 구분을 가리킬 수도 있음을 말해준다. 붕당에 대한 그 역사가[16]의 비판은 아마도 붕당의 개념을 낳았을 그 충돌의 사소한 성격에서도 분명하다. 이것은 이데올로기적 분열이 아니라, 명확히 천명된 연고주의와 편애의 결과였다. 비록 붕당의 학자들이 『후한서』권67 전체에서 영웅으로 묘사되고 있지만, 이 처음의 비판적 입장은 염두에 두어야 한다.

지지자들과 가신들 중에는 인물 품평과 붕당에 대한 충성의 표명을 위한 주요 전장이었던 태학의 많은 학생들이 확실히 포함되어 있었다. 비록 환제(桓帝) 때가 되면 태학생 신분이 더 이상 관직 임명의 절대적 보증이 아니었음에도 불구하고, 그것은 박사들의 전성기에 태학과 관련되었던 정전 전승의 기능을 무색케 한 중요성을 띤, 담론센터로서의 지위를 획득한 것으로 보인다. 칠자언은 연합 패턴들의 텍스트화였고 담론센터에서의 명성이 중요했다는 증거도 있다. 심지어 후한의 가장 유력한 가문 중 한 곳 출신인 원소(袁紹)처럼 유력한 인물조차도 태학생들의 환심을 사려고 하였다

---

15) * 위 인용문의 "天下規矩房伯武, 因師獲印周仲進"처럼 七字씩으로 된 謠言으로 인물을 품평하는 것.
16) * 『後漢書』를 쓴 范曄.

(『後漢書』, 2,217면). 수많은 경우, 태학생들은 관료사회의 치열한 권력투쟁의 일방(一方)의 지지자 뒤에 줄을 서곤 했다. 각 투쟁은 함축성 있는 칠자언을 낳곤 했다. 수도와 각 지역에서의 주요 투쟁은 점차 환관과, 학자관료들, 대족들, 혹은 외척 출신의 다양한 적들 사이의 투쟁이 되었고, 학자들의 징계(懲戒)의 에너지의 대부분은 환관에게 향하게 되었다. 이 비판 혹은 평가는 '청의(淸議)'로 알려지게 되었고, 이른바 '청당(淸黨)'의 텍스트적 표현이기도 했다. 청당의 동일시는 대부분 당연한 것으로 생각되었다. 『후한서』가 그 목록과 서열의 근거로 삼은 몇몇 서열 명단이 있었던 것으로 보이지만, 이 명단이 자기 자신을 하나의 당(黨)으로 동일시한 집단으로 이루어졌는지, 혹은 '청'이라는 라벨이 어떤 다른 담론 상황에서 부상한 정체성적 라벨인지는 명확하지 않다. 환관 정체성의 본질은 생리적인 바탕을 가지고 있다. 즉, 그것은 글자 그대로, 또 표시된 방식으로 '구성된' 정체성이다. 그럼에도 불구하고, 환관이라는 적대자 외에 또 다른 사 적대자들을 '청류(淸流)'가 가지고 있었는지는 전혀 명확하지 않다. '청류'는 사의 한 당이었다기보다는 사-환관 충돌에 핵심적인 사의 한 부분집합이었을 것이다.

그들의 정치적 지도자는 진번(陳藩)과 이응(李膺)이었다. 태학 출신의 곽태(郭泰)는 도덕적 모범이자 권위자로 기술된다. 당고가 전개됨에 따라, 환관들은 주적(主敵)이 되었다. 환제의 조정에서의 권력투쟁은 159년에 표출되었고, 그때 환관들과 황제는 양씨 외척의 권력을 분쇄하였다. 양씨 가문과 연합하였던 3백 명의 관리들이 이 대변란에 뒤이어 파직되었다. 163년 사 관리들(shi officials)은 중앙 조정에서 진번의 영도하에 반격을 가하여 환관들을 숙청하는 결과를 가져 왔다. 진번과, 정부 및 태학 내의 '청당' 출신의 그의 동료들에 의한 환관 비판은 166년까지 계속되었다. 환관들에 대한 이 일시적인 승리는 당고의 근인(近因)이었음에 틀림없다.[17]

'부당(部黨)'[18]에 대한 공격은 환관들의 동료인 뇌수(牢脩)에 의해 이응과 2백 명의 다른 관리들을 향해 166~167년 겨울에 최초로 행해졌다. 이 최초의 고발에 대한 『후한서』의 보고는 가능한 최악의 관점에서 반붕당적 충동을 주조한다. 뇌수는 하내(河內)의 풍각(風角)[19] 점술사인 장성(張成)의 제자였다. 장성은 환관과 황제 자신에게 영향력을 행사하고 비위를 맞추기 위해서 자신의 풍각을 이용하였다. 나중에 하내에서 그는 문생들을 죽음으로 몰고 갔고, 당시 하내윤(河內尹) 이응은 그를 체포해서 죽였다. 『후한서』의 기록에 따르면, 뇌수는 그에 대한 복수로서 붕당을 고발하였다(『後漢書』, 2,187면). 황태후의 아버지이자 당시 성문교위(城門校尉)였던 두무(竇武)는 이듬해에 사면되었으나, 반환관 활동은 명백히 매우 고조에 달했다. '청당'과 지방 엘리트들은 더 이상의 환관의 권력에 반대해서 단합한 것으로 보였다. 긴장은 높아갔고, 168년 말 두무는 환관들을 학살할 음모를 꾸몄다. 그러나 음모는 환관들에게 새어나갔고, 환관들이 선제 공격을 하였다. 두무와 그의 동료들은 조정에서 패하였다. 168~169년의 겨울에, 1차 당고에서 체포되었던 가담자들은 다시 체포되었고, 금고(禁錮)는 더 확대되었다. 금고는

---

17) 표준적인 설명은 『後漢書』 권67에서 유래한다. 2차적 연구로는 楊聯陞(1936); 川勝義雄(1967); Che'n Chi-yun(1975), 10~39면; 『Cambridge Hostory of China』 제5장 및 de Crespigny(1975)가 있다.

18) * 朋黨과 같은 말.

19) * 바람을 이용해 점치는 것.

172년에 더 확대되었고, 그때 태학생 1천 명 이상이 체포되었다. 176년, 금고의 범위는 확대되어 종족 사람들과 금고된 관리들의 동료들의 더 확장된 명단을 포함하였다. 금고는 184년에야 해제되었는데, 그때 한 조정은 황건적의 난의 위험으로 인해, 해고된 관리들과 그들의 지지자들의 충성을 다시 얻을 필요가 있다는 주장에 양보했다. 금고되었던 다수의 관리들이 관직을 다시 얻었고 책임 있는 자리에까지 승진하였다.

금고는 명목상 관직 보유의 금지를 수반했고, 금고된 관료의 5촌까지로 확대되었다. 그리하여 금고는 모든 종족들에 대한 효과적인 무기였다. 그러나 금고된 관리의 조정에서의 쇠퇴하는 운수(運數)는, 지방사회에서 특히 주목할 만한 것이었다고 역사서들이 기록하는 자질들인 '명성'과 '도덕적 권위'라는 더 텍스트화된 전장에서는 역전되었다. 왕요(王瑤)가 이렇게 쓰는 것과 같다.

> 그때 당인(黨人)들의 화(禍)가 엄혹해질수록 명성은 더욱 높아져 갔다. 사람들은 모두 당에 이름이 들어가는 것을 영광으로 여겼다. 범방(范滂)이 옥에서 나와 남쪽으로 돌아가자, 여남(汝南)·남양(南陽)의 사대부들이 그를 맞이하려고 타고 나온 수레가 1천대였다. (王瑤, 1977, 5면)

사 한 사람을 위해 몰려나온 거대한 수의 추종자들에 대한 『후한서』의 여러 기록들 중 단지 한 가지에 불과한, 1천대의 수레의 기록은 후한 후기 지성사—사회사의 집요한 모티프였다. 우리는 183년 동관석경(東觀石經)의 완성 역시 독자와 복사자로 가득 찬 수천 대의 수레를 불러온 것을 상기한다. 외관상의 수사(修辭)적 과장에 면하여, 연구자는 몇 가지 선택지를 가지고 있다. 가장 일반적인 독법은 그 수가 '많음'을 의미한다고 결정 내리고 그대로 내버려두는 것이다. 그러나, 은유적인 독법으로는 뭔가 다른 것, 즉 공중(the public)을 가리킬 수 있다. 대규모 수레의 관객의 두 가지 경우에, 보여지고 있는 것은 텍스트적이거나 상징적이다. 즉, 범방의 명성 혹은 동관석경의 권위 있음이다. '수천 대의' 수레는 틀림없이 유통 자체의 텍스트적인 표현, 문인사회를 관통하는 텍스트적 기능의 작동일 것이다.

우리 시대의 연구자들은 당고가 변별적인 사회구성체로서의 사의 형성에 핵심적이었으며, 그들에게 이것은 '의식(意識)'(그들을 오직 경제적 근거 위에서만 구성된 집단인 대족들과 구별하는 차원)을 의미한다(余英時, 1959; 川勝義雄, 1967)는 판단에 있어 매우 통일되어 있다. 특히 여영시에게 있어, 사는 또한 공통성에 대한 분명하고 의식적인 감각을 공유하는 집단이었다. 여영시는 나중에 금고를 당한 후 다시 복권되어 형주에서 유표(劉表)와, 그리고 수도에서는 조조(曹操)와 함께 복무하게 되는 조기(趙岐)를 예로 든다. 청년일 때 그는 유명한 경학자 마융(馬融)의 친척과 결혼하였다. 마융의 가문은 과거에 황후들을 배출했던 유명한 마씨(馬氏)의 일족이었다. 비록 그 종족이 상대적으로 쇠락한 상태에 있었지만, 여전히 '외척'으로 간주될 수 있었다. 조기는 이 커넥션에 분개하여 그와 교제하기를 거절하였다. 그는 마융이 '사의 기준을 받들지 않았다'고 단언하는 편지를 썼다(余英時, 1959, 26면; 『後漢書』, 2,121면). 여영시는 이 시기에 처음 나타나는 말인 '동지(同志)'의 유행 속에서, 당고를 통해 형성된 일종의 계급 정체성의 한층 더한 증거를 본다(余英時, 1959, 34~35면). 그는 모델 사의 많은 '모범적 전기들' 중 하나인, 유도(劉陶)의 전기에서 한 가지 예를 인용한다.

> 유도의 사람됨은 소박하였고 작은 격식에 얽매이지 않았다. 더불어 사귀
> 는 벗들은 반드시 뜻을 같이하였다[同志]. 좋아하는 바가 혹 다르면, 부귀
> 한 이에게도 영합하려 하지 않았다. 생각과 취향이 같으면 빈천한 이에게
> 라도 마음을 바꾸지 않았다. (余英時, 1959, 33면;『後漢書』, 1,842면)[20]

여영시는 이것을 '자기의식'을 가리키는 것으로 간주한다. 비록
그것이 또한 모범적 전기의 정식적(formulaic) 성격을 반영하는 것일
수 있음에도 불구하고 사실, 하나의 정식적 에토스가 자신들의 사
회적 존재가 재생산 전략들에 의해 특징지어지는 후한 후기 사에
특징적인 것으로 보였다. 하나의 극단적인 예가 곽태의 전기에서
발견된다. 숭배자 무리들이 그를 송별했을 때, 비가 내리기 시작했
다. 곽태는 머리를 더 가리기 위해 자기의 두건(頭巾)의 한 모퉁이
를 아래로 풀어 내렸다. 이것은 인기 있는 패션이 되었고 '임종건
(林宗巾)'으로 알려졌다(『後漢書』, 2,225~2,226면).[21]

한의 최후 몇 년 간에는 적어도 일종의 담론적 통일성을 사가
획득했다는 데에는 의심의 여지가 없다. 그들의 삶이 실제로 어떻
게 전개되었든 간에, 일단의 속성들, 행동양식, 그리고 하나의 공
통된 집단으로서 텍스트들 속에서 자신들을 확인할 수 있게 하는
동일시 / 재생산 패턴이 출현했다. 그럼에도 불구하고, 사회사 내에

---

20) * 陶爲人居簡, 不脩小節. 所與交友, 必也同志. 好尙或殊, 富貴不求合; 情趣
    苟同, 貧賤不易意.
21) * 後歸鄕里, 衣冠諸儒送至河上 (…중략…) 嘗於陳梁間行遇雨, 巾一角墊, 時
    人乃故折巾一角, 以爲林宗巾.

는 핵심 관심사에 대한 몇 가지 질문들에 대한 오직 시험적인 대답들만이 있다. '청류'와 황건적 사이의 커넥션은 무엇이었는가? '청류'와 군(郡)의 지방 엘리트 및 금고에 포함되지도 않고 금고기간 동안 환관 통제하의 정부에서 관직을 보유하지도 않은 문인 분자 출신의 동료들 사이의 사회적 구분의 범위는 어느 정도였는가? 정부의 관직이나 당들과의 결합 양자를 모두 거부한 '일민(逸民)'의 정치적 성격은 무엇이었는가?

역사 기록은 이 질문들에 대해 어떠한 결론적인 정보도 제공하지 않는다. 카와카츠 요시오[川勝義雄], 진계운(陳啓雲), R. A. 스타인(Stein, 1963, pp.14~15)은 '청당'이 지방 황건적 요소들과 협력했거나 그들을 용인했다는 증거를 찾아낸다. 카와카츠가 볼 때, '청류', 일민, 그리고 황건적은 부패하고 무능한 제국의 레짐에 대한 지방적 저항의 광범위한 패턴을 형성하였다. 그러나, 황건적에 대한 우리의 정보는 불완전하고, 황건적의 탓으로 돌려지는 다양한 지방 봉기들이 어느 정도까지 통일된 운동의 일부분이었는지조차 분명하지 않다. 184년 이전에 어떤 황건적 구성분자들이 문인들의 동조(同調)를 얻었다는 것은 분명하다. 그런 연합에 대한 공포가 제국에 의한 사면(赦免) 뒤에 숨은 동기였다. 카와카츠와 양련승은 지방의 대족들 간의 분열이 '청류'와 이런 저런 방식으로 환관 지배하의 조정에서 복무했던 관직 보유자들 사이의 지방적 분열들에서 재생산되었다고 주장한다. '탁당(濁黨)'의 존재조차도 지시해주는 문헌적 증거가 결핍되어 있다. 그러나, 이익을 위해 연합을 맺는 풍조를 비난하는, '청(淸)'한 마음을 가진 문인들에 의한, 당들에 대한 비판의 기록이 있다. 마스부치는 이것을 '청류'들 사이의 분열의 증거로 보지만,

반면에 카와카츠는 이 반대자들이 '청류' 하위당을 형성하는 것으로 간주한다(增淵龍夫, 1960, 55면; 川勝義雄, 1967). 그 본성상 동기와 정신적 상태의 판단에 의존할 수밖에 없는 이 해석들은 필연적으로 가설적이다. 그럼에도 불구하고, '자료들'로부터 볼 때 완벽하게 분명한 것은 후한말이 되면 사가 담론 속 재현의 주체가 되었다는 것, 그리고 사의 '삶들'이 하나의 텍스트 시스템 내부에서 자신들의 재생산을 반영하는 형태를 취했다는 것이다.

더 넓은 견지에서, 160년에서 184년까지의 시기는 사회변혁의 최초의 국면을 표시했다. 후한에는 변혁의 초기 단계에서 유력한 지방 가문들(그 구성원은 다소 유동적이었다)과 제국 조정 사이에 공생(共生)이 존재한다. 사는 일종의 텍스트적・상징적 인지 요소를 제공하고 환관들은 확장된 황제당(皇帝黨)의 기형태(畸形態)를 재현하는 채로. 이행(移行)의 말기 무렵에는 남북조 시기에 정치적 문화적 지배를 공고히 하게 될, 지방에 기반한 귀족 엘리트가 출현한다. 중앙의 권위의 붕괴는 무질서, 엘리트간 지방적 수준에서의 경쟁, 농민층에서의 빈궁과 유리(流離) 그리고 황폐화를 가속화하기 마련이었다. 이후 3세기에 친족과 종족 구성원에 기반한 귀족제의 출현은 친족적 유대에 덜 확실하게 기반한 붕당들과 지방적 연합의 중요성을 약화시키는 결과를 가져 왔다(Ebrey, 1983, pp.541~542). 그러나 우리가 연구하는 시기의 경우에는, 당고의 시대를 특징짓는 사회적 결합의 패턴들은 한의 잔여기간 내내 변용된 형태로 계속될 것이었다.

5. 사와 왕조의 붕괴

184년의 사면에 이어, 황건적의 난과 기타 반란들에 의한 파괴의 결과로, 정치적 환경이 급속히 나빠지기 시작했다. 동탁과 같은 군벌들이 대족의 구성원들(원소의 경우), 커다란 지역 권력을 획득한 '청당'의 잔존자들(유표의 경우) 및 조조와 함께 정치 무대에서 또 하나의 중요한 요소가 되었다. 조조는 처음에는 동탁과 마찬가지로 군사적 용맹을 통해 정치 권력을 획득하였다. 그러나 그의 라이벌 유표처럼, 그는 아마도 정치적 권위를 공고히 하려는 노력에서 점차 사와 밀접한 관계를 키웠다. 189~190년 동탁의 찬위(簒位) 이후, 사의 상황은 더욱 불안정해졌고, 유대의 잦은 이동으로 더 잘 표시되었다. 아래의 단락들에서 나는 이 시기 사의 가문적·사회적 커넥션들의 성격을 묘사하기 위해서 왕찬(王粲)과 기타 건안(建安) 시기[22] 사의 정치적 이력(履歷)을 간략히 더듬어본다. 나는 그 주체들이 조조의 조정에서 맺은 연관들은 자세히 다루지 않을 것이다. 그것은 집단 문학활동에 대한 이후의 논의의 일부분이기 때문이다. 나는 왕찬과 그의 직계 조상들에 대한 정보가 역사 기록에서 가장 완전하기 때문에 매우 자세하게 그에게 초점을 맞추었다.

왕찬의 가문은 그의 고조부 왕공(王龔)의 출생 시기에 '호족'으로 알려졌다(『後漢書』, 1,819면). 왕공은 몇몇 고위직을 얻었는데, 그것들

---

22) 196~220이 建安의 정확한 연대이지만, 建安이라는 용어는 일반적으로 後漢 후기를 가리키기 위해 사용된다.

중 하나가 여남(汝南) 태수(太守)로서 122년에 얻은 것이었다(『後漢書』, 1,820면). 여남은 다수의 '청당' 지도자들의 출신지로서, 왕공이 선발한 진번도 그들 중 하나였다.[23] 왕공에 대한 '청류'들의 평판은 훌륭했다. 그가 낙양으로 돌아온 후, 환관에 대한 반대의 결과로서 그의 짧은 투옥은 그에게 더한 존경을 가져다 주었음이 틀림없다. 『후한서』는 왕공의 아들 왕창(王暢 : 왕찬의 할아버지)이 "젊은 시절에 맑음[淸]과 건실함[實]으로 이름이 났으나, 당인(黨人)과 교제하지 않았다"(『後漢書』, 1,823면)고 진술한다. 붕당적 유대에 적용된 경멸적 암시를 여기서 주목해야 한다. 왕창은 주로 위에서 개관한 네트워크를 통해 관직에서 영달했다. 그의 아버지의 '예전의 부하'인 진번도 그의 네트워크 속에 있었다(『後漢書』, 1,823면). 왕창은 최고의 지방 관직 및 전국적 관직에 도달하게 되어 있었고, 168년에 조정의 최고위직 중 하나인 상서(尙書)직을 얻었다. 왕창이 남양(南陽) 태수였을 때, 당시 17세였던 유표는 그의 '문생'이었다. 위에 인용한 『후한서』의 언급속의 반(反)붕당적 암시에도 불구하고, 왕창은 청류 가운데 두 번째로 높은 '팔준(八俊)' 중 하나로 명단에 올랐다(『後漢書』, 2,187면).

왕창의 아들이자 왕찬의 아버지인 왕겸(王謙)에 대해서는 알려진 것이 거의 없다. 그는 영제 치하의 마지막 몇 년 간 하진(何進) 밑에서 복무했으나 자신의 아들 중 한 명과 하진의 딸 사이의 혼인

---

23) 『後漢書』는 陳藩이 처음 임명되었을 때, 그가 王龔과의 만남을 놓쳤고, 그 결과 王龔은 그 임명을 철회하였다고 기록하고 있다. 陳藩을 대신해서 한 하급자가 탄원하였는데, 이때 陳藩의 뛰어난 인품을 거론하였다. 王龔은 잘못을 시인하고 다시 陳藩을 후대하였다. 잘못을 인정한 이 행위로 인해 그는 모든 지방 士들의 충성을 획득하였다고 한다. 『後漢書』, 1,821면.

을 거절함으로써 하진과 소원(疎遠)해졌다(『三國志』, 598면). 그의 관직 성취는 그의 아버지나 할아버지와 같은 수준에 이르지 못했다.

왕찬이 13세였을 때, 그는 동탁이 막 천도한 장안으로 갔다. 거기서 그는 채옹의 문생이 되었다. 채옹은 당시 최고의 문인들 중한 사람으로서[24] 그때 동탁이 좌우하던 헌제(獻帝) 정부에서 복무하고 있었다. 수도의 상황은 더욱더 혼돈스러워졌고, 193년 왕찬은 형주의 양양(襄陽)을 향해 떠났는데, 유표가 형주의 목(牧)이었다.[25] 유표는 또한 '청당'에 의해서도 존경을 받아 왔다. 그는 태학생들에 의해, 유명한 '청류' 분류에서 제3등급인 '팔고(八顧)' 중 한 사람으로 분류되었다(『後漢書』, 2,187면). 방방곡곡에서 사들이 모여듦에 따라, 유표의 치하에서 형주는 지적·문학적 활동의 중심지가 되었다. 도서관이 세워졌고, 텍스트시스템 전승의 제도(사상학파, 사제관계, 기타 등등)가 제자리에 놓여졌다. 그곳에 모여든 학자들 중에는 유명한 건안 문학 서클의 몇몇 중요한 인물들도 있었다.[26]

그러나, 가문의 은혜가 어떤 것이었는지에 상관없이, 유표는 왕찬에게 호의를 갖고 있지 않았다. 『삼국지』는 유표가 왕찬이 약하고 매력적이지 못함을 발견하였다고 기록한다(『三國志』, 598면). 왕찬은 형주에 15년 간 머물렀는데, 주로 편지와 다른 표(表)들의 초

---

24) 蔡邕은 '淸流'들 사이에서 유명하지 않았다. 카와카츠 요시오는 비록 蔡邕이 엄격한 儒家로 알려져 있었음에도 불구하고, 지방적 수준에서 사실상 反淸黨이었다는 의견을 갖고 있다. 川勝義雄(1974), 399~401면.

25) 劉表는 孫堅이 전임 荊州刺史를 암살한 후 190년에 荊州刺史로 임명되었다. 193년에 州牧은 이미 실제로 독립된 軍閥이었다.

26) '荊州 同人들'에 대해서는 문인 집단에 관한 아래의 논의를 보라. 또 『後漢書』, 2,421면을 보라. 松本幸男(1961), 1,335~1,338면.

안을 작성했다. 진수(陳壽)는 이러한 기대했던 호의(好意) 결여가 왕
찬이 유표의 아들 유종(劉琮)으로 하여금 208년에 조조에게 항복하
게끔 설득한 이유였음을 암시한다(『三國志』, 598면). 조조가 형주를
정복한 후, 왕찬은 조조 조정의 일원이 되었다. 그는 시중(侍中)의
일원이 되었고, 많은 전투에서 조조와 동행했다. 그는 조조와 조식
및 기타 건안 문인들의 문학적 동료였다. .

진림(陳琳)도 왕찬의 아버지처럼 하진 밑에서 복무하였다. 진림
은 189년 하진이 환관들에 대한 무산된 쿠데타를 일으키지 말도록
조언하였다. 하진이 죽고 동탁이 정치적으로 부상한 후, 진림은 당
시 기주(冀州)에 있던 원소의 비호를 찾아 나섰다. 원소는 그의 문
학적 재능을 평가해주었다(『三國志』, 600면). 그의 창작물들 중에는 조
조와 그 가문에 대해 비판적인 편지가 있었다. 서기 200년 관도(官
渡)의 전투에서 조조가 원소에게 승리했을 때, 진림은 조조에게 귀
순하였다. 과거의 모욕을 용서하는 조조의 아량은 돋보였다.

유정(劉楨) 역시 조조의 문인 조정의 중요한 인물이었다. 그의
조부 유량(劉梁)의 전기는, 왕조 전체에서 주로 문학적 성취를 통해
명성을 얻은 사람들에 관한 「문원전(文苑傳)」에 실려 있다. 황족이
었음에도 불구하고 유량은 소박한 출신 성분을 가지고 있었고 젊
었을 적에는 자기 생계를 위해 책을 팔았다(『後漢書』, 2,635면). 그는
곧 자신의 글들로 유명해졌는데, 그 중에는 「파군론(破群論)」(다음
장에서 논한다)도 포함되어 있다. 아마도 그의 글들에 주어진 존경
때문에, 그는 '효렴'으로 임명되었다. 그것은 지방의 추천 시스템
에서 최고의 임명이며, 전국적이든 지방적이든 모든 수준의 대부
분의 관직의 전제 조건이었다. 나중에 그는 탁현(涿縣) 북신성장(北

新城長)이 되었다. 탁현에 있는 동안 그는 학교를 지었고, 수백 명의 생도(生徒)를 모았다(『後漢書』, 2,639면). 유정의 아버지에 대해서는 알려진 것이 아무 것도 없다. 『후한서』 「유량전」은 "그의 손자 유정 역시 문학적 재능으로 잘 알려져 있었다"[27)는 말로 끝맺는다. 그때 유정은 문학적 재능이 유사하게 평가되었던 진림·왕찬, 그리고 기타 문인들과 마찬가지로 조조의 조정으로 끌어들여졌다. 조비와 기타 주군들은 회합에서 그의 동료들을 평가했고, 종종 작문을 의뢰하였다.[28) 비록 유량에서부터 이 문생들 중 한 명을 거쳐 유정에까지 이어지는 영향의 계보에 대한 직접적인 증거는 없지만, 그런 연관성이 결코 없을 법하지는 않다. 게다가, 유량의 상당한 명성은 의심할 바 없이 그의 손자의 문학적 명성의 한 요소였다.

이 간략한 생애의 궤적들은 건안 시기에 작동한 관계의 패턴들과 가족 커넥션들의 작동방식을 보여준다. 이것들은 또 당고 세대와 그 직후 세대 사이의 연속감을 제공한다. 우리는 왕찬의 생애에서 '청당' 운동의 후과(後果)들이 어떻게 왕찬이 만든 것과 같은 연합에 직접적으로 영향을 주었는지 분명히 보았다. 우리는 또한 2세기 후반에 형성된 관계들의 패턴들이 어떻게 개인적인 전기들을 형성했는지 볼 수 있다. '개인적 삶'의 감각은 없지만, 연합 패턴들의 수립과 결과들의 전개는 있다. 가족적 혹은 제도적 관계 이외의 관계들의 부당함에 대해서 쓴 유량조차도 수백 명의 학생들을 끌어모았다. 그의 커다란 명성이 적어도 부분적으로는 그의

---

27) * 孫楨, 亦以文才知命.
28) 『三國志』 601의 裴松之 주에 있는 『典略』에서.

손자의 영달(榮達)에 책임이 있는 것으로 가정하는 것이 아마도 안전할 것이다. 그러나 이 궤적들은 또 다른 종류의 운동을 보여준다. 즉, 관료적·정전적·텍스트적인 것의 영역으로부터 더욱 순수히 텍스트적인 것으로의 이동. 위에서 논한 인물들은 한 후기의 가장 잘 알려진 '작가들(writers)'이다. 그들의 중요성은 그들의 동시대인들에게는 하찮았겠지만, **텍스트의 제국**, 특히 그 제국의 '문학사'라고 부르는 버전에서는 그 중요성이 거대했다. 사의 생애(生涯) 버전들은 텍스트성에 침윤되고 있었다.

6. 라이프스타일, 모범적 삶, 텍스트화된 삶

이 장 앞 부분에서 나는 사의 정체성의 결정은 "본질적으로 주관적이다"라는 패트리샤 에브리의 결론을 인용하였다. 이 '주관적' 결정의 대부분은 개인적 삶에 기반해서 내려진 것이다. 즉, 『후한서』와 『삼국지』에서 충분히 많은 전기들을 읽으면, 사의 특징들의 일반화할 수 있는 주관적 의미가 실제로 떠오른다. 그리고 그것이 왕조사들의 핵심적 기능이라고 나는 주장하고 싶다. 초기 제국 역사기술에서 전기의 중심성은 보편적으로 인정되지만, 전기적 초점의 이데올로기적 성격이 부상하는 것은 사에 대한 연구에서이다. 나는 사가 텍스트적 영역에서의 자기 인식 과정을 통해 구성된다고 주장해 왔다. 초기 제국 역사기술에서 '모범적 삶'은 정확히 그런 인식 장치이다. 텍스트 유통의 문화가 확대되고 심화됨에 따라, 인식 기능 자체도 보편화된다. 동일한 삶들(장검(張儉)이 일반적인 예이다)이 후한 후기 사에 대한 이차 문헌에서 너무 자주 언급되어서 이차 문헌 자체가 재생산적 모범성의 텍스트적 작동에 연루된다. 초기 제국사(帝國史)들 속의 삶들은 텍스트화된 삶이 무엇인가를 형태짓는 데에 복무한다. 담론적 능력은 거대하다. 초기 제국 역사가들의 지침에 동의하려는 학술적 자발성은 이 일차적 장면 텍스트화의 재생산 권력의 증거이다.

우리는 이후의 더 '객관적인' 중세 과두제에서 보게 되듯이 '주관적' 특질을 족보 속에서 찾을 것이 아니라 정치적·사회적 및 문화적 실천에서 찾아야 한다. 한 후기에 높은 사회적 지위를 향한 형식적 장벽의 결여를 논할 때 에브리는 이렇게 쓴다.

> 여기에 해석된, 한 후기 사회는 상대적으로 열려 있었다. 사들에게 이 높은 사회 서클들로의 접근 경로를 준 것은 서열이나 출생이 아니라 단순히 삶의 방식이었다. 그들은 높은 지위의 사람들이 행할 것으로 가정되는 대로 행동했다. 적절한 경제적 수단과 사회적 기회들을 가지고, 그들은 뛰어난 교육을 받았다. 그들은 장례식에서 어떻게 행동하는지, 그리고 연장자들에게 언제 양보하는지를 알고 있었다. 그들은 우아한 에세이와 부(賦)를 썼다. 그들은 지역사회에서 존경받았다. 그들은 관직을 보유하도록 부탁받았고 또 종종 받아들였다. (…중략…) 그들은 보통 토지소유에서 많은 지원을 받았지만, 지역적 영향력이 있는 사람의 역할은 또한 그들의 삶의 스타일의 일부이기도 했다. 상층계급 사람들은 자신들의 공동체에서 존경받고 영향력 있을 것이라 생각되었다. (Ebrey, 1978, pp.38~39)

이론적 수준에서, '라이프스타일'은 매우 불만족스러운 정식화이다. 이 시기에 대해서 쓴 많은 연구자들[29]이 그 정식화 혹은 그 것의 변형된 개념을 받아들인다는 사실은 몇 가지 요인들에 기인한다. 내 생각에 그 중 하나는 그 시기의 문인 텍스트 문화의 상대적인 풍부함, 그리고 그에 수반하는, 한 후기의 부(富), 토지소유, 상업활동, 지방 행정 및 회계 관행과 같은 사회경제적 특성들의 정밀한 기술(記述)을 가능케 하는 자료의 결핍이다.[30] '삶의 스타일'은 필연적으로 글들, 텍스트화된 '모범적' 삶들,[31] 그리고 동료 문인들의 평가들을 통해 담론적으로 드러난다. 이 모든 것들은 우리가 '내면적인' 자질들이라고 부르는 것들의 텍스트화를 가져왔다.

여영시는 '청류'의 두 지도자인 진번과 이응에게서 『세설신어(世說新語)』에 묘사된 '삼국시대 라이프스타일'의 시작을 찾아낸다(余英時, 1959). 사실, 진번은 그 책의 첫 일화의 주인공이다. 『세설신어』에서 두 인물에 대한 묘사는 그들의 두드러진 도덕적 성격, 제국을 바로잡고자 하는 그들의 불타는 정열, 그리고 타인에 대한 그들의 통찰력 있고 때로는 신랄한 판단을 강조한다. '삼국시대 라이프스타일'이란 한 사람의 명성이 정치적 혹은 관료적 성취에 기반하게 되는 것이 아니라, 그의 말이나 글 속에 반영된, 그의 내적 수양의 지각된 상태에 기반하게 된다는 것을 의미했다.

해석과 판단은 담론적 실천의 많은 부분을 구성했다. 2세기 후반에, 판단과 해석 작업은 텍스트적 영역이 '내면적' 자질들의 재

---

29) 주로 지배 엘리트의 경제적 특징들을 낮게 평가하는 연구자들로서, 川勝義雄, 谷川道雄, 余英時 같은 이들이다.

30) 다른 텍스트들보다 『Cambridge History of China』는 2세기의 마지막 부분이 우리가 漢代 중 가장 엉성한 정보를 가진 시기임을 지적한다.

31) 이 용어는 Ebrey의 것이다. Cambridge History of China, p.632.

현으로까지 확장되어감에 따라 형태를 갖추었다. 다음의 일화는 이제는 더 이상 온전하게 존재하지 않는 어환(魚豢, 기원후 235년경으로 추정)의 『위략(魏略)』에서 가져온 것이다. 『위략』의 일부분은 배송지(裴松之)의 『삼국지』 주에 병합되었다. 『위략』은 그 저자의 생애와 동시대의 사건들의 기록이다. 만약 그것이 이후의 자료들보다 더 믿을 만하지 않다 하더라도, 적어도 그것은 한위(漢魏) 라이프스타일 구성의 초기 단계를 대변한다. 시인 조식(曹植)은 아마도 한 후기 파토스의 가장 대표적 인물일 것이다. 한의 마지막 25년간 한의 황제를 조종했던 조조의 아들로서, 그는 그의 형 조비에게 황제 자리를 넘겨주었다고 널리 믿어진다(이것은 아마도 완전히 날조된 것일 것이다. 조식은 결코 황제로 예정되었던 적이 없었던 것 같다). 조식은 '험난한 시절의 시인'의 원형이 되었다. 다음의 설명은 아마 완전히 날조일 것이다. 그럼에도 불구하고, 그것은 일종의 역사기술적 결정에 대한 초기의 간략한 묘사를 제공한다. 그것은 형주의 유표와 연합했던 많은 문인들 중 한사람인 한단순(邯鄲淳)을 다룬다. 조조는 형주를 정복한 다음 형주 엘리트들과 연합하려 하였고, 한단순으로 하여금 그의 아들 조식을 방문하도록 청하였다.

조식이 처음에 한단순을 얻고 너무 좋아서, 맞아들여 앉히고서는 먼저 말을 꺼내지 않았다. 마침 날씨가 매우 더워, 조식은 시종을 불러 물을 가져오게 하여 씻고 나서 물이 마르자 분을 발랐다. 마침내는 모자를 벗고 웃통을 벗어제끼고서는 호무(胡舞)인 오추단(五椎鍛)을 추고, 공던져 받기에 격검(擊劍)까지 하고서, 배우의 자질구레한 얘기를 수천 마디 읊어낸 후에 한단순에게 말하였다. "그대의 생각에는 어떠하신가?" 이어서 곧 옷과 관을 다시 착용하고, 의용(儀容)을 가지런히 하고서 한단순과 더불어 혼원조화(混元造化)의 단서, 품물구별(品物區別)의 뜻을 평한 후에, 복희와 황제 이래 현성(賢聖)·명신(名臣)·열사(烈士)의 우열을 논하고, 고금의 문장, 부뢰(賦誄)와 관직, 정사의 선후를 송(頌)하고, 다시 용무(用武), 행병(行兵), 의복(倚伏)의 세(勢)를 논하였다. 그러고서는 주방에 명하여 술과 안주를 번갈아 들게 하였다. 좌중에서는 침묵하여 아무도 그에게 맞서는 이가 없었다. 저녁이 되어 한단순은 돌아갔는데, 자기가 아는 사람 모두에게 조식의 재능을 감탄하면서 그를 천인(天人)이라고 말하였다.32)

이 일화에 캐리커처에 가까운 성질을 부여하는 것은 그것의 과(過)텍스트화이다. 조식은 겉으로 일종의 '사의 백과사전'역을 수행하도록 요구받았다. 그의 담론의 내용은 민예적 연행부터 조정(朝廷)의 구조의 분석까지, 후기 사 텍스트적 영역 전체의 확장된 내용이다. 이것은 '모범적' 삶은 아니지만, 삶의 내용의 텍스트적 자료로의 재형상화이다. 이 일화는 또한 어떻게 한 초기에 경전적이고 아카데믹한 '텍스트적 계보'들과 전문화가 가지고 있던 헤게모니가 포괄성·절충주의·백과사전성을 강조하는 에토스에게 자리를 내 주었는지를 묘사한다. 문인들의 상호행동의 내용에 대한 자료들의 표현은, 동시대의 실제적인 백과사전 편찬들을 반영하

---

32)『三國志』, 603면(* 植初得淳甚喜, 延入坐, 不先與談. 時天暑熱, 植因呼常從取水自澡訖, 傳粉. 遂科頭拍袒, 胡舞五椎鍛, 跳丸擊劍, 誦俳優小說數千言訖, 謂淳曰: "邯鄲生何如邪?" 於是乃更著衣幘, 整儀容, 與淳評說混元造化之端, 品物區別之意, 然後論羲皇以來賢聖名臣烈士優劣之差, 次頌古今文章賦誄及當官政事宜所先後, 又論用武行兵倚伏之勢. 乃命廚宰, 酒炙交至, 坐席默然, 無與优者. 及暮, 淳歸, 對其所知歎植之材, 謂之天人. 이 글에 뒤이어『魏略』은 당시 계승자가 아직 결정되지 않았으며, 曹植과 曹丕가 邯鄲淳의 호의를 얻기를 원했다고 주장한다.『魏略』은 분명히 曹植의 행위를 邯鄲淳을 동료로 얻고 또 그에 수반하는 정치적 이익을 얻고자 하는 술책이라고 해석하였다. 이는 물론 우리가 알 수 없는 일이다.

는,[33] 문인들의 절충적 백과사전적 지식의 수행의 많은 예들을 묘사한다. 우리는 이제 사 속에서 지배적인 텍스트적 실천의 반영을 볼 수 있으며, 그것도 특정 시기 텍스트성의 양식의 유통 수단으로서 볼 수 있다.

7. 사를 재이론화하기 – 사회적 · 텍스트적 구성체

사회사가들과 경제사가들은 종종 '사'라는 용어에 불편해한다. 대체로 그것의 주관적 · 관념적 · 비결정적 · '교양적' 성격 때문이며, 그들 중 다수는 '귀족제' · '관료제' · '과두제' · '호족' 혹은 단순히 '엘리트'와 같은 용어를 선호한다. 양련승은 특히 그의 기초적 논문인 「동한의 호족[東漢的豪族]」에서, 더 큰 사회경제적 특수성을 가진 용어를 제공한 역사가들의 대표자이다. '사대부' · '문인' 혹은 '만다린' 같은 범주들은 너무 쉽게 원시적 오리엔탈리즘의 비역사적이고 불변하는 중국을 암시한다. 유물론자라면 결코 사를 초역사적 범주로 설정하지 않을 것이다. 그러나, 텍스트적 권위의 분석을 위해서는, 그것의 환상적 · 관념론적 · 텍스트적 차원이 그것이 매우 적절한 범주라는 것을 증명한다. 왜냐하면 사는

---

33) * 魏文帝 때의 『皇覽』, 南北朝時代의 『華林遍略』, 『修文殿御覽』 등을 말하는 것 같다. 이 시기의 類書 편찬에 대해서는 劉葉秋, 『類書簡說』, 上海古籍出版社, 1983, 8면 이하를 참조.

그 자체로 재현의 레짐에 깊이 새겨진 범주이기 때문이다. 유물론자인 내가 재현의 레짐 너머에 아무런 사회적 현실도 없다고 주장하는 것은 터무니없는 일일 것이다. 나는 **텍스트의 제국**조차도 '최종 심급'에서는 경제적인 것에 의해 결정된다고 굳게 믿는다. 그러나 연구의 대상이 재현의 체계(텍스트성) 및 그것의 권위의 전략들일 때, 재현에 의해서 그렇게 결정되는 범주는 유용한 것으로 보인다. 나는 그것이 중국에 독특한 범주라거나 혹은 '관료제'·'과두제' 또는 '엘리트'와 같은 보다 과학적인 용어들과 아무런 공통점이 없다는 것을 말하기 위해서가 아니라 재현의 문제를 끊임없이 염두에 두어야 할 필요, 또 사를 학적 질문의 종점으로서보다는 문제나 징후로 간주해야 할 필요를 강조하기 위해서 그것을 번역하지 않은 채로 두어 왔다. 나는 또 이 집단을 정의하는 일, 즉 공통의 관심사를 가진 일단의 특성들을 그들에게 귀속시키는 것은 다수의 이데올로기적 가정들을 수반한다는 사실을 전경화하고 싶다. 텍스트들이 전해준 대로, 나는 그들이 한대사(漢代史)의 주된 주체들이라고 인정하고 있다. 그러나 내가 그들을 '사'라고 지칭하는 또 다른 이유는 그들이 큰 부분에 있어 하나의 담론적 범주, 내 생각에는 규범적으로 그것을 기술하려는 시도들을 종국에는 좌절시키는 범주라는 나의 주장을 강조하기 위해서이다. 그럼에도 불구하고, 전자본주의적 혹은 비자본주의적 세계의 어떤 사회적 범주에 대해 말할 때에는, 연구자들이 반드시 마주해야 하는 상당한 이론적·이데올로기적 이슈들이 있으며, 위험도 크다.

맑스에게 있어서, 사회구성체는 어떤 의미에서 분석의 일차적인 대상이지만, 그것은 특히 전자본주의 시기에 대해서는 덜 이론화된 채로 남아 있다.[34] 오직 자본주의의 경우에만 계급의식적인 객관적 사회 집단이자 사회적 변혁의 실행자(agent)인 사회구성체, 즉 프롤레타리아가 나타난다. 이것은 사회적 관계들에서 경제적인 것의 특수한 위치 때문이다.

> 자본주의적 생산양식은 경제가 가장 쉽게 역사의 '동력'으로 인식되는 생산양식이자 동시에 이 '경제'의 본질이 원리 속에서(맑스가 '물신주의'라고 부르는 것 속에서) 인식되지 않는 생산양식이다. (Althusser and Balibar, 1979, p.216)[35]

맑스주의에서, 자본주의 이전의 사회구성체들은 정치경제학의 분석을 위한 범주들로서는 매우 제한적으로 사용된다. 왜냐하면 경제적인 것의 역할 자체가 더 제한되기 때문이다. 힌디스와 허스트는 전자본주의적 생산양식들에 대한 자신들의 알튀세르주의적 연구(Hindess and Hirst, 1975)에서, 봉건제적 생산양식이나 아시아적 생산양식과 같은 개념들에 대한 탐구를, 그 개념들을 체험된 경험에 적용할 수 있는지에 대한 어떠한 '진리' 주장도 없이 엄격한 이론적 수준에서 행해야 한다고 주장했다가 널리 비판받고 풍자되었다. 역사 연구에 대한 자신의 유용성을 제거하는 것으로 보이는 이 입장은 실제로는 매우 유용하다. 그것은 봉건 유럽, 부족간 교환, 혹은 아시아적 전제주의처럼, 세계자본주의체제에 대한 어떠

---

34) * 이 책에서 저자가 사용하는 'social formation'은 일반적으로 생각하는 (경제적) 사회구성체와는 다른 개념으로서, 사회의 한 부분을 구성하는 집단이라는 정도의 뜻으로 쓰이지만, 이 단락에서는 개념의 사용이 좀 혼돈스럽다.
35) * 원서의 참고문헌에 나와 있지 않다. 역자가 확인한 것은 Translated by Ben Brewster, *Reading Capital*, London : Verso, 1979.

한 타자도 그 자체가 궁극적으로는, 세계자본주의체제 내에서 그 분석 자체가 가지는 위치에 의해 설정된 담론적 조건들 속에서 이 타자가 틀지어지는 정도만큼의 담론적 구성물이라는 인식에서 유래한다. 그 자신의 글에서 맑스는 노예사회, 봉건사회 혹은 아시아적 사회 같은 개념들을 오직 그것들이 자본주의와 맺는 관계라는 견지에서만 채용하였다. 즉, 주로 선행자 혹은 장애물로서. 자본주의에 대한 타자를 이렇게 위치짓는 것은 자본주의 자체를 비자연화하고, 자본주의의 붕괴에 대한 상상을 허용하는 전략적 의도에 봉사하였다. 그러나 자본주의에 대한 하나의 타자로서, 전자본주의적 생산양식은 그 자체가 항상 그 자신이 미래에 부정된다는 견지에서 정의되었다.

맑스주의의 다양한 조류들 안팎에는 전자본주의적 생산양식들, 특히 봉건제에 관한 방대한 문헌들이 있다. '봉건적'이라는 용어가 유용한 특수성을 가지고 적용될 수 있다는 합의가 존재하는 유럽과 일본의 봉건시대의 경우에는 봉건제의 지위를 '전자본주의적'이라고 엄격히 위치짓는 것이 문제가 되어 왔다. 시기 구분과 역사적 생산양식에 대한 이론적 작업이 계속됨에 따라, 생산양식, 사회구성체, 또는 심지어 계급 자체와 같은 범주들이 역사적 연구에 있어서 매우 제한된 분석적 가치를 가지고 있어서 불필요할 정도라고 주장하는 합의들이 장차 존재할 수도 있을 것이다. 그러나, 그것은 미래의 합의를 만들어낼 사람들이 고려할 것이라 기대되는 후기 자본주의시대의 정치적 작업에 심각한 결과들을 가져올 것이다. 그래서, 전자본주의 속에 계급들과 사회구성체를 설정하는 데에는 약간의 이론적 엄격함이 있을 필요가 있다.

유럽식 역사기술에서, 자본주의 이전의 계급과 사회구성체라는 이슈들은 시기 구분과 '자본주의로의 이행'이라는 이슈들보다 이 차적이다. 후자는 1950년대이래 열띤 논쟁의 토픽이었다. 중국의 역사기술에서, 한 세대의 소련, 중국과 약간의 일본 및 구미 역사 가들은 생산양식단계 이론을 매우 기계적인 방식으로 적용했고, 그 결과 거의 전 제국·중국사가 매우 무차별적으로 '봉건적'이라 고 성격지어졌다.[36] 이 무차별적인 봉건제의 장기지속(longue durée)은 '아시아적 생산양식' 담론과 현저한 유사성을 띠었다. '아시아적 생산양식' 담론은 명시적으로 언급되었건 아니건 중국과 서구 모 두에서 중국사의 시기 구분에서 맑시스트와 몇몇 비맑시스트의 작업의 구조적 원리였다. 아시아적 생산양식과 그에 관한 논쟁은 다양한 입장들에서 철저히 논의되었고, 나는 그 논의들을 여기서 검토하지는 않을 것이다.[37] 그럼에도 불구하고, 세계 자본주의에 앞선 비구미(非歐美)의 역사를 쓸 때 아시아적 생산양식과 같은 정 식화는 불가피한 것으로 보인다. 페리 앤더슨(Perry Anderson)은 아시 아적 생산양식에 대한 마르크스의 글이 마키아벨리(Machiavelli)·베 이컨(Bacon)·해링턴(Harrington)·몽테스키외(Montesquieu) 같은, 16세기부 터 18세기 초까지 유럽의 동양적(즉, 오스만적) 전제주의 이론가들과 의 직접적인 친연성을 보여주는 방식을 분명하고 설득력 있게 추 적한다(Anderson, 1974a, p.397면 이하). 사실 유럽(서구)이라는 관념이 유

---

36) 시기 구분에 관한 중국 역사가들의 입장을 개괄하고 있는 표는 Dirlik(1978), pp.186~190을 보라.
37) 관련 문헌의 샘플은 Brook(1989), Krader(1975), O'Leary(1989), Tökei(1979), Godelier (1978)를 보라.

럽인들에게 통일성을 갖게 된 것은 오스만 '타자'와의 바로 이런 차별화들 속에서이다. 아시아적 생산양식에 관한 마르크스와 엥겔스의 언급들을 이 자료들 또는 이 자료들에 대한 헤겔의 전유(專有)들에 결부시킬 때, 그리고 그들의 주장을 논리적으로 분석할 때, 앤더슨은 그 이론의 다양한 발전단계들의 이론적 부적절성과 자기 모순을 멋지게 해부한다. 그 이론의 세 가지 차원 — 자급자족적인 향촌, 사적 소유의 부재, 대규모 공공사업 프로젝트의 구성을 위해 잉여노동을 징발할 능력을 가진 강력한 관료제 국가 — 은 논리적 일관성이 없으며 세계 어디에서도 동시에 존재하지 않는 것으로 보인다. 앤더슨은 1960년대에 그 이론에 대한 관심이 되살아난 것은 '의사(擬似) 보편적 봉건제라는 난국'(Anderson, 1974a, p.484)으로부터의 탈출구를 찾으려는 욕구를 갖고 있으면서도 한편으로는 여전히 유럽식 자본주의가 다른 어디에서도 아닌 유럽에서 먼저 발전했다는 사실을 설명하기를 계속 추구하기 때문이라고 설명한다. 마지막 구절의 동어반복적 성질은 의도적이다. 왜냐하면 '왜 거기가 아니라 여기에서였나'라는 질문의 진술은 절대적 차이의 설정으로 옮아갈 것이기 때문이다. 자네트 아부-루고드(Janet Abu-Lughod)의 대답 — 우연 — 은 정확성이라는 이점을 가질 수는 있겠지만, 역사가들이 만들어내야 하는 체계화를 허용하지 않는다. 앤더슨의 결론은 복합적이고 경험적으로 설득력 있는 것이다. 즉, 도시적 사회구성체들에서 나온 증거와 재산법의 각론들에 주로 의존하면서, 그는 봉건제에서 자본주의로의 유럽식 이행의 특수한 뿌리들을 '고대와 봉건제의 연속' 속에서 발견한다(Anderson, 1974a, p.420). 나는 이 결론이 경험적으로 설득력 있는 것이라고 말하면서도, 그가 이 결론을 만들어낸 것은 유럽과 유사한 구조적 외관들을 지닌 채 봉건제를 경험한 유일한 유럽 바깥의 사회인 일본에서 어째서 그 이행이 일어나지 않았는가라는 질문에 대답할 때라는 것에 주목한다. 로마식 제도들과 법적 구조들의 유용성은 실제로 일어난 특수한 종류의 이행을 허락하는 데 있어 결정적인 요인이었을 수 있다. 그러나 그 다음 단계 — 발생기의 자본주의 — 가 세계를 정복하는 자본주의가 되는 것은 필연적이었는가? 확실히 발생기의 자본주의와, 서구라고 불리는 실재, 그것의 국가제도들이 세계 지배를 향한 경향과 의지를 가지고 있었던 실재의 동일시는, 앤더슨 자신이 우리에게 상기시키듯 하나의 타자를 요구하였다. 그리고 예를 들어, 서구가 이슬람의 중재역할 없이, 그리스와 로마에 뿌리를 둔 장소로 가정되었다는 사실은 비록 로마적 요인들이 봉건제에서 자본주의로의 이행에서 결정적이었다고 하더라도, 그리스와 로마를 '서구'와 동일시하는 것은 그야말로 담론적 행위라는 것을 보여준다. 서구/동양의 구분을 생산한, 타자화의 물질적·인간적 차원들을 간과하지 않으면서도 사이드가 그것을 담론적 행위라고 정체 규정하는 것은 잘못된 일이 아니다.

이제, 역사적 특수성은 허락했지만 절대적 차이는 설정하지 않는 범주들 속에서 서구 언어로 전근대 중국에 대해 어떻게 이야기할 것인가라는 문제가 남는다. 손쉬운 해결책은 없으며, 상당수가 그를 서구 예외주의자라고 비난하는,[38] 앤더슨에 대한 비판자들은

---

38) 예를 들어, Vali(1993), pp.24~27 · pp.60~68을 보라. "The Uniqueness of the West"에서 Paul Hirst는 단정적으로 앤더슨의 경험주의를 비난한다. 기타 방법론적 비판에는 Heller(1977), Milliband(1975), 및 Thomas(1975)가 있다.

타자화 없이 차이를 가능케 하는 언어 혹은 개념적 도식을 제공하지 못한다. 힌디스와 허스트처럼 전자본주의적 생산양식이라는 문제를 전적으로 이론적인 문제로 취급하는 것은, 비자본주의사회를 역사적으로 기술할 때 사용해야 하는 언어와 범주들의 문제를 해결하지 못 한다.

황제와 더불어 사는 중국 국가의 인격화이며, 초기 제국 시기의 그 국가의 성격에 대한 어떠한 결정도 이 엘리트를 분석해야만 한다. 내가 위에서 주장했듯이, 사는 오직 환관들 혹은 어떤 경우에는 외척들과의 대조에 의해서만 차별화 가능한 특수한 성격을 가지고 있다. 내가 이 장의 첫 페이지에서 제공한 최소주의적 정의, 즉 관직을 보유할 수 있는 사람들이라고 사를 명기한 정의 외에, 그들의 정체성에 대한 다른 정의들은 사실상 '주관적'이다. 사를 텍스트적 권위의 레짐 내에서의 그들의 기능이라는 견지에서 **텍스트의 제국**의 주민(住民)으로 취급함으로써, 나는 그들의 경험적 혹은 사물화된 성격을 주장하는 모든 실증주의적인 주장들에게 하나의 부정적 차원을 제시하면서 그들의 이론적 지위를 묘사하고 싶다. 나는 사회사의 주체로서의 사에 대해 결론을 시도하지는 않았다. 대신, 나는 그들의 존재의 이론화는 그런 이론화가 합리적인 것이 되는 틀 내부에서 만들어져야 한다는 것, 그리고 그 틀은 내 생각으로는 텍스트 유통에 관한 것이라고 주장할 것이다.

전자본주의적 생산양식 이론의 한가지 공통된 특색은 직접적으로 경제적인 것에 반대되는 것으로서의 정치적-이데올로기적 권위에 부여된 상대적 중요성이다. 루카치가 말했듯이, "[전자본주의] 국가는 사회에 대한 경제적 통제의 매개체가 아니다. 그것은 매개

를 거치지 않은 지배 자체이다."(Lukács, 1971, p.56) 여기에 학자-관리
-신사로서의 성격 속에서, 사의 중심성에 대한 하나의 지표가 있
다. 즉, 그들은 정치적-이데올로기적 권위의 담지자이자 전승자이
다. 그럼에도 불구하고, 전자본주의의 계급들에 대한 루카치의 통
찰 중 또 다른 한 가지 역시 여기서 우리에게 유용하다. 루카치의
『역사와 계급의식』은 계급에 관한 논의에서 사회적 관계들에 대한
분석적 포커스의 필요성을 강조한다. 루카치에게 있어, 부르주아와
프롤레타리아는 자본주의 하의 유일한 순수 계급들이다. 사실, 그
의 분석은 그들이 역사 속에서 유일한 순수 계급들이라고 말한다.

> 전자본주의사회에서는 어느 사회에서나 본질상 계급 이해가 결코 충분히
> (경제적으로) 분명하게 출현할 수가 없기 때문이다. 사회가 카스트나 신분
> 등에 따라 구성되어 있으면, 객관적·경제적인 사회 구조 속에서 경제적 요
> 소가 정치적·종교적 등등의 요소와 뗄 수 없게 결합되어 있기 마련이다.
> (…중략…) 이러한 사정은 전자본주의사회의 경제조직이 자본주의와는 심히
> 다르다는 데 그 근거가 있다. 지금 우리에게 무엇보다도 중요하고 아주 눈에
> 띄는 구별은, 모든 전자본주의사회에는 ─ 경제적으로 ─ 자본주의사회와는
> 비교할 수 없을 만큼 통일적 연관이 적다는 점이다.[39]

전자본주의 사회구성체들의 자율성에 대한 루카치의 주장은 '아
시아적 사회들'이나 '영원히 멈추지 않는 왕조 교체들'과 같은, 오
리엔탈리즘화하는 익숙한 방향들로 이끌 수 있다. 그러나 그 자율
성 주장은, 전적으로 정치적 권위와 일치하지는 않는 것인 텍스트
적 권위의 병행사에 대한 나의 주장과 공명한다는 것을 독자는 알

---

39) * 게오르그 루카치, 박정호·조만영 역, 『역사와 계급의식』, 거름, 1992, 118면.

아차릴 것이다.40)

역사적 사회구성체로서의 사의 성격은 경험적 이론적 불충분성 때문에 정밀하지 않은 채로 남아 있을 것이다. 내가 제시하고자 하는 것은 역사 속의 자율적인 구조로서의 텍스트적 권위에 대한 나의 분석이 사회적 상동관계(homology)의 증거일 수 있다는 것이다. 즉, 우리는 텍스트적 작동 속에서 사회적인 것의 어떤 특색들을 인지할 수 있고, 이것은 단순히 우연의 일치의 문제가 아니라는 것이다. 이제, 사의 실제적인 사회-역사적 존재를 상정해보자. 어떠한 지배적 반(半)자율적 집단도 자기 인식, 집단의 통일성을 위한 메커니즘을 필요로 할 것이다. 법적 구조들, 친족과 결혼의 유대의 복잡한 시스템들, 그리고 군사적 의례, 종교적 의례 및 조정 의례의 수행은 비자본주의사회들에서 엘리트의 자기 인식의 일반적 양식들이다. 이 요소들은— 이 중 몇몇은 중세 중국의 세습귀족제에 더욱 특징적이다 — 한 후기와 위(魏)의 사에 일관되지는 않는다. 그러나, 사의 텍스트 생산은 사가 그것을 통해 자신을 사라고 인식하는 주된 매개이다. 즉, 사의 텍스트 생산은 다른 사에게 사 위치(shi position)를 의미했다.

---

40) 헝가리의 중국학자이자 이론가이며, 이전에는 루카치의 학생이었던 Ferenic Tökei는 아시아적 생산양식에 관한 글들로 매우 유명하다. 그러나, 그의 초기 작업은 先秦과 六朝의 중국문학에 관한 것이었다. 퇴카이의 이론은 屈原이래의 서정시 생산을 특징짓는 '悲歌的 양식(elegaic mode)'과 중세 문학 장면을 특징짓는 '심미주의(aesthetism)' 양자의 핵심에 사의 특수한 사회적 성격, 즉 정치권력[朝廷]에 가깝지만 어떤 것도 소유하지 않는다(사유재산제와 상업의 미발달에 기인한다)는 것이다.

8. 사와 국가의 관계를 이론화하기

봉건제에서 자본주의로의 이행에 관한 유럽의 역사 문헌에서, 서로 적대하는 거대한 두 사회 세력은 봉건 엘리트와 국가 또는 원국가(protostate) 관료들이었다. 내가 위에서 말했듯이, 제국 국가(imperial state)와 국가 제도들에게 돌려지는 바로 그 강력함은 타자화 기획의 초기 역사에서 비서구 제국들을 서구와 구별하는 주요한 요소였다. 중국에서 전(前)제국 시기부터 발전된 관료제적 시스템의 존재는, 정전적 텍스트성, 식자 능력, 제국적 시험들의 레짐 내에서 한대에 공고화되었으며, 중국의 초기 제국 국가의 관료적이고 행정화된 성격을 더욱 두드러지게 하였다. 이것은 기술적(記述的) 용어법에서 어떤 어려움들을 창조해내었다. 20세기 역사가들 중 다수, 예를 들어 에티엔 발라즈(Etienne Balazs)와 조셉 레벤슨(Joseph Levenson)은 제국 중국 국가를 관료제적 국가로 분류하였다. 발라즈에게 있어, '학자-관리들'[41]은 국가의 화신(化身)이었다."(Balazs, 1964, p.17) 농민들과 중간 계층에 대한 관료들의 지배는 제국의 역사 내내 절대적이고 불변하는 것이었다. 실제적 또는 잠재적 관직 보유자로서 사는 자연히, "토지 소유와 같은 매우 위험하고 아마도 덧없는 것"(Balazs, 1964, p.16)보다 더 안정적인 권력의 원천인 관직 보유에 대한 독점권을 가졌다. 발라즈가 사에게 귀속시키는 많은 특징들은 막스 베버의 『중국의 종교』를 상기시킨다. 즉, 비전문화,

---

41) *士大夫.

국가와의 동일시, 공식적 이데올로기(유교)의 엄격한 고수(Weber, 1951, pp.107~152) 베버의 연구의 일차적 목표들 중 하나는 관료제의 합리주의적 잠재력이 있는데도 중국에서 유럽식의 자본주의가 부재(不在)한 것을 설명하는 것이고, 베버에 의한 이들 특수한 자질들의 동일시는 그 목표에 의해 구조화된 것이다. 그러나 많은 연구자들은 사와 관료의 동일시에 반대할 것이다. 당송(唐宋) 사(士)에 대한 피터 볼(Peter Bol)의 연구는 그가 사라고 정체 규정하는 집단에 있어서 관직 보유의 중요성이 심각하게 변형되었음을 보여준다. 그러나 발라즈는 통치 자체를 넘어서 관리들의 여하한 공통된 이익도 확인하기는 어렵다. 그에게 있어 많은 문헌에서 지지하고 있는, 관직 보유에 대한 이중적 감정은 오직 반대(dissidence)로써만 설명될 수 있다.

맑스가 초기에 쓴 미완의 논문인 「헤겔법철학 비판을 위하여」에서 관료제에 대한 언급들은 사를 관료제와 동일시하는 일의 매력과 어려움을 보여준다.

'국가 형식주의'는 관료제이고, '형식주의로서의 국가'이다. (⋯중략⋯)
이 '국가 형식주의'가 스스로를 실제적 권력으로 구성하고 스스로가 자신의 물질적 내용이 되기 때문에, '관료제'가 실천적 환영들(幻影) 혹은 '국가의 환영'의 망(網)이라는 것은 말할 필요도 없다. (⋯중략⋯) 관료제의 정신은 '형식적 국가 정신'이다. 그러므로 관료제는 '형식적 국가 정신' 혹은 국가의 실제적 무(無)정신을 정언명령으로 전환시킨다. 관료제는 스스로를 국가의 궁극적인 목적으로 간주한다. 관료제가 자신의 '형식적' 대상들을 자신의 내용으로 전환시키기 때문에, 관료제는 모든 곳에서 '실재' 대상들과 충돌하게 된다. 그러므로 관료제는 내용을 형식이라고, 형식을 내용이라고 믿도록 강요받는다. 국가의 대상들은 부서(部署)의 대상들로 변형되고, 부서의 대상들은 국가의 대상들로 변형된다. 관료제는 아무도 빠져나갈 수 없는 원환(圓環)이다. 그것의 위계제(hierarchy)는 지식의 위계제이다. (Tucker, 1978, pp.23~24)

이 다소 카프카에스크한 정식화가 본 연구에 대해 가지는 호소력, 또 '관료적' 행동에 대한 모든 이해에 대해 가지는 호소력은 부서들의 '형식적' 자기 지시적 성격이다. 관료제의 주 목적은, 외적인 참조체의 어떠한 구조적 필요도 없이, 그 스스로의 자기 재생산이 된다. 이것은 물론 자본주의하에서 가능하다. 왜냐하면 자본주의의 기구들 자체가 국가의 행정적 구조와 일치하지 않기 때문이다. 관료제적 위계제의 구조적 원리로서의 지식은 기능적 혹은 기술적(技術的) 지식이 아니라 단지 관료제적 자기 도취의 또 다른 표현일 뿐이다. 그러나 사와 관료들의 동일시를 매우 문제적으로 만드는 것은 맑스의 부서들의 특수한 환상적 성격이다. 맑스의 환상적 관료제는 지배의 '실제' 구조들이 다른 곳에 있을 때 단지 하나의 가능한 구성물일 뿐이다. 사의 텍스트 생산은 부서들의 자기 지시적 구조를 띨 수 있지만, '시스템'이 시스템으로서 존재하는 것은 그것들의 텍스트 생산 속에서 뿐이기 때문에, 정치적 권위의 시스템 내에는 사실상 사의 어떠한 '타자'도 없다. 제국적 관료제적 국가를 '전체주의적인' 것으로 보는 발라즈의 기술은, 관료제의 힘에 의해 억압되는 대안적인 지식인 세력을 상정할 경우에만 가능하다. 이런 인식 역시 문제적일 수 있다.

비록 '지식인들'이라는 단어가 사의 직접적인 번역으로서 일반적으로 사용되지는 않음에도 불구하고, 지식인이라는 이상(ideal)은 특히 후한 후기의 사에 대한 넓은 스펙트럼의 작업 배후에 있다. 여영시는 사의 텍스트 작업의 거대한 부분을 '지식인들'의 작업으로 이해하는 사람들 중 선두주자이며,[42] 이런 이해는 또한 그가 후한 후기의 사를 정체 규정하는 방식이다. 사실, 여영시의 지속적인 학적 관심사들 중 하나는 '중국 지식인'이라는 초역사적 범주에 관한 것이다. 사실, 그의 역사적 작업과 20세기 중국 '지식인들'의 운명의 연관성을 주장하는 것은 그의 작업에 많은 수사적 힘을 부여한다. 20세기 후기에, '지식인들'에 관한 대부분의 비맑스주의적인 작업은 사회적인 이유로 작동하는 것도 개인적인 이유로 작동하는 것도 아니고 어떤 이상을 위해 작동하는 '자유롭게 부동(浮動)하는' 지식인이라는 칼 만하임(Karl Manheim)의 관념에 적어도 간접적으로는 빚지고 있다. 사실, '자유롭게 부동하는' 지식인을 가정하는 것은 모든 명기할 만한 물질적 이익으로부터 지식인들의 분리 가능성에 달려 있다.

초기 제국 중국에 대한 연구들에서 가장 자주 떠오르는 모델은 반대하는 사대부, 즉 국가의 헤게모니적 이익들에 대해 지조 있는 반대를 전개하는 국가의 양심이다. 이것이 여영시가 한 후기의 사를 기술하는 방식이고, 반대하고 부동의(不同意)하는 학자들이라는 관념은 마틴 파워즈(Martin Powers)의 1991년의 연구인 『초기 중국의 예술과 정치적 표현(Art and Political Expression in Early China)』에서도 핵심

---

42) 그는 논문집 『中國知識階層試論─古代篇』(1980)에서 이 용어를 사용한다. 余英時는 漢 후기와 중세 초기의 사에 관해 가장 많이 인용되고, 선택되고, 영향력 있는 글 「漢晋之士之新自覺與新思潮」의 저자이기도 하다.

적이다. 왕부(王符)나 중장통(仲長統) 같은 인물들이 쓴, 많은 모범적 사들에 관한 글들을 조사해보면, 그들의 사회경제적 기원들이 무엇이든 간에, 사의 텍스트 생산은 사실 특권의 단순한 표명이 아니라고 결론짓기가 쉽다.[43] 이런 저런 작가들의 저작들에서, 사를 반대하는 지식인들이라고 기술한 것은 합당해 보인다. 그러나 너무 성급하게 그런 동일시를 행하기 전에, 이 '반대하는' 저작들을 제출받는 사람들을 조사해보자. 비록 그것들이 제국의 정책에 대한 암시적이거나 명시적인 비판을 함유하고 있다 하더라도, 그것들은 다른 사에게도 제출되었거나, 혹은 주로 다른 사에게 제출되었다. 심지어 표의 청자가 황제일 때조차도 그러했다. 황제에게 바쳐진 수많은 표들이 기록에 남아 있으며 제국의 표들이 문학 장르로 인정되었다는 사실은 그것들의 공적(公的) 성격이 적어도 순수한 의사소통 기능만큼이나 중요했음을 말해준다. 이런 종류의 '반대'를 비난한 사의 입장이 없다는 데에서, 우리는 사의 정치적 자율성이, 절대적으로 황제의 입장들과 일치하지는 않는 어떤 입장들의 표명을 쉽게 허락했을 것이라고 결론 내려야 한다. 여기서 분리 가능성이라는 이슈에 대해 정밀한 태도를 취하는 것이 중요하다고 나는 믿는다. 만약 사를 주로 지식인들 혹은 반대자들로 정체 규정한다면, 국가로부터 이 집단의 분리 가능성은 구조적 필연이다. 그러나 국가 권력 자체가 다양한 측면들을 가지고 있고, 그것들 중 몇 가지는 생리학적인 혹은 혈연적인 구체적 형식들 — 외척·환관·황제 — 을 띠고 있기 때문에, 사들이 외척과 환관으

---

43) Balazs(1964), pp.187~225를 보라.

로부터 그들을 구별함으로써 분리 가능성의 구조를 보존하는 한 편 한 가지 영역(행정, 텍스트 생산 등)에서 국가의 기능과 등가적이 되는 것은 가능하다. 그래서 지식인과 반대자라는 라벨은 모종의 자율성에 대한 가정에 의존하고 있다. 중상 및 그와 관련된 공격들을 이유로 작가들을 제국 국가가 처벌하는 상황에서 반대라는 개념이 전적으로 부적절하지는 않다. 그러나 **텍스트**의 제국의 관점에서 보았을 때, 이런 중상 행위들조차도 사가 국가와 분리된 이익 집단이라는 주장을 입증하기에는 불충분하다. 내가 이미 말했듯이, 어떠한 사회경제적 시스템도 그 본성상 불완전하며, 그것의 작동은 결함과 균열로 특징지을 수 있다. 반대 자체는 확실히 초역사적 성격을 가지고 있지 않다.44)

사에 대한 세 번째 영향력 있는 형상화는 이 장 앞부분에서 논한 타니가와 미치오와 교토 학파의 '지방공동체'론에서 발견된다. 이것은 전후 서구와 일본에서 중세 엘리트 권위에 대한 주도적 설명이 되었는데, 중세 엘리트 권위의 성격은 후한 후기에 확립되었다고 주장된다. 타니가와와 그의 동료들은 지방의 지역 공동체들에서, 권위의 도덕적 성질들에 대한 지방적 인식에서 유래하는, 권위의 작동을 발견한다. 비록 교토학파와 그 지지자들이 의존하는 증명 불가능한 심리주의가 '공동체'를 유물론적 역사가나 실증주의적 역사가에게 매력 없는 것으로 만들 것임에도 불구하고, 교토

---

44) * 권력에 대한 중국 지식인들의 반대 불가능성에 관한 이론적 고찰은 Francois Jullien, *Detour and Access : Strategies of Meaning in China and Greece*, Translated by Sophie Hawks, New York : Zone Books, 2000의 제6장 "The Impossibility of Dissidence(The Ideology of Indirection)" 참조.

학파의 작업의 한 가지 이점은, 엘리트의 텍스트 생산의 내용을 반영하는 엘리트 실천의 분석적 재현을 생산한다는 것이다. 타니가와의 전거들은 '모범적 전기들', 비명(碑銘), 표창 문헌으로서, 그것들 중 많은 부분은 실제로 지방에서의 사의 선행(善行)을 찬양하고 있다. 이데올로기로부터 자신이 독립해 있다고 주장하는 모든 연구자들을 상기시키는 방식으로, 타니가와는 선개념(先槪念) 없이, 오직 텍스트적 증거에 의해서만 인도된 채 자신의 '공동체'론에 도달하게 되었다고 주장한다(谷川道雄, 1987, p.88). 타니가와의 정식화는 비자본주의적인 사회적·이데올로기적 구조들에 대한 분석에서 우리의 이론적·기술적(記述的) 도구들의 부적절성이라는 현실적 문제들에 대한, 진단상 귀중한 반응이며, 그는 전거들의 정서적인 성질에 주의를 집중함으로써 이 방면에 지대한 역할을 하였다. 일본 내에서 그의 적수들은 지나치게 기계적인 맑스주의자들로서 (대부분 당 이전 시기에 대해서는 비전문가들이었다), 그들은 정당하게도, 타니가와가 지배의 패턴들 혹은 생산관계들에 대한 모든 분석을 희생하면서 엘리트 도덕성을 방어적으로 이상화(理想化)하였다는 이유로 그를 공격한다. 타니가와는 카와카츠 요시오와 마스부치 타츠오를 훌륭하게 종합했다. 두 사람은 모두 한 후기에 더 직접적으로 집중했다. 나는 그의 관념론에 유물론으로 맞서지는 않을 것이다. 그것은 자료들의 성격상 문제가 있을 것이다. 그럼에도 불구하고, 그가 유물론적 비판에 취약한 지점은 텍스트 문화의 작동을 사회 현실의 투명한 반영으로 간주한 데에 있다. 만약 타니가와가 텍스트성으로서의 텍스트성에 더 주목한다면 그는 사의 도덕적 이데올로기적 자율성에 대한 그의 주장의 전거들 속에서 텍스트적인 것 자체의 자율적인 영역의 반영을 발견할 수 있을 것이다.

일반적으로, 내가 보기에는, 한과 육조(六朝) 시기 사이의 불연속에 대한 교토학파의 분석은 텍스트적 실천에 내재했던 전(全)제국적 이데올로기의 권력을 덜 강조하고, 또 사를 '지식인들' 혹은 '반대자들'과 동일시하는 사람들과 마찬가지로 사의 국가주의적 성격을 덜 강조한다. 사 계급의 지각된 자율성은 1세기에 시작한 사회경제적 자치주의로의 경향과 관련된다. 이 자치주의에서 초래된 분산과 잉여 착취의 탈집중화는 한조의 붕괴에 기여하였지만, 또한 그 이데올로기적 존재 이유(raison d'être)와 텍스트적 기초에 있어서는 제국적 구조에 의존하면서도 그것의 자기 구성적 실천들에 있어서는 지방적, 준(準)제국적, 반(牛)자율적 구조들에 의존하는 하나의 사회구성체를 위한 기반을 제공하였다. **텍스트의 제국** 내의 하나의 사회구성체로서의 사의 한 가지 이데올로기적 기능은 한편에 제국적인 것과 또 한편에 가족적·공동체적·지역적 및 지방적인 것을 긴장 속에 유지하는 것이었다. **텍스트의 제국**과 제국의 정치적 권위 사이의 분리는 당연하게도 제국의 정치적 붕괴 시기에 두르러진다. 한 후기 조씨 조정 아래에서의 둔전(屯田)과 향거이선의 실천들은 이 분리를 나타내는 징후였다. 이 실천들은 농업 잉여의 착취를 순수히 제국적인 것으로 만들어 더 이상 유력한 지방 가문들이나 토지 소유자들의 중개(仲介)에 종속되지 않게 만들려고 하는 한편 **텍스트의 제국**의 작동 내에서 제국과 지방의 결합의 공고화를 인정하려고 한, 관련되어 있으나 실패한 시도들이다. 한의 붕괴에 뒤이은 것은 제국의 정치적 기능장애와 일치하는, **텍스트의 제국** ─ 교토학파의 연구자들에 의해 '공동체'라고 읽혀지는 현상들의 집단—이라는, 제국과 지방의 결합의 지역적·지방적 연속이었다.

나는 사가 사실상 국가와 동일 범주적이지만, 텍스트 문화가 단순히 국가 문화의 등가어인 것은 아니라고 말한다. 물론, 정치적 권위는 텍스트적 매개를 통해 전달되지만, 텍스트 유통은 순전히 그 존재만으로도 권위를 수행하고, 권위의 유통자들에게 권위를 의미하는 데에도 복무하였다. 그럼에도 불구하고, 우리는 당고에서 동일시 메커니즘들이 복합적이었다는 것을 발견했다. 동시에 사의 사로서의 광범위한 자기 인식이 매우 약호화된 라인들을 따라서 있었고, 우애적 혹은 당파적 결합을 비난하는 공식적·비공식적 이데올로기(우리가 다음 장에서 보게 되는) 양자가 다 있었다. 우리는 사를 사회구성체로 정의할 때의 이론적·개념적 어려움들을 보았고, 텍스트적 레짐 내부에서의 그들의 기능—텍스트의 유통자로서 그리고 텍스트의 유통이 권위를 부여한 주체성들로서—은 잠재적으로, 그들을 고찰할 수 있는 하나의 알찬 컨텍스트임을 제기하였다. 제3장과 제4장에서 나는 사회적 견지에서 사를 형상화한 특정한 텍스트적 실천들 중 몇 가지를 논할 것이다.

사회적 텍스트들

　1595년 마테오 리치(Matteo Ricci)는 친교에 관한 그리스어와 라틴
어로 된 저술들 ─ 플라톤·아리스토텔레스·키케로 및 기타 인물
들 ─ 로부터의 발췌문들을 번역한 『교우론(交友論)』을 출판하였는
데, 그 글은 곧 중국에서 가장 광범위하게 복사되고, 광범위하게
출판되고, 광범위하게 읽힌 서구 텍스트가 되었다.[1] 그 글은 명조
(明朝) 사들 사이에서 동종사회적(homosocial) 삶에 대한 담론, 친구에
대한 충성이 국가에 대한 충성보다 더 중요하다는 입장을 허용하
기에 충분한 담론이 증식하던 시기에 출현하였다.

---

[1] 『友論』이라고도 한다. 利瑪竇[Matteo Ricci](1965, 영인본). Joseph McDermott
(1992), pp.67~96.

1. 비사교성[2]의 유령

　리치의 모음집은 대부분의 면에서 이 주제에 대한 고전적 사상의 대표적 모음집이었다. 그리스 저술들 속의 동성애라는 명백한 문제틀들은 중국이나 유럽의 16세기에는 재현되지 않았으나, 명대의 독자는 그 모음집으로부터 동종사회적[3] 관계의 더 높은 소명(召命)에 대한 이전(以前)의 믿음을 확인할 수 있었다. 즉, 그것의 개인적 이점이나 이익과의 비친연성, 그리고 도덕적 원리 및 사상 자체와의 친연성. 어떤 의미에서, 리치의 텍스트의 소개와 함께, 사의 자기 재현 담론은 세계사적 무대로 진입한다. 명대 후기 사들 사이의 동종사회적 관계들이 국가에 대한 봉사보다 도덕적 우선성을 가진 것으로 상상될 수 있었다는 것은 확실히 명대 후기의 정치사와 지성사의 발전의 결과이지만, 탈국가주의적인 사회적 보편주의의 시각(視角)이 동종사회성에 관한 발생기의 중국-유럽식(Sino-Europian) 담론을 따라 형태를 갖출 수 있었던 것 역시 결코 우연이 아니다. 그러나 명 후기의 복잡한 사회 구조는 공(公, the public, 즉 그것의 구체적 형식들의 어떤 점에서도 사회적인 것)과 국가 사이의 단순한 등치(等値)를 부적절하게 만든 광범위하고 상호경쟁하는 다양

---

2) * 본서, 특히 이 章에서 'social'은 문맥상 '사교적'으로 옮겨야 할 경우가 많다.
3) 나는 Eve Kosofsky Sedgwick의 *Between Men : English Literature and Male Homosocial Desire*에서 사용한 것을 따라 이 용어를 사용한다. 내가 이 용어를 사용하는 것은 남성끼리의 유대에서 성애적 성격을 암시하거나 부정하기 위한 것이 아니라, '친교(friendship)'와 이 '친교'라는 용어가 가진 애정적 결합으로부터 비판적 거리를 두기 위한 것이다.

한 사회적 담론들, 즉 발달한 도시적인 연행예술적-문화적 장면은 말할 것도 없이, 상업적·미학적·종교적인 담론들에 의해서 특징지어졌다. 많은 식자층들은 자신들이 원하더라도 국가에 복무할 수 없었고, '문인' 문화는 국가로부터 어느 정도 진정으로 자율적인 형태를 갖출 수 있었다. 국가가 정부 업무라는 구체적 사회성 속에서보다 차라리 추상적인 것 속에서 형상화될 수 있었던 것과 마찬가지로, 명대의 비사교성 — 은둔 — 은 사회적으로 의미화하는 '삶의 스타일' 속으로 훨씬 더 동화될 수 있는 것이었다. '자족(自足)'의 이상조차 적어도 최소한으로 사회적인 영역 속에서 표명되었다.

사랑에 반대되는 것으로 생각된 우정에 관한 문화적·'문학적' 강조는 제국 시기 사의 문화 생산을 다룬 20세기의 많은 해석가들의 견해 속에서 '중국적 특색의 것'이다. 동종사회성의 지각된 담론적 중심성은 사 이상(理想)의 더욱 일반화된 재현, 즉 국가의 더 높은 이상들에 복무하는 가운데 자기 수양에서 생긴 도덕적 정직성에 관련된다. 성애적이거나 호색적인 것이라기보다는 '철학적인' 것으로서 교제는 구조적으로, 중국 및 다른 곳에서의 정치철학에서 엘리트 '공(公)'의 이상화된 의미를 구조화하는 자기 인식, 사회성, 도덕성이라는 다중적 측면을 동시에 띨 수 있는 유일한 관계이다.

명대의 사는 한대보다 훨씬 더 구조적 복잡성을 가진 사회에서 살았을 뿐 아니라, 국가와 사회에 관한 명대의 이론화는 길고 다양한 역사에 대한 시각을 가지고 있었다. 한대에는 선행 왕조들의 장기지속이라는 시각을 제국이 가지고 있지 않았고, 국가의 이론화는 역사적 성격보다는 규범적이거나 행정적인 성격을 더 많이 가지고 있었다. 즉, 한(漢) 국가 담론은 이후의 제국 담론은 그럴 필요가 없었던 방식으로 수행적이었다. 정전 형성에 관한 앞서의 논의에서 보았듯이, 사회적인 것에 관한, 그리고 국가 및 개인적 삶 양자의 사회적 성격에 관한 한대 담론들은 결정되는 과정에 있었다. 당고는 역사가들이 특히 사의 자율성과 관련하여 사와 국가 사이의 관계들을 정의할 때 중요한 계기로서 간주하였기 때문에 사회지성사에서 매우 중대하게 생각되었다. 주장되어 온 대로, 당고에서 우리는 국가와 동일 범주적이지 않은, 사 '계급' 이익의 개념을 목격할 수 있다. 제2장에서 나는 당고는 역사기술에서 과잉 결정되어 왔다고 하였다. 비록 거기에는 확실히 집단 행동의 표명의 어떤 형식이 포함되어 있지만, 당고가 사(士) '계급의식'을 생산하였다고 말하는 것은 사태를 과장하는 것일 것이다. 물론, 계급 없는 계급의식은 없으며, 제2장의 또 다른 요지는 계급이라는 개념 자체가 초기 제국사회에 관한 우리의 시각을 왜곡하였음을 제기하는 것이었다. 공동체라는 개념 역시 한대 사의 경우에는 그 적용 가능성이 제한되어 있다. 텍스트성과 그것의 다양한 기능들에 대한 푸코의 역사화에 대해서 브라이언 스톡은 이렇게 말한다.

담론의 숨은 가소성(hidden plasticity)을 옹호하는 푸코의 항변은 가끔 또 다른 시대로부터 온 메아리처럼 들린다. 즉, 아마도, 구두예술의 우월성이 확립된 고대로부터. 혹은 더 그럴법하게는, 구두예술이 식자 능력과 텍스트성의 부상(浮上)에 의해 최초로 성공적으로 도전받은 때인 중세 후기로부터. 혹은 만약 그 개념이 지나치게 억지스럽지만 않다면, 비역사적 사회학이 경험적인 역사적 연구로부터 탄생했을 때로부터. 왜냐하면 그의 담론

개념은 적어도 그것의 생산적 측면에서는, 텍스트들, 방법들, 질서들, 학과들 및 편견들에 의해서 희미해지고 흔적이 없어진 게마인샤프트, 즉 화자, 청자, 그리고 얼굴을 서로 맞대는 관계들로 이루어진 공동체를 향한 향수(nostalgia)의 하나를 상기시킨다. (Stock, 1990, p.111)

여기서 스톡의 견해는 흥미로운 것이지만, 그러나 역시 무한 퇴행을 허용한다. 아마도 중세 텍스트적 공동체를 가정하는 것은 텍스트 이전(pretextual)에 대한 향수, 말해지는 것과 들리는 것의 즉각적으로 드러나는 장면을 허용하는 것이다. 그런데 언어 자체 이전에는, 무엇이?

공동체는 근대성의 담론적 구성물들 이면의 하나의 유령이기 때문에(푸코), 나는 비사교성을 사의 사회생활, 즉 엘리트와 관료제적·행정적 사회성들의 측면들을 결합한 하나의 결합체 내부에 있는 텍스트 유통의 삶 배후의 유령 같은 존재라고 가정하고 싶다. 그러나, 그리고 이것은 중대한 예고인데, 그것은 국가 자체의 형식화되고 기능화된 비사교성이다. 한 후기의 사(士) 주목(朱穆, 99~163)이 쓴 다음 인용문을 참작하라.

> 혹자가 물었다. "당신은 문후(問候)도 끊고, 손님을 맞이하지 않으며, 응답도 하지 않으니, 무슨 까닭입니까?" 내가 대답하였다. "옛날에는 업무수행 때문에 오고 갔으며, 사적인 사귐이 없었으니, 만날 때는 조정[公朝]에서 만나고, 회합은 예기(禮紀)로써 하였다. 만약 그렇지 않다면 사귐은 관습적인 일이 될 뿐일 것이다." (『後漢書』, 1,467면)[4]

---

4) * 或曰 : "子絶存問, 不見客, 亦不荅也, 何故?" 曰 : "古者, 進退趨業, 無私游之交, 相見以公朝, 享會以禮紀, 否則朋徒受習而已."

이것은 사(士) 국가의 이상화된 모습이다. 즉, 사적인 — 즉 비공식적인 — 동종사회적 관계들은 없었다. '공적인' 것은 공식적인 삶, 조정의 삶이었다. '삶'은 '일'과 '사회적 삶'[5]으로 구분되지 않는다. 즉, 삶은 정밀한 약호들에 따라 수행된다.

제2장에서, 내가 믿기에는 한대 사들을 정부 관직 보유자로서 기능하는 그들의 능력이라는 견지에서 그들을 정의하는 것이 정확하다는 사실에도 불구하고, 나는 한대 사를 특징지을 때 '관료제'라는 용어의 부적절성을 검토하였다. 헤겔에 관한 맑스의 글을 인용하면서 나는 맑스가 이론화한 관료제의 특수한 자율적 성격에 주목하고자 했었다. 그럼에도 불구하고, 관료제에 대한 맑스의 이론화에서 중심적인 것은 그것의 기생적 구조임을 우리는 기억해야 한다.[6] 즉, 관료제적 삶의 자기 도취적이고 자기 지시적인 성격은 오직 지배와 착취의 '현실' 시스템이 어딘가에 있기 때문에 가능하다. 관료제적 삶의 비합리적 차원(베버에 反하여) — 사적 계약 행위, 정실(情實), 자의적(恣意的) 권위 — 은 그 자신의 재생산 외에는 거의 아무런 위험을 무릅쓰거나 신경쓰지 않는, 기생적인 것으로서의 관료제라는 이런 의미가 주어진 경우에만 가능하다.[7] 초기 제국의 관계(官界)는 내가 역시 제2장에서 논한 몇 가지 특색에서 베버의 관료제와 공통점이 있다. 그러나 거기에는 중대한 차

---

5) * Social life는 '사교생활'로도 옮길 수 있다.
6) 맑스는 『The Eighteenth Brumaire of Napoleon Bonaparte』에서 이 용어를 사용한다. Marx and Engels, *Collected Works*, 11, p.185.
7) 관료제에 대한 베버와 맑스의 비판에 대해서, 나는 Claude Lefort, "Quest-ce que la bureaucratie", in Lefort(1971), pp.288~314에서 영향을 받았다. 영역본은 Lefort(1986), pp.89~121에 있다.

이가 있다. 적어도 한대에는, 그것은 기생적인 것으로서 구조화되지 않았다. 즉, 정부는 착취의 일차적 행위자이지, 금리생활자, 상업적 혹은 자본주의적 착취자들의 환상적 도플갱어가 아니다. 내가 강조한 바대로, 초기 제국 관계는 근본적으로 텍스트 문화, 즉 텍스트들의 창조, 유통 및 전승과 동일 범주적이다. 이것은 자본주의적 사회 구조와는 달리, 그 잘 발달되고 반자율적인 문화적, 이데올로기적, 교육적 및 지적 영역에서 초기 제국 사들 역시 국가의 일의 사회적 명시화였음을 의미한다. 즉, 사로서 존재한다는 것은 일한다는 것이었다. 주목(朱穆)은 '사교(socializing)' 속에서 국가의 일의 대체물을 재현하는 퇴폐적인 활동 영역을 볼 수 있었다. 그 정식화가 어떻게 가능할 수 있었는지 보기 위해서, 우리는 이제 국가의 일의 본성과 사회적 성격에 대한 전(前)제국적 및 초기 제국적 이론화로 방향을 돌린다.

2. 일·가족·국가 그리고 동종사회성

많은 선진(先秦) 텍스트들에서 인지되고, 제례의 부속물들의 목록들에 의해 확인된(Lewis, 1990, p.31), 허가된 조상 제례 수행의 귀족 독점에 기반한, 서민과 귀족의 구별은 관직 보유를 가리키는 가장 일반적인 단어들 중 두 가지의 초기 용법에도 반영된다. 두 단어는 모두 shi로 발음되는데,[8] 둘째 단어는 분명히 사(士)를 가리키는 한자에서 유래하였다. 이 두 단어는 모두 그 공통된 어원에서, 초기 국가의 본래적인 공식적 기능이었던 제의(祭儀)의 의미를 가질 수 있다. 본래적 의미에서, 관직 보유는 세습적일 것이며, 종족 구성원들의 혼령과의 의사소통으로 구성되어 있을 것이다. 이는 종법(宗法)의 명령에 따른 것이었다. 이것이 주목의 유토피아적 과거였을 것이다. 즉, '공'과 '사(私)'의 혼합, 국가와 삶 자체의 혼합. 주목의 유토피아는 유교 텍스트들의 가르침을 상기시킨다. 그것들은 종법제도가 막 변형되고 있던 시기에 귀족적 담론 내부에서 발전하였다.9) 소공권(蕭公權)은 유교 텍스트들의 핵심에는, 인(仁)의 일관(一貫)10)으로의 상승이 있다고 주장한다. 이 상승은 자아, 가족 및 국가라는 영역들의 담론적 결합을 가져왔다. 그 개념의 내용보다 더 중요한 것은 이 다양한 영역들과, 가장 넓은 개념적 수준에서의 국가와 개인 사이의 안티테제의 구조적 불가능성 사이에서 만들어진 결합이다. 이제, 가족적 의무의 올바른 완수는 사적인 것이 아니라 국가의 일이다. 물론, 이것은 중국에만 독특한 것은 아니다. 가족적인 것이 규범화 담론으로 진입하는 경우에는 대부분 국가주의적 권위를 강화하기 위해 기능한다. 소공권은 종법과 '일관'의 융합, 종법에 의한 통치에 내재하는 편파성11)과 자의성에

---

8) 책 뒤의 용어집에 있다.
   * 事와 仕를 말한다. 원서의 용어집은 불필요하기에 본 역서에서는 생략하였다.
9) 이 번역과 公-私 구분에 관한 많은 것들은 Hsiao Kung-chuan(1979), *A History of Chinese Political Thought*에 많이 빚지고 있다.
10) * Hsiao Kung-chuan(1979)의 中文本의 "孔子言仁, 實已治道德·人倫·政治於一爐·治人·已·家·國於一貫" 참조. 蕭公權, 『中國政治思想史』(蕭公權先生全集四), 臺北 : 聯經出版事業公司, 民國71, 1982, 62면.
11) * 원문은 'impartiality'인데, 문맥상 'partiality'가 되어야 한다.

대한 암묵적 비판을 띤 규범적 수단이라고 말한다.[12]

가족이 사적 영역이 될 수 있는 가능성은 그리하여 유교 텍스트들에서 제거되었다. 그러나, 동종사회적인 것이라는 다소 모호한 영역이 남아 있다. 주나라 때 약호화된 오륜(五倫)은 군신(君臣)·부자(父子)·부부(夫婦)·장유(長幼)·붕우지교(朋友之交)로 이루어져 있다. 모든 관계들 중 오직 친교만이 둘 중 더 우월한 인물을 앞 자리에 놓은 위계적인 쌍으로서 표현되지 않았다. 이것은 최초의 모호성의 원천이다. 즉, 비록 실제적인 동종사회적 쌍들에 관한 선진 텍스트들 속의 논의들 중 많은 것들이 위계적인 관계들에 관계하고 있지만, 위계제의 구조는 절대적이지 않다. 즉, 교우관계에는 완벽한 융통성의 가능성이 있다. 만약 유교 텍스트들을 종법과 국가 사이의 동등화를 수행하는 것으로 간주하는 데에서 소공권을 따라야 한다면, 일반적으로 사회적 삶, 그리고 특수하게는 친교는 그 동등화에 가장 저항적인 관계의 한 가지 형식이 될 것이다. 그래서, 놀랄 것도 없이, 『논어』와 『맹자』에서는 친교에 많은 관심을 돌렸다. 『논어』에서 친교에 핵심적인 덕목들은 짐작 가능하다. 즉, 정직, 존중, 충성, 자기 존중이다.[13] 공자는 세 가지 이로운 친교와 세 가지 해로운 친교를 다음과 같이 기술하고 있다.

벗이 곧고, 어질고, 지식이 많으면 나에게 이롭다. 벗이 아첨을 잘 하고, 착하나 줏대가 없고, 말을 번지르르하게 하면 나에게 해롭다.[14]

---

12) Hsiao(1979), pp.103~104. 담론의 대상은 보편적 범주로서의 '家'가 아니라 官吏의 家들이라는 것을 반드시 덧붙여야 한다.

13) 주요 出典은 『論語』의 「公冶長」과 「顏淵」이다.

14) * 友直, 友諒, 友多聞, 益矣. 友便辟, 友善柔, 友便佞, 損矣(『論語』「季氏」).

도덕적 가르침이라는 더 큰 맥락 속에서 친교의 위치는 맹자에게서 더욱 분명히 명시화된다. 맹자는 『맹자』「만장(萬章)」의 많은 부분을 사회적 약자와 우월자 사이의 친교에 대한 질문에 바치고 있다.

만장이 "감히 벗함에 대해 여쭙겠습니다"고 하였다.

> 맹자가 대답하였다. "나이를 내세우지 않고 귀함을 내세우지 않고, 형제를 내세우지 않고 벗한다. 벗한다는 것은 그 덕을 벗하는 것이지, 뭔가를 내세워서는 안 되는 것이다. 아랫사람으로서 윗사람을 존경하는 것을 '귀한 이를 귀하게 대한다'고 말하고, 윗사람으로서 아랫사람을 공경하는 것을 '현인(賢人)을 존경한다'고 말하는데, 그 뜻은 한 가지이다."[15]

고전적인 철학자가 친교를 유덕한 행동의 일반적인 항목 속에 위치시킨 것은 다소 지나치게 단순하고 모호한 것처럼 보일 수도 있지만, 담론의 두 차원이 두드러진다. 첫째는 친교가 '이익'의 잠재적 기지(基地)라는 것이고, 둘째는 '진정한' 친교는 일종의 상동적 등가성을 가정할 수 있다는 것이다. 『중용』의 '군자지도(君子之道)'에 다음의 격언이 포함되어 있다. 즉, "벗에게서 바라는 바를 내가 먼저 행한다."[16]

공자는 자기 반성적 평등화를 『논어』에서 더욱 간결하게 표현한다. "자기보다 못한 사람을 벗으로 삼지 말라."[17](『論語』「學而」)

---

15) * 萬章問曰 : "敢問友." 孟子曰 : "不挾長, 不挾貴, 不挾兄弟而友. 友也者, 友其德也, 不可以有挾也. 用下敬上, 謂之貴貴. 用上敬下, 謂之尊賢. 貴貴尊賢, 其義一也."(『孟子』「萬章」)
16) * 所求乎朋友, 先施之.
17) * 無友不如己者.

친교의 자기 반성적 성격은 그 개념 속의 더한 모호성들을 표현한다. 만약 친교가 자기 수양과 자기 인식의 반성적 구조화라면, 어째서 친교의 필요성이 존재하는가? 더 나아가서, 친교는 오류 중에서, 위계적 쌍의 경우는 그렇지 않은 방식으로 '이익'의 악덕에 구조적으로 개방되어 있는 유일한 것이다. 친교는 그 내부에 개인주의적 일탈의 잠재력을 담고 있다. 이들 초기 유교 텍스트들의 교우관계에 대한 관심은 단순히 사교생활과 그 위험들의 실제적인 내용에 대한 인식을 반영하는 것일 것이다.

친교의 레토릭과 유관한 한 가지 컨텍스트적 지침은 알아주기와 타인에 의해 알려지기이다. '알아주기'는 보통 위계제의 하향적 방향에서 작동하고, 통치자가 유능한 신하들을 판별해야 할 필요성뿐만 아니라, 통치자-신하관계를 그 기반으로 가지고 있다. 비록 신하들에 대한 제국의 의존을 강조하는 것이 사 텍스트들 속에서 일반적임에도 불구하고, 우리는 인정(recognition)의 이 형식이 통제의 표현이기도 하다는 것 역시 명심해야 한다. 즉, 신하를 알아준다는 것은 그를 적절히 고용한다는 것이다. 알아주기와 인정은 권력의 행사이다. 동종사회적 담론이 정점에 달할 때인 한 후기와 위진(魏晉) 시기에, 동종사회성과 관련되어 있으나 그것의 변형된 차원이 최고도로 나타난다. '나를 이해하는 사람[남재]'으로서의 이상적 친구. 『사기』는 이런 종류의 '알아주기'의 예들의 하나의 원조(原祖)를 제공하였는데, 그것은 한 사람의 사의 가치에 대한 통치자의 인정에 대한 은유로서, 그리고 '알아줄 수 있음' 일반의 한 상(像)으로서 복무하였다. 『사기』에 나오는 흔히 언급되는 전형은 관중(管仲)과 포숙아(鮑叔牙 : 鮑叔으로도 알려져 있다)의 이야기이다. 관중은 어렸을 때 항상 포숙아와 함께 지냈고, 포숙아는 "자기 친구의 현명함을 이해하였다."[18](『史記』, 2,131면) 나중에 그들은 각자 다른 주군(主君)을 섬겼다. 포숙아의 주군은 제환공(齊桓公)이 되었고, 제환공의 적수인, 관중의 후원자는 살해되었다. 관중은 옥에 갇혔다. 포숙아는 그를 석방시키고 제환공에게 그를 고용하도록 추천하였는데, 그는 현명하고 유명한 재상이 되었다. 그가 감옥에서 석방되자마자, 관중은 자기 친구를 칭찬하였다.

내가 처음에 곤궁할 때, 일찍이 포숙아와 함께 장사를 했었는데, 재산과 이익을 내가 더 많이 가졌으나 포숙아는 나를 탐욕스럽다고 여기지 않았으니, 나의 가난함을 알았기 때문이다. 내가 일찍이 포숙아와 함께 일을 도모하다가 더욱 곤궁해졌을 때, 포숙아는 나를 어리석다고 여기지 않았으니, 때에 유리함과 불리함이 있음을 알았기 때문이다. (…중략…) 나를 낳아준 이는 부모요, 나를 알아준 이는 포숙아이다. (『史記』, 2,131~2,132면)[19]

후한 후기 동종사회성에 관한 글이 『사기』에서 가장 자주 인용하는 것은 장이(張耳)와 진여(陳餘) 이야기(권89)와 급암(汲黯)과 정당시(鄭當時)의 이야기(권120)이다. 첫 번째 이야기는 권력과 야망이 평생에 걸친 친교에 끼치는 파괴적인 결과들에 대해서 말하고 있고, 두 번째 이야기는 부유하고 권력 있는 자와의 결합에 기반한 친교의 덧없음에 대해서 말하고 있다. 이들 전형적인 이야기들에서, 동종사회성은 그 한계들을 가지고 있다. 관중—포숙아 이야기는 오

---

18) * 知其賢.
19) * "吾始困時, 嘗與鮑叔賈, 分財利多自與, 鮑叔不以我爲貪, 知我貧也. 吾嘗爲鮑叔謀事而更窮困, 鮑叔不以我爲愚, 知時有利不利也. (…중략…) 生我者父母, 知我者鮑子也."

직 관중이 덕 있고 유능한 재상이 되기 때문에만 행복한 결말을 가진다. '알아주기'는 관료제적 알아주기인 채 끝난다. 동종사회성과 결합한 자의성(恣意性)이 방지되는 것은 오직 공무(公務)에서 뿐이다.

'오륜' 정식에서, 우리는 친교를 하나의 쌍으로 상정한다. 다른 모든 관계들이 모두 쌍이기 때문이다. 그러나 그것이 사실일 필요는 없다. 즉, 친구에는 몇 사람을 포함해도 괜찮다. 교우관계는 다른 관계들은 그렇지 않은 방식으로 확장될 수 있는 범주이다. 황제-신하의 경우에는 언제나 오직 한 사람의 황제만이 있다. 거기에는 동종사회적인 것의 모호성의 또 하나의 원천이 숨어 있다. 즉, 그것의 확장 가능성이다. 여기서 우리는 당(黨)의 영역으로 들어간다. '당'은 몇 가지 관련된 의미들을 가지고 있다. 그것은 오백 개의 가(家)에 해당하는, 주나라의 행정적 구분으로서 출현하고, 이어서 이 중립적, 기술적 방식으로 계속 사용된다. 자주 쓰이지만 특별히 경멸적이지는 않은 붕당(朋黨)이라는 복합어에서 그것은 비공식적, 비혈연적 연합을 가리킨다. 그러나 매우 이른 시기에 그것은 사적인 것이라는 경멸적 의미를 띨 수도 있다. 『서경(書經)』에는 이렇게 시작하는 시가 있다.

> 치우침 없이 그릇됨 없이, 왕의 의(義)를 지키라
> 좋아함 없이, 왕의 도(道)를 지키라
> 미워함 없이, 왕의 길을 지키라
> 치우침 없고 당(黨) 없으면, 왕도는 탕탕(蕩蕩)하리
> 당 없고 치우침 없으면, 왕도는 평평(平平)하리 (『書經』「洪範」)[20]

이제, 동종사회성에서 가장 큰 위험은 그것이 편파성과 이기성이 행사되는 사회적 영역을 제공한다는 것이다. 그것은 '공'의 반대이다.

전한에서 있었던 경전의 정전성의 약호화, 그리고 동중서와 결합한 국가유교의 확립 속에서 동종사회성은 더 이상 중요하지 않다. 다섯 가지 관계(선진 텍스트들에서는 '五常' 혹은 '五倫'으로 표현됨)는 동중서와 그 이후의 텍스트들에서는 '삼강(三綱)'이 된다. 즉, 군신·부자·부부이다. 이들 모두는 위계적 쌍으로 구조화된다.[21] '삼강'은 『백호통의』에도 나타나는데, 이것은 그때까지는 삼강이 규범화되었다는 증거이다. 동중서의 상응(相應)의 총체화 시스템에서, 각 요소는 자신의 기능 덕분에 자신의 위치를 차지한다. '일'과 구별되는, 사회적인 것의 영역에 대한 구조적 필요성은 없다. 일—나는 여기서 오직 행정적 일만을 의미한다—은 제례, 즉 하나의 의사소통 행위로서 구조화된 가족/국가 의무의 수행에 그 추정적 기원을 가지고 있었다. 행정적 일의 실제 내용은 텍스트의 유통이었다.

---

20) * 無偏無陂, 遵王之義 / 無有作好, 遵王之道 / 無有作惡, 遵王之路 / 無偏無黨, 王道蕩蕩 / 無黨無偏, 王道平平.
21) 『春秋繁露』 卷35 「深察明號」. 또한 Wu Hong(1989), pp.169~172; Anne Cheng (1985), pp.48~49를 보라.

3. 동종사회적 관계들에 대한 한 후기의 철학적 글쓰기

당고의 발생, 황건적의 난, 동탁의 수도 약탈, 그리고 조조의 부상(浮上)을 목격한 2세기 후반에 붕당에 반대하는 글들이 사들 사이에 광범위하게 퍼져 있었다. 그 글들의 저자들 중에는 '청당(淸黨)'의 신조에 동정적인 것으로 확인되는 사람들뿐만 아니라, 당고에 얽힌 사람들과 얽히지 않은 사람들이 포함된다. 이 글들은 논쟁의 절반을 이룬 당파적 관점을 대변하지 않았다. 당파성과 '비공식적' 관계들이 위험하고 또 회피되어야 한다는 견해에는 아무런 이의도 없었다. 이 장 앞부분에서 인용한, 사적인 사교 관계들에 대한 주목(朱穆)의 거부는 어조나 내용에서 전형적이다. 비록 이 단락에서 내가 논할 텍스트들의 대부분은 비판의 일차적 대상으로서 '당'이라는 단어를 사용함에도 불구하고, 대부분은 모든 동종사회적 활동은 견책할 만하다고 주장했다. 내가 이 단락에서 논하는 글들은 아무런 통일된 장르적 특징이 없다. 몇 가지는 '논(論)'에서 나온 것인데, 논은 철학적 혹은 도덕적 유형의 일반적 관찰기(觀察記)를 위한 가장 일반적인 수단이고, 성격상 잡다하다.[22] 나머지는 잡다한 에세이 혹은 편지들이다. 그 주제에 관한 가장 긴 작품들 중 하나는 서간(徐幹)의 『중론(中論)』의 한 장(章)인데, 서간이 쓴 글들 중 그의 동시대인들에 의해서 후한 후기의 주요한 텍스트적 성취 중 하나로 뽑힌 글이다.

---

22) 劉勰은 『文心雕龍』에서 이 점을 강조한다. *『文心雕龍』 「論說」 참조

친교에 대한 글쓰기는 선진 철학자들의 시대 이후 전한대 전체에 이르기까지 그 주제에 대해 상대적으로 침묵이 있은 뒤에 나타난다. 그것은 어조에 있어 압도적으로 부정적이어서, 그 시대의 관계들을 비난하고 있다. 이 비판의 상당량이 부적절한 **종류**의 동종사회적 결합들을 겨냥하고 있음에도 불구하고, 우리는 또한 동종사회성에 대한 한 후기의 담론에서 그것의 타고난 모호함을 느낄 수 있다. 또한, 동종사회성이, 어떤 관심사들을 다룰 수 있는 하나의 담론을 작동케 하였을 수도 있다. 우리가 '내면적 삶'과 결합시키는 다른 많은 성질들뿐만 아니라, 진정한 것과 기회주의적인 것 사이의 차별화가 동종사회적 담론의 컨텍스트 내에서 탐구되었다. 『후한서』는 유량(劉梁, ?~181)에 대해서 이렇게 쓴다.

> 세간에 이익을 위한 교제가 많고 삿됨과 굽음으로 당을 만드는 것을 언제나 싫어하더니 『파군론(破羣論)』을 지었다. 당시 그 글을 읽어본 이들은 "공자가 『춘추』를 짓자 난신(亂臣)이 두려움을 알았듯이, 지금 이 논을 지으니 속사(俗士)들이 어찌 마음에 부끄럽지 않으랴" 하고 생각하였다. 그 글은 지금 남아 있지 않다. (『後漢書』, 2,635면)[23]

범엽의 기술은 '공리(功利)적인' 개인적 관계들에 대한 비난에 있어 거의 일치하였던, 교우관계와 당에 관한 한 후기의 담론 대부분에 적용할 수 있을 것이다. 왕부(王符, 67~158년경)는 마융·장형(張衡)·최인(崔駰)의 친구였는데, 이 세 사람은 모두 당고를 당한 관리들의 직전 세대의 뛰어난 문인들이었다. 그의 『잠부론(潛夫論)』 10

---

23) * 常疾世多利交, 以邪曲相黨, 乃著破羣論. 時之覽者, 以爲 "仲尼作春秋, 亂臣知懼, 今此論之作, 俗士豈不愧心". 其文不存.

권은 동한 사회 비판의 가장 신랄한 작품으로 불려온 것으로서, 그의 시대의 정부와 도덕에 대한 지속적인 비판이었다. 왕부의 글은 한 후기 사상의 많은 부분을 특징짓는, 개인과 국가의 이분화 방식을 예증한다. 공과 사는 두 개의 분리된 영역으로 인식된다.[24] 왕부의 작품은 도덕적 이유로 관직을 거부하는 점차 증대하던 일반적 패턴에 더욱 이데올로기적 정당화를 부여하였다. 『잠부론』제30 장은 「교제(交際)」라는 제목이 붙어 있다.[25] 그 장은 이렇게 시작한다.

"사람은 옛 사람을 구하고, 기물은 옛 기물을 구하지 말라.[26] 형제는 시간이 갈수록 멀어지고, 친구는 시간이 갈수록 가까워진다"고 한다. 이는 교제의 이치로서, 인지상정(人之常情)이다. 그러나 오늘날은 그렇지 않아서, 먼 것을 생각하고 가까운 것을 잊어버리는 일이 많고, 친한 사람을 저버리고 새로운 사람을 향한다. 혹 해가 갈수록 더 소원해지기도 하고, 혹 중도에서 서로 버리기도 하며, 선성(先聖)의 전계(典戒)를 거스르고, 평소 바라던 약속을 저버린다. 이는 무슨 까닭에서인가? 돌이켜 생각해보면 역시 알 수 있다. 세(勢)에는 항상적 방향[常趣]이 있고, 리(理)에는 본래 그러함[固然]이 있다. 부귀한 이에게 사람들이 다투어 붙는 것은 세의 항상적 방향이다. 빈천한 이에게서 사람들이 다투어 떠나가는 것은 리의 본래 그러함이다.[27]

---

24) 王符의 사상에 대한 논의는 Balazs(1964), pp.198~205를 보라. 이 텍스트에서 내가 인용한 것은 彭鐸, 『潛夫論箋校正』인데, 汪繼培의 箋이 달려 있다.

25) 이 장은 전적으로 교제에 관한 것이다. 이는 특화되지 않은, 비가족적 '인간관계들'이 일반적으로 교제를 가리킨다는 나의 논점과 일치한다.

26) * "人惟求舊, 器非求舊."(『尙書』 「盤庚」)

27) * 語曰 : "人惟舊, 器惟新; 昆弟世疎, 朋友世親." 此交際之理, 人之情也. 今則不然, 多思遠而忘近, 背故而向新; 或歷載而益疎, 或中路而相捐, 悟先聖之典戒, 負久要之誓言. 斯何故哉? 退而省之, 亦可知也. 勢有常趣, 理有固然. 富

부자와 빈자 사이의 거대한 격차와 엘리트의 어떤 부류들의 화려한 생활은 몇몇 한 후기 사회비평가들의 표적이었다.[28] 이 작가들은 부의 재분배와 같은 어떤 것도 주장하지 않는다. 그들은 낭비적이고 과도하다고 생각한 것을 공격한다. 여러 맥락에서 과도함은 우리가 동종사회적 담론에 관한 논의를 돌려주는 주제이다. 부와 가난은 교우관계에 대한 왕부의 담론의 지침을 이룬다. 『잠부론』 속의 대부분의 주제들에 관한 그의 논의들에 대해서도 그러하다. 사람들은 실제적 혹은 상상적 이익 때문에 부자와 사귀며, 기회주의자와 신실(信實)한 사람을 구별하기는 어려워진다. 왕부 및 그와 비슷한 생각을 가진 비평가들에게 물질적 부는 과도하고 외적인 것이다. 즉, 그것은 너무나 직접적으로 그 자체의 기표이다. 도덕성과 신실성에 의해 형태지어지는 내적 일관성에 대한 왕부의 형상화는 재현 권력을 물질적 과시로부터 텍스트적 표준들로, 화려한 부로부터 정전적 텍스트들의 일관된 개념들의 재확인으로 이동시킨다. 『잠부론』에서, 부의 추구가 낳은 사회적 분열과 부패는 올바른 사회에 내재하는, 내적 자질들과 외적 행동 사이의 우주론적 유대를 파괴한다. 이 타락이후적(postlapsarian)[29] 상태에서의 인간관계들은 외적인 것의 견인력에 의해 복잡해진다. 친교에 대한 그의 싸잡은 비난은 그 관계가 기능적이고 도구적인 것의 영역으로 포섭되었다는 생각의 결과이다. 기회주의적인 친교에 대한 이 비난은 2세기 후반 사회관계들에 대한 유교적 비판을 특징짓는다. 주

貴則人爭附之, 此勢之常趣也; 貧賤則人爭去之, 此理之固然也.

28) Balazs(1964), 13장을 보라.

29) * 「창세기」에서의 아담과 이브의 타락 이후를 가리키는 말.

목30)의 「숭후론(崇厚論)」, 그리고 특히 그의 「절교론(絶交論)」(위에서 인용)은 이 주제에 대해 더 많은 것을 말해준다. 주목의 논의는 기호학적 질서 및 해석학적 질서에 대한 동종사회성의 위협의 또 다른 측면을 집중 조명한다. 즉, 그것은 아나키적 위협, 인간들의 보편적 질서의 텍스트적 논리가 더 이상 적용되지 않는 영역이다.31)

붕당에 대한 조조의 유명한 비판은 가족 혹은 정부의 위계제라는 허가된 유대에 의해 묶이지 않은 관계들은 국가의 안녕에 위험하다는 것을 발견한다는 점에 있어서 주목의 비판과 유사하다. 「정제풍속령(整齊風俗令)」으로 알려진 그의 포고령은 206년 겨울에 나왔는데, 다음과 같다.

아당비주(阿黨比周)32)는 선성(先聖)들이 싫어하던 바이다. 듣자하니 기주(冀州)33)의 풍속에 부자간에 서로 부(部)34)를 달리하고 나아가 서로 비방하기까지 한다고 한다. 옛날에 직불의(直不疑)에게 형이 없었는데, 세상 사람들이 그를 두고 '형수를 훔쳤다'고 하였다.35) 제오륜(第五倫)이 고아와

---

30) 朱穆은 蔡邕과 동시대인이었다. 그의 전기는 『後漢書』, 1,461~1,476면에 있다.
31) Che'n Chi-Yun(*Cambridge History of China*, pp.787~788)은 朱穆의 사상을 도가적이라고 규정한다. 비록 엄격한 유교적 가르침의 역효과에 대한 朱穆의 탄핵에는 확실히 도가적인 것이 있긴 하지만, 특히 선하고 순수한 '본성'의 타락과 관련해 그러하지만, 유교적인 라벨도 도가적인 라벨도 쉽게 붙일 수는 없다. 『後漢書』에 있는 그의 전기가 보여주듯이, 朱穆은 그의 동시대인들에게 도가사상가로서 알려지지 않았다.
32) * 阿黨은 사사로움을 좇아 법을 어기는 것. 比周는 무리를 지어 私利를 추구하는 것.
33) 209년까지는 曹操의 朝廷이 鄴에서 확고히 수립되었는데, 鄴은 冀州에 있었다.
34) * 여기서는 黨과 같은 말.
35) 『漢書』에 있는 直不疑의 전기는 그가 형수와 관계를 가졌다는 이유로 조정의 인사들에게 비방을 받았다고 기록하고 있다. 直不疑는 "나는 형이 없다"고 대답하였다. 『漢書』, 2,202면.

세 번 결혼하자, 그가 장인을 때렸다고 하였다.[36] 왕봉(王鳳)은 권력을 전
횡하였으나 곡영(谷永)은 그를 신백(申伯)에 비유하였고,[37] 왕상(王商)은
충의로왔으나 장광(張匡)은 그를 좌도(左道)라 하였다.[38] 이는 모두 백(白)
을 흑(黑)이라 여긴 것이니, 하늘과 임금을 기만한 것이다. 나는 풍속을 가
지런히 하고자[整齊] 하는데, 이 네 가지를 제거하지 못하면, 그것을 부끄
러이 여길 것이다. (『三國志』, 27면)[39]

여기서 언급된 붕당의 위험은 명백한 것이다. 즉, 그것은 정직
하고 책임 있는 정부를 위협한다. 그러나, 그의 글의 재미있는 속
뜻은, 다른 관계들과 마찬가지로 상호관계들이라는 문제틀의 한
부분으로서 간주되는 가족관계에 주어진 중요성이다. 직불의는 자
기에게 형이 있다는 것을 부인해야 한다. 제오륜은 그의 아내들에
게 아버지가 있다는 것을 부인해야 한다. 왕봉은 자신의 부패한
권력을 증진시키기 위해서 자기와 황제와의 가족관계를 이용한다.
조조의 글은 개인적인 것과 정부적인 것 사이의 긴장, 위계제와

---

36) 第五倫은 光武帝 때의 신하로서, 의로움과 덕으로 유명했다. 53년에, 광무제
   가 이 탄핵에 대해 농담을 하자 그는 자기와 결혼한 여자들은 아버지가 없었다
   고 대답하였다. 『後漢書』, 1,396~1,397면.
37) 王鳳은 前漢 成帝의 外叔이었다. 그와 그의 친척들은 조정 권력을 독점하였
   다. 이에 대해 많은 비판이 있었으나, 谷永은 王鳳의 호의를 사고자 그를 申伯
   에 비유하는 상주문을 황제에게 올렸다. 申伯은 周宣王의 外叔으로서, 왕의 충
   실한 지지자로 알려져 있다. 『漢書』, 3,451면 이하의 谷永傳에서.
38) 王商의 전기는 그가 成帝 때의 충성스럽고 유능한 각료였으나 王鳳에 의해
   면직되었다고 말하고 있다(앞의 각주를 보라). 張匡은 王鳳의 호의를 사려 한
   교활한 정객으로 알려졌다.
39) * 阿黨比周, 先聖所疾也. 聞冀州俗, 父子異部, 更相毁譽. 昔直不疑無兄, 世
   人謂之盜嫂; 第五伯魚三娶孤女, 謂之撾婦翁; 王鳳擅權, 谷永比之申伯, 王商
   忠議, 張匡謂之左道 : 此皆以白爲黑, 欺天罔君者也. 吾欲整齊風俗, 四者不除,
   吾以爲羞(伯魚는 第五倫의 字이다).

충성의 상충하는 구조들 사이의 긴장을 포착한다.

서간은 조조 지배하의 한(漢) 조정에서 몇몇 직위를 가졌었지만 다양한 이유로 임명을 거부했다고 알려져 있다. 2권 20장으로 된 그의 『중론』[40]은 조비의 「여오질서(與吳質書)」에서 "사의(辭義)가 전아(典雅)하여, 후세에 전할만 하다"[41]고 기술된다(『全三國文』, 1,089면). 그것은 여러 가지 방식에서 『논어』의 시사적(時事的) 관심사들에 대응한다. 제12장 「견교(讒交)」는 반동종사회적 담론의 대부분의 특색들을 모아놓는다. 나는 그것을 모두 번역한다.

4. 동종사회성에 대한 비난

백성이 교유(交游)를 좋아함은 성왕(聖王)의 시대에 미치지 못해서 그러리라. 옛 사람들이 교유하지 않은 것은 자구(自求)[42]를 위했기 때문이리라.

---

40) 梁榮茂(1974)는 최소한의 주가 달린, 본문 연구서이다. 池田温(1984~1986)은 잘 정리된, 주석이 달린 판본이자 번역본이다(중국어 본문, 일본어 주석). 徐幹의 철학에 대한 분석은 羅建人(1973), Makeham(1994)을 보라. 본문관련 문제들에 대해서는 池田温, Makeham과 Loewe가 편집한 『Early Chinese Texts : A Bibliographic Guide』를 보라. 메이크햄은 "名 / 實" 이분법을 『中論』의 핵심적 관심사로 간주한다. 이런 독법은 메이크햄의 작업을 "유가"사상에 대한 하나의 해석학과 내부에 위치시키는데, 나는 그들과 관심사를 공유하지 않는다. 나는 四部叢刊본을 底本으로 번역하였고, 대부분의 경우에 주석에 대한 이케다의 제안을 따랐다.

41) *辭義典雅, 足傳於後.

42) 『周易』의 한 구절을 참조한 것이다. "양분을 공급하고, 사람이 자기 입을 채우기 위해 찾는 것에 주의한다." Wilhelm and Baynes(1967).

　*『周易』 제27 「頤卦」의 괘사 "頤, 貞吉觀頤, 自求口實"을 말한다.

옛날 성왕이 그 백성을 다스릴 때는 구직(九職)을 백성에게 맡기고, 팔형
(八刑)으로써 백성을 바로잡았고, 오례(五禮)로써 백성을 이끌었으며, 육악
(六樂)으로써 백성을 훈도하였으며, 삼물(三物)로써 백성들을 가르쳤고, 육
용(六容)을 가르쳤다.[43] 백성을 수고롭게 하면서도[44] 곤(困)한 지경에 이르
게 하지 않았고, 편안하게 하면서도 황음(荒淫)에 이르게 하지는 않았다. 그
때 사해(四海) 내에서는 덕을 증진하고 공업(功業)을 세웠고,[45] 일에 부지
런하여 여가가 없었으니, 어찌 감히 나쁜 마음을 품고 편안함을 좋아하여
쓸 데 없는 일로 큰 공업을 해쳤겠는가? 왕공(王公)으로부터 열사(列士)에
이르기까지, 올바르지 않은 이가 없었고, 재상의 직위를 존중하고 공경하였
으며,[46] 감히 한가롭거나 안일하지 않았다. 그러므로 『춘추외전(春秋外
傳)』[47]에서 "천자가 대채(大采)[48]를 입고 태양에 제사지낼 때,[49] 삼공(三
公)·구경(九卿)과 함께 지덕(地德)을 배우고 익혔다. 낮에 정사를 돌볼 때
백관과 함께 하였다. 여(旅)와 목(牧)과 상(相)이 민사(民事)를 차례짓고, 삼

---

43) 『周禮』의 「天官」 「大宰」와 「地官」 「大司徒」의 항목들을 참조한 것이다. "九
職으로 萬民을 쓴다. 첫째는 三農으로, 九穀을 생산한다. 둘째는 園圃로, 草木
을 기른다. 셋째는 虞衡으로, 山澤의 산물을 키운다. 넷째는 藪牧으로, 鳥獸를
기른다. 다섯째는 百工으로 八材를 꾸며 변화시킨다. 여섯째는 商賈로, 돈과
재물을 크게 유통시킨다", "첫째는 不孝에 대한 처벌이다" 등.

44) *『論語』 「子張」, "군자는 믿음을 얻은 후에야 백성을 수고롭게 한다[君子,
信而後勞其民]."

45) 乾卦의 「文言傳」에서 인용.

46) 『尙書』, 「酒誥」, "成湯으로부터 帝乙에 이르기까지 왕의 덕을 이루고 輔相을
존중하였으므로 御事들이 자신들의 책무를 다하였고, 감히 스스로 한가하거나
안일하지 않았다." 皮錫瑞(1925)에서는 徐幹이 『今文尙書』를 사용했기 때문에
인용문에 변동이 있다고 생각했다. 梁榮茂는 今古文 텍스트에 있는 이런 류의
相違를 보지 못한다. 梁榮茂(1979), 84면을 보라.
　*원주에서 皮錫瑞(1925)는 원서의 참고문헌에 의하면 『經學歷史』를 가리키
는 것인데, 이는 착오이다. 皮錫瑞의 지적은 『今文尙書考證』에 나온다. 역자가
본 것은 『今文尙書考證』(中華書局, 1998), 325면이다.

47) *『國語』를 가리킨다.

48) * 고대에 천자가 태양에 제사지낼 때 입던 예복.

49) 이 긴 단락은 『國語』 「魯語」에서 인용하였다.

채(三采)를 입고 달에 제사지낼 때, 태사(太史)와 함께 하늘의 법을 공경하고, 해가 진 뒤에는 구어(九御)가 체교(禘郊)에 쓰는 곡식그릇을 씻는 것을 본 다음에야 잠들었다. 제후는 천자의 업명(業命)을 수행하는데, 낮에는 그 국직(國職)을 살피고, 저녁에는 그 전형(典刑)을 살피며, 밤에는 백관들을 주의시켜서 향락에 빠지거나 태만함이 없도록 하였다. 경대부(卿大夫)는 아침에는 자기 직무를 살피고, 낮에는 뭇 정사(政事)를 돌보고, 저녁에는 일을 정리하고, 밤에는 가사를 처리한 후에야 잠자리에 들었다. 사(士)는 아침에는 공부를 하고, 낮에는 강습(講習)하고, 저녁에는 배운 것을 복습하고, 밤에는 자신이 잘못한 것은 없는지 살핀 다음에야 잠자리에 들었다." 정월에는 유사(有司)로 하여금 관부(官府)에 영(令)을 내리게 하였다. "각기 직무를 수행하고, 법을 살피고, 일을 준비하여 왕명을 들을 것이되, 불공(不恭)함이 있으면 방(邦)에 큰 형벌이 있을 것이다."[50] 이로써 보건대, 교유에 힘쓰지 않는 것은 정사의 잘못이 아니며, 마음이 맡은 일에 가 있어 겨를이 없는 것이다. 또 선왕의 가르침은, 관(官)은 교유로써 백성을 이끌지 않고 오히려 백성으로 하여금 덕을 살피게끔 하였으며, 또 교유로써 현인(賢人)을 천거하지도 않았으니, 이로 인해 그 백성에게 교유를 금지하지 않았어도 백성이 저절로 교유에 신경 쓰지 않았다. 주(周)나라가 쇠하게 되자 교유가 흥하였다.

어떤 이가 물었다. "그대의 저서에서, 군자에게 사귐이 있는데 이는 현교(賢交)를 구하는 것이라 하였습니다. 지금 그대가 사귐이라고 하는 것은 옛날의 사귐이 아니니, 그렇다면 옛날의 군자들에게는 현교가 없었습니까?" 내가 대답하였다. "이상하구나! 그대는 대륜(大倫)에 통하지 못하였다. 만약 집밖을 나서지 않고 빈 방에 앉아 있다면, 비록 이매망령(魍魅魍魎)[51]이라도 나를 보지 않을 것인데, 하물며 현인인들? 지금 그대는 내가 말하는 바 교유의 실질을 살피지 않고서 그 이름을 비난하는데, 이름은 같아도 실질은 다를 수 있고, 이름은 달라도 실질은 같은 것이 있다. 그러므로 군

---

50) 이 문장과 다음 문장은 『周禮』 「天官」을 참조한 것이다.
51) * 귀신을 말한다.

자는 이런 도리에 있어서 그 실질에 힘쓸 뿐 그 이름을 비난하지 않는다. 내가 옛날에는 교유하지 않았다고 한 것은 방구석에 들어앉아 있는 것을 말한 것이 아니다. 내가 오늘날은 교유를 좋아한다고 말한 것은 길에서 비를 흠뻑 맞으며 고생하는 것을 말한 것이 아니다. 옛날의 군자는 왕사(王事)를 돌보다 틈이 나면 선물을 들고서 동료들을 만났고, 나라의 현인들은 연락(宴樂)할 때에도 인의(仁義)를 말했을 뿐 명리(名利)를 말하지 않았다. 군자들 중 관직을 갖지 않은 이들[未命者] 또한 농사짓다 틈이 나면 선물을 들고 향당(鄕黨)의 뜻 맞는 이를 만났는데, 옛날의 현자들도 역시 그러하였으니, 어째서 그것이 현교가 아니겠는가? 왕사를 제쳐놓거나, 교업(交業)을 폐(廢)하거나, 먼 타향으로 가서 놀거나, 세월을 헛되이 보내거나 하는 일은 없었다. 그러므로 옛날에는 가까이 있는 이와 사귀었고, 오늘날에는 먼 데 있는 이와 사귄다. 옛날에는 사귀는 이가 적었는데, 오늘날은 사귀는 이가 많다. 옛날에는 현인을 구하기 위해 사귀었는데, 오늘날에는 명리를 위해 사귈 뿐이다!

옛날 나라를 세울 때는 사민(四民)이 있었다. 서계(書契)를 잡고 도판(圖版)을 익혀 성왕의 법을 받들며, 예의(禮義)의 핵심을 연구하는 이를 사(士)라고 하였다. 힘껏 지리(地利)를 다하는 이를 농부라 하였다.[52] 곡직(曲直)의 형세(形勢)를 살펴서 다섯 가지 재료로 백성들에게 필요한 기물을 종류별로 만들어내는 데 힘쓰는 이를 백공(百工)이라 하였다. 사방의 진기한 물건들을 구하여 보급하는 이를 상려(商旅)라고 하였다. 각자 그 일들을 세습하여, 직업을 바꾸지 않았으니, 어려서부터 그 일을 익혀 그 일에 마음이 편안하였고,[53] 마치 본성과 같아서 그 성과가 그치지 않았다. 그러므로 백성이 처함에 있어 각기 그 신분에 따르고, 서로 빼앗지 않게 하여서 그 이목(耳目)을 하나로 하였다. 이 사직(四職)에 종사하지 않는 이들을 궁민(窮民)이라 하였는데, 감옥에서 노역하였다. 무릇 백성의 출입과 행동거지, 모

---

52) 이 네 범주에 대해서는 많은 참조서가 있다. 이것은 『周禮』의 설명이다.
53) 『國語』, 226면에서 인용. 뒤따르는 구절은 직업을 바꾸는 것은 만류되었다는 사실을 강조하고 있다.
  * "少而習焉, 其心安焉, 不見異物而遷焉."(『國語』「齊語」)

임과 회식에는 모두 절도가 있었고, 게으르거나 제멋대로여서 생업을 방기하거나 처벌받거나 하는 일이 있을 수 없었다. 그런즉 어찌 떼지어 멀리 돌아다니며 오로지 교유만 일삼는 이들이 있었겠는가? 그런 까닭에 오가(五家)를 비(比)로 하여 서로 보살피게 하였는데, 비에는 장(長)이 있었다. 오비(五比)를 여(閭)로 하여 서로 염려하게 하였는데, 여에는 서(胥)가 있었다. 사려(四閭)를 족(族)으로 하여 서로 장례 지내게 하였는데, 족에는 사(師)가 있었다. 오족(五族)을 당(黨)으로 하여 서로 구제하게 하였는데, 당에는 정(正)이 있었다. 오당(五黨)을 주(州)로 하여 서로 구휼하게 하였는데, 주에는 장(長)이 있었다. 오주(五州)를 향(鄕)으로 하여 서로 접대하게 하였는데, 향에는 대부(大夫)가 있었다.[54] 이 대부들 중에는 반드시 총명하고 자혜(慈惠)로운 이가 있었으니, 그들로 하여금 그 향의 정교(政教)와 금령(禁令)을 관장하게 하였다. 정월(正月) 초하루에 사도(司徒)에게서 법(法)을 받아 와서는 주·당·족·여·비의 여러 관리들에게 반포(頒布)하여 각자 맡은 백성을 가르치게 하고서, 그 덕행을 살피고 도예(道藝)를 살펴서 세시(歲時)에 그 대부에게 올려서 그 중과(衆寡)를 살폈다. 무릇 백성들 중 덕행과 도예가 있는 이들을, 비에서는 여에 고하고, 여에서는 족에 고하고, 족에서는 당에 고하고, 당에서는 주에 고하고, 주에서는 향에 고하고 향에서는 다시 백성들에게 고하였다. 사특하고 부정(不正)한 자가 있으면 비(比)에서부터 위로 고하는 것은 마찬가지였다. 선한 이가 있는데도 고하지 않는 것을 폐현(蔽賢)이라 하였고, 폐현에는 처벌이 따랐다. 악한 이가 있는데도 고하지 않는 것을 당역(黨逆)이라 하였고, 당역에도 처벌이 따랐다. 그러므로 백성들은 선한 이를 내버려 둘 수 없었고, 또 악한 이를 감추어 둘 수도 없었다. 향대부는 매 삼 년마다 대대적으로 견주어보아 현(賢)한 이와 능(能)한 이를 일으켰다. 향로(鄕老)와 향대부와 여러 관리들이 현한 이와 능한 이를 천거하는 서(書)를 왕에게 올리면, 왕은 그것을 받아서 천부(天府)에 올렸다. 그들에게 벼슬을 내리는 명(命)은 각기 그 재질(才質)에

---

54) 『周禮』「地官」「大司徒」 참조. 집행인들에 대해 가필하기는 했지만, 여기서는 『周禮』에서 직접 인용하였다.

적당하도록 맞추어서, 능력이 큰 이에게 작은 일을 시키지 않고, 가벼운 이에게 무거운 일을 맡기지 않았다. 그러므로『서경』에서 "백관이 서로 본받아, 일 잘할 것만 생각한다[百僚師師, 百工惟時]"고 하였다. 이것이 선왕이 사를 뽑아 관리로 만드는 법이었다. 그러므로 그 백성이 근본으로 돌아가 자구(自求)하지 않음이 없었고, 삼가 작은 덕부터 쌓아가지 않음이 없었고, 복이 사람에게서 말미암지 않음을 모르는 이가 없었다. 그러므로 교유하는 일이 없었고, 청탁(請託)의 실마리가 없었으며, 마음은 맑고 몸은 고요하여, 편안하게 자득(自得)하였으니, 모두가 서로 정도(正道)로써 이끌고, 성실함으로써 서로 격려하였기에, 간특한 설(說)이 생기지 않았고, 사악하고 부정한 것은 저절로 사라졌다.

시대가 쇠하여, 위로는 명천자(明天子)가 없고, 아래로는 현제후(賢諸侯)가 없어졌다. 임금은 시비(是非)를 모르고, 신하는 흑백을 가리지 못한다. 사(士)를 취함에 향당으로부터 말미암지 않고, 행실을 살핌에 벌열(閥閱)에 바탕하지 않는다. 자신을 많이 도와주는 이가 현재(賢才)가 되고, 적게 도와주는 이는 불초(不肖)가 된다. 벼슬을 정할 때 근거 없는 주장을 듣고, 녹봉을 정할 때 방국(邦國)의 뜬소문을 듣는다. 이런 것을 백성들이 보고서는, 여러 사람을 좇아다님으로써 부귀해진다는 것을 알고, 허황된 말로써 명예를 얻을 수 있다는 것을 알게 되었다. 이에 곧 부형(父兄)을 저버리고 그 고향을 떠나, 도예를 닦지 않고 덕행을 연마하지 않으며, 시류에 맞는 말을 하고 비주(比周)의 당(黨)을 결성하니, 바빠서 쉴 날이 없다. 서로 번갈아 칭찬하고 추어올리며, 서로 맞장구치니, 도올생화(檮杌生華)⁵⁵⁾나 초췌한 포의(布衣)로 인주(人主)를 기만하고 재상(宰相)을 현혹하며 선거(選擧)를 훔치고 영총(榮寵)을 도적질하는 자들을 이루 다 셀 수가 없다. 이미 이런 자리가 보장된 이들은 자신을 현명하다고 여기고 예전에 하던 일을 반복하며, 그들을 선망하고 흠모하는 이들이 그들을 좇는데, 점차 다들 이렇게 되니 누가 그러지 않을 수 있겠는가? 환제와 영제 때 이런 상황이 매우 심했다. 공경(公卿)·대부(大夫)로부터 주목(州牧)·군수(郡守)에 이르

---

55) * 뜻이 분명치 않다.

기까지 왕사(王事)를 걱정하지 않고, 손님노릇과 접대에 힘쓰니, 관원들이 쓴 모자와 수레 덮개가 문을 가득 채우고, 유복(儒服)이 길을 가득 메우니, 배가 고파도 밥 먹을 틈이 없고, 피곤해도 그만 두지 못한다. 시끄럽게 북적대며 밤을 낮 삼으니, 아래로는 말단관리에 이르기까지 각 성(城)의 관리들이 서로 상대방을 높여가면서 제 사람을 얻지 않음이 없었다. 하사(下士)로 자처하며 상대를 공경하면서, 별밤에 담소하고 이른 아침에 수레를 달리며, 배웅하고 마중하니, 정전(亭傳)은 늘 만원이고 이졸(吏卒)들이 안부를 전하는데, 횃불 들고 밤길을 다니니 문지기들은 문을 닫지 않는다. 서로 팔을 붙들고 손목을 비틀면서, 하늘에 대고 맹세하며, 서로 은혜를 베풀면서 경중을 따지지 않는다. 문서는 관원들에게 맡겨두고, 감옥에는 죄수들이 쌓여가도 살펴볼 틈이 없다. 그 하는 짓들을 자세히 살펴보면, 나라를 걱정하고 백성을 불쌍히 여기거나, 도(道)를 꾀하고 덕을 강구하고자 하는 것이 아니라 단지 사리사욕을 강구하고 세(勢)를 추구하고 이익을 좇을 뿐이다. 조정에 이름을 두었으면서도 부귀한 이에게 문생(門生)을 자처하는 이들이 수두룩하다. 스승이면서도 가르칠 것을 가지고 있지 않고, 제자 역시 수업(受業)하지 않는다. 그래서 그 하는 일에 있어서는 장부(丈夫)의 모습을 일그러뜨리고 노비나 첩의 행태를 답습한다. 혹 재물을 들고 가서 뇌물을 줌으로써 그 맺은 관계를 공고히 하여, 청탁에 뜻을 두고 벼슬을 도모한다. 눈빛으로 뜻을 맞추고 맞장구를 쳐가며 쓸데없는 소리들을 해대니, 말하기조차 부끄러운 일인데도 그런 짓을 하는 이들은 부끄러움을 모른다. 아! 왕교(王敎)의 시듦이 이 지경에까지 이르렀는가? 또 교유하는 이가 집을 떠나서는 타향에서 죽기도 하고, 나이가 들어서도 집에 돌아오지 않기도 한다. 부모는 의지할 데 없이 외로워 그리움에 쌓이고, 부인은 동산(東山)[56]의 슬픔을 안고 살며, 친척들과 멀어지고, 가정으로부터 분리되어서, 죄 없이도 망명(亡命)하는 꼴을 닮았다. 옛날에는 노역에 동원되었을 때 정해진 기한이 지나도 고향에 돌아가지 못하면 오히려 시를 지어 원망하였

---

56) *『詩經』 「豳風」 「東山」은 멀리 떠나 돌아오지 않는 남편 때문에 부인이 탄식하는 내용을 담고 있다.

다. 그러므로 「사월(四月)」에서는 자신을 "선조(先祖)에 죄인 되었으니, 어찌 나를 용서할까?"[57]라고 하였다. 하물며 군명(君命)이 없었는데도 스스로 그런 짓을 한 사람의 경우에랴? 이로써 논하건대, 바깥에서 교유하면서 오래도록 돌아오지 않는 것은 인인(仁人)의 정(情)이 아니다.[58]

　나는 우선 여기에 기술된 금욕주의적 유토피아가 정치적 프로그램도 아니고 역사 문서도 아니라는 것을 강조하고 싶다. 나는 서간을 부단한 노동의 옹호자로 간주하는 것이 아니며, 사(士) 시간성(temporality)의 명시화에 흥미가 있는 것이다. 만약 서간이 어떤 주장을 하고 있는 것이라면, 나는 그의 암묵적 입장이 다음과 같이 표현될 수 있다고 말할 것이다. 즉, 비공식적 시간은 텍스트화와 재현의 레짐에 굴복하지 않으며, 그러므로 회피되어야 한다는 것이다. 동종사회성은 오직 '자유로운' 시간이나 잉여 시간을 위한 것이고, 이론적으로 말하자면 거기에는 귀중한 것이 거의 없다. 『논어』의 "업무가 끝나면 공부하고, 공부가 끝나면 업무를 본다"[59]라는 구절에 따르면, 여가시간의 동종사회성은 '공부' 아래에 포섭될 수 있어야 한다. 교육을 위해 현자들로 이루어진 사교계를 찾아야 한다. 나는 제4장에서 '자유시간'을 더 길게 논할 것이지만, 여기서는 일 이외의 시간을 재현할 때의 어려움에 주목한다. 국가의 규제와 공무의 집행은 텍스트적으로 용이하게 나타내어지고 범주화될 수 있을 것이다. 왜냐하면 사교적 관계들의 내용은 명확한 기술에

---

57) 『詩經』 「小雅」 「四月」. 『魯詩』에서는 行役에서 오랫동안 귀환하지 못한 사람의 곤궁에 대해 쓴 시라고 주장하고 있다. 徐幹은 『魯詩』의 해석을 따르고 있음에 주의하라.

58) * 번역은 徐湘霖 校注, 『中論校注』, 巴蜀書社, 2000을 저본으로 하였다.

59) * 仕而優則學, 學而優則仕(『論語』 「子章」).

그다지 적합하지 않기 때문이다. 비록 서간이 이 텍스트를 지을 때가 되면 '고리'와 '문생'이 준공식적 지위를 획득했음에도 불구하고, 우리는 이 관계들에 대한 그의 비판 속에서 그것들의 비정규성에 의해 노정되는 어려움들을 볼 수 있다. 이 텍스트를 유교적 청교도의 금욕주의적 노호(怒號)라고 각하해 버리기는 쉬울 것이다. 그럼에도 불구하고, 담론적으로 위험이 컸음을 우리는 인정해야 한다. 즉 제국의 텍스트적 질서는 정치적 질서가 의존했던 것과 동일한 위계들에 의존하였다. 동종사회성은 질서를 위협하였다.

서간의 불평들은 『세설신어(世說新語)』에 나오는, 친교에 대한 글들과 일화들에서 도가적인 반향들을 더 많이 발견하게 된다. 혜강(嵇康)이 산도(山濤)에게 보내는 유명한 절교 서한[60]은 자기 수양 및 '자연의' 원리들의 고수(固守)를 선호하는 반면 후원, 의무, 영향의 세계에 대한 열렬한 거부이다. 『세설신어』에는 자기 수양을 선호해서, 혹은 부적절한 결합을 통한 개인적 몰락에 대한 공포로 인해 거부된 친교들에 관한 일화가 풍부하다. 제7장 「식감(識鑒)」 제3조에서 부하(傅嘏)는 세 사람과의 교제 제의를 거부하였다. 그는 그세 사람이 "밖으로는 이득을 좋아하고 안으로는 자신을 단속함이 없소 (…중략…) 멀리 하더라도 오히려 화(禍)에 말려들까 두려운데 하물며 친할 수 있겠소?"[61] 자기 수양이라는 맥락 안에서의 교제는 제9장 「품조(品藻)」 제26조에서 표현된다. "왕승상(王丞相 : 王導)이 이르길, '사인조(謝仁祖 : 謝尙)를 만날 때면 그는 항상 사람을 향상 진보케 하지만, 하차도(何次道 : 何充)와 담론할 때면 그는 다만

---

60) *『全三國文』卷47「與山巨源絶交書」.
61) *김장환 역주, 『세설신어』중, 살림, 1997, 157면.

손을 들어 땅을 가리키며 '정작 진실로 이와 같다'고만 한다'고 했다."62)

한말에 뒤이은 세기들의 이 일화들에서, 우리는 그것들이 부분적으로 한말에 표현된 관심사들의 무척 대담하고 드라마틱한 진술들임을 알 수 있다. 그러나 당고의 시대와 『세설신어』에 보존된 진대(晉代)의 일화들 사이에는 그 강조점에서 미묘한 담론적 이동이 있다. 한대에 명성[名]에 대한 강조로서 시작하는 것이 진나라 때가 되면 기행(奇行)과 유별남[異]에 대한 더 큰 강조로 전환된다. 이는 '극단적' 주체성의 구체화된 버전이다. 즉, 더욱 완전히 텍스트화된 자아(selfhood)이다. 이 이동은 또 다른 맥락 속에서 '청의(淸議)'로부터 '청담(淸談)'으로의 이동이라고 주장되어 왔다.63) 당고시대의 보존된 문서들을 『세설신어』와 비교해보면, 인간 행동과 '라이프스타일'의 전 영역에까지 확대된 『세설신어』에서, 인물 품평의 포괄적 성격이 기묘하고 유별난 유형들에 상석(上席)을 내어 주었음을 보게 된다.

『세설신어』의 인물학은 후한 후기의 경향들의 발전된 버전을 다른 방식으로 반영하였다. 인물 분석은 관료 채용에 필수적인 '알아보기'의 기술(技術)에 그 담론적 뿌리를 두고 있었다. 이미 칠자언에서 그 알아보기의 텍스트적-정식적 성격을 목격할 수 있다. 인물 품평의 언어와 실천의 부상 속에서, 우리는 텍스트화-정규화 기능이 행동과 언사로까지 연장되는 것을 발견한다. 그로 인한 사회적 장면은, 대부분의 문화사가들이 실제로 해석해 왔듯이,

---

62) * 김장환 역주, 『세설신어』 중, 살림, 1997, 348면.
63) 무엇보다도 余英時(1959), 周紹賢(1972), 何啓民(1976), 牟宗三(1975)을 보라.

'개인성(individuality)'의 부상으로 해석될 수 있다. 그것은 또한, 내가 말했듯이, 텍스트적 장(場)의 연장(延長)을 대변할 수도 있을 것이다.

5. 품평과 천거

제1장에서 나는 한대 중국에는 인쇄시대에 획득할 수 있게 되는 그런 의미에서의 '읽기'는 존재하지 않았다고 말했다. 인쇄시대에 텍스트들의 양, 그것들의 유통방식, 그것들의 소유와 접근 가능성의 성격은 근본적으로 다른 읽기 개념을 창조하였다. 우리는 텍스트 '이해'의 기능이, 교육이나 주석의 실천들 속에서, 텍스트의 생산 및 유통과 결합되어 있음을 보았다. 몇 가지 측면에서, 인물 품평은 텍스트-유통 시스템 내부의 읽기 실천과 유사했다. 한 '인물'이 읽기를 획득하고 나면, 그 다음엔 유통되고 '명성'을 형성하였다. 그러나 인물 분석은 몇 가지 방식에서는 공식적 삶(official life)[64]에서 더 직접적으로 기능적인 역할을 갖고 있었다. 직무의 수행이라는 맥락에서, '알아주기'는 그것에 의해 직무가 할당되는 인정 수단이었기 때문에 중요해졌다. '알아주기'는 약호화되고 텍스트화된 형식을 취했는데, 그것은 인물 품평의 담론이었다. 인물 품평은 복잡하지 않았다. 한대 텍스트들로부터 인성에 관한 다면적

---

64) * '官吏의 삶'이기도 하다.

과학을 보아낼 수는 없다. 표준적인 덕과 부덕은 어떠한 문화에서도 칭찬받는 것들이고,[65] 모범적 삶들은 어떤 문화에서도 모범적일 것이었다. 인물 품평은 텍스트적 레짐 내부에서 두 가지 방식으로 형성되었다. 즉, 담론의 주체로서, 그리고 주체성 — 퍼스낼리티(personality) — 을 담론적으로 약호화하는 수단으로서. 품평된 인물은 텍스트화된 인물이었다.

자기 인식 성분은 비공식적인 차원들과 공식적인 차원들을 가지고 있었던 인물 품평 시스템 안에서 명백했다. 당고 기간 동안, '청류'들은 자신들의 충성이 권력이나 자리보다는 도덕적 이상들을 향한 것이라고 주장했다. 그럼에도 불구하고, 그들의 인물 순위 결정시스템에서 의사(擬似) 관료적인 약호화된 '도덕적' 위계제를 볼 수 있는데, 그 속에서 덕망 있는 사는 오직 명성이라는 면에서만 순위지어지고 등급지어졌다. 드 크리스피니는 이 순위결정 시스템을 'three lords', 'eight heroes', 'eight exemplars', 'eight guides', 'eight treasures'[66]라고 번역한다(de Crespigny, 1975). 『후한서』「당고열전」은 그 범주들을 아래와 같이 설명한다.

> 군(君)이란, 한 시대의 사람들이 으뜸으로 여기는 이를 말한다. (…중략…) 준(俊)이란, 사람들 중 뛰어난 이를 말한다. (…중략…) 고(顧)란, 덕행으로써 다른 사람을 이끌 수 있는 이를 말한다. (…중략…) 급(及)이란, 사람들을 이끌어 으뜸가는 이를 좇게 할 수 있는 이를 말한다. (…중략…) 주(廚)란, 재물로써 남을 구해낼 수 있는 이를 말한다.[67] (『後漢書』, 2,187~2,188면)

---

65) * 문장이 어색하지만 원문에 이렇게 되어 있다.
66) * 각기 三君, 八俊, 八顧, 八及, 八廚를 가리킨다.
67) * 君者, 言一世之所宗也. (…중략…) 俊者, 言人之英也. (…중략…) 顧者, 言能以

우리는 동종사회적 담론의 이 버전에서, 명확한 기능적 특징의 결여라는 점에서 두드러진 추상화를 발견한다. '군, 준, 고는 …… 좋다'는. 이 담론은, 내가 연관된 현상이라고 주장하고 싶은 모범적 전기들과 함께, 후한 후기 사를 지위나 이익보다 원칙을 훨씬 높게 평가한 도덕적 반대자들이라고 특징짓는 후대 학자들의 능력에 대해 주로 책임이 있다. 나의 입장은, 내가 위에서 개괄했듯이, 비록 이것이 실제로 사실이었음에도 불구하고, 우리는 도덕적 자세와 공적 지위가 어떻게 서로를 결정했는지에 대해 어떤 결론을 내리기에는 한 후기의 정신 상태에 대한 충분한 접근 경로를 가지고 있지 못하다. 약호화 자체—품평과 분류를 위한 정규적 어휘의 채용—역시 순수히 텍스트적인 면으로의 담론적 이동으로서 이해되어야 한다는 점을 이해할 필요가 있다. 지위와 위엄은 그 약호화되고 텍스트화된 표상들에 결속되게 되었다. 사회사가들과 지성사가들은 후한 후기가 인물 품평의 유행으로 특징지어진다는 제안을 일반적으로 받아들일 것이다. 그러나, 텍스트적 권위의 관점에서, 우리는 우리가 인물 품평의 담론에서 목격하는 것은 '개인적' 인물들에 대한 새로운 포커스라기보다는 사의 자기 동일시적 재현의 시스템화된 어휘의 부상, 더가 아니라 덜 '개인주의'를 띤다고 쉽게 주장할 수 있는 발전이라고 주장할 수 있다.

인물 품평의 다양한 형식적 기능들과 담론적 특징들은 장기간에 걸쳐 얻어진 것이다. 한대 대부분에 걸쳐, 적어도 당고 때까지는 그것은 언제나 관리 채용의 맥락 속에서 이해되었음이 틀림없다. 한

德行引人者也. (…중략…) 及者, 言其能導人追宗者也. (…중략…) 廚者, 言能以財救人者也.

(漢)의 채용시스템의 구조는 빌렌스타인의 저서(Bielenstein, 1980, pp.130
~132)에 간결하게 개괄되어 있는데, 나의 요약은 그의 작업에 기반
을 두고 있다. 관직 보유자들 중 광대한 다수를 점하는, 관직으로의
두 가지 통로는 ① 지방적 지역적 천거, 무엇보다도 '효렴(孝廉)' 시
스템과 ② 중앙, 지역 및 지방 정부의 지명된 고위 관리들에 의한
직접적인 임명이었다. 그 밖의 관직 통로에는 세습 관직, 매관(買官),
제국차원의 직접적 임명, 그리고 태학으로부터의 직접 임명이 포함
된다.68) 직접 임명 시스템은 악용될 여지가 많았으며, 또 앞 장에서
논한, '고리(故吏)들'의 시스템 내부의 제휴를 결정짓는 주요 성분이
었다고 대부분의 연구자들이 주장한다. 그러나, 지방적 지역적 천
거시스템은 인물 품평 담론을 형성하는 데 있어 직접적이고 핵심
적인 역할을 하였다.

 '향거이선(鄕擧里選)'의 한 가지 차원에서, 중앙관리들과 지방 관
리들은 '현량(賢良)'·'방정(方正)' 혹은 '무재(茂材)'와 같은 도덕적 투
어(套語)에 의해 특징지어진 후보자들을 추천하곤 했다. 빌렌스타인
에 따르면, 이 시스템으로 뽑힌 관리들은 전한과 후한 내내 기껏
해야 수천 명에 불과했다. 훨씬 더 중요한 것은 '효렴'시스템이었
는데, 그것은 전한 무제 치하에서 제도화되어 후한까지 이어졌다.
'효렴'은 언급된 두 덕목69)들에만 한정되지는 않은 정식화된 용어
였다. 즉 그것은 지방 출신의 '뛰어난' 개인들을 가리켰다. 그 시

---

68) 太學의 많은 학생들은 기성 관직 보유자로서, 太學에서 공부하도록 요구받
    은 사람이었다. Bielenstein은 太學으로부터 바로 관직에 취임한 사람은 매우 적
    었다고 지적하고 있다.
69) * 孝와 廉.

스템은 매 군(郡)이나 국(國)마다 매년 두 명의 후보자를 추천하는 것으로 시작되었으나 서기 1세기 전환기 경에는 수정된 비례제(比例制)의 하나로 변경되었다. '효렴'시스템은, 이제부터는 종종 **효렴**이라고 지칭될 것인데,70) 매년 250~300명의 피추천자를 차지했다. 불행히도, 그렇게 하여 선발된 많은 관리들은 우리가 문헌증거를 가지고 있는 관리들의 수를 너무 지나치게 압도하고 있어서 그 시스템의 작동방식에 대해 확고한 경험적 결론을 내리기가 어렵다.

최근의 연구자들 중 마틴 파워즈는 지역 천거시스템의 도덕 평가적 성격을 가장 글자 그대로 취하였다. 파워즈의 연구에 의하면, 그 시스템은 지방적 수준에서 도덕적 명성에 대한 주목을 강화하도록 작동하였고, 특히 '졸부들' 즉 환관과 외척 관리들과 대조될 때 사의 계급정체성을 기르는 데에 기여하였다. 도날드 홀즈먼의 관점은 지역 선발 시스템이 상대적 공정성을 가지고 시작하였으나 후한을 거치면서 정실주의와 연고주의 시스템으로 타락했다는 것이다.

정부와 향촌 공동체 사이의 평형 상태는 사실상 매우 취약하였으며, 강력하고 건강한 정부 하에서만 유지될 수 있었다. 그러나, 후한 초기부터, 그 시스템이 타락하는 것을 볼 수 있다. (…중략…) 한 말기에, 지방 엘리트들은 자신들이 중앙 정부와 함께 수립했던 삶의 양식(modus vivendi)을 파열시키기 시작했으며, 반면에 시험 시스템과 선발 방법들은 더욱 그들의 협조에 의존하였다.71)

---

70) * 영문으로 filially pious and incorrupt라고 표기하던 것을 여기서부터는 xiaolian 으로 표기하기 시작하였다.
71) * 원문은 불어이고, 원주에 영역이 달려 있다.

형의전(邢義田)은 후한 효렴에 대한 포괄적인 인구통계학적 연구에서 후한의 300명 이상의 개인들을 확인하였는데, 이는 여전히 전 인구 중 상대적으로 작은 샘플임에도 불구하고 현재까지 확인된 최대 수치이다(邢義田, 1983). 그러나 여전히, 형의전의 숫자는 그 시스템이 관직 보유자들 및 강력한 지방 가문들의 아들들을 압도적으로 선호하였다는 것을 강력히 지시한다. 형의전의 작업은 또한 비례대표제가 실제로는 결코 완벽하게 작동하지 않았음을 말해준다. 여남군(汝南郡)·남양군(南陽郡)·영천군(穎川郡)·하남군(河南郡)·진류군(陳留郡) 출신의 후보자들은 『후한서』 「유림전」에 언급된 유학자들 중에서, 그리고 당고의 이름으로 언급된 관리들 중에서 효렴의 총 수에 있어 엄청나게 과잉 대표된다.72) 이 지역은 농업활동·수공업활동·상업활동에서 한의 마지막 세기 중국의 가장 부유한 부분을 대표하였는데, 이것이 그들의 수적인 두드러짐에 대한 한 가지 설명이 될 수 있다.

홀즈먼 및 다른 연구자들은 '청의'의 실천이 지역적 천거시스템의 산물이며, 또 '청의'는 그 이후 위진 시기 전국적 관직 보유에 있어 지역 엘리트들의 힘의 노골적인 강화인 '구품중정제(九品中正制)'의 기반이었다고 주장한다.73) 당고 동안의 '청의' 시기로부터 220년 '구품중정제'의 제정 시기에 이르기까지 인물 품평은 이중적인 역할을 하였다. 한편으로 그것은 관료 채용을 위한 담론의 장으

---

72) 邢義田(1983), 28면. 孝廉과 유학자들의 수는 邢義田에게서 가져온 것이다. 黨錮 章에서 가져온 수는 邢義田의 全人口數를 이용한 金發根(1963)에서 가져온 것이다.

73) Johnson(1977), 楊聯陞(1936), Ebrey(1978) 및 唐長孺(1955), 「九品中正制度試釋」.

로서 복무하였다. 그러나 그것은 또한 비제국적인 기능도 하였는데, 그것은 내가 주장해온 바대로, 기본적으로 사의 자기 인식 가운데 하나였다. 한 후기 사(士)담론의 지역적 성격은 그러나 인물 품평에 있어 또 다른 하나의 차원을 암시한다. 우리가 지금껏 논해온, 후한 후기 텍스트 문화의 모든 영역, 즉 **효렴** 천거, 텍스트 시스템 전승 및 '청의'는 지리상 위에 언급된 다섯 개의 군에 집중되어 있었다. 이런 종류의 지리적 집중과 텍스트들의 물질적 유통이 연관된 현상이 아닐 수는 없다. 필사(筆寫)문화에서, 유통의 물리적 용이함은 쉽게 하나의 문화적 결정 요소가 될 수 있을 것이다.

여영시는 '청류'들의 비공식적 품평시스템 속에서, 명(命)에 강조를 둔 시스템에서 재능 혹은 능력[才]을 담론적 중심으로 하는 시스템으로 이동하는 데에 주목한다.[74] 그는 이것을 '새로운 개인주의', 한 인물의 내적인 능력이 세계 속에서 자신의 존재를 형성하는 방식에 대한 주목(注目)의 증거라고 간주한다. 인물 품평에 관한 수많은 일화를 가지고 있는 『세설신어』는 내적 삶에서 이 활동이 가지는 중요성을 말해준다.[75] 우츠노미야 키요요시는 이 행동을 '인간주의'의 지배적인 이데올로기를 반영하는 것이라고 기술하는

---

74) 余英時(1959), 50면 이하. 그러나 湯用彤은 그런 구별을 두지 않는다. 그는 인물 품평의 전개를 철학적 사유에 있어서 '名家'의 영향의 한 차원으로 간주한다. 이는 劉劭의 『人物志』에서 약호화되었다. 湯用彤(1957), 5~11면.

75) 인물 품평에 관한 가장 확장된 연구는 아마도 岡村繁(1976)일 것이다. 『後漢書』, 『三國志』, 『世說新語』注를 인용하면서, 오카무라는 그런 재능들이 널리 평가되었음을 지지하는 증거와 함께, 그들의 전기에서 인물 품평에 특별한 재능을 가졌다고 언급하는 30명 이상의 사람들을 확인한다. 다양한 종류의 평가 실천에 대한 오카무라의 분류 시스템은 아마도 지나치게 엄격한 것 같지만, 그는 漢 후기에 행해진 문학비평이 이 실천들의 결과라고 주장하지는 않는다.

데, 그는 인간주의가 한·진 시기 문인 행동을 특징짓는 것이라고 간주한다(宇都宮淸吉, 1954, 508~512면). 태학의 칠자언에서 매우 인기 있었던 이 도덕 담론과 인물 품평은 백 년 후 유소(劉劭)의 『인물지(人物志)』에서 그 공명(共鳴)을 보게 될 것이다. 『인물지』는 그 당시까지 가장 약호화되고 포괄적인 인물 품평 담론을 제공하였다.76) 여영시와 우츠노미야가 '내면'으로의 전환을 주목할 때, 그들은 물론 하나의 담론적 현상을 가리키고 있는데, 그 현상에 의해서 '내면'의 내용은 사(士)들 사이에 유통될 수 있는 어휘(vocabulary)를 획득한다. 약호화된 일단의 '내면적 성질들'은 이력(履歷)과 연합 패턴들의 사회적 현실을 표현하는 일종의 경향이 된다. 관행으로서의 인물 품평은 그것이 명확히 채용으로서 기능하지 않을 때조차도 관료 채용과 유사하다. 인물 품평과 관료 채용에서, 하나의 '유형'은 다른 유사한 유형들로 이루어진 시스템 내에서 인식되고 한 가지 역할을 할당받는다. 인물을 읽는다는 것은 동시에 시스템 속으로 인물을 써 넣는다는 것이다.

6. 인물 읽기

읽기, 해석, 그리고 평가를 체제 유지에서 그것들이 가지는 역

---

76) 劉劭, Shyrock 번역, 1937을 보라. 또한 湯用彤(1957), 5~25면을 보라.

할이라는 맥락 속에서 고려할 때, 우리는 우리의 공간성(spatiality)들에 주의할 필요가 있다. 우리는 내면적인 것과 외면적인 것, 감추어진 것과 가시적인 것을 어디에 위치시키고 있는가? 한대의 일반적 관행의 하나였던 관상학(觀相學)에서 하나의 모델 해석학을 발견할 수 있다. 곽태의 건(巾) 모양에 관한 제2장의 일화는 명성과 신체적 외모 사이에 쉽게 연관이 형성되었음을 보여준다.77) 인물품평의 용어 중 대부분은 사실 관상학, 즉 골(骨)·기(氣)·정(貞)·청(淸)에 대한 포커스와 겹쳐진다.78) 해석행위로서의 관상학적 분석은 텍스트화의 하나이다. 즉, 비텍스트인 의미화 대상(얼굴, 목소리, 몸통, 머리는 관상학의 가능한 대상들 전부였다)과 함께 시작하여 그것의 텍스트화된 버전을 생산한다. 예를 들어, 특정한 귓불 형태는 '지성(知性)'을 의미한다. 관상학적 '읽기'는 이리하여 텍스트 생산의 한 가지 경우가 된다.

관상 관행의 기록은 선진시대에 시작되며, 한대 내내 점점 더 자주 발견된다(王夢鷗, 1984, 75~76면). 적어도 진(秦)나라 때 『여씨춘추(呂氏春秋)』가 지어질 때부터는 관상학이 광범위하고 다양한 해석 관행들을 포함하게 되었는데, 개인의 언사(言辭)에 대한 분석도 포함된다.79) 후한 후기의 관상 관행에 관한 많은 기록이 있다. 예를 들어, 조비가 부친 조조의 명백한 상속자로 지명된 것은 관상가에게 자문한 후였다. 어휘와 문체에서, 관상 관행은 위에서 논한

---

77) 郭泰와 관상학 관행의 연관은 「相五德配五行第三」의 저자와 그를 동일시하는 데에서, 아마도 가짜이겠지만, 강화된다. 이 동일시는 초기 관상학 편찬물인 『神相全編』에서 행해진다.

78) 劉劭, 『人物志』 제1장을 보라.

79) 呂不韋, 陳奇猷 校釋(1984), 「論人」, 159~160면.

인물 품평의 유행과 많은 공통점이 있다. 중복되는 몇몇 분야들이 있다. 관상가와 인물 분석가의 판단은 유사한 방식으로 쓰여졌는데, 일반적으로 함축적인 두 문장으로 된 경구(警句)로 되어 있다. 몇몇 유명한 인물 분석가들은 관상도 보았다. 조조를 '난세의 영웅, 치세의 간적(姦賊)'이라고 한 인물평으로, 또 '월단평(月旦評)'으로 알려진 허쇼(許劭)는 유명한 관상가였다.[80] 관상학적 분석과 인물 혹은 스타일(style) 분석을 위한 용어들은 겹쳐진다. 내가 'style'이라고 번역하는 체(體)가 물리적 신체를 의미한다거나 골(骨) 즉 '뼈'가 매우 자주 인간적 특징이나 문학적 특징에 적용된다는 것이 단순한 우연은 아니라고 나는 믿는다.[81]

하나의 관상학적 차원을 최초의 중요한 '문학비평' 텍스트들 중 하나인 조비의 『전론(典論)』「논문(論文)」에서 볼 수 있다.

> 문(文)은 기(氣)를 주로 하는데, 기의 청탁(清濁)에는 체(體)가 있으니, 이는 억지로 얻을 수가 없는 것이다. 음악에 비유하자면, 곡보(曲譜)가 비록 동일하여 리듬의 법도가 같다고 하더라도, 기를 끌어냄은 한결같지 않고, 교졸(巧拙)에는 타고난 소질이 있으니, 비록 부형(父兄)이라 하더라도 자제(子弟)에게 그것을 옮길 수가 없는 것이다.[82]

기라는 용어의 「논문」에서의 용법에 관한 대부분의 논의들은 생리학적, 우주론적 노선들을 따라 기의 규범적 정의를 제공하려는

---

80) *『後漢書』, 2,234면. 김장환 역주, 『세설신어』중, 살림, 1997, 155면.
81) 岡村繁(1976), 35~42면은 후한대에 존재한, 문학적 평가와 인물 품평의 더 큰 패턴들 사이의 관계를 명확히 보여준다.
82) *文以氣爲主; 氣之淸濁有體, 不可力强而致. 譬諸音樂, 曲度雖均, 節奏同檢, 至於引氣不齊, 巧拙有素, 雖在父兄, 不能以移子弟.

시도와 연관된다.[83] 이 제휴에서 호연지기(浩然之氣) 배양의 중요성에 대한 맹자의 유명한 견해가 특히 중요하다. 맹자 이전에, 기는 주로 우주론적으로 '본원적인 물질−에너지(primordial matter-energy)'로서, 그리고 생리학적으로 '신체적 활력(physical vitality)' 혹은 '타고난 기질(inherited constitution)'로 생각되어 왔었다(Pollard, 1978, p.45). 맹자의 재정식화의 중요성은 기가 인물 분석의 대상, 몇몇 연구자들이 개인의 도덕적 캐릭터 혹은 퍼스낼리티라고 정체 규정한 것과 결합할 수 있게 되었다는 것이다. 한위진(漢魏晉)의 글쓰기에 대한 현대의 학술에 주요한 영향을 끼쳐온 서복관은 기에 대한 조비의 글을 유협(劉勰)의 『문심조룡(文心雕龍)』에서 성숙에 달하게 되는 거칠고 불완전한 형태를 대변하는 것으로 간주한다. 서복관에 따르면, 이것은 유협의 「체성(體性, Style and Nature)」편이 '성정(性情, personality)'을 문학적 글쓰기의 본질이라고 정의하기 때문이다. 서복관이 보기에, 조비는 기를 개인의 성정과 충분히 동일시하지 못한다.

조비의 짧은 텍스트에서 기가 정확히 무엇을 의미하는지 결정하기는 어렵다. 우리는 그것이 표현될 수 있는 무언가를 가리킨다는 것을 알고 있다. 그것은 물려받을 수 있는 것이 아니고, 아마도 심지어 가르쳐 질 수 있는 것도 아닐 것이며, 개인의 '캐릭터'와 관련이 있을 것이다. 그러나 조비가 그것을 획득되는 것으로 보는지 타고나는 것으로 보는지, 기를 수 있는 것으로 보는지 아닌지를 우리는 알 수 없다. 기의 규범적 정의에 관한 다양한 논의들은 아마도 그 방면의 사변(思辨)을 다했을 것이다. 나는 여기서 「논문」

---

83) David Pollard(1978), pp.43~46을 보라. Pollard의 분석은 일반적으로 徐復觀 (1974), 「中國文學中的氣的問題−文心雕龍風骨篇疏補」, 297~304면을 따른다.

속의 기의 성격에 관한 최근의 노선의 탐구를 언급하고 싶다. 그
것은 기의 기능적 성격에 집중하고 있는 것이다.

조비가 문학에서 기를 발견한 것에 대한 왕몽구의 사변적 논문
(王夢鷗, 1984, 69~83면)은 서복관의 입장에 대한 암묵적인 공격 속에
서 「논문」의 기 개념을 맹자에서부터 『문심조룡』에 이르는 것으
로 추측되는 계보로부터 제거하고자 시도한다. 그의 주장은 품평
시스템 내에서 기가 기능하는 방식에 주목한다. 이것이 사실 「논
문」의 명확한 취지이자 여기서의 나의 목적에 더욱 중요하다. 그
는 조비가 작가의 '캐릭터' 혹은 '퍼스낼리티'의 내적 요소로서가
아니라 한 텍스트의 단어들 속에 특정하게 내재하는 성질로서 기
에 대해 말하고 있다는 것을 보여주기 위해서 그 텍스트로부터 아
래의 구절을 언급한다.

> 공융(孔融)은 체기(體氣)가 고묘(高妙)하여, 남들보다 뛰어난 점이 있었
> 으나, 자기 주장을 견지할 수가 없었고, 문리(文理)가 문사(文詞)보다 못하
> 여서 조롱과 우스개로 어지러워지는 지경에 이르기도 하지만, 그중 잘 된
> 것은 양웅과 반고에 필적한다.84)

---

84) 이 번역은 Donald Holzman(1974), 130과는 상당히 심각하게 다르다. 體氣의 경
  우, Holzman은 'the temperarment of his style'이라고 하였는데, 내가 보기에는 다
  소 비논리적이다. 나는 'temperament' 대신 'character'를 사용하는데, 평가상의
  강조와 일치시키기 위해서이다. 또 하나의 차이는 마지막 줄에 있다. 나는 '조
  롱과 우스개[嘲戲]'를 孔融에 대한 비판으로 읽은 점에서 王夢鷗를 따른다.
  이는 아마도 曹操가 袁紹의 며느리를 부인으로 취하는 데 반대하는 孔融의 표
  에 바탕했을 것인데, 그 표로 인해 孔融은 曹操의 끝없는 미움을 샀다. 『三國
  志』, 371면.
  *孔融體氣高妙, 有過人者, 然不能持論, 理不勝詞, 以至乎雜以嘲戲, 及其
  所善, 楊班儔也. 본 역서에서는 영문 번역과 상관없이 원문에서 직접 옮겼다.

이 구절은 기 혹은 체기가 주장[論]이나 이론[理] 같은 '내용'적 요소들과 명확히 분리됨을 말해준다. 공융의 글쓰기가 내용상 충분치 못함이 발견될 수 있다는 사실은 그의 문체(literary style)에 대한 조비의 평가에 그 사실에 수반하는 영향을 미치지는 않은 것 같다. 왕몽구의 결론이자 그의 주장의 핵심부분은 「논문」의 기가 한 편의 글에 대한 독자 혹은 비평가의 반응 속에서 기능한다는 것이다(王夢鷗, 1984, 73면). 기는 해석의 작동을 허용하는 범주로서 복무한다.

평가 기능 속에 기를 위치시키는 것은 그것을 텍스트적으로 생산하는 해석활동의 한 부분으로 재형상화한다. 그렇게 하는 데에는 중요한 개념적 이유들이 있다. 우리는 단어들의 외면성, 다시 말해서 '내적인', 동기(動機)적 혹은 정서적 상태와 '외적' 표현(manifestation)과의 분리 가능성에 대한 포커스―선진시대 이래로 명백하다―를 재형상화할 수 있다. 그러한 이분법에 면한 상식적인 경향은 내적인 것을 더 가치 있게 평가할 것이다. 표현은 지시 대상보다 더 중요하다. 표현으로서의 단어들이라는 개념은 매우 고대적인 것이다. 외적 표현으로서, 그것들은 해석활동의 일차적 생산기지이다. 『주역』「계사전」은 이렇게 결론 내린다.

장차 반역할 자는 그 언사가 부끄러우며, 마음 속에서 의심하는 자는 그 언사가 이리저리 갈라지며, 길(吉)한 이는 말이 적으며, 조급한 이는 말이 많고, 선한 이를 무고(誣告)하는 자는 그 언사가 오락가락하며, 그 본분을 잃은 자는 그 언사가 꼬여 있다.[85]

---

85) * 將叛者其辭慙, 中心疑者其辭枝, 吉人之辭寡, 躁人之辭多, 誣善之人其辭游, 失其守者其辭屈.

이 구절은 관상학 텍스트들에서 자주 언급된다. 물론, 관상학은 '내적' 자질들 혹은 잠재성들의 외적 표현으로서의 가장 포괄적인 '읽기'이다. 기의 개념은 관상학 텍스트들에서도 매우 자주 나타난다. 왕몽구는 「논문」의 기 용법에 대해 가장 명확히 영향을 준 것은 관상학적 모델이라고 믿는다.

그러나, 왕몽구의 주장의 중요성은 「논문」의 비밀스런 의미화 시스템을 드러내는 데에 있는 것이 아니다. 그보다는 관상학적 모델을 환기시킴으로써 우리는 「논문」을 창작적인 기획에 맞선 해석적인 기획을 강조하는 것으로서, 문학적 글쓰기의 표현적 기능의 예시(豫示)인 것이 아니라 해석적 기능과 읽기 기능의 예시를 그 취지로 하는 텍스트로 읽을 수 있다. 「논문」의 첫 행은 문인들이 "서로를 경시하는"[86] 경향에 반대 주장을 하고 있으며, 그 텍스트는 해석학적 시스템을 그에 대한 교정물로서 제공한다.

조비의 텍스트는 "군자는 자기를 살핌으로써 남을 판단한다"[87] (Holzman, 1974, p.129)고 말한다. 그러나 이 자기 인식은 주로, 자기 자신의 기교들이 절대적인 것이 아니라 장르적으로 또 문체적으로 결정된 시스템의 한 부분이라는 것을 인식하는 문제인 것으로 보인다. 조비는, 관상학처럼, 텍스트들의 해석은 특정한 기교들, 외적 표현들을 범주화하는 시스템을 필요로 한다고 말한다. 텍스트들에게 있어, 그 시스템은 한 편의 글의 문체 혹은 장르에 대한 명확한 개념, 그 텍스트 시스템 전체에서 그 글이 가지는 기능에 의존한다. 이 장에서 나는 반붕당(反朋黨) 담론과 인물 분석을 사회

---

86) * 文人相輕.
87) * 蓋君子審己以度人.

적 텍스트들, 즉 공식적 형식에서나 비공식적 형식에서나 사회적 삶의 조직화를 텍스트 속으로 가져온 실천들로 간주하였다. 비록 완전히 텍스트화되었음에도 불구하고, 공식적 삶이 과도함과 탐닉, 혹은 보통 순문학적 글쓰기의 영역으로 간주되는 '사적인 것'으로의 일탈을 배제하도록 디자인되었다는 것을 우리는 보아 왔다. 비록『전론』「논문」이 중국문학이론사들에서 '문학비평'의 초기의 기초적 텍스트라고 칭송받기는 하지만, 한 후기 작가들은 순문학적 글쓰기에 상대적으로 낮은 중요성을 부여하였다. 건안 시기(기원후 196~220) 시의 작가들이 스스로를 시인이라 생각했다거나 자신들의 시를 자신들의 공식적인 표보다 높이 평가했다는 지표는 없다. 만약 우리의 강조들이 한대에 부여된 장르적 우선성들에 부합되어야 한다면, 한 후기의 글쓰기에 대한 연구는 순문학에 대해 거의 아무 것도 할 말이 없을 것이다. 그 시기의 순문학적 글쓰기에 대한 우리의 읽기는 그 시대가 사후에 '개인주의적' 서정적 글쓰기의 탄생기로 지정됨에 따라 과잉 결정되어 왔는데, 나는 그것을 영속화시키고 싶지 않다. 그러나 순문학적 글쓰기가 받아온 낮은 평가를 우리가 인식하는 한, 순문학적 글쓰기의 장면은 텍스트 문화 일반에 대한 우리의 이해를 심화시킬 수 있다. 이제 우리는 '문학'으로 방향을 돌린다.

제4장

문학

1. 중국문학이란 무엇인가?

이 질문은 우선 그 기본적 용어들에 대한 집요한 물음을 가져온다. 최근의 중국문학번역들의 선자(選者)인 빅터 메어는 제국 시기 문학의 본질에 대한 몇 가지 공통된 가정에 의문을 제기하는 한 가지 방식으로서 이 질문을 제기한다. '중국 문학'의 영어 선집은 문언문 혹은 현대 표준 만다린의 중개적 단계를 거치지 않은 비표준적 백화문들로부터 번역된 작품들을 포함해야 하다고 주장할 때, 메어가 우리들로 하여금 묻도록 하는 질문은 '중국어란 무엇인가?'이다(Mair, 1995). 메어의 논문은 문언문 혹은 현대 표준 만다린을 엘리트적 텍스트 이데올로기의 내면화로서의 '중국어'와 동일 범주적이게 만든 가정들에 대해 집요하게 묻지 못했음을 드러낸다. '문학적인 것'에의 포함에 관한 엘리트 중국적인 표준들 대신 '국제적인' 표준들을 적용하면 매우 다른 종류의 선집을 만들어내게 된다. 메어의 포함작업은 제국의 텍스트 문화의 구성물들을 탈신비화하는 데 있어 매우 중요하고 필수적인 조치이다. 그러나 메어의 선정 원칙은 문학 자체를 구성하는 것이 무엇인가에 대한 '국제적인' 합의된 관점들과 여전히 일치한다. 최초의 두 '문학비평' 저작인, 조비의 『전론』「논문」(기원후 3세기 초)과 유협의 『문심조룡』(기원후 6세기) 양자 모두에서 다양한 '시적' 장르들과 함께 '문학적인' 것의 범위 내에서 다음의 형식들이 발견된다. '맹(盟), 표(表), 조(詔), 격(檄), 의(議), 명(銘), 뢰(誄), 주(奏).' 이 문학형식의 예들 중 제국 시기 문학의 번역선집에 나타난 적이 있는 것은 거의 없다. 현재까지 대부분의 우리의 선집들에서 수용해온 것은 무엇이 '중국어'를 구성하는가에 대한 엘리트 중국인적 결정이며, 무엇이 '문학'을 구성하는 가에 대해서는 더욱 제한된 버전이다. 메어의 염려는 문언문이나 현대 표준 만다린으로 쓰여지지 않은 문학 생산물을 제외함으로써, 중국문학에 대한 우리의 관점이 '관료들의 문화'에 의해 지배되도록 허용할 위험이 있다는 것이다(Mair, 1995). 그러나 번역선집들에서 다양한 공식적 하위장르들을 제외함으로써, 우리는 충분히 관료제적이지 않은 엘리트 문학 생산을 시야에서 놓칠 위험이 있다.

이 장에서 '순문학(belletristic literature)'이라는 말로 나는 이런 종류의 작문의 이른바 '비기능적' 성격을 강조하고자 한다. 비록 그것이 종종 공식적 맥락에서 사용되었음에도 불구하고 내가 여기서 다룰 일차적 순문학 장르들은 시(詩), 악부(樂府), 부(賦)와 같은 시적 장르들이다. 사('문인'이라는 의미에서의)와의 혼동을 피하기 위해서¹⁾ 나는 시를 고시(古詩)라고 부를 것이다. 고시는 규칙적인 행 길이를 가진 짧고 운(韻)이 있는 시이다(五言이 가장 보편적이지만 四言도 드물지 않고, 七言의 예들도 있다). 악부는 노래 제목에 따라 묶여진 짧고 운이 있는 시이다. 오언이 지배적이긴 하지만, 악부들은 행 길이에서 더 불규칙적이다. 같은 제목을 가진 악부들은 주제나 내용적 요소들을 공유하지 않는다. 가끔 rhyme prose나 rhapsodies라고 번역되는 부는 일반적으로 작시(作詩)를 가리키지만, 더욱 일반적으로는 운과 행 길이에 있어 더 불규칙성을 가진 더욱 긴 시편들을 가리킨다.

현대 표준 만다린에서 'literature'에 해당하는 널리 쓰이는 용어인 원쉬에[文學]가 19세기 유럽의 합의의 일본식 전유로부터 19세기 후반에 빌려온 것이라는 것은 상식이다. 한과 한 이전의 텍스트들은 자주 'writing[文]' 전체를 언급하지만, '순문학'과 같은 초장르적인 범주의 개념들은 비평 텍스트들 속에서 그저 살짝만 제대로 작용할 뿐이다. 이 범주를 기술하는 용어들은 텍스트적 권위의 사회적 성격과 시대적 성격에 대해 많은 것을 드러내 준다. 제1장에서 나는 텍스트성 일반에 기인하는 것으로 볼 수 있는 의미화의 광범위한 능력을 논하였다. 그럼에도 불구하고 일반적으로 문 일반의 이 능력은 장르적 혹은 하위장르적 특수자 속에서의 문(文)이

---

1) * 알파벳 표기로는 詩(shi)와 士(shi)가 동일하다.

라는 문제를 제기한다. 경전들, 그리고 '사상학파'를 구성하는 작품들은 확실히 내재적인 우주적 의미화의 계보 속에서 한 자리를 요구할 수 있다. 프랑소아 청 같은 현대의 비평가들은 동일한 능력을 고전적 시의 성질이라고 믿을 것이다. 그러나, 여느 텍스트 문화에서와 마찬가지로, 초기 제국 중국의 텍스트 생산의 어떤 형식들은 다른 것들보다 낮게 평가되었다. 결국, 텍스트적 권위는 텍스트 생산의 내용이 정규화되고 위계화될 수 없으면 의미가 없는 것이다. 『논어』「학이」제6절의 마지막 문장은 이렇다.

> 공자께서 말씀하셨다. "너희들은, 들어와서는 효도하고 나가서는 공손하며, 삼가고 믿음 있도록 하며, 뭇 사람들을 두루 사랑하고, 인(仁)한 이와 친하도록 하여라. 이를 행하고도 남는 힘이 있으면 그 힘으로 문(文)을 배워라." (『論語』「學而」)[2]

『안씨가훈』(Teng, 1968, p.85)과 같은 텍스트들에서 반향되는 이 훈계는 사회적 삶에 관한 제3장의 논의와 유사하다. '글쓰기(essay witing)'는 여기서 이전의 훈계 속에서 사교(社交)의 위치였던 비공식적인 시간적 과도함과 동일한 영역에 할당된다. 그럼에도 불구하고, 문의 의미는 너무나 많아서 처방의 본질이 모호하다.[3] 우리가 앞서의 논의에서 본 바와 같이, 문은 바윗돌이나 동물 피부의 결에서처럼 '자연적인' 무늬라는 의미를 가질 수 있다. 초기 단계에서

---

2) * 子曰 : "弟子, 入則孝, 出則悌, 謹而信, 汎愛衆, 而親仁. 行有餘力, 則以學文."

3) * 戰國부터 秦漢에 걸쳐 文, 文章, 文學의 의미에 대해서는 Martin Kern, "Ritual, Text, and the Formation of the Canon : Historical Transition of Wen in Early China", *T'oung Pao*(通報) vol.137, 2001 참조.

그 단어가 획득한 '장식', '꾸밈' 혹은 '정교화'라는 의미에서, 즉 그 글자가 초기단계에 획득한 용법들에서, 문은 이미 '비자연적' 과도함이라는 의미를 지닌다. 『대학』과 『중용』에서 통치에 대한 공자의 가르침은 주나라처럼 과도하게 제도(文, 텍스트들)에 의존한 통치가 처할 수 있는 쇠퇴를 피하기 위해, 통치자의 인격에 체현된 '인치(人治)'와 '인치(仁治)'에 지배의 중심을 두고자 하였다(Hsiao, 1979, p.116 이하). 제1장을 시작하는 인용문을 상기하라. 즉, "문왕과 무왕의 통치는 방책에 나와 있다." 이 정식화에는 두 가지 측면이 있다. 통치는 물질적인 텍스트 형식 속에 내재하며, 이것은 '배움'의 중요성, 텍스트성의 권위, 그리고 학자들의 전승의 중심적 과업을 강조한다. 그러나 텍스트적 형식은 언제나 이미 '인간적인 것' 이상이다. '유교적'이라는 라벨이 붙은 철학적 글쓰기 대부분이 인간적인 것과 텍스트적인 것의 동등화에 관심을 가져 왔다. 즉, '명(名)－실(實)' 문제는 이것의 한 가지 버전이다. 어려운 점은 '인간적인 것'을 명기하고 약호화하는 노력이 텍스트적 논리 내부에서 전개되어 왔다는 것이다. 나는 글쓰기에 대한 모든 비판이 필연적으로 글쓰기의 형식을 취하고 따라서 글쓰기의 레짐을 영속화한다는 것이 아니라, 초기 중국의 텍스트적 권위가 특유의 논리를 가진 실천이며, 그 텍스트적 육화(肉化) 속의 '인간적인 것'은 텍스트적 환경에 의해 결정되는 속성들을 가진 자질임을 명확히 증명하려고 한다. 유교적인 '인간적인 것'에 대한 묘사는 '유교적' 텍스트들의 주된 내용이며, 그것들 대부분은 '인간적인' 속성들을 묘사하거나 분석한다. 소공권(蕭公權)은 인(仁, humanity / benevolence)을 '일관', 즉 하나의 보편주의적인 도덕적 / 행동적 약호의 가능성으로 끌어올릴 때

명백히 정치적인 관심사들을 강조한다. 유교적 텍스트의 작업은
다양한 텍스트적 정식들을 통해서 '인간적인' 것을 묘사 가능하게
하는 것이다. 한편으로는 인간적인 것이라는 범주를 그 용어[4]의
결정적인 텍스트적 구조화의 영원한 Aufheben[5]으로 설정하면서.
'인(仁)'의 실천은 텍스트적 실천과 등가적인 것이 되고, 기원전 2세
기 유교의 공식적 확립을 포함해서 한(漢)의 텍스트적 권위의 역사
는 또한 '인간적인' 것과 텍스트적인 것의 동등화의 역사이기도 하
기 때문에, 첫째, 텍스트적 범위 외부에는 '인간적인' 것이 없으며,
둘째, '인간적인' 것이라는 범주는 여전히, 텍스트적인 것에 대한
내포된 비판이다. '글쓰기'의 '과도함'은 텍스트성의 중심에 숨겨
진 모든 글쓰기에서의 과도함의 표상이 된다.

『한서』「예문지」는 글의 여섯 가지 범주를 설정하였다. ① 육예
(六藝, 정경전과 주석) ② 제자(諸子, 철학적 저작) ③ 시부(詩賦) ④ 병서(兵
書, 군사 텍스트) ⑤ 술수(術數, 천문, 율력, 점서) ⑥ 방기(方技, 의학처방과
치료법). 처음 세 범주의 작품들의 편집은 유향 자신이 감독하였다
고 한다. 이 사실과 그것들이 목록에 오르는 순서는 그것들의 중
요성을 가리킨다. 시와 부 범주는 유향과 그의 동시대인들의 작품
들을 포함하여 한과 한 이전의 작품들을 기록하고 있다. 「시부략
(詩賦略)」은 다음과 같다(전문을 인용한다).

---

4) * 인간적인 것.
5) 헤겔주의 용어인 Aufheben / Aufhebung에 상응하는 정확한 말이 없다. 대중적
   독일어에서 그 말은 두 가지 상반된 의미를 가지고 있다. 취소하다, 폐지하다와
   넘어서다, 초월하다. 헤겔은 '진리의 계기들'을 '보존하는' 동시에 思考나 자연
   의 더 높은 형식이 더 낮은 형식을 뛰어넘기 위해서 사용하는 과정을 묘사하기
   위해서 그 단어를 사용하였다. 그 단어는 충분히 영어 속에 채용될 만하다.

모전(毛傳)에서 "노래하지 않고 읊조리는 것을 부(賦)라고 한다. 높은 곳에 올라 부할 수 있으면 대부가 될 수 있다"[6]라고 하였다. 이는 외물(外物)에서 느껴 일을 시작하며, 재능과 지혜가 매우 뛰어나 더불어 일을 도모할 만 하므로, 대부의 반열에 오를 수 있다는 말이다. 옛날 제후와 경대부들이 이웃나라와 외교할 때 미언(微言)으로 서로 교감하였는데, 읍양(揖讓)할 때 반드시 시를 빌어서 자기의 생각을 밝혔으니, 대개 이로써 현불초(賢不肖)를 구별하고 성쇠(盛衰)를 알아보았다. 그러므로 공자는 "시를 배우지 않으면 말 할 수가 없다"고 하였다. 춘추시대 이후에, 주나라의 도가 무너져서, 열국(列國)에서 빙문가영(聘問歌詠)이 행해지지 않았고, 시를 배우는 사들이 포의(布衣)로 달아나자[逸], 현인들의 실의한 부들이 지어졌다. 대유(大儒) 순경(荀卿)과 초(楚)나라 신하 굴원(屈原)은 참소를 만나 나라를 걱정하였으니, 모두 부를 지어 풍간(諷諫)하였는데, 모두 측은(惻隱)한, 고시(古詩)의 느낌이 있다. 그 후 송옥(宋玉)·당륵(唐勒)이 있었고, 한나라 수립 후에는 매승(枚乘)·사마상여(司馬相如)가 있었고 아래로 양웅에까지 이르렀는데, 크고 화려하고 풍부하고 아름다운 글을 다투어 지었고, 그 풍유(諷諭)의 느낌이 없어졌다. 그러므로 양웅이 후회하면서 "시인(詩人)의 부는 아름답고도 법도에 맞았으나, 사인(辭人)의 부는 아름다우나 타락하였다. 공자의 문인(門人)들이 부를 이용한 경우, 가의(賈誼)가 승당(升堂)하였고, 사마상여(司馬相如)가 입실(入室)하였으니, 그들을 쓰지 않으면 누구를 쓰겠는가"라고 하였다.[7]

---

6) *"卜云其吉, 終然允臧"에 대한 「毛傳」 중 "升高能賦 (…중략…) 可以爲大夫."(『詩經』「定之方中」)

7) *傳曰 : "不歌而誦謂之賦, 登高能賦可以爲大夫." 言感物造耑, 材知深美, 可與圖事, 故可以爲列大夫也. 古者諸侯卿大夫交接鄰國, 以微言相感, 當揖讓之時, 必稱詩以諭其志, 蓋以別賢不肖而觀盛衰焉. 故孔子曰 "不學詩, 無以言"也. 春秋之後, 周道浸壞, 聘問歌詠不行於列國, 學詩之士逸在布衣, 而賢人失志之賦作矣. 大儒孫卿與楚臣屈原離讒憂國, 皆作賦以風. 咸有惻隱古詩之義. 其後宋玉, 唐勒, 漢興枚乘, 司馬相如, 下及揚子雲, 競爲侈麗閎衍之詞, 沒其風諭之義. 是以揚子悔之, 曰 : "詩人之賦麗以則, 辭人之賦麗以淫. 如孔氏之門人用賦也, 則賈誼登堂, 相如入室矣, 如其不用何!"

무제(武帝)가 악부(樂府)를 세우고 가요를 채집하였는데, 대(代)와 조(趙)의 노래[謳], 진(秦)과 초(楚)의 풍(風)이 있었다. 모두 슬픔과 즐거움에서 느꼈고, 사건으로 인하여 발(發)한 것들로서, 역시 그것들을 가지고 풍속을 살펴 그 각박함과 후함을 알 수 있었다고 한다. 시부를 다섯 가지로 배열하였다.[8]

「예문지」는 정전적 계통에 매우 큰 중요성을 부여하기 때문에, 『시경』에 연계시키는 것은 전혀 놀랄 일이 아니다. "아름답고 법도에 맞는" 것으로부터 "타락한" 것으로, 가치 있는 것에서 무가치한 것으로의 쇠퇴에 관한 특별한 서사는 시사적이다. 도입부에서 시작(詩作) 혹은 음송과 관직 보유 사이의 연관을 명시한다. 이후, 『시경』은 그것의 사용을 전공한 신하들에 의해 이용된다. 주도(周道)가 행해질 때는 아무런 새로운 노래도 지어지지 않으며, 그 경의 전문가들은 그것의 투어(套語)들을 정해진 경우들에 읊었다. 오직 도가 쇠퇴할 때에만 우리는 자신의 독창적인 창작물 속에서 『시경』의 도덕정신을 계속 실행하지만 관직을 차지하지 못한 실의한 신하들의 모습을 목격한다. 이것은 또 쇠퇴를 대변한다는 것을 우리는 깨달아야 한다. 즉 조정 바깥으로의 이동은 도덕적/정치적/제도적 실패를 의미한다. 한대에는 전적인 기교를 향해 가일층 쇠퇴해갔다. 사마상여와 가의는 관리로서의 기능도 갖고 있지 않았고, 또 '실의한 관리들'을 특징짓는 간언(諫言)의 정신도 갖

---

8) 『漢書』, 1,755~1,756면. 하위 범주의 수에는 약간의 의문이 있다.
  * 揚雄의 『法言』 「吾子」로부터 약간 수정하여 인용. 自孝武立樂府而采歌謠, 於是有代趙之謳, 秦楚之風, 皆感於哀樂, 緣事而發, 亦可以觀風俗, 知薄厚云. 序詩賦爲五種.

고 있지 않았다. 시의 쇠퇴에 관한 이야기는 공식적 기능으로부터 시의 점차적 분리에 관한 이야기이다.

제1장에서 나는 조식(曹植)이 양수(楊修)에게 쓴 편지, 순문학 창작을 비난하는 편지를 인용하였다.

> 사부는 소도로서, 대의를 천명하여 다가올 세대에게 밝게 보여주기에는 참으로 부족하다. 옛날 양웅은 선조(先朝)의 집극지신(執戟之臣)이었으나, 오히려 "장부(壯夫)는 사부를 짓지 않는다"고 하였다.[9]

우리 시대의 연구자들은 일반적으로 이 발언 및 이와 유사한 발언들을 상투적인 자기 경시(輕視)로 취급하면서, 문학의 대가들이 문학을 그렇게 경시할 수 있었던 것은 아이러니하거나 근시안적이라고 덧붙인다. 그럼에도 불구하고, 앞 장에서 논한 반사교적 담론과의 유사성은 문제를 바라보는 또 다른 방식을 제시한다. 이 단락의 도입부에서 언급한 대부분의 문학 장르는 공식적 경우에 행해졌거나 관리의 자격을 가지고 행해졌다. 표 혹은 기타 문서들을 쓰는 것은, 내가 줄곧 강조하였듯이, 사(士)의 직업을 규정하였다. 「예문지」의 이 구절은 부 쓰기 역시 그 기원을 공식적 업무의 수행에 두고 있다고 암시한다. 그러나, 이후 시와 부는 '여가' 활동이었고 과도함, 정교화, 장식, 그리고 자기 탐닉이라는 잠재적으로 위험한 영역으로 귀속되었다.

---

9) 『三國志』, 559면. 인용문은 揚雄의 『法言』 「吾子」(「藝文志」에서도 똑같은 것을 참조하였다)에서 가져온 것이다. 辭賦小道, 固未足以揄揚大義, 彰示來世也. 昔揚子雲先朝執戟之臣耳, 猶稱"壯夫不爲"也.
  * 執戟之臣은 관직이 낮은 신하를 가리킨다.

일과 사교생활(여가시간)을 이분화하는 동종사회성에 대한 한 후기의 논쟁적인 글쓰기에서, 일은 비시간적 측면을 갖는다. 즉, 의례로서, 반복으로서, 그것은 그 관념적 수행에서, 형식화된 무시간성을 획득한다. 다른 모든 곳의 대부분의 유토피아에서와 마찬가지로, 모든 초기 제국의 유토피아주의는 무시간적 구조적 정지 상태에 의해 표시된다. 공식적 일이 잘 되고 있을 때, 그것은 반복이다. 즉, 그것의 내용은 정규적이고 예측 가능하다. '여가시간'은 문제적이다. 반동종사회적 에세이들이 제공한 기술(記述) — 사람은 언제나 '일해야' 한다 — 은 인간적 시간을 분리되게 한다. 즉, 반복의 비시간성과 인간 수명의 시간성 사이에는 모순이 있다. 순문학적 글쓰기는 시간적 문제에 관한 수많은 양식들을 통해 작동한다. 이후의 여러 세기동안 수많은 순문학 창작을 점하는, '특수한 경우를 위한' 고시 창작과 부 창작은 한말 경에 처음 대량으로 출현한다. 고시 혹은 부는 연회나 소풍과 같은 특정한 이벤트들, 혹은 이별이나 선물 증정 같은 명시된 경우에 쓰여졌다. 자료들은 이 축제들, 파티들 혹은 콜로키엄들이 또한 집단 창작, 주로 시간성 자체의 주제들, 즉 오늘을 잡아라(carpe diem), 노년, 청춘의 지나감 등등에 대한 장면들이었다고 말하다. 종종 순문학 창작의 개인주의적, 주관적 성격의 증거로 간주되는 이들 관심사들은 그저 비공식적인 것의, '시간적 삶' 자체의 텍스트적 조직화로 쉽게 간주될 수 있을 것이다.

「예문지」의 구절, 그리고 문학 생산에 대한 그와 유사한 모든 경시는 동종사회성에 대한 담론들과 비슷한 방식으로 순문학 생산의 근본적인 모호성을 암시한다. 그것의 존재 자체가 바로 종종 왕도(王道)의 쇠락과 사회적 과도함의 병리학을 나타내는 징후이다. 그리고 우리가 순문학 텍스트 생산을 위치시켜야 할 곳은 사실 사회적인 것 속이다. 사회적인 것이 또한 정전 전승과 '사상학파'의 기지인 것과 꼭 마찬가지로. 나는 여기서 한대의 순문학 생산에 대해 탈심미적 견해를 주장하려 한다.10) 시 예술들을 모종의 관료적 기능주의에 연관시키기 위해서가 아니라 단순히 한대의 순문학주의에 대한 그 동시대의 많은 글들을 진지하게 취급하려는 노력 속에서이다. 미적인 것과 같은 어떤 것이 후한대에 하나의 범주로서 존재하였다는 것은 결코 확실하지 않다. 한대의 글들이 인정하듯이, 텍스트 문화의 사회적 과업은 고시나 부에서보다 다른 장르들에서 훨씬 더 크게 수행되었다. 그러나 심미주의의 담론들이 훨씬 잘 수립되어 있는 오늘날과 같은 레짐들로부터 글을 쓰는 연구자들의 과도한 주목을 끄는 것은 한 후기의 순문학 생산이다. 그들의 주장들에 중심적인 것은 초기 제국의 문학생산에 대해 주체성이 가지는 중심성뿐 아니라, 주체성의 특수한 형상화이기도 하다.

---

10) Cai Zhongqi(1996)는 심미적 관점에 대한 가장 최근의 지지자이다.

2. 한 후기 시와 주체성 문제

중세 전성기에 구체적인 역사적 세속적 개인들의 자기 의식을 수립하는 데에 쓸 만한 증거는 거의 아무 것도 없다. 중세 문학 텍스트들에 목적의 선언들과 이론적 상세 설명들이 있는 경우, 그것들은 거의 언제나 중세의 관습의 일부분으로 확인될 수 있고, 그리하여 저자의 의도성 혹은 심지어 텍스트적 의도성의 진정한 표지라기보다는 전형적인 반복을 재현한다. 중세 문학이 유럽에서 생산된 것들 중 가장 관습적이라는 것이 일반적으로 동의됨에도 불구하고, 중세 문학의 경우에 관습성을 분석의 한 가지 원리로 서 이용하기에 어색하게 만드는 것은 의식(意識)만큼이나 관습성의 특징이 다. 그래서 나는 '반복'이라는 단어를 선택한다. 여기서 그 단어의 의미는, '의식'의 의미론적 구성 요소를 제외하면, '관습성'의 의미와 동일하다. 즉, '반복'은 어떠한 의식의 현전이나 전제도 없는 관습들의 현상을 가리킨다. (Haidu, 1977, p.876)

학적인 합의는 한의 붕괴와 함께 '중세' 시기가 도래한 중국에서 하나의 새로운 주체, 즉 시인이 태어났다고 주장한다. 건안(建安, 기원후 196~220) 칠자(七子)는 비극적이고 혼란한 시대를 목격한 세대의 시인들이다. 이후의 시인들과 문학사가들의 판단으로는, 서정시가 그 목격의 특권적 담지체이다. 한말에는 서정적 멜로드라마를 위한 모든 요소들, 즉 왕조의 붕괴, 분열된 국토, 그리고 조정의 지도적 문학 대가(大家)들을 앗아가 버린 전염병이 있다. 전염병이 있었던 건안 22년은 죽은 시인들의 해로서, 왕찬(王粲)·서간(徐幹)·진림(陳琳)·응창(應瑒) 그리고 유정(劉楨) — 건안칠자 중 다섯 명 — 의 죽음을 목격한 해이다. 그들의 죽음은 거의 모든 20세기 중국 고전 '문학비평' 선집에 포함된, 조비의 글 세 편, 즉 「여왕랑서(與王朗書)」, 「여오질서(與吳質書)」, 『전론』 「논문」에서 애도된다.

한 무리의 벗들이 건안 시기에 죽자, '문학사회(literary society)'는, 만약 실제로 그렇게 존재한 적이 있다면, 해체되었다. 이후의 비평가들에게 이 시기는 개인적 시인들이 탄생한 시기, 시가 공식적 기능주의와 시경체라고 생각되는 사언(四言)의 형식적 속박 양자를 벗어난 시기였다. 합의에 의해 수용된 문학사 버전에서, 그 시대는 시적 형식에 대한 새로운 주목, 더 '사적'이고 더 '감성적'이고 더 '자기 의식적인' 시에 의해서 특징지어지는 시대이다. 전목(錢穆)의 평가가 전형적이다. 그는 문학에 대한 새로운 개념의 기원을 『후한서』와 『삼국지』에 문인들의 전기가 포함된 것에 둔다.

> 이에 이르러 이른바 문인(文人)이 출현하였다. 문인이 있게 되자 문인의 문(文)이 있게 되었다. 문인의 문의 특징은 인사(人事)에 특별한 쓰임을 가지려는 의도가 없다는 데에 있다. (…중략…) 문인의 문이 된 것은, 단지 개인의 자아를 중심으로 삼고, 일상생활을 제재(題材)로 삼아서, 성령(性靈)을 서사(抒寫)하고, 정감(情感)을 가창(歌唱)하였다.[11]

여관영(余冠英)은 자신의 『삼조시선(三曹詩選)』 서론에서 건안문

---

11) 錢穆(1977), 100면. 「文苑列傳」에 모인 전기들에 대한 강조는 흥미롭다. 『後漢書』에서, 「文苑列傳」은 「儒林列傳」 바로 뒤, 「獨行列傳」 바로 앞에 있다. 집단으로서, 그들의 主 변별적 자질은 창작의 용이함, 그리고 자신들에 대한 타인들의 인정이었던 것으로 보인다. 그러나 그들을 이 章(「文苑列傳」－역자 주)에 포함하는 일의 밑바닥에 깔린 강력한 논리를 이 章에서 식별해 내는 것은 사실상 어렵다. '개인의 발견'이라는 비유는 중국 외에도 많은 전통들에 대한 記述에서 공통적이다. 사실, 개인의 발견 시기를 결정하는 것은 20세기 문학사의 핵심적 임무 가운데 하나인 것 같다.

학을 한조(漢朝)의 여타 문학들과 대비시킨다. 그 여타 문학들은 아래와 같은 것들이었다.

왕포(王褒), 양웅(揚雄), 매승(枚乘), 사마상여(司馬相如)가 대표하는, 제왕(帝王)의 공덕을 가송(歌頌)하는 것을 목적으로 하고, 풍유(諷諭)와 감계(鑒戒)를 그 명목으로 하는 문학이었다. 그러나 [건안문학은] 감정(感情)과 개성(個性)을 지닌 표현적 문학이었다. (余冠英, 1956, 2면)

건안문학을 감정과 '개성'의 표현으로서 이렇게 기술한 것은 (부르주아적) 개인에 대한 19세기와 20세기의 형상화에 특수한 뿌리를 가진 정식화이다. 그럼에도 불구하고, 한 후기의 문학적 표현과 '개성'과 같은 무언가를 연관짓는 것은 순문학적 글쓰기에 대한 최초의 문학사들 속에 뿌리를 두고 있다. 그 문학사들은 모두 4세기 후반과 5세기의 위대한 제량(濟梁)시대, 정전 형성과 문학사—이 중 가장 유명한 생산물은 『문선』의 편찬이었다—가 번성하던 시대에 지어졌다. 심약(沈約)의 『송서(宋書)』 「사령운전론후서(謝靈運傳論後書)」, 종영(鍾嶸)의 『시품(詩品)』, 유협의 『문심조룡』과 같은 거의 동시대의 작품들은 문학 생산과 '내면적인' 것의 어떤 형상화 사이의 유사한 연결들을 만든다. 그럼에도 불구하고, 내가 이 장 앞부분에서 제기했듯이, '문학적인 것'에 대한 이후의 이러한 고양(高揚)의 많은 부분은 순문학 장르들을 훨씬 넘어서까지 확장된 장르적 범위를 가리킨다. 송(宋)-제(濟)-량(梁) 시기에 벌어진 일은 궁정 문학 실천의 강화였다. 남조(南朝)의 궁정에서는 '장식'의 상징자본이 한대에 그랬던 것보다 더 많은 부분을 차지하였으며, '여가'는 자주 '일'의 성격을 더 많이 가졌다.

송-제-량의 비평가들은 실질과 장식, 필수와 과도함 같은 이분법들의 지침 내에서 글을 썼다. 감정[情, feeling]은 실질의 일차적인 구성 요소이고 조씨의 궁정에서 생산된 문학은 강하고 실질적이며, 진정성 있고, 감정으로 가득하며, 씩씩하다는 일반적인 합의가 있었다. 예를 들어, 종영은 건안 '풍력(風力)'에서, 서진(西晉)의 '현언시(玄言詩)'에서는 퇴락할 경전적 정수(精髓)의 가장 순수하고 가장 씩씩한 표현을 본다.12) 「사령운전론후서」 속의 간략한 문학사에서는 문학사(文學史)상의 훨씬 더한 중심성을 건안에 부여하면서, 그 시기를 감정[情]이 문체를 위한 틀인 때라고, 문체가 실질의 담지자 되기로 종속된 때라고 판단한다. 우리가 「예문지」의 판단에서 보았듯이, 험난한 시대에 대한 문학적 반응은 언사의 과도함에의 공허한 탐닉보다 적절했다. 남조시대까지 한의 몰락의 아이콘적 지위와 중요성은 공고화되어 왔고, 그것은 '영웅적' 혹은 '강력한' 반응에 적합한 시대로서 명시될 수 있다. 그리하여, 건안 작가들은 그들에게 기대된 것을 하였다. 그러나 '개인성'의 문제는 송-제-량 비평가들에게는 이슈가 아니었다.

현대의 대부분의 비평가들은 자신들이 그 기원들을 건안 시기에 둔 감성적이고 개성적인 표현성을 이후 고전시의 전 역사에 특징적인 것으로 간주한다. 문학사에서 건안 시기의 기초적인 중요성은 일반적으로 ① 알려진 저자들에게로 명확히 귀속시킬 수 있

---

12) * 西晉이 아니라 東晉이다. 鍾嶸은 「詩品序」에서 "永嘉時, 貴黃·老, 稍尙虛談. 于時篇什, 理過其辭, 淡乎寡味. 爰及江表, 微波尙傳:孫綽·許詢·桓·庾諸公時, 皆平典似『道德論』. 建安風力盡矣"라고 하였다. 曹旭, 『詩品集注』, 上海古籍出版社, 1996, 24면.

는 시의 급격한 수적 증가와 그 작품들의 현존(건안 시기에 300편이 넘는데, 이는 한대의 나머지 시의 수를 초과한다), ② 창작의 이유나 배경을 알 수 있는 매우 많은 시들, 그리고 ③ 이후의 많은 비평가들이 문학의 새로운 가치설정과 증대하는 문학적 '자기 의식' 양자의 증거로 간주해온 '문학비평'에 대한 새로운 주목에 기인한다. 그 시기의 중요성에 대한 이들 평가들 모두는, 위의 짧은 인용문 속의 것들처럼, 궁극적으로 서정적 주체성의 어떤 결정, 피터 하이두가 중세 유럽의 문학 생산에서는 얻기 어렵다고 주장한 종류의 '의식'에 의존한다. 정경으로서의 지위 때문에 『시경』에 부여된 과잉결정된 해석 전통, 초사의 신화적·역사적 맥락들 혹은 종종 의문스러운, 한 악부와 고시십구수(古詩十九首)를 특정한 창작 배경을 가진 특정한 작가들의 것으로 돌리는 것에 불편함을 느낀 현대의 비평가들은 건안 시기에서, 개인적 삶들과의 다양한 외관상의 구체적인 연관들을 가진 일단(一團)의 시를 발견할 수 있었다. 그들은 특수한 조건 속의 개인적 의식으로부터 시가 발생했다는, 그리고 그것이 확실한 목표를 겨냥하고 있었다는 더 굳은 확신을 가지고 거기에 접근할 수 있었다.

사실, 건안 시 속의 주체성에 주어진 중요성은 시적 장르 자체에 주어진 중요성부터 시작해서, 거의 모든 점에서 문제적이다. 어째서 문학(letters)의 위계에서 시의 낮은 위치를 증명하는 많은 문헌에도 불구하고 시는 압도적으로 가장 많이 연구되는 건안 장르인가? 위에 언급한 반(反)순문학적 레토릭은 공통주제적 요소로서 제국의 전 역사를 통해서 계속되었으나, 건안의 글들에서만큼 심했던 곳은 없다. 이후의 담론(명말청초의 비평가 고염무의 『일지록(日知錄)』

「양한풍속(兩漢風俗)」은 기본적인 예이다)에서 건안의 문학적 번성은 쇠락의 중요한 징후이다. 그러나 고염무의 엄격한 정식화에서조차 여전히 건안 시기를 이렇게 '문학의 시대'로 특징짓는다.

제1장의 '텍스트 시스템'에 대한 나의 설명에서, 나는 텍스트들의 사회적, 유통적 성격을 이해시키려고, 또 텍스트 생산의 일반화된 상호텍스트적 성격이, 분리된 개별적 텍스트에 대한 포커스를 문제적으로 만든다고 주장하려고 시도하였다. 그럼에도 불구하고, 문학사에서 비평의 초점은 거의 독점적으로, 통일된 개별적 시에 맞추어져 있다. 이것은 마찬가지로 부적절한 것인데, 왜냐하면 한 후기의 다양한 텍스트적 증거는 개별적 시가 존재론적 무게를 거의 가지지 못했다는 것을 말해주기 때문이다. 하나의 주어진 시의 개별적 구체화는 수집된 선집 속에서와 같이,[13] 혹은 집단 창작의 일부로서, 일군(一群)의 시들 내에서 그것이 가지는 소속성에 의해 희미해지는 것으로 보였다. 개개의 구(句)나 장(章)은 인용되거나, 발췌되거나, 혹은 다른 창작문들 속으로 재조합되기 위해서, 자신들의 '저본(底本)' 텍스트들로부터 쉽게 분리될 수 있게 되었다. 개별적 시에 대한 우리의 인식을 지배하는 존재론적 가정들은 개별적 시인에 초점을 맞추는 동일한 이데올로기적 정식화에서 유래할 수도 있다. 그러나 우리는 왜 건안칠자를 시인들이라고 생각하는가? 의심할 바 없이, 이것은 청대 및 서구 중국학 속에서 헤게모니적 문학 장르로서의 시의 특권화로 뿐 아니라, 모든 시 장르들

---

13) Pauline Yu의 "Poems in their place : Collection and Canons in Early Chinese Literature"(1990)는 중국 시에서의 선집 제작과 정전 형성에 관한 선구적인 이론적 연구이다.

이 당송(唐宋)의 서정시의 헤게모니를 향해 나아간다는, 초기문학사의 목적론화에 기인하는 것이다. 나는 이 책의 마지막 부분을 위해 시에 관한 나 자신의 주장을 남겨두었지만, 건안 시기는 대부분의 중국시사(中國詩史)에서 최고로 그려지고, 나는 시사들의 이데올로기적 성격을 묻는 것이 가치 있다고 생각한다. 만약 단일 장르의 역사들이 그 장르의 형식적 특색과 장르적 특색에 집중한다면, 그것은 이해할 만할 것이다. 그러나 시사들은 더욱 일반적으로, 시의 증대되는 지시능력의 역사들이다. 특히 그 시가 특정한 시적 천재에 의해 실행되었을 때에 그러하다.

내 생각에, 시 연구의 두드러짐에 대한 하나의 설명은, 시 장르의 바로 그 헤게모니적 지위가 다년간의 과거시험, 축적된 시화(詩話), 다양한 정전화 실천들 및 서구와 중국에서의 문학 연구에 있어서의 20세기의 거장들의 작업을 통해 축적된 채, 시에 대한 작업을 문학 감식안의 최고 형식으로 만들었다는 것이다. 그리고 '고등한' 전통 혹은 정전적 전통이 자신을 재생산하는 것은 정확히 감식안을 통해서이다. 고전적 고시(古詩)와 같은 정전적 전통 속에서 독자들과 비평가들은 강의·책·에세이·시화 혹은 텍스트 편집물 속에서 시에 대한 감상적(鑑賞的) 혹은 비평적 주석을 통해, 혹은 정전적 전통 속의 다른 시들에 기반하거나 그것들을 평한 자기 자신들의 시 속에서 그들 스스로를 어느 정도는 죽은 시인들의 친구이자 동포(同胞)로서의 '이상적인 독자들', 즉 지음(知音)으로 위치짓고 있다. 주어진 시 작품 속에서 발견되는 아름다움, 위대함 혹은 기교에 대한 이해 및 / 혹은 등급매기기와 같은 정식화들에서 표현된 이 평가 기능은 중국 고전 시에 대한 논의들, 특히 미국에서의 논의들에서,[14] 그 저자의 이론적 지향이 무엇이든 간에 거의 빠지지 않는다. 적절한 감식안은 전통 속의 회원 자격을 부여한다. 비평가와 정전 양자를 동시에 옳다고 인정하면서. 그러나, 감식안의 실천에 의해서 제공된 주체 위치는 언제나 이데올로기적으로 결정된다. 지난 300년 간의 감식안을 고찰해보면 그 이데올로기적 성격에 대한 많은 것이 드러난다.

'주체성'을 후한 후기 시의 분석의 중심에 놓는 것은 그 지지자들이 거의 제기하지 않는 질문들을 제기한다. 우리가 건안 문학과 그 이상(beyond)에서의 주체성 혹은 '자아'를 언급할 때 우리는 실제로 무엇을 의미하는가? 거대한 주체성에 대한 이 인상을 창조하는 수단들은 무엇인가? 주체성의 역사적 성격은 무엇인가? 어떤 정치적 사회적 구성체가 주체성의 현전에 영향을 주는가? 어째서 시가 주체성의 제시를 위한 그렇게 특권적인 수단인가? 만약 우리가 중국 고전시에 대한 최근 서구의 대표적 비평가들을 훑어본다면, 우리는 비록 그들의 비평적 접근법들이 서로 매우 다름에도 불구하고 서정적 주체성의 기본적 성격에 대하여 유사한 가정들을 한다는 것을 발견하게 된다. 중국 고전 서정시를 모든 서구 시와 대조할 때(비록 영어로 글을 쓰는 대부분의 비평가들과 마찬가지로 비교를 위한 그의

---

14) 예를 들어, David McCraw의 논문 "A New Look at the Regulated Verse of Chen Yuyi"(1987)는 이렇게 결론짓는다. "그러나 여전히, 그의 최고 작품은 중국 시의 거인들이 지은 창작물들과의 비교를 견뎌낼 수 있는데, 극소수의 사람만이 그럴 능력이 있다. 陳與義(Chen Yuyi)는 제2급의, 중국 시의 만신전의 한 단계 아래에, 또 거기서 멀리 떨어진 세계의 훌륭한 시인이다." 또는 Stephen Owen이 杜甫에 관한 章의 첫 줄에서 "두보는 가장 위대한 중국 시인이다."(고딕체는 원문; Owen, 1981, p.183).

선택물들은 영국 낭만주의자들, 즉 또 다른 원형적 죽은 시인들(Ur-dead poets)임에도 불구하고), 스티븐 오웬은 중국식 노선으로 의미에 대한 우리의 인식의 재정식화, 그리고 우리의 읽기 실천의 재정향을 주장한다. 오웬에게 이것은 '허구성'에 대한 서구적 가정을 폐기하는 일을 동반한다(Owen, 1985, p.73). 시인이 독자 속에서 추구하는 것, 그리고 독자가 읽기 속에서 갈망하는 것은, 오웬에 따르면, '진정한 친구' 즉 지음이다(Owen, 1985, p.73). 한 편의 시는 그 시인을 알기 위한 수단이고, 그리하여 어떤 후보자가 관직 보유에 적합한지를 평가하기 위해 과거(科擧)에서 시를 사용한다.

이 정식화에서, '읽기'는 선형적 연속체를 따라 발생한다. 우리는 독자로서 시작한다. 독자에 앞서서 시가 있다. 시에 앞서서 저자가 있으며, 저자에 앞서서 세계가 있다. 그리하여 주체성은 시보다 존재론적으로 우선하고 또 선행한다. 시는 주체적 의식의 산물이자 이상적인 독자의 생산자이다. 그 이상적인 독자는 '진정한 친구[知音]'와 같이 그 주체성의 거울이다. '지음' 정식화는 개인에서 개인으로의 유목민적 연쇄의 구성에 기여하는데, 거기에서 글쓰기와 읽기는 언제나 혼자만의 활동들이다. 중국 고전시에 대한 현대의 비평가들은 자신들의 작업을 신비평, 야콥슨적 구조주의, 혹은 기호학 중 어느 것의 기반 위에서 모델링하든지 간에, 창조하는 의식에 부여된 존재론적 우선성과 함께, 의사소통적 모델의 어떤 버전으로부터 거의 벗어나지 않는다(Owen, 1985; Francois Cheng, 1982; Kao and Mei, 1978).

문학적 담론 혹은 다른 여하한 담론의 의사소통적 기능을 부인하는 것은 터무니없는 일일 것이다. 이 모델에 의문을 제기할 때,

나는 우리가 의사소통적 기능을 담론의 총체가 아닌 한 가지 측면으로 간주하자는 것, 그리고 의사소통적 모델이 부과하는 패러다임상의 한계들을 의식하고 있자는 것을 제기하고 싶다. 일반적으로 '포스트소쉬르주의자'라는 라벨이 붙는 철학자들과 비평가들은 기표에 존재론적 우월성을 부여할 것을 주장한다. 이것은 우리가 의도성이나 저자에 대해서 말할 수 없다는 것을 의미하는 것이 아니다. 그보다는, 이 특색들을 텍스트의 생산물 혹은 효과로써 논하는 새로운 컨텍스트들이 우리에게 주어진다. 여기에 중국 고전 글쓰기에 대한 작업을 하는 우리들을 위한 시사적 정식화들이 있다.

① 시는 이데올로기이다. 특히 시에 있어서 중요하다는 동의를 얻은, 기표의 선재(先在)는 "그렇지 않았더라면 단순히 재현의 수단이라고 무시되었을 것이, 이데올로기적인 것임을 보여준다."(Easthope, 1983, p.23) 형식과 내용 간의 구별의 포스트소쉬르적 해소 또한 우리로 하여금 기표의 수준에 각인된 이데올로기를 보도록 허락해준다. 그리하여 비평가 앤써니 이스트호프(Anthony Easthope)는 이암보스의 5음보를 이데올로기적으로 분석할 수 있으며, 역사적으로 결정된, 형식의 이데올로기적 내용을 분석할 다른 가능성들을 제시한다(Easthope, 1983).

② 형식 혹은 의미화 실천들의 이데올로기적 본성은 오직 그것이 역사적으로 결정된다는 것에만 의존하지는 않는다. 담론은 **사회적 사실**(fact)이다(소쉬르를 참조하라). 담론들은 독자들을 '생산한다.' 이 관점은 우리로 하여금 주어진 담론의 이데올로기적 효과를 분석하도록 허락한다. 예를 들어, 서구의 많은 비평가들은 어떻게 "부르주아적 담론 형식들이 주체에 절대적 위치를 제공하고 타자들에

게는 상대적인 위치를 제공하려고 하는지"를 보여주었다(Easthope, 1983, p.29).

③ 의사소통적 모델의 또 하나의 대안은 M. A. K. 할리데이(Halliday)의 '반언어들(antilanguages)'의 개념, 그리고 사회기호학의 관련 개념들인데, 이것들은 담론의 다양한 '현실산출' 메커니즘들을 연구한다. 할리데이의 용법에서 하나의 반언어는 하나의 주어진 하위문화 속에서의 일단의 특수한 용법들이다. 일상 언어와 마찬가지로, 반언어들은 언제나 대화의 일부분이다. 그러나 반언어는 일상 언어들보다는 훨씬 더 담론의 사회적 차원을 전경화한다(Halliday, 1978, pp.164~182). 할리데이가 다음처럼 말하는 바와 같다.

> 하나의 문학작품은 그것이 대안적 현실을 제공하든지 아니면 수용된 모델을 강화하든지 간에 사회의 현실생산 대화에 대한 그 저자의 기여이며, 그 작품의 언어는 그것이 사회기호적 도식 속에서 가지고 있는 이 지위를 반영한다. (Halliday, 1978, p.182)

할리데이는 우리로 하여금 관습들, 약호들, 공유된 테크닉들 속에서 반드시 문학적 자기 의식의 기호들이 아니라 하나의 사회적 기호체계의 기호들을 발견하도록 이끌려 한다. 만약 건안 시가, 그 이전 시대의 시와 비교할 때, 실제로 주체 위치에 더 큰 무게를 주는 것으로 보인다면, 어떻게, 그리고 어째서 이런 일이 발생하는가? 어떻게에 답하기 위해, 우리는 대명사, 지시사, 관계부사 및 형용사, 한정사, 법 용어 및 분사 같은 통사론적 자질들 속에서 '인물의 기호들'을 찾아볼 수 있다.[15] 만약 정교화되고 약호화된 일단의 테크닉들이 저자의 의도들의 판명한 집합을 가리킨다는 명제를 받아들인다면, 우리는 압운(押韻), 두운(頭韻) 및 기타 반복 구조들과 같은 음성 요소들 속에서, 한 편의 시가 자기의 기표들의 물질성에 주의를 환기시키기 위해 사용하는 그 형식적 요소들에 주목을 돌릴 수 있다. 담론적 수준에서, 우리는 시를 장르와 '전통'과 같은 더 큰 담론적 구조들 속에 위치시키는 인유·인용 그리고 다양한 수단들뿐만 아니라, 시의 행·연·대련·어두·어미 및 기타 형식적 혹은 반(半)형식적 부분들 같은 요소들을 볼 수 있다 (Connery, 1991).

그러나 나는 여기서 더욱 다루기 힘든 질문인 어째서를 연구하는 데에 더 흥미가 있다. 이것은 우리를 텍스트적 권위의 특수한 문제틀들로 되돌린다. 시의 과업은 무엇이었으며, 사회적－텍스트적 견지에서 그 과업은 무엇을 생산하였는가? 나는 자기 인식 기능이 사(士) 텍스트 문화에서 중심적인 구성 요소였음을 위에서 주장하였다. 시는 독립된 과업을 가지고 있는가, 그리고 만약 없다면, 시는 다른 방식으로 자기 인식 기능을 수행하는가? 적어도 한 대의 경우에는, 우리의 기대는 이 단계에서, 예를 들어 근대 초기 영문학 연구에서 작동하는 기대보다 더 신중해야 한다. 이스트호프는 영시(英詩)에 관한 그의 논의에서 '부르주아' 시 담론을 언급할 수 있으며, 또 역사적 부르주아의 개념이 잘 이해되고 받아들여진다고 확신할 수 있다. 사회적－역사적 제국과 병행하고 일치하는 역사 속에 존재하는 텍스트의 제국에서, 사회구성체라는 범주는 가까이하기가 더욱 어렵다. 그러나 우선 후한 후기 시의 텍

---

15) 부분적으로 Tzvetan Todorov "Enunciation" in Durot and Todorov(1981), p.324의 목록에 기반하였다.

스트적 성격을 확립하는 것이 중요하다. 이것은 겉보기처럼 그렇게 명확한 일이 아니다. 초기 제국 문학사의 합의된 버전에서, 후한 후기의 시적 글쓰기는 혼합의 결과였다. 한편에는, 우리가 보아왔듯이, 사의 '주체성' 혹은 '자기 의식'이 있었다. 그러나 또 다른 한편에는 구두적인 것, 즉 민간적인 것(the folk)이 있었다. 합의된 버전에서, 건안 시를 생산한 결혼, 그리고 더 나아가 서정적 전통의 주류는 사 주체성과 '구두적', '인간적' 언어와 주제들 사이에 있었다. 우선 우리는 구두성의 유령을 매장해야 한다.

3. 구두성

만약 '구두 시(oral poetry)'라는 말로 우리가 구두적 형식으로 창작되고 유통되는 시를 의미한다면, 건안 시기의 시가 구두 시와 어떤 관련이 있다고 생각할 이유가 없다. 사실, 한 및 한 이전 시기에는, 구두 시가 어떠했을 것인지 혹은 그런 시가 글로 옮겨질 때 어떻게 변형되었을 것인지에 대한 기술을 허락하는 당시의 기록이 존재하지 않는다. 이 상황은 바뀔 것 같지가 않다. 우리는 우리의 언어 분석 도구가 더욱 정련됨에 따라, 그리고 표준화 이전의 한자 혹은 원형적 음절문자적인(protosyllabary) 한자가 고고학적 탐구를 통해 계속 발굴됨에 따라 한대의 구어에 대해 더 많은 것을 계속 배우게 될 것이다. 그러나 새로운 문헌증거라 하더라도 증거의 최소 기준들을 충족시킬 구두 시의 개념화를 허락할 수 있을 것이라 생각할 이유는 없다. 증거를 요구하지 않는다 하더라도, 구두적 기원의 분석을 받쳐주는 주장들은 일반적으로 이론적으로 역시 허약하다. 선행하는 구두성의 가장 일반적인 '증거', 즉 입말 투어들의 이용은 쓰여진 창작물에서도 동일하게 유행했음이 드러났다.16) 하나의 계열체적 집합 속의 한 단어가 덜 형식적이게 되고 따라서 '구두적인' 것이 하나의 시행에 삽입될 선택의 여지가 더 많게 되는 곳인 어휘선택과 데코룸17)이라는 문제들은 하나의 텍스트적 논리 내부에 철저히 각인된 것으로 생각되기가 쉽다. 한 후기 시의 전적으로 텍스트적인 성격에 대한 주장들은 더욱 설득력 있다. 즉, 명백한 저자 확인의 만연과 규칙적인 행 길이 현상. 사언·오언·육언 혹은 칠언은 구두 창작물의 음성적 유동성을 보여주지 않는다.

구두 창작 문제는 한대의 자료들에서 제기되지 않는다. 사실, 구두적인 것의 지위는 모호하다. 정경들 중 다수가 인용된 대화 혹은 문난(問難)의 형식을 취하는 장황한 구절들을 가지고 있다. 잦은 감탄분사는 구두성의 텍스트화된 효과에 기여한다. 그럼에도 불구하고, 공자에게 귀속되는 텍스트들에서, 내가 이전에 지적했듯이, 연구의 대상들은 텍스트들이다. 구두적 가르침에 진정성 혹은 특별한 효력이 부가되지는 않는다. 몇몇 한 및 선한의 자료들은 구두적인 것을 가리키며, 순수한 구두성의 장면이라고 불리어

---

16) Ruth Finnegan(1977). 套語에 대한 논의는 Hans Frankel(1974), pp.69~107에서 행해 진다. 또한 Hans Frankel(1976), pp.97~106을 보라.
17) * 단어가 배경이나 상황에 적절한지를 말한다.

야 할 몇몇 명백한 기술들이 있는데, 그것들 중 가장 발달된 것은 양웅의(것이라고 하는)『방언(方言)』이다. 그러나 시민적 삶이나 도덕적 삶에 대한 글쓰기의 유해한 영향들에 대한 그리스의 논쟁과 같은 것은 없으며, 로마 후기와 중세 초기의 유럽 텍스트들이 그랬던 것처럼 텍스트의 세계와 구두 웅변, 낭송, 혹은 대중연설 의 세계들 사이의 연속성들과 차이들의 재구성을 허락하는 텍스트들도 없다. 쓰여진 것에 대해 순수히 구두적인 것이 갖는 관계의 모호성은 다음에 인용하는 「시대서(詩大序)」의 유명한 구절에서 볼 수 있다. 이 글은 지(志, feeling),[18] 텍스트, 그리고 소리(suond) 사이의 선형적 연속성을 적극 주장한다.

시라는 것은 지(志)가 가는 바로서, 마음에 있을 때에는 지이고, 말로 표현되면 시이다. 정(情)이 마음 속에서 움직여서 말에서 모습을 드러내는데, 말로는 부족하기에 차탄(嗟歎)하고, 차탄으로 부족하기에 노래하고, 노래로 부족하기에 저도 모르게 손을 저어 춤추고 발로 뛰어 춤춘다. 정은 성(聲)에서 드러나는데, 성이 문(文)을 이룬 것을 음(音)이라고 한다. 치세(治世)의 음은 편안하고도 즐거우니, 그 정치가 화해롭기 때문이며, 난세의 음은 원망하면서도 노여우니, 그 정치가 일그러져 있기 때문이며, 망국의 음은 슬프고도 애상적이니, 그 백성들이 괴롭기 때문이다. 그러므로 득실을 바로하고 천지를 움직이며 귀신을 감동시키는 것은 시보다 더한 것이 없다.[19]

---

18) * 원서의 영문에는 志와 情을 다같이 'feeling'이라고 하였다.

19)『詩』「大序」(毛傳).
　　＊詩者志之所之也, 在心爲志, 發言爲詩. 情動於中而形於言, 言之不足, 故嗟歎之, 嗟歎之不足, 故永歌之, 永歌之不足, 不知手之舞之足之蹈之也. 情發於聲, 聲成文, 謂之音. 治世之音, 安以樂, 其政和, 亂世之音, 怨以怒, 其政乖, 亡國之音, 哀以思, 其民困. 故正得失動天地感鬼神, 莫近於詩.

여기에는 불충분성에 의한 자극이 재촉한 이중적인 운동이 있다. 지의 직접적인 생산물은 말[言]이다. 말의 불충분성은 차탄, 노래, 손으로 추는 춤, 발로 뛰는 춤을 가져온다. 그것은 하나의 궤도이다. 즉, 말은 한 방향에서는 '지'를 가리키고, 다른 방향에서는 과도함을 가리킨다. 또 다른 궤도는 정(情)에서부터 성(聲)으로 다시 음(音)으로 간다. 첫 번째 궤도는 창작상의 논리이고, 두 번째는 진단(診斷)의 논리이다. 최초의 승인된 '문학비평'이라고 판단되어 온 것 어디에도 구두적인 것에 부여된 존재론적 우선성은 없다. 구두성의 주장에서라면 중대할 이행(移行) ─ 말해진 단어에서 쓰여진 단어로 ─ 은 언급되지 않는다. 단어들은 쓰여진 단어들이다. 비평가들은 자주 이 텍스트가 『시경』을 언급하고 있지 시 일반을 언급하는 것이 아니라는 사실을 충분히 강조하지 않는다. 그 경전의 공식적 주석의 교훈은 『시경』이 한 시대의 성격을 표현한다는 것이다. 그것의 구두적 창작에 대해서는 어떤 주장도 행해지지 않는다. 대신 '민간적' 지시 대상이 주장된다. 즉, 『시경』의 노래들이 시대의 분위기를 가리킨다는 것이다. 동일한 주장이 텍스트적 창작물들에 대해 행해질 수 있고 실제로 자주 행해졌다. 즉, 우리는 여기서 다시 '인간적인 것'과 '텍스트적인 것' 사이의 동등화의 힘이 작동하고 있는 것을 본다. 일반적으로, 구두성의 주장은 그 자체가 인간적인 것과 텍스트적인 것 사이의 경계를 묘사하기 위한 전략이다. '구두문학'에 대한 선구적인 작업[20]은 일반적으로 방어적인 논쟁적 어조를 가지고 있었다. 구두문학의 지지자들은 사실

---

20) 예를 들어, Lord(1960); Eric Havelock(1986); Walter Ong(1982); 그리고 Paul Zumthor(1990)도.

그들이 일군의 텍스트외적 문화 생산을 로고스중심주의적인 학술적·미학적 무시로부터 구해내고자 노력하고 있었다는 점에서 지지자들이었다. 중국에서 금세기 오사 시기에 구두적인 것과 민간적인 것에 대한 옹호는 제국 이후의 장면에서 인텔리겐치아들의 권위의 영역에 대한 그들의 정의(定意)뿐 아니라 그들 사이의 새로운 문화정치학과도 관계되어 있었다.21) 그러나 순문학적 시에 대한 '구두적 기원'이라는 가정의 손쉬운 수용은 그 문제가 충분히 이론적으로 정교화되지 못했음을 말해준다.

한위(漢魏) 텍스트들에는 구두적 레퍼토리에서 나온 노래들에 기반한 시작(詩作)을 가리키는 참조들이 자주 있다. 이것들은 특정한 경우에 불리던 노래들, 즉 한대의 요가(鐃歌)22) 혹은 만가(輓歌)23)들이다. 그러나 시적 자료의 구두적 공연과 구두적 유통은 선행하고 또 지배적인 텍스트성을 방해할 필요가 없다. 이 노래들은 아마도 애초부터 쓰여진 창작물들이었을 것이다. 우리는 정경의 자료 중 대부분이 구두적 형태로 유통되었음을 알고 있지만, 시의 구두적 유통 경향은 그 시의 창작환경 혹은 언어나 어투에 대해 아무 것도 말해주지 않는다. 고대적인, '문학적' 말투는 단순하고 대화적인 어투만큼이나 구두적 유통에 기꺼이 따를 수 있었다.24)

---

21) Mary Scott, *The Invention of Chinese Popular Culture*(출간예정)를 보라.
22) * 鐃歌 十八曲은 「朱鷺」·「思悲翁」·「艾如張」·「上之回」·「擁離」·「戰城南」·「巫山高」·「上陵」·「將進酒」·「君馬黃」·「芳樹」·「有所思」·「雉子班」·「聖人出」·「上邪」·「臨高臺」·「遠如期」·「石留」이다. 羅根澤, 『樂府文學史』, 東方出版社, 1996, 23면 이하 및 蕭滌非, 『漢魏六曹樂府文學史』, 人民文學出版社, 1998, 47면 이하 참조.
23) * 漢의 輓歌는 「蒿里」와 「薤露」가 있다.
24) "Pledge of Allegiance"나 "The Star-Spangled Banner"처럼 미국에서 구전되는 것

구두성은 주로 20세기에 주장되었고, 내가 위에서 제시하였듯이, 진정한 '민간' 문화에 대한 주장과 관련되었다. 한의 경우에, '민간' 문화는 구두성보다 더 복잡한 문제이다. 한시(漢詩) 가운데 상당수가, 특히 고시와 악부 형식의 시 가운데 상당수가 사의 삶보다는 서민의 삶과 더 관련이 있는 주제들을 다룬다는 것은 부인할 수 없다. 농경생활, 촌락생활, 창기(娼妓)의 체험들, 고아들, 보병(步兵)들은 이용 가능한 주제내용의 범위를 재현한다. 이들 시들 중 많은 시들의 언어는 더욱 제한된 수의 한자에서 나왔고, 더욱 '문학적'이라고 판단되는 시들에서보다 더 적은 인유(引喩)들을 가지고 있어서, '민간'이라는 문체적-주제적 범주는 어느 정도 정당한 이유가 있다. 그러나 민간이라는 범주를 너무 멀리까지 가져가는 데에는 커다란 위험이 있다. '민간'을 불러내는 것은 너무 쉽게 바흐친의 대화주의를 암시할 수 있다. 바흐친의 대화주의 속에서 '민간적' 요소는 지배적인 웃지 않는 문화에 대한 패러디적이고 희화적인 '외부'의 한 자취이다.25) '주제적'이라는 범주는 이용하기에는 허약한 분석 범주이다. 그리고 '민간'이라는 주제학(thematics)이 억제의 담론에서 유래한다는 것은 상당히 가능하다. 부상(浮上)하려고 애쓰는 어떠한 대화적 목소리도 우리 눈에 보이지 않는다.

많은 연구자들과 비평가들은 건안 시의 핵심적 특색은 '민간적'

들이 그 한 가지 예이다.

25) "그러나 로마의 쓰여진 전통의 한 부분이었던 웃음의 풍부한 유산 가운데에서 오직 소량만이 살아남았다. 즉, 이 전통의 전승이 의존한 것들은 진지한 단어를 선택하고 그것의 코믹한 굴절을 세속화(예를 들어, 베르길리우스에 대한 수많은 패러디들에서 그랬던 것처럼)라고 하여 거부하였던, 웃지 않는 자들이다." M. Bakhtin, "From the Prehistory of Novelistic Discourse", in Bakhtin(1981), p.58.

주제들과 언어를, 고시와 '문인' 악부를 포함한 새로운 '문인적' 형식들 속으로 병합한 것이라고 주장한다. 그런 분석은 더욱 가까이 주목해 볼 만한 가정들을 만든다. 첫째는 건안 문인들 중 민간적 형식을 채용한 이들이, 적어도, '민간'과 문인 글쓰기공동체 사이의 명확한 구분을 간취했다는 가정이다. 둘째는 '민간' 작품들과 문인 창작물들이 비록 내용에서는 아니더라도 의도에서는 다르다는 가정이다. 이와 관련된 것은, 문인들의 창작물들이 '애초에' 텍스트적인 데 반해 '민간' 창작물들은 구두 연행(演行)에 뿌리를 두고 있다는 가정이다. 이 가정은 '민속'문학에 대한 독일 낭만주의의 개념들에 영향을 받아서, 그리고 중국의 경우에는 고힐강(顧頡剛) 같은 '신사학가(新史學家)'에 영향 받아 20세기에 광범위하게 보급되었다. 고힐강의 목표에는 '민간' 자료들을, 역사적으로 지각되고 상황적으로 결정된 저자성의 억압적 구조들로부터 해방시키는 것이 포함되어 있었다.26) 우리 시대의 대중문화 이론가들은 '저급' 문화와 '고급' 문화 사이의 여하한 명확한 구분이라는 인식도 공격해 왔으며, 나는 위에서 구두적 / 쓰여진이라는 이분법이 지지될수 없는 몇몇 이유들을 제시하였다.27) 악부시는 중국적 맥락에서 이 추정상의 이항대립주의를 시험할 분명한 지역을 제공한다. 왜냐하면 악부는 가정상 '문인' 창작물들과 '민간' 창작물들로 나뉘어지기 때문이다. '문인' 악부와 '민간' 악부 사이의 구별은 일반

---

26) 顧頡剛(1926~1941). 顧頡剛의 작업의 이데올로기적 성격에 관한 논의는 Laurence A. Schneider(1971), pp.164~187을 보라.

27) 대중문화 / 고급문화 구별은 Peter Burke(1978)을 보라. 구두적 / 쓰여진 구별에 대한 再考는 Ruth Finnegan(1977)을 보라.

적으로 다음의 근거들에서 만들어진다(나는 '문인'과 '민간' 두 단어에
인용부호를 치지 않을 것이나, 독자는 이 구별이 문제적이라는 것을 명심해야
한다).

① 문인악부는 행 길이에서 더 자주 더 규칙적이다. 오언이 지배적이다.
② 문인악부는 민간악부들보다 훨씬 더 많이 경전 텍스트들 및 기타 문
인 텍스트들의 인유를 이용한다.
③ 문인악부는 민간악부보다 덜 자주 서사적이다.
④ 문인악부는 민간악부보다 대구(對句)와 같은 창작 원리들에 더욱 크
게 주목한다.
⑤ 문인악부는 민간악부보다 '무의미한 음절'이나 감탄구를 덜 사용한다.
⑥ 문인악부에서는 단일한 목소리가 민간악부의 대화적 목소리들보다 더
일반적이다.[28]

나는 무명씨(無名氏)의 악부를 귀속될 저자가 있는 악부와 구별
할 때에는 이 구별들 역시 거의 아무런 의미가 없음도 언급해야
하겠다. 많은 무명씨의 악부들은 문인적 창작의 비평 기준에 부합
하고, 조비의 「상류전(上留田)」 같은 몇몇 문인 창작물들은 후렴으
로서 의미없는 음절들을 이용하는 것처럼, 일반적으로 구두성과
결합된 자질들의 이용을 보여준다. 사실, 고시-악부의 구별이 건
안 시기에 무언가를 의미했음을 가리키는 것은 없다. 제량(濟梁)시
대에조차도, 그것은 유협에 의해 표시된 구별이지 『문선』에 의한

---

28) 이 점에 관해서는 예를 들어, Hans Frankel(1974, 1976, 1986); 鈴木修次(1967),
90~257면; 蕭滌非(1976, 영인본); 王運熙(1981), 「樂府民歌與作家作品的關係」,
12~17면을 보라. 악부에 대한 약간의 유용한 非神秘化에 대해서는 Joseph R.
Allen(1992)을 보라. 그러나 Connery(1993)를 보라.

구별이 아니다. 그럼에도 불구하고, 대략 건안시대부터 시작해서, '저자 기능'(푸코 참조)이 악부 장르의 많은 문인 창작물들에로 확장된다는 것은 중요할 것이다. 푸코를 따라서, 우리는 이 이동이 엄격히 형식적인 성격이나 장르적인 성격보다는 사회적 뿌리를 가진 일반화된 이데올로기적 성격을 가졌다고 짐작할 수 있다. 조셉 R. 앨런(Joseph R. Allen)은 악부가 그 '비우연적' 성격에 의해 구별되며, 악부시들은 동일한 제목을 가진 다른 시들과 '인트라텍스트적인(intratextual)' 관계를 가지고 있다고 말했다. 내가 다른 곳에서 주장했듯이, 상호텍스트적 지시 대상들은 특정한 제목을 공유하는 시들을 넘어서까지 범위가 미친다(Connery, 1993). 그러나 앨런은 순수히 텍스트적인 우연성의 증거를 악부 창작 속에 설정했다는 점에서 정확할 것이다. 형식적 우연이나 장르적 우연에 의해 속박되지 않았기 때문에, 악부 창작물들은 텍스트적 장면 일반을 넘어서는 아무런 지시 대상도 가지고 있지 않았을 것이다. 이것은 사변(思辨)의 문제로 남을 것이다. 그러나, 우리는 선집 행위 및 집단 창작을 포함하는, 시의 사교적, 집단적 성격에 대한 충분한 기록들을 가지고 있다. 이 기록들은 개인적 주체의 신화에 대한 또 다른 도전을 허락한다.

4. 사교적 시 관행

건안시대를 죽은 시인들의 시대로 형상화하는 데에 있어 기초적인 문헌인, 조비가 오질(吳質)에게 보내는 유명한 편지에는 다음과 같은 구절이 들어 있다.

지난 해 전염병이 돌자 지인들 중 그 재난을 당한 이들이 많았다. 서간·진림·왕창·유정이 일시에 함께 죽었으니, 그 아픔을 어찌 말하랴! 예전 놀던 곳에서, 행차하면 수레가 줄을 잇고, 멈추면 앉은 자리를 맞대었으니, 언제 잠시라도 서로 떨어진 적 있었던가. 매번 술잔을 띄우면서 놀았고, 현악기와 피리를 동시에 연주하였으며, 술이 올라 귀가 달아오르면 고개 들어 시를 지었었는데, 지금에 이르니 갑자기 즐거움을 모르겠다. 어찌 몇 년 사이에 영락하여 거의 다 죽었나, 말하자니 가슴 아프도다! 이제 남은 글들을 편찬하여 일집(一集)이 되었다. 그 이름들을 보자니, 이미 귀신 명부[鬼錄]가 되었다. 예전 함께 노닐던 것을 추억해보면 여전히 눈에 선한데, 이 사람들은 썩은 흙이 되어버렸다.29)

이것은 편집자와 동시대인들의 글을 모은 편집물에 대한, 아마도 역사상 최초의 언급일 것이다.30) 이 집(集)이 여러 저자의 집 ― 『전론』「논문」에서도 집단적으로 또 개인적으로 언급된, 조비의

---

29) * 昔年疾疫, 親故多離其災, 徐陳應劉, 一時俱逝, 痛可言耶! 昔日遊處, 行則連輿, 止則接席, 何曾須臾相失. 每至觴酌流行, 絲竹並奏, 酒酣耳熱, 仰而賦詩, 當此之時, 忽然不自知樂也. 謂百年己分, 可長共相保. 何圖數年之間, 零落略盡, 言之傷心! 頃撰其遺文, 都爲一集. 觀其姓名, 已爲鬼錄. 追思昔遊, 猶在心目, 而此諸子, 化爲糞壤.

30) 劉向, 劉歆, 班固의 목록학 작업처럼 국가가 후원하는 프로젝트들은 포함하지 않는다.

죽은 벗들의 작품모음 — 이라는 것은 의미심장하다. 제1장에서 나는 개별 작품의 모델보다 텍스트들의 물질적 사회적 유통을 더 잘 기술한 규범적 모델로서 선집을 제시하였다. 제국 이전 및 초기 제국의 텍스트 문화의 역사는 선집의 역사이다. 많은 선진 텍스트들은 선집들이다. 『시경』과 『전국책(戰國策)』은 두드러진 예이다. 조비의 편지 역시 유향의 행위와는 다른 선집 행위를 보여준다. 유향의 편집 원칙에서는 주제적 혹은 장르적 통일성을 더욱 크게 의식하고 있는 것으로 보이는 데 반하여 조비의 것은 그 기반을 사교생활에 두고 있다고 말한다.

자료들은 수십 년 간의 무시를 지나서 건안 시기에 편집물과 선집에 새로워진 주목이 있었음을 가리킨다. 조정(朝廷)의 수준에서, 예를 들어 응소(應劭)는 건안시대의 첫 해에 선집에 더 주목할 것을 주장하는 상주문31)을 썼다(『全後漢文』 卷33). 우리가 가진 몇 안 되는 자료들은 건안의 순문학 편집물이 조정 목록과 아무런 명백한 연관이 없었으며, 또 실제로 어떤 종류의 공식적 의도와의 연관도 없었던 것으로 보인다. 조비에 대한 오질의 답장은 순문학 편집물의 지위를 가리켜준다. 친구의 죽음에 임한 조비의 상실감에 공감을 표하는 한편, 그는 조비로 하여금 글쓰기에 지나치게 개입하는 대신 업(鄴)에 있는 조씨들의 수도로 돌아가 통치에 전념하라고 제안한다(『全三國文』 卷30). 그러나, 순문학 선집은 비록 비공식적이긴 하지만 일반적인 관행이었던 것으로 보인다. 예를 들어, 조식과 양수(楊修) 간에 오간 서신32)은 조식의 초기 작품집을

---

31) * 「奏上刪定律令」.
32) * 曹植의 「與楊德祖書」를 말한다.

언급하고 있는데, 그 작품집은 적어도 제한으로나마 유통되었던 것으로 보인다. 조비가 자신의 편지에서 언급하고 있는, 여러 저자들로 이루어진 편집물은 현재 남아 있지 않다. 그럼에도 불구하고, 나는 그것의 다중적인 저자성을 강조하고 싶다. 비록『송서(宋書)』의 목록학 부분33)과 이후의 목록들이 개별 저자들에 따라 조직된, 시인들의 수집된 작품들을 언급하고 있음에도 불구하고, 우리는 조비 자신의 글에서 개인적 문학 산출이 어떤 종류의 해석 지평을 표시했다는 어떤 느낌도 받을 수 없다.

개별 저자들의 특수한 특징들이 오질에게 보내는 편지와『전론』「논문」에서 논의될 때, 개인들의 재능이 장르별 특기를 따라 나뉘는 정도는 이목을 끈다. 즉, 부의 대가로서의 왕찬, 표의 진림, 고시의 유정, 편지의 완우(阮瑀). 마치 순문학적 글쓰기 자체는 오직 개별 저자들에 의해 부분들 속에서만 구성되는 듯이, 오직 집합적인 것 속에만 전체로서의 글쓰기가 있다는 듯이. 모든 건안 작가들 중에서, 오직 서간만이 제3장에서 논한 작품인『중론』의 저자라는 이유로 인해 전체적이고도 뛰어난 개인적 재인(才人)으로 찬양되었다(조식은 이 판단에 동의하였다). 우리는 여기서 소통의『문선』에서 더 분명해지게 될 근본적인 장르적 구분, 선집화할 수 있는 것과 선집화할 수 없는 것 사이의 구분의 증거를 발견할 수 있다.

곽소우(郭紹虞)는 소통이『문선』에서, 따로 분리할 수 있는 '단편(單篇)'으로 구성되지 않은 장르들을 배제하였다고 말했다.34) 이 원칙은 사건들의 연대기적인 바탕을 가진 기록들, 사서(史書)들 및 서

---

33) *『宋書』「謝靈雲傳論後書」를 말한다.
34) 蕭統(1982), 18면에 대한 번역자의 서론에서 인용.

간의 작품과 같은 보다 긴 작품들이 『문선』에 부재하는 이유를 설명할 수 있을 것이다. 그러나 곽소우는 개별적이고 따로 떼어낼 수 있는 단편적 문학 창작물의 존재론적 우월성의 원칙 — 증거가 제시하듯이 건안 시기보다 소통의 시대에 더 작동하던 — 에 입각하여 작업하고 있다. 한대와 심지어 그 이후의 순문학적 글쓰기 일반을 선집 산출적인 것이라고 분류하는 것이 터무니없는 것은 아닐 것이다. 건안 시기에 편집물이나 집(集)이 언급될 때, 그것들은 압도적으로 고시와 부에 관한 것인데, 고시와 부는 정확히 『문선』에서 가장 대표적인 두 장르이다. 나는 이것이 결코 우연이 아니라고 말하고 싶지만, 나는 또한 선집들에서 이 장르들이 두드러지는 것은, 수많은 비평가들이 『문선』미학에서 작동하는 것이라고 보아온, 그저 '순문학의 독립'의 기능은 아니라고 말하고 싶다. 나는 차라리 순문학적 글쓰기가 선집화를 요구하였고, 그것의 창작과 수용의 관행들이 개별적 서정시의 분리 가능성에 불리하게 작용하였다고 말하고 싶다. 물론, 이렇게 개별적 시보다 선집 혹은 집에 존재론적 우선성을 부여하는 것은 위에서 논한 의사소통적 모델에 대한 과잉의존을 더욱 어렵게 한다.

조비가 오질에게 보내는 편지에서처럼 건안 작가들이 하나의 집단으로서 집단적으로 언급될 때, 언제나 집단활동, 연회들, 놀이 및 집단 창작에 대한 언급이 있다. 우리는 많은 자료들로부터, 집단활동이 많은 창작활동을 위한 배경이었다는 것, 또 많은 문학생산, 특히 시의 생산이 고독한 영감(靈感)뿐 아니라 모방들, 화답들, 주제들에 의거한 변주들, 그리고 문인생활의 공적(公的) 성격의 한 부분인 기타 활동들에 의존하였음을 알고 있다.

「사령운전론후서」에서 시인 육기(陸機)와 반악(潘岳)에 대한 심약의 논의는 과거의 문인 집단활동들의 두 원형적 장소들을 언급한다. 그는 육기와 반악이 자신들의 작품을 '평대(平臺)의 일향(逸響)과 남피(南皮)의 고운(高韻)'으로 치장하던 관행을 언급한다. 남피는 업 근처의 사냥터이자 조비의 「여오질서」에 언급된, 문인들의 야유회 장소였다. 평대는 기원전 153년에 서한(西漢)의 양효왕(梁孝王) 아래에서 건설되었다. 양효왕 역시 서적 수집가로 알려져 있었다. 한번은 전국에서 저명 인사들이 그 대를 왕궁과 연결하는 도로의 완성을 축하하기 위해서 왔다(『漢書』, 2,207~2,208면).

『서경잡기(西京雜記)』는 이렇게 기록하고 있다.

> 양효왕이 망우관(忘憂館)에서 노닐 적에 여러 유사(遊士)를 불러모아 각자 부(賦)를 짓게 했다. 매승(枚乘)은 「유부(柳賦)」를 지었는데 그 문장은 다음과 같다. (…중략…) 노교여(路喬如)는 「학부(鶴賦)」를 지었는데, 그 문장은 다음과 같다. (…중략…) 공손궤(公孫詭)는 「문록부(文鹿賦)」를 지었는데, 그 문장은 다음과 같다. (…중략…) 추양(鄒陽)은 「주부(酒賦)」를 지었는데, 그 문장은 다음과 같다. (…중략…) 공손승(公孫乘)은 「월부(月賦)」를 지었는데, 그 문장은 다음과 같다. (…중략…) 양승(羊勝)은 「병풍부(屛風賦)」를 지었는데, 그 문장은 다음과 같다. (…중략…) 한안국(韓安國)이 「궤부(几賦)」를 짓다가 완성하지 못하여 추양이 대신 지었는데, 그 문장은 다음과 같다. (…중략…) [양효왕은] 추양과 한안국에게는 벌주 3되를 내렸고, 매승과 노교여에게는 명주 비단 5필씩을 하사했다. (『西京雜記』 卷4)[35]

건안 이전 수백 년 간 집단적 형식의 궁정 순문학 창작이 존재했다는 데에는 거의 의심의 여지가 없고, 아마도 평대 시기보다도

---

35) * 김장환 역주, 『서경잡기』, 예문서원, 1998, 228~231면.

앞설 것이다. 스즈키 슈지[鈴木修次]는 거의 모든 초기 부를, 아마도 집단 창작활동을 포함했을 왕실의 후원 아래 실행된 궁정 장르라고 정체 규정한다(鈴木修次, 1967, 505~508면). 비록 부가 계속해서 건안의 집단 창작활동에서 중심적 위치를 점하고 있었지만, 초기의 그런 활동에 대한 정밀한 성격묘사를 하기에는 역사적 텍스트적 증거가 불충분하다. 『서경잡기』는 아마도 기원후 3세기 이전에 지어지지는 않았을 것이고, 최근 왕몽구는 『서경잡기』 속의 묘사와 건안의 저자들에 의한 자신들의 시대의 문인 집단활동의 성격에 대한 묘사 사이의 유사성들을 지적하였다.36) 이리하여 스즈키가 후한 부의 사교적 성격에 대한 자신의 결론의 기반으로 삼고 있는 주요 텍스트들은 이후의 한부(漢賦)의 명확히 사교적인 성격에 대해서 당시 알려진 것에 의해 쉽게 영향을 받았을 것이다. 그럼에도 불구하고, 심약의 논의에서 문인 집단활동의 역사의 단순한 사실들보다 더 중요한 것은 그가 특정 시기의 문체(literary style)를 특정 집단의 실천과 밀접하게 결부시키는 방식이라고 나는 믿는다. 이것은 심약이 살던 시대에는 일반적인 담론적 양상이었다. 그럼에도 불구하고, 건안의 문학적 텍스트들과 역사적 텍스트들 속에 우리는 문학 생산의 사교적 성격에 관한 최초의 중대한 문헌적 증거들을 가지고 있다.

건안의 글들에서 묘사되거나 언급된 문인 집단활동들은 대략 204년에서 217년까지 매우 짧은 기간에 걸쳐 일어난다.37) 이 활동

---

36) 王夢鷗,「貴遊文學與六朝文體的演變」. 王夢鷗(1984), 125면.
37) 이는 松本幸男(1960~1961)에 의한 연대이다. 연구자들은 시작 시기를 다양하게 가정하는데, 가장 일반적으로는 205년으로서, 曹氏의 朝廷이 鄴에서 확고

들의 성격은 2세기 후반을 거치면서 인간간의 삶의 변화중인 성격에 의해 영향받았다. 비록 부에 집중된 전한의 궁정문학 역시 후원과 집단 창작활동에 의해 특징지어진 것처럼 보이긴 하지만, 이 활동들은 제국의 안정성이나 위계적 조직의 공고성(鞏固性)에 대한 어떠한 심각한 도전도 없을 때 제국의 조정 혹은 지방 조정의 비호 하에 발생했다. 건안 시기의 사회정치적 성격은 그들의 문인 집단 만들기에 다른 성격을 부여했다. 동탁이 권좌에 오른 190년부터 조조가 헌제(獻帝)로부터 통치권을 획득한 196년까지, 중국의 중심 지역들은 거의 총체적인 아나키 상태에 있었는데, 특히 그 기간의 후반에 그랬다. 이것은 7명 이상의 각기 다른 장군들에 의해 통제되는 군대들 사이의 경쟁관계에 의해서 표시되었다. 장안(長安) 자체도 그 시기가 진행됨에 따라 더욱더 위험해졌다. 우리는 대규모 인구감소와 이주가 지방 결합체들과 속령들의 사회 질서와 성격에 깊은 영향을 미쳤다고 상상해야 한다. 역사기록은 평민들의 이주에 관해서는 충분치 않지만, 우리는 문인 이주와 그에 따른 새로운 연합들의 대체적인 윤곽은 추적할 수 있다.

문인들이 장안−낙양 지역과 기타 위험한 지구(地區)들로부터 모든 방향으로 이주해갔음에도 불구하고,[38] 주된 경향은 남쪽의 양주(楊州), 그리고 더 중요하게는 형주(荊州)의 양양(襄陽)에 있는 유표

히 수립된 때이다. 끝나는 시기는 217년이라고 널리 인정되는데, 그 해는 曹丕가 太子로 지명된 해이자 '七子' 중 몇몇을 죽인 전염병이 있었던 해이기 때문이다.

38) 和洽의 전기는 그가 冀州의 袁紹에게 가지 않고 그 대신 襄陽의 劉表에게 합류하기로 한 것은 "冀州는 땅이 평평하고 백성들이 강건하여서 英傑들에게 이로운, 四面에서 적을 맞이하는 땅"이라고 느낀 데에 기반한다. 『三國志』, 655면을 보라.

(劉表)의 권력기반을 향한 것이었다. '청당' 중의 '팔고(八顧)'의 한 사람으로 뽑힌 유표는 영제의 사망 이후 즉시 형주자사(荊州刺史)가 되었다(『後漢書』, 2,419면; 『三國志』, 210면). 그 뒤 곧 그는 한 후기에는 대략 그 지위에 있어 독립적인 군벌과 같았던 관직인 주목(州牧)이 되었다(Hucker, 1985, p.336). 양양은 군사적 관점에서 볼 때 상당히 안전했으며, 그곳으로의 이주는 상대적으로 쉬웠고, 수도의 문인들 사이에서의 유표의 지위는 그 자신의 지역에서 궁정 문화를 재생산할 능력을 보여주었다. 형주를 향한 이주(移住)의 정도를 측정하는 한 가지 방법은 영용(穎容)의 전기이다. 그는 북방의 유명한 학자로서, 자료들은 그가 형주로 피난 갔을 때 천여 명의 문도(門徒)가 모였다고 한다(『後漢書』, 2,584면). 우리는 아마도 다른 유명한 문인들의 이주 역시 문도들 및/혹은 객(客)들이 포함되었을 거라고 가정할 수 있다.39) 『삼국지』는 그들의 형주 이주 중 다수를 묘사하기 위해 유사한 언어를 사용한다. 왕찬의 전기는 그가 유표에게 '의지하였다[依]'고 진술한다(『三國志』, 598면). 두기(杜畿; 『三國志』, 493~494면)와 한단순(邯鄲淳; 『三國志』, 603면)의 전기에서는 동사가 유표에게의 '객(客)'인데, 이 용법은 분명히 위에서 언급한 '빈객들'의 범주에 내포된 그런 종류의 관계를 암시한다. 두습(杜襲)과 배잠(裴潛)의 전기는 유표가 그들을 받아들이는 것을 묘사하는 동일한 구절을 포함하고 있다. "유표가 빈례(賓禮)로써 대하였다."40)(『三國志』,

---

39) 荊州로 이주한 다른 많은 유명한 문인들 가운데에는 ① 京兆에서 온 王粲, 司馬芝, 杜畿, 邯鄲淳, 禰衡, 裴潛이 있고, ② 豫州에서 온 和洽, 杜襲, 趙儼, 繁欽 ③ 兗州에서 온 毛玠과 諸葛亮이 있는데, 毛玠는 劉表에게 가고자 했으나 도착하지는 않은 것 같다. 이 명단은 부분적으로 松本幸男(1961), 1,144면에 기반한 것이다.

664~665면 · 671면) 이주 자체가 사회적 결정인자를 갖고 있었다는 것은 조엄(趙儼)의 전기에서 명백하다. 그 전기는 "형주로 피란하였는데, 두습 · 번흠과 재산을 합하여 일가(一家)로 합쳤다"(『三國志』, 668면)[41]고 기록하고 있다.

형주에서의 피난살이에 대한 대부분의 문인들의 반응에 대한 『삼국지』의 묘사에는 목적론적 성질, 즉 조조의 조정으로의, 그들의 멈출 수 없는 이동을 가리키는 것이 있다. 다음은 몇 가지 전형적인 예이다.

사들 중 형주로 피난한 이들은 모두 해내(海內)의 준걸(俊傑)이었다. 그러나 유표는 그들을 임용할 줄을 몰랐으니, 나라가 위태로워도 돕는 이가 없었다. (『三國志』, 598면)[42]

내가 그대와 함께 이리로 온 것은 단지 용이 유수(幽藪)에 서려 있다가 때를 기다려 봉황처럼 비상하고자 함이었다. 어찌 형주목 유표가 난을 진정시킬 주인이라고 생각해서였겠는가? (『三國志』, 665면)[43]

형주목 유표는 패왕(霸王)의 재목이 아닌데도 서백(西伯)[44]으로 자처하고자 하니, 그가 패망할 날도 얼마 남지 않았다. (『三國志』, 671면)[45]

형주에서 문인들 사이에 형성된 관계들 중 다수, 즉 왕찬, 배잠,

---

40) * 劉表待以賓禮.
41) * 避亂荊州, 與杜襲 · 繁欽通財同計, 合爲一家.
42) * 士之避亂荊州者, 皆海內之俊傑也; 表不知所任, 故國危而無輔.
43) * 吾所以與子俱來者, 徒欲龍蟠幽藪, 待時鳳翔. 豈謂劉牧當爲撥亂之主?
44) * 周의 文王.
45) * 劉牧非霸王之才, 乃欲西伯自處, 其敗無日矣.

사마지(司馬芝) 사이의 관계 같은 것들은 그들이 조조의 조정에 있을 때에도 계속될 것이었다.

우리가 이 사교활동에 대해서 가지고 있는 종류의 증거는 아마도 텍스트적인 것에 의한, 사교적인 것의 영역의 식민지화의 지표일 것이다. 그 시대는 쓰여진 '편지[書]' 수의 엄청난 증가를 기록하고 있다. 이 편지들이 남아 있고, 많은 경우에 그 저자들의 생존 시에 유통되고 선집화되었기 때문에, 우리는 '사신(私信)' 역시 공적 장르였다고 가정할 수 있다. 그것의 기능들 중의 하나는 아마도 연합 패턴들의 약호화였을 것이다. 장굉(張紘)의 전기는 이렇게 말한다.

> 장굉이 석류나무로 만든 베개를 보고서 그 무늬가 마음에 들어 부를 지었다. 진림이 북쪽에 있다가 그 부를 보고서는 사람들에게 보여주며 이렇게 말했다. "이는 우리 향리의 장자강(張子綱)이 지은 것이다." 후에 장굉은 진림이 지은 「무고부(武庫賦)」·「응기론(應機論)」을 보고서는 진림에게 편지를 보내어 깊이 감탄하고 찬미하였다.[46]

건안 문인 집단의 수립 직전 시기에 공융과 왕랑(王朗), 그리고 왕찬과 사손맹(士孫萌) 사이에 이와 유사한 서신관계가 있다. 건안에 결실을 맺게 될 사의 자기 동일시의 새로운 양식들은 이 초기 시기에 전국에 걸쳐 명백하였다.

건안 문인 집단의 핵은 205년에 형성되기 시작하였는데, 그때는

---

46) 『三國志』, 1,246면, 「吳書」에 달린 裴松之의 注에서 인용.
  * 紘見栟榴枕, 愛其文, 爲作賦. 陳琳在北見之, 以示人曰 : "此吾鄕里張子綱
   所作也." 後紘見陳琳作武庫賦, 應機論, 與琳書深歎美之.

조조가 사무 관리들로서 복무하게 하기 위해 전국에서 학자들을 채용하기 시작하였고, 그리하여 자료들이 말해주듯이, 일반적으로 문인들 사이에서 그의 위엄을 증가시켰다. 진림·유방(劉放)·그리고 완우는 그 물결에 합류한 더 유명한 문인들에 속했다. 정의(丁儀)·정이(丁廙)·응창, 그리고 응거(應璩)는 207년까지 합류했다. 209년 말까지는 더 많은 사람들이 합류했는데, 주로 형주의 양양에서 유표와 함께 있던 사람들이었으나 유정과 서간도 포함되어 있었다. 처음에 그들 대부분은 대체로 예와 관련된 직위에 있었다. 예를 들어 왕찬·완우 그리고 진림은 모두 군모좨주(軍謀祭酒)였다. 우리는 그들의 실제적인 정치적 기능들에 대해서는 설사 조금 안다손 치더라도 거의 아는 바가 없다. 기록은 대부분 그들의 문학활동에 관한 것들이다.

이 활동들은 업에 중심을 두고 있었다. 업은 205년경부터 조조의 수도였다. 집단 문학활동에서 언급된 많은 장소들이 거기에 있었다. 사냥터인 남피, 208년에 건설된 현무지(玄武池), 그리고 가장 중요하게는 210년 겨울에 건설된 동작대(銅雀臺; 『三國志』, 32면). 동작대는 조식의 자주 언급되는 문학적 승리가 있었던 장소였다.

이때 동작대가 막 지어졌는데, 태조가 아들들을 모두 데리고 대에 올라서 각자에게 부를 짓도록 하였다. 조식이 붓을 휘둘러 선 자리에서 완성하였는데 볼 만하였기에 태조는 그를 무척 기특하게 여겼다.[47]

---

47) 『三國志』「魏書」19, 557면. 曹丕의 「登臺賦」에서도 같은 사건을 언급한다. 그 序에서는 "建安 17년 봄에 西園에 놀러가서 銅雀臺에 올랐는데, (부친께서) 나와 형제들에게 모두 賦를 지으라고 명하셨다"고 하였다. 『全三國文』 卷4.
    * 時鄴銅爵臺新成, 太祖悉將諸子登臺, 使各爲賦. 植援筆立成, 可觀, 太祖

동작대와 그 근처의 서원(西園)은 아마도 대부분의 문학적 회합이 있던 장소였을 것이다. 그 회합들은 많은 부, 시 및 그 작품들의 서(序)에 언급되어 있다. 남조 제(齊)나라의 문인 왕승건(王僧虔)은 다음과 같이 말하는 문헌을 남겼다.

> 오늘날의 청상곡(清商曲)은 모두 사실상 동작대에서 나왔다. 삼조(三曹) 풍류의 유음(遺音)이 귀에 가득하다.[48]

조조의 「유령(遺令)」은 동작대에 부쳐진 중요성을 보여준다.

> 나의 비첩과 기인들이 모두 수고하였으니, 동작대에 두고서 잘 대우하여라. 대(臺) 위에 6척 침상을 두고서, 가늘고 설핀 베로 만든 휘장을 치고서는, 아침 저녁으로 말린 고기와 말린 밥을 올려 주고, 매달 초하루와 보름에 아침부터 낮까지 휘장 앞에서 재주를 부리고 음악을 연주하게 하여라. 너희들은 수시로 동작대에 올라 나의 서릉(西陵)의 묘전(墓田)을 바라보도록 하여라.[49] (『全三國文』卷3)

서원과 동작대에서의 활동들은 특정한 장소들의 아름다움을 칭송하는 텍스트들의 창작과 일치하였다. 여영시는 사들이 이때에 자연환경의 감상을 위한 경치 좋은 거처들을 건축하는 관행을 시작하고 있었다고 주장했다. 이 시기는 참으로 별장·정자·은둔처

甚異之.
48) 橫須賀司久, 299면에서 인용.
　　* 又今之清商, 實由銅雀, 三曹風流, 遺音盈耳(『南齊書』, 595면).
49) * 吾婢妾與伎人皆勤苦, 使著銅雀臺, 善待之. 於臺堂上安六尺床, 施繐帳, 朝晡上脯糒之屬, 月旦, 十五日, 自朝至午, 輒向帳中作伎樂. 汝等時時等銅雀臺, 望吾西陵墓田.

의 시대로 보인다(余英時, 1980, 72~73면). 이 건축이 전례 없는 것이든 아니든, 그것을 둘러싼 텍스트적 작업은 '여가'생활의 증대하는 '심미화' 혹은 텍스트화의 한 표현을 제공한다. 이것은 두 가지 방향에서 볼 수 있다. 과도함에 대한 퇴폐적인 탐닉으로서, 혹은 텍스트적인 것의 '일'이 사회적 '여가'활동으로 연장되는 것으로서.

동작대에서의 활동들 이전에, 군사작전에 대한 집단 창작의 몇몇 증거가 있다. 사실, 마츠모토 유키오는 그 집단의 활동들의 전반부인 212년까지를 대체로 군사작전과 관련하여 행해진 것으로 성격짓는다(松本幸男, 1960, 1,339면). 진림과 완우는 각기 적벽대전(赤壁大戰) 이전의 작전들에 관련된 「지욕부(止欲賦)」가 있고, 그 집단의 거의 모든 중요한 멤버들에 의해 쓰여진 군사작전에 관한 다른 부들이 있다. 그들 중에는 조식·완우·왕찬·양수·조비·서간, 그리고 번흠이 포함된다. 조비와 왕찬은 각기 「부회부(浮淮賦)」가 있는데, 이 부는 209년 합비(合肥)에서 손권(孫權)과 맞선 군사작전을 언급하고 있다. 마츠모토는 많은 다른 창작물들을 이 시기에 지어진 것으로 추정하지만, 그의 증거는 종종 알려진 작전들의 물리적 읽기에 혹은 지리적 조건들에 부합하는 배경 묘사들에 대한 축자적 읽기에 기반하고 있다. 이런 종류의 해석은 부와 시의 많은 경치묘사의 장르적 혹은 투어(套語)적 성질이 있는 상태하에서는 유지될 수가 없을 것이다.

대부분의 집단 창작물들은 공유된 주제들에 대한 부 혹은 고시들로 이루어져 있었다. 부에 붙여진 많은 서(序)들은 집단 창작에 대한 특정한 기록들을 포함하고 있다. "나는 그것에 대해 부를 짓도록 명했다" 혹은 "조비는 나에게 그것에 대해 부를 쓰도록 명했다"와 같은. 부록에서 나는 동일한 경우들이나 사건들에 대해서 그 제목들 혹은 약간 변형된 제목들을 가지고 부를 쓴 저자들의 명단과 함께 부 작품들의 목록을 포함시켰다.50) 관련된 곳에서는 창작 배경들에 관한 번역된 자료를 덧붙였다. 이 언급들 중 몇몇 은 더 이상 존재하지 않는 동일한 제목들에 관한 다른 창작물들이 존재했을 것임을 가리킨다. 부에 대한 수많은 다른 서들은 명(命) 에 의한 창작의 유사한 경우들을 언급한다. 우리는 그 관행이 매 우 일반적이었다고 가정할 수 있다.

조비가 집단활동들의 중심에 있었다는 것은 매우 잘 입증된다. 이 활동들 중 다수가 211년부터의 것인데, 그때 그는 군사적 권위 와 문민적 권위를 가진 직위인 오관중랑장(五官中郞將)이 되어 있었 다. 문학적인 일에 대한 조비의 관심과, 그의 동시대인들의 작품들 을 수집하는 데 있어서의 그의 적극적인 역할은 잘 입증된다. 병 원(邴原)의 전기는 그의 후원하에 벌어진 회합들의 정도와 특색의 한 예를 제공한다.

> 위나라 태자가 오관중랑장이 되자 세상사람들이 그를 흠모하여 빈객이 구름같이 많았다. (…중략…) 태자의 연회에 백수십 명의 손님이 있었는데, 태자가 이렇게 의제를 던졌다. "임금과 아비에게 각기 심한 병이 있는데, 약은 한 알밖에 없고 한 사람을 구해야 한다면, 임금을 구해야 하는가 아 비를 구해야 하는가?" 사람들의 의견이 분분하였는데, 어떤 이는 아비를 구해야 한다고 하였고 어떤 이는 임금을 구해야 한다고 하였다.51)

---

50) 이 목록은 鈴木修次(1967), 511~513면의 표에 기반한 것이다.
51) 『三國志』, 353면의 裴松之 注에 나와 있는 『原別傳』에서 인용.
  * 魏太子爲五官中郞將, 天下向慕, 賓客如雲 (…중략…) 太子燕會, 衆賓百數
  十人, 太子建議曰 : "君父各有篤疾, 有藥一丸, 可救一人, 當救君邪, 父邪?" 衆

이 행위들의 경박함을 저평가해서는 안 된다. 이런 종류의 증거는 다른 장르들이나 다른 용도의 글들보다 덜 비중 있거나 덜 필수적이라고 간주되었던 시와 기타 순문학적 글쓰기의 생산을 포함한 많은 활동들이 문인의 삶에 포함되었을 것이라는, 우리 동시대인들의 주장을 심각하게 취급해야 할 이유가 된다.

조비는 치명적인 전염병이 있었던 해인 217년 태자로 지명될 때까지 오관중랑장으로 복무하였다. 조비의 태자 지명은 조비와 조식의 지지자들의 양극화라는 부수적인 결과를 가져 왔다. 조식이 결정적으로 총애를 잃는 데에는 이후 2년과 몇 번의 모욕이 있었다. 이 몰락은 219년 조식의 가장 강력한 지지자들 중 한 사람이었던 양수의 처형에 의해 표시된다. 궁정의 분위기는 위풍(魏諷)의 무산된 쿠데타가 조비에 의해 발각된 일을 둘러싼 사건들에 의해 더 악화되었다. 쿠데타의 무산 후 공모자 수백 명이 처형되었다.[52](『三國志』, 52면) 조비가 더 거대한 권력을 가지게 된 것은 이리하여 건안 문인 집단의 종식을 표시하였다. 오질에게 보내는 조비의 편지에서 애도된 것은 특별한 한 시인의 서거(逝去)가 아니라 집단성의 서거였을지도 모른다.

人紛紜, 或父或君.

52) *『三國志』注 원문에는 연좌되어 죽은 이가 수십 명이라고 되어 있다.

5. 상호텍스트적 창작

창작 환경과 수용관행에 대한 동시대의 설명들로부터 우리가 추론할 수 있는 것 양자 속에 반영되는, 작품들간의 희미한 경계선은 건안을 개별적 표현의 원천으로 구성하는 데에 바탕이 되는, 개인적 작품의 존재론적 우월성을 약화시킨다. 이 희미함은 건안의 상호텍스트적 관행들에 더한층 반영된다. 나는 이 관행들을 조비의 시에 나타나는 대로 기술할 것이다. 조비의 시인으로서의 명성은 그의 아버지와 동생의 명성에 미치지 못했다. 그럼에도 불구하고, 조조와 조식의 작품 양자에 대한 읽기들은 그들의 시들이 살았던 컨텍스트의 신화화에 의해 결정되어 왔다. 즉, 통치자이자 반영웅(anti-hero)으로서의 조조와 희생자이자 정신적 외상의 시기의 목격자로서의 조식. 조비의 시에 대한 읽기들에서 그의 역사적 페르소나는 오직 제한적으로만 관련 있는 것 같다. 신화적 페르소나의 텍스트 외적 형상화에 의해 방해받지 않고 조비의 시를 읽으면 건안 서정시의 생산의 성격에 대해, 조조와 조식에 대한 관습적인 읽기들이 제공하는 것보다 더 선명한 그림을 얻게 된다.

조조의 창작물들은 모두 악부에 속하며, 그 속에 '민간적' 요소들은 거의 없다. 「고한행(苦寒行)」 속의 행역(行役)하는 병사의 시련과 같은, 전형적인 민간적 주제들에 대한 노래들조차 민간 자료의 상호텍스트적 이용은 거의 없다. 그러나 조비의 시의 대부분은 상호텍스트성으로 가득 차 있다. 그의 사언시는 『시경』에서 많은 것을 빌려오고, 초사(楚辭)류의 주제들에 대한 그의 시는(비록

『시경』에서 유래한 시들에서와 같이 구(句)와 장(章)을 빌려오는 것은 아닐지라도) 저본 텍스트들로부터 단어들과 이미지들을 빌려온다. 조비의 몇몇 시에는 무명씨의 시들에서 나온 요소들의 상호텍스트적 이용이 풍부하다. 「임고대(臨高臺)」는 그 한 예이다. 이 시에서 조비에게 고유한 것은 거의 없어 보인다. 아래에 제시한 첫 번째 번역인 조비의 시 다음에는 「임고대」에 대한 『악부해제(樂府解題)』(『樂府詩集』 속에 인용되어 있다)[53]와 『악부시집』[54] 속의 두 '저본' 텍스트들이 뒤따르고, 그 다음에는 다른 제목을 가진 상호텍스트적 저본 텍스트인 「염가하상행(豔歌何嘗行)」[55]의 첫 세 해(解)가 뒤따른다. 조비의 시가 직접 인용하는 저본 텍스트들 속의 구절들은 방점을 찍었다.[56]

「臨高臺」

臨臺高 / 高以軒 / 下有水 / 淸且寒 / 中有黃鵠往且翻 / 行爲臣 / 當盡忠 / 願令皇帝陛下三千歲 / 宜居此宮 // 鵠欲南遊 / 雌不能隨 / 我欲躬銜汝 / 口噤不能開 / 我欲負之 / 毛衣摧頹 / 五里一顧 / 六里徘徊[57]

---

53) 『樂府詩集』, 231면의 본문에 달린 주에서.
54) 『樂府詩集』, 232면. 王先謙(1978, 영인본), 66~70면.
55) *『樂府詩集』卷三十九「相和歌辭」十四
56) * 원서에는 영문 번역만 제시되어 있으나, 본 역서에서는 시의 원문을 제시하고 역문을 역주로 처리하였다.
57) * 高臺에 오르니 / 높고도 높구나 / 아래는 물이라 / 차고도 맑구나 / 그 속에 누런 기러기 이리저리 / 신하된 몸 / 충성을 다해야 하니 / 이 궁에서 황제폐하 / 삼천 년을 사시라 // 기러기 남쪽으로 가려는데 / 암컷이 따를 수 없네 / "그대 머금고 가려 해도 / 입 다물려 열 수가 없소 / 업고 가려해도 / 털옷 다 해어졌다오" / 五里마다 돌아보고 / 六里마다 배회하네.

저본 텍스트(『樂府解題』)

臨高臺 / 下見淸水 / 中有黃鵠飛翻 / 關弓射之 / 令我主萬年[58]

저본 텍스트(『樂府詩集』)

臨高臺以軒 / 下有淸水淸且寒 / 江有香草目以蘭 / 黃鵠高飛離哉翻 / 關弓射鵠 / 令我主數萬年[59]

「豔歌何嘗行」

飛來雙白鵠 / 乃從西北來 / 十十五五 / 羅列成行 // 妻卒被病 / 行不能相隨 / 五里一反顧 / 六里一徘徊 // 吾欲銜汝去 / 口噤不能開 / 吾欲負汝去 / 毛羽何摧頹[60]

조비의 시의 첫 해는 더 이전의 저본들의 합성본으로 보이는데, 통치자에게 선물하기 위해 거위를 사냥하는 장면을 생략하였다. 시의 나머지 부분은 「염가하상행」이라는 '저본' 텍스트에서 나온 것이다. 곽무천(郭茂倩)은 위의 「염가하상행」 버전을 그 곡조에 맞춰 지은 무명씨의 독창적인 가사라고 기록한다(조비 역시 그 곡조에 맞춰 지은 악부가 있다). 나는 첫 세 해만을 번역하였다. 그 시의 나머지 부분(14구가 더 있다)은 남겨진 부인의 목소리로 매우 표준적인 방식으로 '생이별'의 슬픔에 대해 말한다.[61] 이 시는 규칙적인 오

---

58) *高臺에 오르니 / 맑은 물이 내려다보이네 / 그 사이 누런 기러기 날기에 / 활 당겨 쏜다네 / 우리 주군 만년을 사시라.

59) *高臺에 오르니, 드높아라! / 아래로 맑은 물은 맑고도 차네 / 강에 香草는 보아하니 蘭이라 / 누런 기러기 높이 날아 떠나려다 머뭇머뭇 / 활당겨 기러기 쏘니 / 우리 주군 만년을 사시라.

60) *두 마리 흰 기러기 날아오네 / 서북쪽에서 / 열씩 다섯씩 / 무리를 지어오네 // 아내는 갑자기 병들어 / 같이 갈 수 없게 되었네 / 오리마다 돌아보고 / 육리마다 배회하네 // 그댈 물고 가려 해도 / 입 닫혀 열 수 없네 / 업고 가려 해도 / 깃털은 얼마나 부서졌는지.

61) *나머지 부분은 다음과 같다. 樂哉新相知 / 憂來生別離 / 躊躇顧群侶 / 淚下不自知 // 念與君離別 / 氣結不能言 / 各各重自愛 / 遠道歸還難 / 妾當守空房 /

언 시행들로 되어 있으며, 예외적으로 사언 시행들도 있다.

조비의 시가 자신의 두 번째 해의 저본 시라고 칭해지는 시보다 덜 언어적 규칙성을 보여주는 것은 기이하다. 이 저본의 문장 순서가 조비의 버전에서는 재배열되어 있다는 것 역시 기이하다. 두 저본은 두 개의 다른 주제 즉, 통치자에 대한 찬양과 이별의 슬픔이라는 두 개의 상이한 주제를 가지고 있다. 청대(淸代)의 비평가 주건(朱乾)은 이 주제들을 의도의 수준에서 결합시키는 한 가지 방법을 제시한다.

> 이 시는 전후 두 해로 나뉘어진다. 앞 부분은 한 요가(鐃歌) 「임고대」를 베낀 것이고, 뒷부분은 슬조(瑟調) 「염가하상행」을 베낀 것이다. 당시 명을 받아 원정을 떠났기에 황곡에다 비유한 것 같으며, 앞에서는 임금을 축하하고 뒤에서는 자신을 탄식하였다. 미의(微意)는 "신하로서 마땅히 충성을 다해야 한다[行爲臣當盡忠]" 여섯 자 안에 있는데, 신하는 충성을 다해야 하며, 임금 역시 온몸으로 신하를 가엾이 여겨야 한다는 것이다.[62]

종류가 다른 언어적 요소들에 대해 의도상의 통일성을 창조하려는 충동은 전통적인 중국의 비평에서 일반적인 것이었다. 그리하여 기이하지만 일반적인 곡해(曲解) 속에서, 더 크고 더 깊은 주체성이 비평가에 의해 주장되는 것은 정확히 주체의 통일성을 위협하는 그 특색들 속에서이다. 이 시의 의도상의 통일성은, 설사

閉門下重關 / 若生當相見 / 亡者會黃泉 / 今日樂相樂 / 延年萬歲期.

62) * 此詩前後分兩解 前約漢鐃歌「臨高臺」, 後約瑟調「豔歌何嘗行」. 疑時被命遠征, 故以黃鵠爲比, 前祝君, 後自嘆也. 微意在"行爲臣當盡忠"六字內, 言臣固當盡忠, 君亦當體恤臣也. 『三曹資料彙編』, 臺灣 木鐸出版社, 中華民國77년, 82면. 『樂府正義』卷三.

실제로 그것이 존재한다 하더라도, 물론 더 이상 우리가 접근할 수 없다. 저본 자료의 결합은 어떠한 명백한 의도도 나에게 드러내지 않는다. 이 시는 한가운데에서 분리되는 것으로 보이며, 또 끝맺음은 갑작스러워 보인다. 이런 갑작스러운 끝맺음은 조비나 기타 문인들의 끝맺음 관습에는 전형적이지 않은 것이다. 일반적으로, 조비의 창작물은 그의 저본들보다도 언어적 기교를 적게 보여준다. 여기에 명백히 제시된 유일한 종류의 주체성은 악부시의 독자 / 선자(選者) / 편집자 / 유통자로서의 조비이다.

이 시는 조비의 잘 알려진 시들 중의 하나가 아니다. 나는 조비의 창작을 가득 채우고 있는 이 상호텍스트적 창작의 극단적 예를 묘사하기 위해서, 그리고 이 상호텍스트적 원리가, 건안 시에 매우 전형적이라고 말해지는 '개인주의적' 표현들로부터 우리를 멀어지게 하는 데에 복무할 수 있다고 말하기 위해서 이 시를 제출하였다. 중국 고전시 속의 주체성에 대한 최근의 비평적 가정들에 대한 나의 분석은 기본적인 개념적 범주들의 재역사화의 필요성, 그리고 건안 글쓰기 속의 개인화된 주체에 부여된, 질문되지 않은 우월성에 대한 재고(再考)의 필요성을 제시한다. 정치사와 사회사는 한 후기의 글쓰기에 대한 우리의 이해에 계속해서 정보를 제공해줄 수 있지만, 그러나 반드시 정치적·사회적 변혁들을, 대부분의 비평가들이 건안의 서정시들에 매우 핵심적인 것이라고 생각하는 개인화된 파토스의 방아쇠로 단정함으로써만은 아니다. 내가 더욱 중요한 역사적 '컨텍스트'라고 보는 것은 순문학적 글쓰기에 부여된 가치의 역사적 성격이다. 당고에서 시작해서 황건적의 난을 거쳐 제국의 분열에 이르기까지, 한 후기를 표시한 혼돈과 유리(流離)의 한 가지 결과는 토지·가족 그리고 관직의 일반적 가치 저하였다. 대부분의 건안 사들의 삶은 연합들과 장소의 잦은 이동에 의해 표시되었으며, 그들의 결합들은 후원과 보호의 복합적 시스템 속에서 발생했다. 이 상황에서, **텍스트의 제국**은 남아 있었으나, 반면에 정치적 제국의 구조들은 자신들의 통일성을 잃고 있었다. 자료들은 아마도 우연이 아닐 텐데, 사가 자신들의 후원자들에게 있어 행정적 가치와 상징적 가치 양자를 획득하였음을 말해준다. 유통으로서의, 교환수단으로서의 텍스트 생산은 이전 시기― 이 시기에 텍스트 생산은 정치적 행정의 요구들에 대한 일종의 형식적 혹은 표현적 대응물(parallel)을 형성한다고 말할 수 있었다― 에 가졌던 기능을 넘어서는 존재적 무게를 획득하였을 것이다. 내가 주장해온 대로, 사의 텍스트 생산은 언제나 자기 인식과 사회적 존재의 수단이었다. 건안 시기에는, 아마도 상호 인정, 그리고 어떤 형태의 '공동체'를 발생시키는 능력에는 높은 프리미엄이 있었을 것이다. 개인화된 주체를 건안 글쓰기의 독특한 생산물로 간주하는 20세기의 독자들은 건안 텍스트적 실천 속에 반영된, 주체의 정체성의 두드러진 **유동성**을 고려하는 것이 좋을 것이다. 사회적인 것에서 개인적인 것으로의 해석상의 이동은 분석할 만한 가치가 있는 이데올로기적 성격을 가지고 있을 것이다.

6. 결론적으로 — 인간주의적 환상

한 사람의 주어진 작가가 무엇을 생각했는지, 느꼈는지, 생각했음에 틀림없는지, 혹은 생각했을 수도 있었는지를 기술하는 초기 제국의 글쓰기에 대한 우리 시대의 연구를 읽을 때, 나의 비판적 분개는 때때로 죽은 지 오래된 영혼들과 사귀고자 하는 욕망에 대한 공감으로 인해 진정된다. 이 책에서 철창(鐵窓) 속의 무엇, 즉 적어도 제국의 정치적 군사적 권위와 동등했던, 초인간적인 텍스트적 권위 속의 권력을 묘사하고자 했다는 것을 나는 고백한다. 이 권력은 불변하는 것도 아니었고 영원한 것도 아니었지만, 그것들이 남긴 유산들은 오늘날에도 살아 있다고 나는 생각한다. 나는 그 자체가 하나의 분석적 실험인 이 책을, 인간주의적 실험으로 끝마치고 싶다. 조비의 『전론』「논문」의 다음 구절은 초기 제국 시기 이래의 시에 대한 가장 널리 인용되는 옹호이다.

> 문장(文章)은 국가를 경영하는[經, ordering] 대업(大業)이며, 불후(不朽)의 성사(盛事)이다. 수명은 다할 때가 있고, 영예와 즐거움도 제 한 몸에 그치니, 그 둘은 반드시 이르게 되는 정해진 기한이 있는 것으로서, 문장이 무궁한 것과 같지 못하다. 그러므로 옛 작자(作者)들은 한묵(翰墨)에 몸을 맡기고, 편적(篇籍)에서 제 뜻을 드러내었으니, 훌륭한 사가(史家)의 말을 빌거나, 떨치는 세도에 의탁하지 않고서도 그 명성이 저절로 후세에 전해졌다.63)

---

63) * 蓋文章經國之大業, 不朽之盛事. 年壽有時而盡, 榮樂止乎其身, 二者必至之常期, 未若文章之無窮. 是以古之作者, 寄身於翰墨, 見意於篇籍, 不假良史

내가 위에서 'ordering'이라고 번역한 동사는 여러 의미가 있는데, 한대에는 이미 '정경(正經)'을 가리키는 일반적인 단어였다. 제국 이전 시기에 그 글자는 남북 방향의 간선도로를 가리켰는데, 그 의미에서부터 경선(longitude)에 해당하는 오늘날의 용어가 파생되었을 것이다. 글로써 국가를 경영하기, 지리학적으로 즉, **텍스트의 제국**.

이 첫 문장 외에도, 이 인용문은 여러 언어에서, 그리고 여러 세기에 걸쳐 글쓰기에 대한 변명에서 그 등가물들을 발견할 수 있는 매우 관습적인 정식이다. 그럼에도 불구하고, 우리는 그에 뒤따르는 것을 고려할 때 그 첫 구절을 염두에 두어야 한다. 글쓰기는 국가의 일이며, 실제로, 지속되는 것으로 보일 것이다. 불멸하려는 시도에 성공한 사람들은 텍스트적 제국의 이미 특권적인 시민들이었다. 그들은 생명을 초월해 버렸다. 그럼에도 불구하고, 필멸성 자체보다 더 인간적인 것은 무엇인가? 결국, 우리는 죽기 때문에 인간인 것이다.[64] 영생(永生) 속으로 건너간 사람들의 현대판, 즉 미디어의 유명인사들은 자신들의 이미지와 함께, 공포로 인한 떨림, 단어나 이미지가 되어 버린 육체와의 으스스한 조우(遭遇)를 띤 공포를 가져온다.

의식(意識)을 불러내는 사람들, 사자(死者)의 사고나 동기들을 직관하는 이들, 텍스트적 불멸성을 당연하다고 생각하는 사람들은 비멸자와의 계약 속에서 그 권력 전부를 국가 경영에 바치고 있다. 왜냐하면, 결국, 영원히 사는 것은 인간이지 이름, 단어 혹은 지속하는 텍스트가 아니기 때문이다. 나의 인간주의적이고 탈아우

之辭, 不托飛馳之勢, 而聲名自傳於後.
64) 이런 생각은 Bauman(1992)을 읽고서 자극 받은 것이다.

라적인 환상 속에서 나는 조비의 텍스트를 마음에 내키지 않은 채로 읽었다. 나의 독법에서 인간은 텍스트성의 그 소외시키는 불멸성 때문에, 육체적인 인간에 대한, 그리고 육체적인 인간을 넘어서 있는 그것의 권력 때문에 텍스트성에 대해서 분개한다. 분개당한 텍스트라는 이 상상의 시나리오에서, 인간은 죽지 않는 것들과 죽음 없는 것들의 초월적이고 부정하는 권력으로부터 자유로운, 특수한, 죽음에 묶인 시간성의 진정한 인간성을 갈망한다.

제목	저자
浮淮賦	曹丕, 王粲
節游賦	曹植, 楊修
校獵賦	曹丕, 王粲

建安 때에, 魏文帝는 武帝를 따라 사냥에 나섰다. 陳琳, 王粲, 應瑒, 劉楨에게 모두 부를 짓도록 명하였다. 陳琳은 「武獵」, 王粲은 「羽獵」, 應瑒은 「西狩」, 劉楨은 「大閱」을 지었다. 이 작품들은 모두 잘 된 데가 있으나, 그중 王粲의 작품이 최고였다(주 : 章樵가 注한 『古文苑』에 인용된 摯虞의 「文章流別論」에서. 吳雲·唐紹忠 編, 『王粲集註』, 1984, 50면에서 인용).

登臺賦	曹操, 曹丕, 曹植주 : 스즈키는 王粲의 「登臺賦」를 포함시키지만, 이것은 銅雀臺에 관한 것이 아니다)
大暑賦	曹植, 王粲, 陳琳, 劉楨, 繁欽

楊修의 「答臨淄侯書」, "저는 「鶡賦」에 응답하여 「暑賦」를 지었으나 아직 드리지 않았습니다."(『全後漢文』 卷51)

愁霖賦	曹丕, 曹植, 應瑒
喜霽賦	曹丕, 曹植, 繆襲
述征賦	曹植, 阮瑀, 王粲, 楊修, 曹丕, 徐幹, 繁欽(주 : 마츠모토 유키오는 집단 창작에 대한 증거를 제공해준다. 제목들은 서로 차이가 있다)
出婦賦	曹丕, 曹植, 王粲
寡婦賦	曹丕, 曹植(주 : 丁福保는 이 작품을 詩로 분류하였다), 王粲, 丁廙妻.

陳留의 阮元瑜(阮瑀)는 나의 친구였으나 薄命하여 일찍 죽었다. (…중략…) 그러므로 나는 이 賦를 지어 그 妻子의 슬픔과 괴로움을 서술하였다. 王粲에게도 한 수 지을 것을 명하였다(『全三國文』 卷4).

止欲賦	陳琳, 阮瑀
神女賦	曹植(「洛神賦」), 王粲, 陳琳, 應瑒, 楊修
彈棋賦	曹丕, 王粲, 丁廙
迷迭賦	曹丕, 曹植, 王粲, 陳琳
瑪瑙勒賦	曹丕, 王粲, 陳琳

瑪瑙는 玉의 한 종류이다. 그 무늬가 교차된 것이 말의 뇌[馬腦]와 닮은 데가 있어서 그 지방 사람들이 그렇게 이름지은 것이다. 목에 걸기도 하고, 말고삐를 장식하기도 한다. 내게 瑪瑙로 장식한 고삐가 있기에 賦를 지어 찬미하였다. 王粲과 陳琳에게도 부를 짓도록 명하였다(『全三國文』 卷4).
五官中郎將[曹丕]이 瑪瑙를 얻어 보석 말고삐를 만들었다. 그 영롱한 빛의 아름다움을 찬미하더니 나[陳琳]로 하여금 賦를 짓게 하였다(『全後漢文』 卷92).

제목	저자
車渠椀賦	曹丕, 曹植, 王粲, 應瑒, 徐幹
槐賦	曹丕, 曹植, 王粲
柳賦	曹丕, 王粲, 陳琳, 應瑒, 繁欽
鶯賦	曹丕, 王粲
白鶴賦	曹植, 王粲
鷦賦	曹操, 曹植, 王粲
鸚鵡賦	曹植, 王粲, 陳琳, 應瑒, 阮瑀(주: 동일한 제목을 가진 禰衡의 유명한 창작은 曹氏의 조정에서 쓰여지지 않았을 것이다)
扇賦	曹植, 徐幹
酒賦	曹植, 王粲
投壺賦	王粲, 邯鄲淳

* 원서의 표에 착오가 있어 역자가 고친 부분들이 있으나 따로 명기하지 않았다.

1. 1차 자료

『禮記鄭注』, 四部備要本.

顧炎武 撰, 黃汝成 集釋, 『日知錄集釋』, 上海 : 上海古籍出版社, 1985.

郭慶藩, 『莊子集釋』, 北京 : 中華書局, 1961.

郭茂倩, 『樂府詩集』, 北京 : 中華書局, 1979.

蘭州大學中文系, 『孟子譯注』, 北京 : 中華書局, 1960.

段玉裁, 『說文解字注』, 臺北 : 世界書局, 1962.

董仲舒・蘇輿, 『春秋繁露義證』, 臺北 : 河洛, 1973.

班固, 『漢書』, 北京 : 中華書局, 1997.

房玄鈴, 『晋書』, 北京 : 中華書局, 1974.

范曄, 『後漢書』, 北京 : 中華書局, 1997.

司馬光, 『自治通鑑』, 北京 : 中華書局, 1956.

司馬遷, 『史記』, 北京 : 中華書局, 1997.

徐幹, 『中論』, 臺北 : 世界書局, 1958.

徐堅, 『初學記』, 北京 : 中華書局, 1962.

徐天麟, 『東漢會要』, 北京 : 上海 : 中華書局, 1998.

蕭統, 『文選李善注』, 臺北 : 正中書局, 1971.

沈約, 『宋書』, 北京 : 中華書局, 1974.

楊伯峻, 『論語譯注』, 北京 : 中華書局, 1980.

嚴可均, 『全上古三代秦漢三國六朝文』, 臺北 : 宏業書局, 1975.

王符・王繼培 箋, 『潛夫論箋校正』, 北京 : 中華書局, 1985.

王士禎 撰, 方東樹 評, 『方東樹評古詩選』(全二卷), 大北 : 聯經, 1975.

王先愼, 『韓非子集解』, 大北 : 藝文, 1959.

王利器, 『顔氏家訓集解』, 北京 : 中華書局, 1996.

王逸 ・洪興祖, 『楚辭補注』, 臺北 : 宋板本의 中華書局 팩스본, 1978.

王充, 『論衡』, 臺北 : 中華書局, 1981.

魏徵, 『隋書』, 北京 : 中華書局, 1973.

劉劭, 『人物志』, 長沙 : 湖南科學技術出版社, 1990.

劉安 撰, 劉文典 集解, 『淮南子』, 北京 : 中華書局, 1989.

劉義慶 ・楊勇, 『世說新語校箋』, 臺北 : 正文書局, 1976.

劉勰 ・范文瀾 注, 『文心雕龍注』, 范文瀾, 北京 : 人民文學出版社, 1978.

劉向 撰 ・王照圓 補注, 『列女傳』, 臺北 : 臺灣商務, 1968.

劉歆, 葛洪 ・向新陽, 劉克任 校注, 『西京雜記校注』, 上海 : 上海古籍出版社,
    1991.

『六臣注文選』, 大北 : 廣文書局, 1964.

『儀禮鄭注』, 四部備要本.

利馬竇 撰, 『友論』, 大北 : 藝文, 1965.

李昉, 『太平御覽』, 臺北 : 臺灣商務印書館, 1980.

李延壽, 『南史』, 北京 : 中華書局, 1974.

張以仁, 『國語斠證』, 大北 : 待滿商務印書館, 1969.

章學誠, 『章氏遺書』, 傷害 : 商務印書館, 1936.

『戰國策』, 上海 : 上海古籍出版社, 1978.

丁福保 編, 『全漢三國晋南北朝詩』(全二卷), 臺北 : 中文出版社, 1979.

丁晏, 楊家駱 編, 『曹集詮評』, 『曹子建集平注二種』, 大北 : 世界書局, 1973.

鍾嶸 ・陳延傑 注, 『詩品注』, 北京 : 人民文學出版社, 1980.

陳奇猷, 『呂氏春秋校釋』(全二卷), 上海 : 學林出版社, 1984.

陳壽, 『三國志』, 北京 : 中華書局, 1959.

胡應麟, 『詩藪』, 上海 : 上海古籍出版社, 1958.

2. 제국 시기 이후의 중국, 일본 및 서구 언어로 된 자료 목록

古直, 『曹子建詩箋』, 臺北 : 廣文書局, 1976.

顧詰剛, 『古史辨』(全七卷), 北京・上海 : 발행처 미상, 1926~1941.

郭沫若・翦伯贊 編, 『曹操論集』, 홍콩 : 三聯書店, 1979.

郭紹虞, 『中國文學批評史』, 臺北 : 明倫出版社, 1961.

金發根, 「東漢黨錮人物的分析」, 『歷史語言研究所集刊』 2, 1963, 34면.

羅建人, 『徐幹中論硏究』, 臺北 : 商務, 1973.

羅根澤, 『樂府文學史』, 臺北 : 文史哲出版社, 1974.

_____, 『中國學術思想史論叢』 3, 臺北 : 東大圖書公司, 1977.

勞榦, 『魏晋南北朝史』, 臺北 : 華岡出版部, 1971.

唐長孺, 『魏晋南北朝史論叢』, 北京 : 三聯書店, 1955.

_____, 『魏晋南北朝史論拾遺』, 北京 : 中華書局, 1983.

陶希聖, 『中國社會之士的分析』, 臺北 : 全民, 1954.

毛漢光, 『兩晋南北朝士族政治之研究』, 臺北, 商務, 1966.

_____, 『中國中古社會史論』, 臺北 : 聯經, 1988.

繆鉞等 編, 『三國志選注』, 北京 : 中華書局, 1984.

聞一多, 『樂府詩箋』, 『聞一多全集』 4, 95~138면, 홍콩, 南通, 발행년 미상

方祖燊, 『漢詩研究』, 臺北 : 正中書局, 1969.

范寧, 「論漢魏晋時代知識分子的思想分化及其社會根源」, 『歷史研究』 4, 1955.

北京大學中國文學史敎研室 編, 『兩漢文學史參考資料』, 北京 : 中華書局, 1962.

_____ 編, 『中國文學批評史』, 上海 : 古典文學出版社, 1958.

徐公持, 「曹植生平八考」, 『文史』 10, 1980.10, 199~219면.

_____, 「曹植詩歌的寫作年代問題」, 『文史』 6, 1979.6, 147~160면.

徐復觀, 『兩漢思想史』(全三卷), 臺北 : 學生書局, 1977~1979.

_____, 『中國文學論集』, 臺北 : 學生書局, 1974.

_____,『中國美術精神』, 臺北 : 學生書局, 1966.

徐壽凱, 藝譚編輯部 編,「典論論文中的兩個問題」,『建安文學研究文集』, 河北 : 黃山書社, 1984.

蕭煉子・蘇晋紅,『宋書樂誌校註』, 濟南 : 齊魯書社, 1982.

蘇紹興,『兩晋南朝的士族』, 臺北 : 聯經, 1987.

蕭滌非,『漢魏六祖樂府文學史』, 臺北 : 長安出版社, 1976.

安徽亳縣曹操集譯註小組,『曹操集譯註』, 北京 : 中華書局, 1979.

楊聯陞,「東漢的豪族」, 清華學報 11, No.4, 1936, 1,007~1,063면.

梁榮茂,『徐幹中論校釋附徐幹思想研究』, 臺北 : 牧童, 1979.

余冠英,『曹操曹丕曹植詩選』, 北京 : 作家出版社, 1956.

_____, 楊家駱 編,『漢魏六朝詩論叢』,『中國學術思想類編』(全五卷), 臺北 : 鼎文書局, 1977.

余英時,「漢晋之際士之新自覺與新思潮」,『新亞學報』4, No.1, 1959, 24~143면.

_____,『歷史與思想』, 臺北 : 聯經出版事業, 1976.

_____,『中國知識階層史論』(古代篇), 臺北 : 聯經, 1980.

藝譚編輯部 編,『建安文學研究文集』, 河南 : 黃山書社, 1984.

吳雲・唐紹忠 編,『王粲集註』, 河南 : 中州書畫社, 1984.

王夢鷗,『古典文學論探索』, 臺北 : 正中, 1984.

王瑤・楊家駱 編,『中古文學風貌』,『中國學術類編』(全七卷), 臺北 : 鼎文書局.

王運熙,『漢魏六祖唐代文學論叢』, 上海 : 上海古籍出版社, 1981.

俞啓定,『先秦兩漢儒家教育』, 濟南 : 齊魯書社, 1987.

劉紀華,『漢魏之際文學的形式與內容』, 臺北 : 世界書局, 1978.

劉師培,『中國中古文學史論文雜記』, 北京 : 人民文學出版社, 1984.

劉汝霖,『漢晋學術編年』(全三卷), 臺北 : 長安出版社, 1979.

陸侃如・馮沅君,『中國詩史』, 홍콩 : 古文, 1961.

張德君,「關於曹植的評價問題」,『歷史研究』2, 1975.2, 49~66면.

張蓓蓓,「東漢士風及其轉變」, Master's thesis, National Taiwan University, 1979.

張世彬,『中國音樂史論述稿』, 홍콩 : 友聯書報, 1974.

蔣祖怡,『王充的文學理論』, 上海:上海古籍出版社, 1980.

錢穆,「讀文選」,『中國學術思想史論叢』3, 臺北:東大圖書公司, 97~133면.

____,『兩漢經學今古文評議』, 홍콩:新亞研究所, 1958.

____,『魏晉南北朝文學史參考資料』, 北京:中華書局, 1962.

錢鍾書,『管錐篇』, 홍콩:中華書局, 1980.

朱自淸,『朱自淸古典文學論文集』, 上海:上海古籍出版社, 1981.

中國歷史地圖集編輯組撰,『中國歷史地圖集』1~3, 上海:中華地圖學社, 1975.

陳國慶,『漢書藝文志註釋彙編』, 北京:中華書局, 1983.

陳一百,『曹子建詩硏究』, 上海:商務印書館, 1928.

湯用彤,『魏晉玄學論考』, 北京:人民, 1957.

湯用彤・任繼愈,『魏晉玄學中的社會政治思想略論』, 上海:上海人民出版
社, 1956.

皮錫瑞・周予同 編,『經學歷史』, 上海:商務, 1925.

何啓民,『魏晉思想與談風』, 臺北:臺灣學生書局, 1976.

河北師範學院中文系古典文學敎硏組 編,『三曹資料彙編』, 北京:中華書局,
1980.

邢義田, 許倬雲等 主編,「東漢孝廉的身分背景」,『第一次中國社會經濟史硏
討會論文集』1~56, 臺北:漢學硏究資料集服務中心.

盧雲,「東漢時期的文化區域與文化重心」,『中國文化硏究集刊』第4輯, 上海
:復旦大學出版部, 155~187면.

黃盛雄,『王符思想硏究』, 臺北:文史哲出版社, 1982.

黃節,『魏武帝問題詩注』, 홍콩:商務印書館, 1962.

____,『曹子建詩注』, 北京:人民文學出版社, 1957.

____,『漢魏樂府風箋』, 홍콩:商務印書館, 1961.

마스부치 타츠오[增淵龍夫],「後漢黨錮事件の史評について」.

마츠모토 유키오[松本幸男],「建安詩壇の形成について」,『立命館文學』184,
1960, 25~43면;『立命館文學』186, 1961, 23~42면;『立命館文學』
188, 1961, 60~77면;『立命館文學』189, 1961, 24~38면.

마츠모토 유키오[松本幸男], 「曹丕と吳質」, 『立命館文學』 4~5, 1975, 93~122면.

요코스카 모리히사[橫須賀司久], 「建安詩壇考」, 『二松學舍大學論集－中國文學卷』, 1977, 289~308면.

스즈키 슈지[鈴木修次], 『漢魏詩の研究』, 東京 : 大修館, 1967.

스즈키 토라오[鈴木虎雄], 殷石臞 中譯, 『賦史大要』, 臺北 : 正中書局, 1976.

오카무라 시게루[崗村繁], 「曹丕の典論論文について」, 『支那學研究』, 1960. 10, 24~64면.

_____, 「蔡邕おめぐるご後漢末期の文學のすせい」, 『日本中國學會報』 28, 1976, 61~78면.

_____, 「後漢末期の評論的氣風について」, 『名古屋大學文學部研究論集(文學)』, 1976, 66~112면.

요시카와 타다오[吉川忠夫], 「後漢末年荊州の學風」, Acta Asiatica 60, 1991, 1~24면.

우츠노미야 키요요시[宇都宮清吉], 『漢代社會經濟史研究』, 東京 : 弘文堂, 1954.

이케다 슈조[池田秀三], 『徐幹中論校註』(중국어 본문, 일본어 주석), 3부작, 京都大學文學部研究紀要 23, 1984, 8~62면; 京都大學文學部研究紀要 24, 1985; 京都大學文學部研究紀要 25, 1986, 117~200면.

카와카츠 요시오[川勝義雄], 「魏晋南北朝の門生故吏」, 『東方學報』 28, 1958, 175~218면.

_____, 「漢末のレジスタンス運動」, 『東洋史研究』 25, No.4, 1967, 386~413면.

_____, 『中國の歷史』 제3권, 『魏晋南北朝』, 東京 : 講談社, 1974.

타니가와 미치오[谷川道雄] 편, 『中國士大夫階級と地域社會と關係についての綜合的研究』, 東京 : 東京大學, 1983.

_____, 『中國中世探究－歷史と人間』, 東京 : 日本えでいたすくる出版部, 1987.

Allen, Joseph R., *In the Voice of Others : Chinese Music Bureau Poetry*, Ann Arbor : Center for Chinese Studies, 1992.

Anderson, Benedict., *Imagined Communities : Reflections on the Origin and Spread of Nationalism*, New York : Verso, 1991.

Anderson, Perry., *Lineages of the Absolutist State*, London : NLB, 1974a.

_____, *Passages from Antiquity to Feudalism*, London : NLB, 1974b.

Bakhtin, M. M., *The Dialogic Imagination : Four Essays*, Edited and translated by Carl Emerson and Michael Holquist, Austin : University of Texas Press, 1981.

Balazs, Etienne, *Chinese Civilisation and Bureaucracy : Variations on Theme*, Edited by Arthur F. Wright and translated by H. M. Wright, New Haven : Yale University Press, 1964.

Balibar, Etienne, and Immanuel Wallerstein., *Race, Nation, Class : Ambiguos Identities*, Translated by Chris Turner, New York : Verso, 1991.

Bauman, Zygmunt., *Mortality, Immortality, and Other Life Strategies*, Stanford : Stanford University Press, 1992.

Belsey, Catherine., *Critical Practice*, New York : Methuen, 1980.

_____, *Milton*, New York : Basil Blackwell, 1988.

Bielenstein, Hans., *The Bureaucracy of Han Times*, Cambridge : Cambridge University Press, 1980.

_____, "Loyang in Later Han Times", *Bulletin of the Museum of Far Eastern Antiquities* 48, 1976, pp.1~142.

Birch, Cyril, ed., *Studies in Chinese Literary Genres*, Berkeley : University of California, 1974.

Birch, Cyril, comp. and ed., *Anthology of Chinese Literature*, New York : Grove, 1965.

Birrell, Anne, trans., *New Songs from a Jade Terrace : An Anthology of Early Chinese Love Poetry*, New York : Penguin, 1986.

Bodman, Richard W., "Poetics and Prosody in Early Medieval China : A Study and

Translation of Kūkai's Bunkyō Hifuron", Ph.diss., Cornell University, 1978.

Boltz, William., *The Origin and Early Development of the Chinese Writing System*, New Heaven : American Oriental Society, 1994.

Bourdieu, Pierre., *The Logic of the Practice*, Translated by Richard Nice., Stanford : Stanford University Press, 1990.

Brook, Timothy, ed., *The Asiatic Mode of Production in China*, Armonk, N.Y. : M. E. Sharpe, 1989.

Burke, Peter., *Popular Culture in Early Modern Europe*, New York : New York University Press, 1978.

Cai Zongqi.[蔡宗齊], *The Matrix of Lyric Transformation : Poetic Modes and Self-Presentation in Early Chinese Pentasyllabic Poetry*, Ann Arbor : University of Michigan Center for Chinese Studies, 1996.

Chang, Yvonne Sun-sheng, "Generic Transformation from 'Yuefu' to 'Gushi' : Poetry of Cao Cao, Cao Pi, and Cao Zhi", Ph.D. diss., Stanford University, 1982.

Chartier, Roger., *The Order of Books : Readers, Authors, and Libraies in Europe Between the Fourteenth and Eighteenth Centuries*, Translated by Lidia C. Cochrane., Cambridge : Polity Press, 1994.

Cheng, Anne., *Étude sur le Confuciansme Han : L'élaboration d'une Tradition Exégètique sur les Classiques*, Paris : College de France, Institut des hautes études chinoises : Diffusion de Boccard, 1985.

Cheng, Francois., *Chinese Poetic Writing*, Translated by Donald A. Rigg and Jerome Seaton, Bloomington : Indiana University Press, 1982.

Cherniack, Susan., "Book Culture and Textual transmission in Sung China", *Harvard Journal of Asian Studies* 54, No.1, 1994.6, pp.5~126.

Chow, Kai-wing.[周啓榮], *The Rise of Confucian Ritualism in Late Imperial China*, Stanford : Stanford University Press, 1994.

Chow, Rey., *Writing Diaspora*, Bloomington : Indiana University Press, 1993.

Ch'en Chi-yun.[陳啓雲], *Hsun Yueh and the Mind of Late Han China : A translation* of the Shenchien with Introduction and Annotations, Princeton : Princeton University Press, 1980.

_____, Hsün Yüeh(A.D.148~209) : The Life and Reflections of an Early Medieval Confucian, Cambridge University Press, 1975.

Ch'en Shih-hsiang., "The Genesis of Poetic Time : The Greatness of Ch'ü Yüan, Studied with a New Critical Approach", Tsing Hua Journal of Chinese Studies, n.s., 10, No.1, 1973.6, pp.1~44.

_____, "The Shi-ching : Its Generic Significance in Chinese Literary History and Poetics", In Studies in Chinese Literary Genres, edited by Cyril Birch, Berkeley : University of California Press, 1974, pp.8~41.

Ch'u T'ung-tsu.[瞿同祖], Han Social Structure, Edited by Jack Dull, Seattle : University of Washington Press, 1972.

Coblin, W. South., A Handbook of Eastern Han Sound Glosses, Hong Kong : Chinese University Press, 1983.

Coblin, W. South., "The Inintials of Xu Shen's Language as Reflected in the Shuowen duruo Glosses", Journal of Chinese Linguistics 6, 1978, pp.27~65.

Connery, Christopher., "In the Voice of Others", Chinese Literature : Essays, Articles, and Reviews 15, 1993, pp.163~73.

_____, Christopher., "Jian'an Poetic Discourse", Ph.D.diss., Princeton University Press, 1991.

Crowell, William Gorden., "Government Land Policies and systems in Early Imperial China", Ph.D., University of Washington, 1979.

Cutter, Robert Joe., "Cao Zhi(192~232) and His Poetry", Ph.D., diss., University of Washington, 1983.

_____, "The Incident at the Gate : Cao Zhi, the Succession, and Literary Fame", T'oung Pao 61, 1985, pp.228~278.

de Certeau, Michel., The Practice of Everyday Life, Translated by Steven F. Rendell, Berkeley : University of California Press, 1984.

de Crispigny, Rafe, trans., *The Last of the Han : Being the Chronicle of the Years 181~220 A.D. as Recorded in Chapters 58~68 of Tzu chih t'ung chien of Ssu-ma Kuang*, Canberra : Australian National University Press, 1969.

de Crispigny, Rafe., *Portents of Protest in the Later Han Dynasty : The Memorials of Hsiang K'ai to Emperor Huan*, Canberra : Australian National University Press, 1976.

_____, "Political Protest in Imperial China : The Great Proscription of the Later Han, 167~184", *Papers in Far Eastern History* 11, 1975.

de Crispigny, Rafe., "The Recruitment System of the Imperial Bureaucracy of the Late Han", *Chung-chi Journal* 6, No.1, 1966, pp.67~78.

de Man, Paul., *Blindness and Insight : Essays in the Rhetoric of Contemporary Criticism*, Rev. ed., Minneapolis : University of Minnesota Press, 1982.

Derrida, Jacques., *Margins of Philosophy*, Translated by Alan Bass : University of Chicago Press, 1982.

_____, *Of Grammatology*, Translated by Gayatri Chakravorty Spivak, Baltimore : Johns Hopkins University Press, 1976.

DeWoskin, Kenneth., *A Song for One or Two : Music and the Concept of Art in Early China*, Ann Arbor : University of Michigan Center For Chinese Studies, 1982.

DeWoskin, Kenneth., "Les Sept tristess(Qi ai) : A propos des deux versions d'un poé me a chanter de Cao Zhi", *T'oung Pao* 65, 1979, pp.51~65.

Dirlik, Arif., *Revolution and History : The Origins of Marxist Historiography in China, 1919~1937*, Berkeley : Uniersity of California Press, 1978.

Diény, Jean-Pierre., "Les Dix-neuf poems anciens", *Bulletin de la Maison Franco-Japanese*, n.s.8, No.4, 1963.

Dowling, William C., *Jameson, Althusser, Marx : An Introduction to* The Political Unconscious, Ithaca, N.Y. : Cornell University Press, 1984.

Dronke, Peter., *Poetic Individuality in the Middle Ages*, Oxford : Oxford University Press, 1970.

Dubs, Homer., *The History of the Former Han Dynasty*, 3vols. Baltimore : Waverly, 1938~55.

Dull, Jack., "A Historical Introduction To The Apocryphal(Ch'an-Wei) Texts Of The Han Dynasty", Ph.D. diss., University of California, Berkeley, 1966.

Durot, Oswald, and Tzvetan Todorov, eds., *Encyclopedic Dictionary of the Sciences of Language*, Translated by Catherine Porter, Oxford : Basil Blackwell, 1982.

Durrant, Stephen W., *The Cloudy Mirror : Tension and Conflict in the Writings of Sima Qian*, Albany : State University of New York Press, 1995.

Eaglton, Terry., *The Ideology of the Aesthetic*, New York : Basil Blackwell, 1990.

Easthope, Antony., *British Post-Structualism : Since 1968*, New York : Routledge, 1988.

_____, *Poetry and Phantasy*, New York : Cambridg University Press, 1989.

Easthope, Antony., *Poetry as Discourse*, New York : Methuen, 1983.

Ebrey, Patricia., *The Aristocratic Families of Early Imperial China : A Case Study of the Po-Ling Ts'ui Family*, Cambridge : Cambridg University Press, 1978.

_____, "Patron Client Relations in the Late Han", *Journal of the American Oriental Society* 103, No.3, 1983.7~1983.9, pp.533~542.

Febvre, Lucien, and Henri-Jean Martin., *The Coming of the Book : The Impact of Printing, 1450~1800*, Translated by David Gerard, Edited by Geoffrey Nowell-Smith and David Wootton, London : N.L.B., 1976.

Finnegan, Ruth., *Oral Poetry*, Cambridge University Press, 1977.

Fischel, Walter, ed., *Semitic and Oriental Studies*, Berkeley : University of California Press, 1951.

Forke, Alfred., *Lun-heng. Pt.1, Philological Essays of Wang Ch'ung. Pt.2, Miscellaneous Essays of Wang Ch'ung*, 2vols., rpt. Reprint, New York : Paragon Book Gallery, 1962.

Foucalt, Michel., *The Archeology of Knowledge*, Translated by A. M. Sheridan Smith, New York : Pantheon Books, 1972.

_____, *The History of Sexuality*, Vol.1, Translated by R. Hurley, New York

: Vintage Books, 1980.

Foucalt, Michel., "What is an Author?", In *Textual Strategies : Perspectives in Post-Structualist Criticism*, edited by J. V. Harari. Ithaca, N.Y. : Cornell University Press, 1979.

Frankel, Hans., *The Flowering Plum and the Palace Lady*, New Heaven : Yale University Press, 1976.

_____, "The Development of Han and Wei Yueh-fu as a High Literary Genre", In *The Vitality of the Lyric Voice : Shih Poetry from the Late Han to the T'ang*, edited by Shuen-fu Lin and Stephen Owen, pp.255~286. Princeton : Princeton University Press, 1986.

_____, "Fifteen Poems by Ts'ao Chih : An Attempt at a New Approach", *Journal of the American Oriental Society* 84, 1964.1~1964.3, pp.1~14.

_____, "T'ang Literati : A Composite Biography", In *Confucian Personalities*, edited by Arthur Wright and Denis Twitchett, pp.65~83; Stanford : Stanford Universuty Press, 1969.

_____, "Yueh-fu Poetry", In *Studies in Chinese Literary Genres*, edited by Cyril Birch, pp.69~107; Berkeley : University of Carlifornia Press, 1974.

Freud, Sigmund., *Civilization and Its Discontent*, Edited and translated by J. Strachey, New York : W. W. Norton, 1961.

_____, *The Ego and Id*, Translated by J. Riviere and edited by J. Strachey, New York : W. W. Norton, 1962.

Giroux, Henry., *Schooling and the Struggle for Public Life*, Minneapolis : University of Minnesota Press, 1988.

_____, "Rending Texts, Literacy, and Textual Authority", *Journal of Education* 172, No.1, 1990, pp.84~103.

Godelier, Maurice., "Marxist Models of Social Evolution", In *Relations of Production : Marxist Approaches to Economic Anthropology*, Edited by David Seddon and translated by Helen Lackner, London : cass, 1978.

_____, "The Concept of the Asiatic Mode of Production", In *Relations of Production : Marxist Approaches to Economic Anthropology*, Edited by David Seddon and translated by Helen Lackner, London : cass, 1978.

Goffman, Erving., *Relations in Public : Microstudies of the Public Order*, New York : Harper and Row, 1972.

Graff, Harvey., *The Legacies of Literacy : Continuities and Contradictions in Western Culture and Society*, Bloomington : Indiana University Press, 1987.

Gramsci, Antonio., *The Modern Prince and Other Writings*, Translated by Louis Marks, New York : International Publishers, 1959.

Guillory, John., *Cultural Capital : The Problem of Literary Canon Formation*, Chicago : University of Chicago Press, 1993.

Haidu, Peter., "Modern Reflections on Medieval Aesthetics", *Modern Language Notes* 92, 1977, pp.875~887.

Halliday, M. A. K., *Language as Social Semiotic : The Social Interpretation of Language and Meaning*, Baltimore : University Park Press, 1978.

Harari, J. V., ed. *Textual Strategies : Perspectives in Post-Structualist Criticism*, Ithaca, N.Y. : Cornell University Press, 1979.

Harris, William V., *Ancient Literacy*, Cambridge : Harvard University Press, 1989.

Havelock, Eric Alfred., *The Muse Learns to Write : Reflections on Orality and Literacy from Antiquity to the Present*, New Heaven : Yale University Press, 1986.

Hawkes, David, trans. *The Songs of the South : An Anthology of Ancient Chinese Poems by Qu Yuan and Other Poets*, London : Penguin Books, 1985.

Heller, Agnes., "Review of Passages from antiquity to feudalism and Lineages of the Absolutist State", *Telos* 33, 1977, pp.202~209.

Henderson, John B., *Scripture, Canon Commentary : A Comparion of Confucian and Western Exegesis*, Princeton : Princeton University Press, 1991.

Hindess, Berry, and Paul Q. Hirst., *Pre-Capitalist Modes of Production*, Boston : Routledge and Kegan Paul, 1975.

Hirst, Paul., "The Uniqueness of the West", *Economy and Society* 4, No.4, 1975, pp.447~474.

Holcombe, Charles., *In the Shadows of the Han : Literati Thought and Society at the Beginning of the Southern Dynasties*, Honolulu : University of Hawaii Press, 1994.

Holzman, Donald., *Poetry and Politics : The Life and Works of Juan Chi A.D. 210~263*, Cambridge : Cambridge University Press, 1976.

_____, "Les débuts du système médiéval de choix et de classment des fonctionnaries : Les neuf catégories et l'Impartiale et Juste", *Mélanges publiés par l'Institut des Haute Études Chinoises* 11, No.1, 1957, pp.387~414.

_____, "Les premiers vers pentasyllabique dates dans la poesie chinoise", In *Méllanges de sinologie offets a Monieur Paul Demiéville*, Paris : Bibliotheque de l'Institut des Hautes Etudes Chinoises, Vol.20, 2, 1974, pp.77~105.

_____, "Literary Criticism in China in the Early Third Century A.D.", *Asiatische Studien* 28, 1974, pp.113~136.

Hosek, Chaviva, and Patricia Parker, eds. *Lyric Poetry : Beyond New Criticism*, Ithaca : Cornell University Press, 1985.

Hsiao Kung-chuan.[蕭公權], *A History of Chinese Political Thought*, Vol.1., *From the Beginnigs to the Sixth Century A.D.*, Translated by Frederick W. Mote, Princeton : Princeton University Press, 1979.

Hsü, Cho-yun.[許倬雲], *Han Agriculture : The Formation of Early Chinese Agrarian Economy(206B.C.~A.D.220)*, Edited by Jack Dull, Seattle : University of Washington Press, 1980.

_____, "The Roles of Literati and of Regionalism in the Fall of the Han Dynasty", In *The Collapse of Ancient States and Civilizations*, edited by Norman Yoffee and George Cogwill, Tuscon : University of Arizona Press, 1988, pp.176~195.

Hucker, Charles., *A Dictionary of Official Titles in Imperial China*, Stanford : Stanford

University Press, 1985.

Hulin, Michel., *Hegel et l'Orient*, Paris : Vrin, 1979.

Innis, Harold., *Empire and Communiocations*, Oxford : Clarendon, 1950.

Irvine, Martin., *The Making of Textual Culture : 'Grammatica' and Literary Theory, 350~1100*, New York : Cambridge University Press, 1994.

Jacobson, Roman., "Concluding Statement : Linguistics and Poetics", In *Style in Language*, edited by T. A. Sebeok, Cambridge : MIT Press, 1994.

_____, *Marxism and Form*, Princeton : Princeton University Press, 1971.

Jameson, Fredric., *The Political Unconscious*, Ithaca, N. Y. : Cornell University Press, 1981.

_____, "Imaginary and Symbolic in Lacan : Marxism, Psychoanalytic Criticism, and the Problem of the Subject", *Yale French Studies* 55 · 56, 1977, pp.338~395.

_____, "Marx's Purloined Letter", *New Left Review* 209, 1995.1~1995.2, pp.75~109.

Jaspers, Karl., *The origin and Goal of History*, Translated by Michal Bullock, NewHeaven : Yale University Press, 1953.

Johnson, David., *The Medieval Chinese Oligarchy*, Boulder : Westview, 1977.

Jügel, Ulrike., *Politische Funktion und Soziale Stellung der Eunuchen zur Späteren Hanzeit(25~220n.Chr.)*, Wiesbaden : Franz Steiner Verlag, 1976.

Kalinowslki, Marc., "Cosmologie et gouvernement natural dans le *Lüshi chunqiu*", *Bulletin de l'École francaise d'Extrême Orient* 71, 1982, pp.187~192.

Kao Yu-kung[高友工] and Mei Tsu-lin.[梅祖麟], "Meaning, Metaphor, and Allusion in Tang Poetry", *Harvard Journal of Asiatic Studies* 38, No.2, 1978, pp.281~356.

_____, "Syntax, Diction, and Imagery in T'ang Poetry", *Harvard Journal of Asiatic Studies* 31, 1971, pp.49~136.

Karlgren, Bernard, trans. *The Book of Documents*, Stockholm : Museum of Far Eastern

Aitiquities, 1950.

Karlgren, Bernard, trans. *The Book of Odes*, Stockholm : Museum of Far Eastern Aitiquities, 1974.

Karlgren, Bernard., *Glosses on the Book of Documents*, Stockholm : Museum of Far Eastern Aitiquities, 1970.

Karlgren, Bernard., *Glosses on the Book of Odes*, Stockholm : Museum of Far Eastern Aitiquities, 1964.

_____, *Grammata Serica Recensa*, Stockholm : Museum of Far Eastern Aitiquities, 1972.

Knechtiges, David., *The Han Rhapsody : A Study of the Fu of Yang Hsiung(B.C.53~ A.D.18)*, Cambridge : Cambridge University Press, 1976.

Krader, Lawrence., *The Asiatic Mode of Production : Sources, Development and Critique in the Writings of Karl Marx*, Assen : Van Gorcum, 1975.

Kroll, Paul., "Portraits of Ts'ao Ts'ao : Literary Studies on the Man and the Myth", Ph.D. diss., University of Michigan, 1976.

Kuipers, Joel Corneal., *Power in Performance : The Creation of Textual Authority in Weyewa Ritual Speech*, Philadelphia : University of Pennsylvania Press, 1990.

Lacan, Jacque., *The Four Fundamental Concepts of Psycho-Analsys*, Translated by Alan Sheridan, New York : W. W. Norton, 1978.

Leban, Carl., "Managing Heaven's Mandate : Coded Communication in the Accession of Ts'ao P'ei A.D.220", in *Ancient China : Studies in Early Civilization*, edited by David T. Roy and Tsuen-hsuin Tsien, pp.315~342; Hong Kong : Chinese University Press, 1978.

Leban, Carl., "Ts'ao Ts'ao and the Rise of Wei : The Early Years", Ph.D.diss., Columbia University, 1971.

Lefort, Claude., *The Political Forms of Modern Society*, Edited and translated by J. B. Thompson, Cambridge : MIT Press, 1986.

_____, *Éléments d'une critique de la bureaucratie*, Geneve : Droz, 1971.

Legge, James, trans. *The Chinese Classics*, 7vols, Oxford : Clarendon, 1893.

Levi, Jean., *Les fonctionnaires divins*, Paris : Seuil, 1989.

Levy, Howard., "Yellow Turban Religion and Rebellion at the end of the Han", *Journal of the American Oriental Society* 76, No.4, 1956, pp.214~227.

Lewis, Mark Edward., *Sanctioned Violence in Early China*, Albany : State University of New York Press, 1990.

Leys, Simon(Pseudonym of Pierre Ryckmans), "One More Art", *The New York Review of Books*, April 18, 1996, pp.28~32.

Liu I-ch'ing., *Shi-shuo Hsin-yu : A New Account of Tales of the World*, Translated by Richard B. Mather, Minneapolis : University of Minnesota Press, 1976.

Liu Pak-yuen., *Les Institutions Politiques et la Lutte Pour le Pouvoir auMilieu de la Dynastie des Han Anterieurs*, Paris : Collège de France Institutdes Hautes Études Chinoises, 1983.

Liu Shao(3rd c.), *The Study of Human Abilities : The Jen Wu Chih of Liu Shao*, Translated with an introductory study by J. K. Shryock, New Heaven : American Oriental Society, 1937.

Liu Shuen-fu and Stephen Owen, eds. *The Vitality of the Lyric Voice : Shih Poetry from the Late Han to the T'ang*, Princeton : Princeton University Press, 1986.

Liu, James.[劉若愚], *The Art of Chinese Poetry*, Chicago : University of Chicago Press, 1962.

_____, *The Chinese Knight-Errant*, Chicago : University of Chicago Press, 1967.

Loewe, Michael, ed. *Early Chinse Texts : A Bibliographical Guide*, Berkeley : The Society for the Study of Early China, 1993.

Loewe, Michael., *Chinese Ideas of Life and Death : Faith, Myth, and Reason in the Han Period*, London : George Allen and Unwin, 1982.

_____, *Crisis and Conflict in Han China*, London : George Allen and Unwin, 1974.

_____, *Everyday Life in Early Imperial China*, London : B. T. Batsford, Ltd.,

1968.

Loewe, Michael., *Records of Han Administration*, 2vols, London : Cambridg University Press, 1967.

_____, *Ways to Paradise : The Chinese Quest for Immortality*, London : George Allen and Unwin, 1979.

Lord, Albert Bates., *The Singer of Tales*, Cambridge : Harvard University Press, 1960.

Lukács, Georg., *History and Class Consciousness*, Translated by R. Livingstone, Cambridge : MIT Press, 1971.

Lévi-Strauss, Claude., *Tristes Tropiques*, Translated by John and Doreen Weightman, New York : Atheneum, 1974.

Mair, Victor, ed. *The Columbia Anthology Traditional Chinese Literature*, New York : Columbia University Press, 1994.

Mair, Victor, "Anthologizing and Anthropologizing : The Place of Non-Elite and Non-Standard Culture in the Chinese Literary Tradition", In *Translating Chinese Literature*, edited by Eugine Ouyang and LIn Yao-fu, Bloomington : Indiana University Press, 1995, pp.231~261.

_____, "Buddhism and the Rise of the Written Vernacular in East Asia : The Making of National Languages", *Journal Of Asian Studies* 53, No.3, 1994.8, pp.707~751.

Makeham, John., *Name and Authenticity in Early Chinese Thought*, Albany : State University of New York Press, 1994.

McCraw, David., "A New Look at the Regulated Verse of Chen Yuyi", *Chinese Literature : Essays, Articles, and Reviews* 9, nos.1~2, 1987.7.

McDermott, Joseph., "Friendship and Its Friends in the Late Ming", In *Family Process and Political Process in Modern Chinese History*, Taibei : Institute of the Modern History of the Academia Sinica, 1992, pp.67~96.

McKenzie, D. F., *Bibliography and the Sociology of Texts*, London : The British Library, 1985.

Miao, Ronald C., "A Critical Study of the Life and Petry of Wang Chunghsuan", Ph.D.diss., University of California, 1969.

Miller, Roy Andrew., "Problems in the Study of Shuo-wen Chieh-tzu", Ph.D.diss., University of California, 1953.

Milliband, Ralph., "Political Forms and Historical Materialism", *The Socialist Register*, 1975, pp.308~318.

Mungello, David., *Leibniz and Confucianism : The Search for Accord*, Honolulu : University of Hawaii Press, 1977.

Munro, Donald, ed. *Individualism and Holism : Studies in Confucian and Taoist Values*, Ann Arbor : University of Michigan Center for Chinese Studies, 1985.

Ngo Van Xuyet, *Divination, magie, et politique dans la Chine ancienne*, Paris : Press universitaires de France, 1976.

Nivison, David S., *The Life and Thought of Chang Hsüeh-ch'eng(1738~1801)*, Stanford : Stanford University Press, 1966.

Nylan, Michael., "Ying Shao's 'Feng Su T'ung Yi' : An Exploration of Problems in Han Dynasty Political, Philosophical, and Social Unity", Ph. D. diss., Princeton University, 1982.

Ong, Walter J., *Orality and Literacy : The Technologizing of the Word*, New York : Methuen, 1982.

Owen, Stephen., *The Great Age of Chinese Poetry : The High T'ang*, New Heaven : Yale University Press, 1981.

_____, *Traditional Chinese Poetry and Poetics : Omen of the World*, Madison : University of Wisconsin Press, 1985.

O'Leary, Brendan., *The Asiatic Mode of Production : Oriental Despotism, Historical Materialism, and Indian History*, Oxford : Basil Blackwell, 1989.

Pilz, Erich., *Gesellschaftsgeschite und Theoriebildung in der marxisten chinesischen Historiographie*, Wien : Verlag der Österreichischen Akademie der Wissenschften, 1991.

Pollard, David., "Ch'i in Chinese Literary Theory", In *Chinese Approaches to Literature from Confucius to Liang Ch'i-ch'ao*, edited by Adele Austin Rickett, Princeton : Princeton University Press, 1978.

Poulantzas, Nicos., *Political Power and Social Classes*, Translated by Timothy O'Hagan, London : NLB, 1973.

Powers, Martin., *Art and Political Expression in Early China*, New Heaven : Yale University Press, 1991.

Rickett, Adele Austin, ed. Chinese Approaches *to Literature from Confucius to Liang Ch'i-ch'ao*, Princeton : Princeton University Press, 1978.

Ricoeur, Paul., "What is a text?", In *Hermaneutics and Human Sciences : Essays on language, action, and interpretation*, Edited and translated by John B. Thompson, Cambridge : Cambridg University Press, 1981.

Robb, Kevin., *Literacy and Paideia in Ancient Greece*, New York : Oxford University Press, 1994.

Roberts, Colin H. and T. C. Skeat., *The Birth of Codex*, London : Oxford University Press, 1994.

Roy, David T. and Tsuen-hsien, eds. *Ancient China : Studies in Early Civilization*, Hong Kong : Chinese University Press, 1978.

Said, Edward W., *Orientalism*. New York : Pantheon Books, 1978.

Saussy, Haun., *The Problem of a Chinese Aesthetic*, Stanford : Stanford University Press, 1993.

Schneider, Laurence A., *Ku Chieh-kang and China's New History*, Berkeley : University of California Press, 1971.

Sedgwick, Eve., *Between Men : English Literature and Male Homosocial Desire*, New York : Columbia University Press, 1985.

Sohn-Rethel, Alfred., *Intellectual and Manual Labor*, Translated by Martin Sohn-Rethel. London : Macmillan, 1978.

Spiegel, Gabrielle M., *The Past as Text : The Theory and Practice of Medieval*

Historiography, Baltimore : Johns Hopkins University Press, 1997.

Stein, R. A., "Remarques sur les mouvements du Taoisme politicopreligieuxau Ile siè cle ap.J.C.", *T'oung Pao* 50, 1963, pp.1~78.

Stock, Brian., *Listening for the Text : On the Uses of the Past*, Baltimore : Johns Hopkins University Press, 1990.

_____, *The Implications of Literacy : Written Language and Models of Interpretation in the Eleventh and Twelfth Centuries*, Princeton : Princeton Uniersity Press, 1983.

Sun, E-tu Zen, and John DeFrancis, *Chinese Social History : Translations of Selected Studies*, Washington, D. C. : American Council of Learned Societies, 1956.

Svenboro, Jesper., *Phrasikleia : An Anthology of Reading in Ancient Greece*, Translated by Janet Lloyd. Ithaca, N.Y. : Cornell University Press : 1993.

Teng Ssu-yü[鄧嗣禹], ed. and trans. *Family Instructions for the Yen Clan by Yen Chih-t'ui*, Leiden : E. J. Brill, 1968.

Thern, Kenneth L., *Postface of the Shuo-Wen Chieh-Tzu, the First Comprehensive Chinese Dictionary*, Madison : University of Wisconsin Department of East Asian Languages and Literature, 1966.

Thomas, Keith., "Jumbo History", *New York Review of Books*, April 17, 1975, pp.26~28.

Thomas, Rosalind., *Literacy and Orality in Ancient Greece*, Cambridge : Cambridge University Press, 1992.

Tjan Tjoe Som, *The Comprehensive Dicussions in the White Tiger Hall*, 2vols, Leiden : E. J. Brill, 1949~1952.

Tsien, Tsuen-hsuin.[錢存訓], *Written on Bamboo and Silk : The Beginnings of Chinese Books and Inscriptions*, Chicago : University of Chicago Press, 1962.

Tucker, Robert, ed. *The Marx-Engels Reader*, New York : Norton, 1978.

Twitchett, Denis, and Michael Loewe, eds. *The Cambridge History of China*, Vol.1, *The Ch'in and Han Empires 221 B.C.~A.D.220*, New York : Cambridg University

Press, 1986.

Tökei, Ferenic., *Essays on the Asiatic Mode of Production*, Budapest : Akademiai Kiado, 1979.

_____, *Genre Theory in China in the Third to Sixth Centuries : Liu Hsieh's Theory on the Poetic Genres*, Budapest : Akademiai Kiado, 1971.

_____, *Naissance De L'élegie Chinoise, K'iu Yuan et Son Epoque*, Translated by the author, Paris : Gallimard, 1967.

Vali, Abbas., *Pre-Capitalist Iran : A Theoretical History*, London : I. B. Tauris, 1993.

Van der Loon, Piet., "On the Transmission of Kuan-Tzû", *Toung Pao II*, 41, 1952.

Vandermeersch, Leon., *Wangdao : ou, La voie royale : recherches sur l'esprit des institutions de la Chine archaique*, 2vols, Paris : École francaise d'Extrême-Orient, 1977~1980.

Waley, Arthur, trans. *The Book of Songs*, London : George Allen and Unwin, 1937.

Wang Ching-hsian[王靖獻], *The Bell and the Drum*, Berkeley : University of Claifornia Press, 1974.

Watson, Burton, trans. *Records of the Grand Historian of China*, 2vols, New York : Columbia UNiversity Press, 1961.

Weber, Max., *The Religion of China*, Translated by H. H. Gerth. Glencoe, III. : Free Press, 1951.

Wilhelm, Richard, and Cary F. Baynes, *The I Ching or Book of Changes*, The Richard Wilhelm translation rendered into English by Cary F. Baynes. Foreword by C. G. Jung, Preface by Hellmut Wilhelm, Princeton : Princeton University Press, 1967.

Wong, Siu-kit, ed. and trans. *Early Chinese Literary Criticism*, Hing Kong : Joint Publishing Company, 1983.

Wu Hung[巫鴻], *The Wu Liang Shrine : The Ideology of Early Chinese Pictorial Art*, Stanford : Stanford University Press, 1989.

Yang, Lien-sheng[楊聯陞], "Great Families of the Eastern Han", In *Chinese Social*

History : *Translations of Selected Studies*, edited by E-tu Zen and John
  DeFrancis(Edited version of Chinese Original). Qashington, D.C. : American
  Council of Learnes Societies, 1956.

Yu, Pauline., *The Reading of Imagery in the Chinese Poetic Tradition*, Princeton :
  Princeton University Press, 1987.

_____, "Poems in Their Place : Collections and Canons in Early Chinese
  Literature", *Harvard Journal of Asian Studies* 50, No.1, 1990, pp.163~197.

Zumthor, Paul., *Oral Poetry : An Introduction*, Translated by Kathryn Murphy-Judy,
  Minneapolis : University of Mineesota Press, 1990.

Žižek, Slavoj, ed. *Mapping Ideology*, New York : Verso, 1989.

_____, *The Sublime Object of Ideology*, London and New York : Verso, 1989.